CHRIS KUBASIK

DER WECHSELBALG

Sechster Band
des
SHADOWRUN®-ZYKLUS

Deutsche Erstausgabe

WILHELM HEYNE VERLAG
MÜNCHEN

HEYNE SCIENCE FICTION & FANTASY
Band 06/4984

Titel der amerikanischen Originalausgabe
CHANGELING
Deutsche Übersetzung von Christian Jentzsch
Das Umschlagbild malte John Zeleznick
Die Innenillustrationen sind von Joel Biske

6. Auflage

Redaktion: Rainer Michael Rahn
Copyright © 1992 by FASA Corporation
Copyright © 1993 der deutschen Ausgabe und der Übersetzung
by Wilhelm Heyne Verlag GmbH & Co. KG, München
Printed in Germany 1997
Umschlaggestaltung: Atelier Ingrid Schütz, München
Technische Betreuung: Manfred Spinola
Satz: Schaber Satz- und Datentechnik, Wels
Druck und Bindung: Elsnerdruck, Berlin

ISBN 3-453-06601-4

*Für meinen Vater,
der immer dafür gesorgt hat,
daß Bücher im Haus waren.*

Teil 1

CHANGING

– September 2039 –

change. v., changed, changing, changes. – I v/t. 1. (ver)ändern, umändern, verwandeln; ›seine Gewohnheiten ändern‹. 2. (um-, ver)tauschen, wechseln; ›das Shuttle wechseln‹. 3. (aus)tauschen; ›den Platz mit jemandem tauschen‹. – II v/i. 4. sich (ver)ändern, sich (ver)wandeln, wechseln. III. s. 5. Abwechslung, (Ver-)Änderung, Wandel, Wendung, Umschwung. 6. Wechsel, Verwandlung; ›Mondwechsel‹. 7. Am.Sl. Das Erwachen.

1

Ein Zimmer.
ein weißes Zimmer.
 Ein stechender Geruch nach Desinfektionsmitteln.
 Er versuchte sich an seinen Namen zu erinnern und konnte es nicht.
 Ein Laken bedeckte seinen Körper. Dicke, straff über das Laken gespannte Gurte, die jenseits der Bettkante verschwanden. Flüchtige Eindrücke davon, im Wald ausgesetzt worden zu sein — Hänsel und Gretel —, tanzten durch seinen Verstand und verblaßten dann. Vor ihm war eine Tür. Wer befand sich dahinter?
 Er spürte, daß auch seine Handgelenke von Gurten gehalten wurden, konnte diese jedoch nicht sehen, da das Laken jeden Körperteil mit Ausnahme des Kopfes bedeckte.
 Ein Teil des Lakens glühte dort, wo es auf den Beinen, der Brust und dem Rest seines Körpers anlag, in einem warmen Rot. Wo das Laken keinen so engen Kontakt mit seinem Körper hatte, war das Rot blasser. Am Bettrand war es ganz normal weiß.
 »Hallo?« versuchte er zu sagen, doch es kam nur ein trockenes Krächzen heraus. Die Anstrengung ließ einen weißglühenden Schmerz in seiner Kehle aufflammen, und er schluckte, um ihn zu lindern.
 Er wandte den Kopf nach links. Auf der einen Seite des Zimmers befand sich ein Fenster mit einem Rollo. Draußen war es dunkel, wenngleich er auf der anderen Straßenseite die hellen roten Lichter eines hohen Gebäudes erkennen konnte. Eine Erinnerung drängte sich in sein Bewußtsein. Ein kleines Schlafzimmer, von der Tür aus gesehen. Neben dem einzigen Fenster des Zimmers ein Kinderbett. Das Zimmer wurde durch das gelbliche Licht der Straßenlaternen trübe beleuchtet. Abgesehen von dem Kinderbett war es leer. Dort hinein

wurde er des Nachts gesteckt. Seine Rufe blieben unbeantwortet.

Er verscheuchte die Erinnerung und sah Geräte zu seiner Rechten. Metallkästen, die er deutlich erkennen konnte, doch sie waren wie das Laken in warmes rötliches Licht getaucht. Auf einem kleinen runden Schirm blippte ein roter Punkt auf und nieder.

Er realisierte, daß Schläuche von einer anderen Maschine unter die Laken führten — vielleicht in seine Arme.

Erwartete man von ihm, daß er irgend etwas unternahm? War jemand da, mit dem er reden sollte? Wie kam er überhaupt hierher? Eine weitere Erinnerung durchzuckte ihn — ein Schlafzimmer, aufstehen, klebriger Schweiß auf seinem Körper, ein Sturz, Dunkelheit ... Doch mehr nicht.

Er versuchte die Arme zu bewegen, konnte es jedoch nicht. Die Gurte.

Alles war falsch. Soviel wußte er. Die Welt war zu rot. Sein Verstand zu träge. Etwas war geschehen.

Er war sehr müde. Er wollte mit jemandem reden, Genaueres herausfinden, aber es war niemand zum Reden da.

Er schloß die Augen.

Er erwachte.

Er erinnerte sich sofort, daß er in einem Krankenhaus lag. Er erinnerte sich, daß er bereits mehrmals in diesem Krankenhaus erwacht war.

Er erinnerte sich, daß er Peter hieß.

Peter erinnerte sich, daß er einen Vater hatte.

Er erinnerte sich, daß sein Vater und er in Chicago lebten. Aber wo war sein Vater? Peter konnte sich nicht mehr erinnern, wie er aussah. Er war nicht einmal sicher, ob sein Vater wußte, wo er sich befand.

Er hörte eine Bewegung auf der anderen Seite des Zimmers. Er schaute hin und sah eine Frau, deren Körper im Glühen der Hitze irisierend leuchtete. Ihre Uniform war weiß, wies auch rote Stellen auf, wo ihr Körper den Stoff berührte. Sie hörte seine Bewegung und drehte sich zu ihm um. Ihr Gesicht setzte ihn in Erstaunen: ein Engel aus Licht.

Ihr Gesicht wurde heller, Furcht nagte an den Ecken ihrer Wangen. Sie versuchte sie zu verbergen, doch ihr halber Schritt rückwärts verriet alles.

Sie entrang sich ein schwaches Lächeln und wich dann, das Gesicht immer noch ihm zugewandt, zur Tür zurück und schlüpfte hinaus.

Was hatte sie gesehen? Er wollte sein Gesicht mit den Händen betasten, aber die Gurte um seine Handgelenke hielten seine Hände noch immer.

Er versuchte sich zu erinnern, was er war. Ein Mensch. Fünfzehn Jahre alt. Ja, genau. Aber irgend etwas war geschehen.

Er erinnerte sich an seinen Vater.

Die beiden fuhren in einer gepanzerten Limousine von irgendeiner Party zurück. Peter spürte die Masse des Wagens, wenn er um eine Kurve fuhr oder anhielt. Sein Vater sah beharrlich aus dem Fenster.

Eine Plastikscheibe trennte den Fahrer von ihnen, und Peter sagte: »Ich habe auf der Party jemanden kennengelernt.«

Sein Vater wandte den Kopf zu ihm und machte: »Hmmm.« Seine Augen waren groß und unfokussiert und erschreckend. Sie schwebten über Peter wie die Vergrößerungslinsen eines Mikroskops.

»Ihr Name ist Denise. Denise Lewis.«

»Nun, sie war mit ihren Eltern da. Es ist gar nichts Besonderes, daß ihr euch kennengelernt habt.«

»Wir haben uns unterhalten und dachten, wir sollten uns mal treffen.«

Sein Vater sah wieder aus dem Fenster. »Hmmm.«

»Zusammen ausgehen, weißt du?« Hatte sein Vater denn nicht zumindest ein Lächeln für ihn übrig?

Sein Vater schwieg.

»Sie hat mir wirklich gefallen. Sie ist ziemlich auf Draht.«

Immer noch nichts.

»Ich glaube, sie mag mich auch.«

Sie fuhren noch eine Weile schweigend weiter. Peter beschloß, seinem Vater reichlich Zeit zu lassen, um etwas zu sagen, doch viele Minuten verstrichen ohne Antwort. »Das ist meine erste Verabredung, Dad«, sagte er schließlich. »Ich bin ganz schön aufgeregt.«

Sein Vater sah Peter auch weiterhin nicht an. »Erwarte nichts«, sagte er.

»Was?«

In seines Vaters Stimme lag etwas Neues, ein Anflug emotionalen Gewichts, welches Peter noch nie zuvor bei ihm gehört hatte. »Ich kann es aus deiner Stimme heraushören. Du machst dir Hoffnungen.«

»Ich bin nur glücklich, daß ich sie kennengelernt habe, und ich freue mich darauf, sie wiederzusehen.«

»Genau das meine ich. Du bist glücklich. Du hast Erwartungen. Du mußt nicht auf mich hören. Ich glaube nicht, daß du das tun wirst. Du bist jung. Aber Glück ist nicht ... Du fährst besser, wenn du nicht danach strebst.« In den Worten seines Vaters schwang mitleidvolle Weisheit mit.

Einen Moment lang glaubte Peter, er würde zu atmen aufhören. Wie konnte sein Vater so etwas sagen? Peter konnte sich nicht erinnern, jemals zuvor so aufgeregt gewesen zu sein, und jetzt riet ihm sein Vater, sich keine Hoffnungen zu machen.

Er lehnte sich zurück und krampfte die Hände zusammen. Er wollte seinen Vater anschreien, ihn packen und aus seiner selbstgefälligen Gelassenheit reißen, mit der er aus dem Fenster starrte. Der Impuls, der sich in ihm aufbaute, war gewaltig, sowohl unerwartet als auch gefährlich. Er wollte mit den Fäusten auf den Rücken seines Vaters einschlagen, irgend etwas tun, um seine

Aufmerksamkeit zu erringen, um ihm zu zeigen, wie zornig ihn seine Worte machten und wie weh sie ihm taten. Doch Peter tat gar nichts, denn tief in seinem Herzen fürchtete er, sein Vater könne recht haben. »Glück ist nicht ...«, hatte sein Vater gesagt. Wirklich? Peters Mutter war bei seiner Geburt gestorben.

Ihm wurde klar, daß sein Vater den Schmerz über den Tod seiner Frau heruntergeschluckt hatte und fest in sich verschlossen hielt, und jetzt gab er Peter zu verstehen, er solle dasselbe tun.

Er öffnete die Augen.

Ein Mann stand über Peter gebeugt. Sein Körper glühte, der weiße Laborkittel wurde durch die Hitze seines Körpers von innen erleuchtet.

Sein Vater?

Nein.

Peter wandte den Kopf. Sein Vater stand auf der anderen Seite des Bettes und sah auf ihn herab. Sein Körper strahlte ein helles, warmes Leuchten ab. Der klinische und gleichgültige Ausdruck seiner Augen verwandelte das Gesicht in etwas Dämonisches.

»Dad?« Das Wort kam gepreßt und fast unhörbar heraus. Sein Vater antwortete nicht, sondern starrte lediglich weiter auf ihn herab. Die dunklen Ringe unter seinen Augen verrieten Peter, daß sein Vater sehr müde war.

Der Mann im Laborkittel räusperte sich. »Peter?«

Peter drehte den Kopf zu ihm. Er realisierte, daß der Mann Arzt war. Der Arzt lächelte. Peter war einen Augenblick lang erleichtert, doch dann wurde ihm klar, daß es eine Lüge war. Der Mann rang sich das Lächeln nur ab.

»Ja?«

»Peter, du hast im letzten Monat eine Menge durchgemacht ...«

Monat?

»... und ich will dich nicht überstrapazieren. Aber du hast jetzt das Schlimmste hinter dir. Ich will, daß du das begreifst.«

Peter sah wieder zu seinem Vater. Er versuchte die Hand zu heben, sie auszustrecken, so daß sein Vater sie nehmen konnte, aber sie war immer noch festgeschnallt.

»Ich bin ... ich kann mich nicht bewegen.«

»Wir mußten dich anschnallen«, sagte der Arzt. »In den letzten Wochen hast du immer wieder Perioden intensiver Gewaltausbrüche durchlebt. Zu deiner eigenen Sicherheit mußten wir dafür sorgen, daß du niemandem Schaden zufügen konntest.«

Peter ignorierte den Arzt. »Dad, komme ich wieder in Ordnung?«

Sein Vater behielt sein Schweigen zunächst bei, dann wandte er sich ab. »Ich weiß es nicht.«

Peter hörte den Arzt aufkeuchen. »Dr. Clarris ...«

»Ich weiß es nicht!« fauchte sein Vater.

Es war, als wisse William Clarris nicht einmal, daß sein Sohn im Zimmer war. »Dad ...«

»Entschuldigt mich«, sagte sein Vater, der sich daraufhin abrupt umdrehte und das Zimmer verließ.

Der Arzt eilte hinter seinem Vater her. »Ich bin sofort wieder zurück«, rief er Peter über die Schulter zu.

»Nein, ist schon in Ordnung«, wollte Peter sagen, doch der Arzt war bereits verschwunden.

Peter starrte an die Decke. Er spürte, wie sein Kinn zu zittern begann, wollte aber nicht weinen, und so versuchte er sich an Dinge aus der Vergangenheit zu erinnern. Er erinnerte sich, daß er gern Milch trank, und einen Moment lang glaubte er, auf einem der Geräte welche zu sehen, doch dann war nichts mehr da. Er erinnerte sich auch, daß er zur Schule gegangen war. Er sah das Bild eines Lehrers neben einem Schirm, auf dem Noten für einen Vortrag angezeigt wurden. Aber er konnte sich nicht daran erinnern, was er in der Schule tat. Er lernte, soviel wußte er. Aber worüber lernte er etwas? Über Worte, Zahlen, Frösche, Zellen. Er konnte sich nur noch an Bilder erinnern. Der Rest war weg.

Als Peter sich gerade daran erinnerte, wie sein Vater mit ihm über seine Schulaufgaben redete, kehrte der Arzt zurück. Er hatte ein frisches, neues falsches Lächeln aufgesetzt.

»Nun, Peter, ich denke, es ist an der Zeit, daß wir zwei uns mal unterhalten.«

»Mein Vater?« Er drückte sich so knapp wie möglich aus, da ihm das Sprechen weh tat.

Der Arzt hob die Hände, um Peters Befürchtungen zu zerstreuen. »Er ist spazierengegangen. Er hat sich große Sorgen um dich gemacht, und er brauchte nur etwas frische Luft. Er wird später zurückkommen.«

Peter glaubte dem Arzt und dann auch wieder nicht, und dann kam er zu dem Schluß, daß er so oder so nichts ändern konnte, also sagte er gar nichts.

»Peter, weißt du, was mit dir passiert ist?«

Peter schüttelte den Kopf.

»Woran kannst du dich noch erinnern, Peter? Viele Leute, die dasselbe wie du durchgemacht haben, verlieren oft einen Teil des Gedächtnisses.«

Peter versuchte sich an Dinge zu erinnern, auf die sich der Arzt wahrscheinlich bezog. »Ich kann mich an meinen Vater erinnern. An eine Party. Und daran, mitten in der Nacht aufgewacht zu sein.«

»Hmmm. Tja, Peter, du hast das durchgemacht, was wir in der Medizin Ingentisierung nennen. Das heißt, dein Körper hat seinem eigentlichen Gentypus vollständigen Ausdruck verliehen, und es hat sich herausgestellt, daß du, obwohl du wie ein homo sapiens sapiens aussiehst, tatsächlich ein homo sapiens ingentis bist.« Er lächelte beruhigend, aber Peter war nicht beruhigt. Er hatte keine Ahnung, wovon der Arzt redete.

»Ingentis?« fragte Peter.

Der Arzt verschränkte die Arme vor der Brust und

ließ sich mit der Antwort Zeit. »Der gewöhnliche Ausdruck, der Medienausdruck für das, was du bist, lautet Troll, Peter. Kannst du dich an das Wort erinnern?«

Er dachte angestrengt nach, und dann sah er Bilder vor sich. Große Wesen, grau und grün, mit mächtigen Zähnen und großen roten Augen. Er nickte.

»Kannst du dich an irgend etwas aus der Geschichte der Ungeklärten Genetischen Expression erinnern?«

Bruchstücke. »Sie hat die Leute überrascht. Bevor ich geboren wurde.« Magie?

»Die ersten UGE-Fälle traten auf, kurz bevor die Indianer schamanische Magie benutzten, um sich Teile der westlichen amerikanischen Staaten anzueignen. Die Magie — der Begriff wurde aus Mangel an einer treffenderen Bezeichnung verwendet — hat die Welt stark verändert. Einige Kinder, die von menschlichen Eltern geboren worden waren, verwandelten sich plötzlich in andere Spezies. Manche waren klein und stämmig, andere groß und dünn mit spitzen Ohren. Die Medien nannten sie Zwerge und Elfen, als seien sie lebende Verkörperungen mythischer Wesen. Aber natürlich waren sie das nicht. Sie entsprachen nur zufällig den Bildern von Zwergen und Elfen aus den Kindergeschichten. Sie waren homo sapiens, nur eine neue Subspezies. Was die Medien Zwerge nannten, waren homo sapiens pumillonis, und was die Leute Elfen nannten, homo sapiens nobilis.«

Peter erinnerte sich vage an einiges davon. »Und es gibt den homo sapiens robustus und den homo sapiens ingentis.«

»Ja. Und alle sind menschlich. Alle sind menschliche Wesen. Die Medien nennen sie Metamenschen.«

Doch ein Gedanke ließ Peter nicht los. »Warum andere Namen?«

»Was?«

»Warum nicht ›Elfen‹? Warum nicht ›Zwerge‹?«

Die Stimme des Arztes hob sich ein wenig. »Weil sie

keine Elfen sind! Und auch keine Zwerge! Solche Wesen existieren nicht!«

Die Erregung des Arztes machte Peter nervös, also schwieg er. Er spürte einen Fehler in den Argumenten des Arztes, doch seine Gedanken waren zu verwirrt, um den Finger darauf legen zu können. Peters Schweigen ließ den Arzt lächeln. »Da. Siehst du? Du wirst dich erholen. Im Augenblick ist deine Erinnerung noch verwirrt. Als sich dein Körper veränderte, hat sich auch dein Gehirn verändert. Es hat sich neu strukturiert. Und im Laufe dieses Vorgangs hast du einen Teil deiner Erinnerungen verloren, weil Erinnerungen im Gehirn gespeichert werden. Doch einiges davon ist noch da. Manches wirst du neu lernen müssen. Aber du kannst es schaffen.«

Peter ignorierte die Worte. »Was bin ich? Ich bin ein sapiens ingentis?« Ein Kribbeln lief ihm über das Rückgrat. Erst jetzt reimte er sich die Worte des Arztes zusammen.

»Nun, das erste, was du dir immer vor Augen halten mußt, ist die Tatsache, daß du immer noch du bist. Das mußt du dir wirklich zu Herzen nehmen, denn das ist der Punkt, den die meisten Leute in deiner Verfassung nicht glauben. Und heutzutage ist ein Fall wie deiner ziemlich selten. Spontane UG-Expressionen sind seit 2021 recht unüblich. In den letzten beiden Jahrzehnten sind die Menschen in der Regel gleich in ihrem Gentypus geboren worden. Menschen wie du, die bis zur Pubertät ein Phänotypus sind und sich dann radikal in einen anderen verwandeln ... glauben oft, daß sie jemand anderer geworden sind — etwas anderes. Das ist nicht der Fall. Du bist kein anderer.«

»Ich fühle mich aber wie jemand anderer. Mein Kopf. Wie ... träge.«

Der Arzt sah zu Boden. »Ja. Es wird Unterschiede geben.«

»Alles ist rot.«

Der Arzt nickte. »Ja, deine Augen sehen jetzt anders. Meine Augen sind nur für normales Licht, das Spektrum des sichtbaren Lichts empfindlich. Deine Augen sind außerdem für infrarote Wellenlängen, für Wärmeenergie, empfindlich. In Verbindung mit deinem normalen Sehvermögen siehst du Wärme als Rotfärbung...« Der Arzt brach ab. »Zuerst wird es ein wenig sonderbar sein, aber du wirst dich daran gewöhnen.«

Peter erinnerte sich an die Reaktion der Schwester auf ihn. Was in den letzten paar Minuten nebelhaft gewesen war, wurde jetzt klar. »Ich bin ein Troll.«

»Nein! Du bist ein menschliches Wesen.«

»Ich bin häßlich.«

»Schönheit ist ein relativer Begriff, Peter.«

Er dachte an das Verschwinden seines Vaters. Sein eigener Vater konnte es nicht ertragen, in seiner Nähe zu sein. Tief in ihm erhob sich ein Schrei und drang durch seine Lippen. Er mußte hier weg, irgend etwas tun. Sich bewegen. Er wand sich hin und her, warf sich in seinem Bett von einer Seite auf die andere. Er heulte auf. Er wollte sich losreißen und seinen Kopf mit den Fäusten bearbeiten. Er wollte sterben. Er wollte so viel Schmerz erleiden, daß er einfach sterben konnte.

Der Arzt zog eine Spritze aus der Kitteltasche und näherte sich Peter damit. Die Nadel sah groß und gefährlich aus. Peter hob den Kopf und versuchte dem Arzt in die Hand zu beißen. Der Arzt zog sie zurück und rannte zur Tür. »Pfleger!«

Peter spürte, wie sich der Gurt um seine rechte Hand spannte. Er konzentrierte sich auf diese Hand.

Das Trampeln von Schritten an der Tür erregte seine Aufmerksamkeit. Der Arzt war zurück, in seinem Schlepptau zwei große Männer. Sie bezogen zu beiden Seiten Peters Stellung und drückten seine Schultern auf das Bett. Doch in diesem Augenblick zerriß Peter endlich den Gurt der rechten Hand und schlug nach dem Pfleger auf dieser Seite. Seine Faust traf den Mann in den Bauch, der Aufprall hob den Pfleger von den Beinen und schleuderte ihn gegen die Wand.

Peter wandte sich ungestüm gegen den zweiten Pfleger. Er hatte keinen Plan, er wollte nur jemandem weh tun. Doch bevor er zuschlagen konnte, spürte er den Stich der Spritze in der linken Schulter. Als er den Kopf drehte, sah er den zweiten Pfleger und den Arzt zurückspringen.

Immer noch wütend und außer sich, richtete Peter sich auf und griff nach dem Gurt um sein linkes Handgelenk, erstarrte dann jedoch beim Anblick seines rechten Arms.

Der Arm war massig, so dick wie der Oberschenkel eines normalen Mannes. Das Fleisch war graugrün, mit roter Wärme unterlegt, und rauh; überall wuchsen dicke hornige Knoten. Die Hand war gewaltig, die langen Finger endeten in harten spitzen Nägeln.

Dann sah Peter auf seinen mächtigen Körper herunter. Obwohl er mit den Krankenhauslaken bedeckt war, konnte er doch erkennen, daß er jetzt fast drei Meter groß war.

Aber er wurde wieder benommen. Die Dinge verschwammen vor seinen Augen.

Er wandte erneut den Kopf, um seine Hand zu betrachten. Er hob die Hand vor das Gesicht, entsetzt und fasziniert zugleich, daß diese Hand ihm gehören konnte.

Und dann wurde alles schwarz, und ein Traum überkam ihn.

2

Er träumte, er war wieder zu Hause.

Die Krämpfe hatten mitten in der Nacht begonnen und ihn aufgeweckt, als er sich vor Schmerzen gekrümmt hatte. Es fühlte sich an, als wollten sich Nadeln oder eher Nägel durch seinen Magen nach draußen bohren.

Er schauderte und glaubte einen Moment lang, es sei Winter und jemand habe das Fenster offengelassen. Dann fiel ihm die Party wieder ein und daß es Spätsommer und überhaupt nicht kalt war.

Seine Bettdecke war schweißnaß. Es fühlte sich scheußlich an, und er wollte aufstehen, befürchtete jedoch, noch mehr zu frieren, wenn er sich entblößte.

»Dad?« sagte er schwach. Er hatte schreien wollen, stellte jedoch fest, daß er es nicht konnte.

Er schlug die Bettdecke zurück. Seine Muskeln fühlten sich wund und steif an. Als er mit der Hand zufällig über seine Brust streifte, zog er sie voller Entsetzen zurück. Irgend etwas stimmte nicht. Seine Haut fühlte sich hart und rauh an. Er betrachtete seinen Körper, der in das trübe Licht der Straßenlaternen draußen vor dem Fenster getaucht war.

Er sah ganz normal aus... abgesehen von den Schwielen, die Brust und Bauch bedeckten. Winzige Erhebungen, kaum sichtbar, doch eindeutig vorhanden. Er preßte die Handflächen zusammen. Dasselbe. Er war mit Erzählungen von den Krankheiten aufgewachsen, denen zu Beginn des Jahrhunderts Millionen zum Opfer gefallen waren. War dies eine weitere?

Er stieg aus dem Bett. Er mußte zu seinem Vater gehen. Er brauchte Hilfe.

Ein Schwindelgefühl überfiel ihn. Er schaffte nur drei Schritte, bevor er zu Boden fiel. Seine Beine fühlten sich an, als gehörten sie einem anderen. »Dad?« sagte er schwach, indem er auf die Schlafzimmertür zu kroch. Als draußen im Flur das Licht anging und er das Geräusch von Schritten hörte, hielt er inne.

Eine verschwommene Silhouette erschien im Türrahmen. »Peter?«

Sein Vater trat näher, kniete sich neben ihn und betastete Peters Haut.

Peter hörte seinen Vater irgend etwas murmeln —
»Goblinisierung.« Dann lauter: »Ich bin sofort wieder
da. Ich muß einen Krankenwagen rufen.«
 Sein Vater ließ ihn allein.

Peter erwachte schwer atmend. Einen Augenblick war
er verwirrt, doch dann wurde er sich seiner Umgebung
bewußt. Er sah sich um. Ein Pfleger saß auf einem Stuhl
in einer Ecke des Zimmers und betrachtete die Vorgänge
auf dem Tridschirm an der Wand, über den Bilder von
brennenden Gebäuden flimmerten. Die Worte ›LIVE aus
Seattle‹ und ›Rassenunruhen‹ zogen über den unteren
Bildschirmrand. Vor den Gebäuden warf eine Menge
aus reinrassigen Menschen Flaschen und Steine auf die
Elfen und Zwerge, Trolle und Orks, die den Feuern zu
entkommen versuchten. Polizeieinheiten in Antiaufruhrmontur
schossen Tränengas in die Menge. Das Gas
vertrieb die Gruppen der Reinrassigen, behinderte jedoch
auch die Flucht der Metamenschen.
 »Was ist los?«
 Der Pfleger drehte sich zu Peter um, stand dann langsam
auf und ging zum Bett.
 In Peters Kopf blitzten Warnlampen auf. Der Mann
war gefährlich. Er hatte keine Ahnung, woher er das
wußte, doch ihm war absolut klar, daß die Gefahr wirklich
war. Mit unmerklichen Bewegungen überprüfte er
den Sitz der Haltegurte. Alle waren wieder an Ort und
Stelle.
 Der Pfleger stand jetzt vor Peter. »Weiß ich nicht genau.
Sieht so aus, als hätten sie in Seattle alle Metamenschen
zusammengetrieben, um sie in Lager zu stecken,
aber die dämlichen Schlappschwänze haben sich selbst
in Brand gesteckt. Jetzt sind überall in der Stadt Krawalle.«
 »Oh.«
 »Ach, übrigens, du hast gestern 'nen Kumpel von mir
echt fertiggemacht.«

»Ich wollte nicht ...«

Der Pfleger schlug Peter mit der Faust auf die rechte Wange, die sofort zu schmerzen begann. Peter beschloß, da er nichts unternehmen konnte, auch nichts zu sagen. Er würde es über sich ergehen lassen. Sollte sich der Mann abreagieren.

Der Pfleger schlug ihn wieder, und diesmal drang der Schmerz tiefer.

Als der Pfleger zum dritten Schlag ausholte, versuchte Peter, den Kopf wegzudrehen, doch der andere folgte der Ausweichbewegung und traf ihn wiederum an derselben Stelle.

»Aufhören ... Bitte.«

»Warum sollte ich, du dämlicher Troll.«

»Sie verstehen nicht. Ich habe mich gerade erst in einen Troll verwandelt. Bis vor kurzem war ich noch ganz normal.«

Der Pfleger hob die Faust. Peters Kopf ruckte zur Seite, und der Pfleger grinste, stolz auf seinen Trick, auf ihn herab. »Ist mir völlig gleichgültig, Chummer. Du bist 'n Troll, und du benimmst dich wie einer.«

Peter wollte ihn fragen: »Und wie benimmst du dich?« Aber er hielt den Mund.

Der Arzt tauchte in der Tür auf, wo er angesichts der Vorgänge in Peters Zimmer stehenblieb. »Ich habe Ihnen doch befohlen, mich sofort zu rufen, wenn er aufwacht.«

»Tut mir leid, Doc.«

»Ist alles in Ordnung?«

»Ja, klar. Ich und der Patient ...«

»Sie waren nicht gemeint.«

»Ja«, sagte Peter. »Alles bestens.«

Der Pfleger ging zum Tridschirm und schaltete ihn aus.

»Lassen Sie uns bitte alleine«, sagte der Arzt matt.

Der Pfleger ging gehorsam zur Tür, wobei er Peters Blick suchte, als er hinter dem Arzt stand und von diesem nicht mehr gesehen werden konnte. Er hob einen Finger an die Lippen und deutete dann einen Schlag mit der geballten Faust in die Handfläche an. Dann war er aus dem Zimmer. Wiederum beschloß Peter, seine Zunge im Zaum zu halten.

»Peter, wir müssen uns unterhalten«, sagte der Arzt.

»Von mir aus.«

»Was gestern vorgefallen ist ... In Fällen wie deinem kommt das schon mal vor. Aber du mußt deine Wut zügeln. Du bist viel stärker, als dir bewußt ist. Du kannst dir nicht erlauben, die Fassung zu verlieren. Ich kann verstehen, daß du im Moment ziemlich unter Streß stehst, aber das darf keine Entschuldigung sein. Die Welt hat immer noch Angst vor Menschen wie dir. Es wird noch einige Zeit dauern, bis sich die Dinge beruhigt haben.«

»In Seattle sind Krawalle.«

»Ja.«

»Was läßt Sie glauben, daß sich die Dinge überhaupt jemals beruhigen?«

Der Arzt lächelte auf Peter herab. »Vielleicht bist du klüger als ich, aber ich halte an meiner Überzeugung fest.«

»Wann kann ich nach Hause?«

»Darüber wollte ich mit dir reden, Peter. Du wirst morgen entlassen. Dein Vater hat sich der Dienste eines Therapeuten versichert, der dir dabei helfen wird, dich an deinen Körper zu gewöhnen. Tatsächlich ist er einer der besten der Welt ...«

»Was heißt das, mich an meinen Körper zu gewöhnen?«

»Peter, du bist jetzt Hunderte von Kilogramm schwerer als bei deiner Einlieferung. Dein Kopf und deine Schultern sind viel größer. Und du hast deine Muskeln seit Wochen nicht mehr benutzt. Es wird einige Zeit dauern.«

»Was ist damit, wie ich denke?«

»Wie du denkst?«

»Ja, mit meiner Art zu denken.« Ihm fiel der Pfleger wieder ein, der ihn geschlagen hatte. »Und mit meiner Wut. Sie sagten, ich kann es mir nicht erlauben, wütend zu werden. Aber was ist, wenn ich wütend bin? Was ist, wenn ich wütend darüber bin, ein Troll zu sein? Weil ich kein Troll bin und es mich wütend macht, wie einer auszusehen.«

»Hör mir jetzt gut zu! Das ist sehr wichtig. Weißt du noch, was die DNS ist — kannst du dich noch an Genetik erinnern?«

Peter kramte in seinem Gedächtnis und wurde immer frustrierter. Es war schon schlimm genug zu wissen, daß er eine Menge vergessen hatte. Aber das war gar nichts im Vergleich dazu, ausgefragt zu werden, so daß seine verlorenen Erinnerungen katalogisiert werden konnten.

Doch dann erinnerte er sich tatsächlich an etwas im Zusammenhang mit DNS.

»Das ist wie bei einem Code, stimmt's? Buchstabenketten, und daraus besteht eine Person, hab ich recht?« Dann kam er sich sehr dumm vor, denn er wußte, daß eine Person keine Buchstaben enthielt. Eine Person war kein Satz, den man buchstabieren konnte. »Es tut mir leid, ich bin nicht sicher, ob ...«

»Nein, nein, das ist sehr gut. Es ist zwar ungenau, aber du bist auf dem richtigen Weg. Wir stellen uns die DNS wie einen Code vor. Einen Code mit vier Buchstaben. Die Buchstaben beruhen auf den vier Stickstoffbasen in der DNS: A für Adenin, G für Guanin, C für Cytosin und T für Thymin. Die Buchstaben sind zu unterschiedlichen Kombinationen unterschiedlicher Länge angeordnet, um so ein Gen zu bilden. Ein einziges Gen kann durch zehntausend oder hunderttausend, sogar Millionen dieser Buchstaben definiert sein. Es funktioniert ungefähr folgendermaßen: GCATGTATCCTGTA und so weiter.«

Erregung durchströmte Peter. Er konnte die Erinnerung an diese Vorstellung förmlich schmecken und wollte sie sich vollständig einverleiben. »Und Gene, was war das noch gleich?«

»Gene sind ... Sie definieren die Aspekte einer Person. Sie definieren die Farbe deiner Haare, die Größe deines Schädels. Sie sorgen dafür, daß Blut durch deine Adern fließt. Sie definieren deine Hautfarbe.«

»Ja! Ich kann mich jetzt an einiges erinnern. Und die Gene sind auf die Chromosomen verstreut.«

»Genau.«

In seiner Aufregung versuchte sich Peter auf die Ellbogen zu stützen, doch die Gurte hielten ihn. Er fiel wieder auf das Kissen und sagte: »Und?«

Der Arzt versuchte Peters energetisches Feuer neu zu entfachen. »Tja, gegen Ende des zwanzigsten Jahrhunderts haben wir damit begonnen, die Codesequenzen der DNS nachzuzeichnen. Bis dahin wußten wir zwar, daß es die DNS gibt, aber wir wußten nicht, welche Gene innerhalb der Codesequenz was taten. Man nannte es das Genom-Projekt. Es war ein weltweites Unternehmen, wenngleich es am stärksten von der damaligen Regierung der alten Vereinigten Staaten vorangetrieben wurde. Wissenschaftler der ganzen Welt studierten Teile vieler menschlicher DNS-Sequenzen und verglichen dann die Resultate. Sie fanden allgemeine Muster und konnten schließlich bestimmten Teilen der Sequenz bestimmte Aufgaben zuordnen. Zum Beispiel verbrachte — oh, wie war noch gleich sein Name? Richtig, Fajans von der Universität Michigan. Dieser Fajans verbrachte also zweiunddreißig Jahre damit, fünf Generationen einer Familie zu beobachten. Mehrere Dutzend der über hundert Menschen, die er studierte, litten, wenn sie älter wurden, an einer bestimmten Form von Diabetes. Dann durchforstete ein Genetiker namens Bell den Genpool der Familie nach gleichartigen Chromosomenbereichen, die allen Familienmitgliedern mit Diabetes gemeinsam waren. Er fand einige gemeinsame Merkmale für die Diabetes-Gene, aber das war nur ein Anfang. Nach dreieinhalb Jahren Arbeit engten sie den möglichen Bereich von drei Milliarden Basenpaaren auf zehn Millionen ein. Gut, aber nicht gut genug. Das ist nur ein Beispiel. Forschung wie diese wurde überall im Land betrieben. Ich weiß von dem Bell-Projekt nur deshalb, weil ich mich damit in der Schule besonders eingehend beschäftigt habe. Aber als das Land auseinanderbrach, hielten die meisten neuen Nationen ihre Informationen vor den Wissenschaftlern anderer Länder geheim. Und mittlerweile sind die Konzerne im Besitz der Informationen, und die sind noch viel weniger bereit, sie mit anderen zu teilen. Es wurde immer schwieriger, Muster genau zu überprüfen. Das Genom-Projekt hat bis vor kurzem eine enorme Verzögerung erlebt.«

»Aber das Muster der Menschen haben sie doch ganz gut erfaßt, nicht? Der reinrassigen Menschen, meine ich.«

»Nun, sie bekamen eine ziemlich gute Vorstellung. Doch auch wenn die Gene ›gelesen‹ werden konnten, gab es viele Gene, die wir nicht verstanden. Wir zeichneten sie auf, ignorierten sie aber ansonsten. Manche hielten wir für unwichtige Nebenprodukte der Evolution. Von anderen glaubten wir, daß ihnen bestimmte Funktionen zugeordnet sind, zum Beispiel die zu regulieren — auf eine Weise, die wir nicht verstanden —, wie stark sich ein bestimmtes Gen auswirkt.«

»Und einige davon waren die metamenschlichen Gene«, erinnerte sich Peter.

»Ja. Wir haben immer geglaubt, die magischen Gene seien unwesentlich. Was sie in der Tat auch waren, bis die Magie zurückgekehrt ist. Oder was sonst ... Wir wissen es nicht wirklich, aber wir vermuten, daß die Magie die Gene aktiviert hat. Sie waren immer da, aber inaktiv, unsichtbar.«

»Sie wollen mir also sagen, daß die Gene zu mir gehören. Ich bin ein Troll, weil sich meine Gene so lesen, und ich sollte mich einfach damit abfinden.«

»Ja. Das Universum hat dich so geschrieben.«

»Aber Diabetes ist eine Krankheit, richtig?«

Der Arzt zögerte, unsicher, worauf Peters Worte abzielten. »Ja.«

»Und der Grund, warum die Menschen ihr genetisch nachgespürt haben, war der, ein Heilverfahren zu finden, richtig?«

»Ja.«

»Zu ändern, was geschrieben steht ...«

»Aber Diabetes ist eine Krankheit, Peter. Soweit ich weiß, bist du vollkommen gesund.«

»Was ist mit den Krawallen in Seattle? Kein anderer auf der ganzen Welt würde mich als gesund betrachten.«

»Das ist ein Problem der Welt. Nicht deines Körpers.«

Peter wandte den Kopf ab. Er konnte die Worte nicht finden, um das auszudrücken, was er sagen wollte. Aber sein Körper war angespannt, fühlte sich irgendwie eingesperrt.

Nein, ganz anders. Er war angespannt und hatte das Gefühl, in einem fremden Körper eingesperrt zu sein. Er betrachtete das Laken, welches ihn bedeckte. Diese Gestalt konnte nicht sein Körper sein. Er war viel zu schwer, viel zu klobig, viel zu groß. Im Innern des Trollkörpers, der größer war als der Körper eines erwachsenen reinrassigen Menschen, steckte ein fünfzehnjähriger Junge.

»Ich bin von etwas befallen«, sagte er. »Und ich will es loswerden.«

»Peter, wir wissen nicht, wie wir das machen sollen. Wir können noch keine Gene manipulieren.«

Eine glühende Idee erwärmte ihn. »Ich werde es herausfinden.«

»Vielleicht wirst du das«, sagte der Arzt irgendwie traurig, doch Peter spürte, daß er eigentlich genau das

Gegenteil sagen wollte. »Ich muß jetzt gehen. Dein Vater kommt morgen früh, um dich abzuholen. Dein Therapeut ebenfalls.«

Der Arzt wandte sich ab und ging.

Peter entspannte sich und versuchte es sich so bequem wie möglich zu machen, während er an das Bett gegurtet war. Es war nicht mehr für sehr lange. Morgen früh würde sein Vater hier sein und ihn nach Hause holen.

Am nächsten Morgen platzte der Arzt mit einem anderen Mann im Schlepptau in das Zimmer, von dem Peter annahm, daß er der Therapeut war. »Guten Morgen, Peter«, sagte er, um dann auf den anderen Mann zu deuten. »Peter, das ist Thomas. Thomas, das ist Peter.«

Thomas war ein großer Mann mit einem breiten, runden, unschuldig aussehenden Gesicht, doch Peter beachtete ihn nicht, sondern starrte ungeduldig auf die Tür in der Erwartung, daß sein Vater als nächstes darin auftauchen würde. Als das nicht geschah, wartete er darauf, daß ihm jemand den Grund dafür verriet. Vielleicht hatte sich sein Vater lediglich ein wenig verspätet. Doch keiner der beiden sagte etwas. Offensichtlich warteten sie darauf, daß Peter die Begrüßung des Arztes erwiderte. Seine Enttäuschung war groß, doch Peter vergrub sie ganz tief.

»Guten Morgen.«

Thomas trat näher an das Bett. »Ich glaube, ich komme schon klar«, sagte er zu dem Arzt. »Vielen Dank.« Mit einem Nicken verließ der Arzt das Zimmer.

»Wie geht es dir?« fragte Thomas.

»Prima.«

»Wirklich? Ich würde meinen, jemand, der so etwas durchgemacht hat wie du, müßte eigentlich immer noch ein wenig aus dem Gleichgewicht sein.«

Peter war sich nicht schlüssig, ob er den Mann mochte oder nicht, also sagte er gar nichts.

Thomas beugte sich herunter und löste sanft Peters Gurte, als seien die Leute, die ihn so behandelt hatten, erbärmlich und bedauernswert. Nachdem er den letzten Gurt gelöst hatte, sagte er: »Warte«, und nahm dann Peters rechtes Handgelenk, dessen graugrünes Fleisch dort, wo der Gurt hineingeschnitten hatte, ein breites Band blaugrauer Verfärbung aufwies. Thomas rieb das Fleisch mit den Handballen. Die Berührung weckte ein Gefühl des Unbehagens in Peter, und er versuchte die Hand wegzuziehen. Aber er hatte keine vollständige Kontrolle über seine Muskeln, und das Ende vom Lied war, er entriß Thomas die Hand so heftig, daß sie gegen den Bettpfosten auf der anderen Seite knallte.

»Ruhig, entspann dich«, sagte Thomas. Er griff wieder nach Peters Handgelenk und massierte es. Wo Thomas das Fleisch berührte, wurde es wärmer.

Peter fühlte sich immer noch unbehaglich, hatte aber Angst davor, die Hand noch einmal wegzuziehen. Sekunden später gab er jedoch jeden Gedanken daran auf, noch einmal zu versuchen, sich Thomas zu entziehen, weil die Hände des Mannes zu beruhigend wirkten. Er gab nach und ließ Thomas seiner Arbeit nachgehen.

Thomas hob nacheinander Peters Arme und Beine und massierte sorgfältig die Stellen, wo die Gurte ins Fleisch geschnitten hatten. Dann zog er das Laken zurück und massierte den Rest von Peters Körper, indem er sich vom Hals nach unten arbeitete.

Thomas arbeitete schweigend, und ein verstohlener Blick Peters zeigte ihm, daß sich der Therapeut in seine Aufgabe vertieft hatte. Mit sicheren Bewegungen zwang er die Anspannung und den Druck in Peters Körper immer weiter nach unten. Peter konnte nur noch die Augen schließen und das Gefühl genießen.

Dann sagte ihm Thomas, er solle sich auf den Bauch wälzen, mußte Peter jedoch bei der Vollendung seiner unbeholfenen Bewegung helfen. Wiederum begann Thomas am Hals und arbeitete sich nach unten. Als seine Hände das Ende von Peters Wirbelsäule erreichten, schnurrte dieser fast vor Wohlbehagen.

Als er fertig war, klatschte Thomas in die Hände und sagte: »Alles klar? Bereit, nach Hause zu gehen?«

Peter dachte, er würde lieber hier im Krankenhaus bei Thomas' magischen Händen bleiben als heimzukehren. Er war wütend auf seinen Vater, weil der nicht gekommen war, und hatte Angst vor seiner Wut. Aber er wußte, daß ihm keine andere Wahl blieb.

»Sie kommen mit mir, richtig?«

»Ja. Dein Vater hat ein Zimmer für mich eingerichtet. Ich werde dort bei dir wohnen.«

Daraufhin fühlte sich Peter ein wenig besser, aber er versuchte seine Erleichterung nicht zu zeigen.

»Also, dann wollen wir mal«, sagte Thomas. »Zeit zum Aufstehen.« Zuerst wälzte sich Peter auf den Rücken, dann stützte er sich auf die Arme. Von der anderen Seite des Bettes drückte Thomas gegen Peters Rücken und half ihm so dabei, sich aufzurichten. Peter fühlte sich wie ein Sack Dünger.

Als er schließlich aufrecht saß, hatte er das Gefühl, sein Gleichgewichtssinn sei gestört. Thomas streckte eine Hand aus, um ihn zu stützen.

»Ich bin wirklich groß.«

»Das bist du ganz bestimmt. Arme nach oben. Es wird jetzt Zeit für dich, das Bett zu verlassen.«

Peter hob unbeholfen die Arme, während Thomas die Schleifen in den Bändern des Krankenhausnachthemds löste und es ihm über die Schultern streifte. Dann öffnete Thomas eine grüne Plastiktasche und zog ein riesiges T-Shirt, Unterwäsche und Shorts heraus. »Übergröße für Trolle?« fragte Peter.

»Genau. Dein Vater hat eine vollständige Garderobe für dich gekauft. Der Rest ist unten in meinem Van. Arme hoch.«

Thomas zog Peter das T-Shirt über den Kopf und sagte dann: »Jetzt lehn dich wieder zurück.«

Peter tat es mit dem sicheren Gefühl, niemals wieder hochkommen zu können. Thomas streifte ihm Unterhose und Shorts über die Beine.

»Gut. Jetzt wieder hoch.«

Peter gab sich alle Mühe, aber er konnte die Bauchmuskeln einfach nicht hart genug anspannen, um den Oberkörper aufzurichten. Thomas trat erneut hinter das Bett und versetzte ihm einen heftigen Schubs, und ehe sich Peter versah, saß er wieder aufrecht. Eine Woge der Scham überkam Peter, weil er sich ganz wie ein Baby benahm, hilflos und bedürftig. Eine schreckliche Idee nistete sich in seinem Verstand ein: Er hatte kein Leben vor sich, ausgenommen die Brosamen, die andere ihm zuwarfen.

»Augenblick.« Thomas ging zur Tür und trat hinaus auf den Flur. Als er zurückkehrte, schob er einen großen Rollstuhl aus silberglänzendem Metall vor sich her.

»Ist der für mich?« Peter hörte die Angst in seiner Stimme.

»Die übliche Verfahrensweise des Krankenhauses. Bis du draußen bist. Du kannst gehen, aber am Anfang wird es nicht ganz leicht sein. Aber deswegen bin ich ja auch hier. Wenn unsere gemeinsame Arbeit beendet ist, wirst du in besserer Verfassung sein als vor deiner Verwandlung.«

Thomas sprach das Wort ›Verwandlung‹ ohne jedes Stocken, ohne jeden Anflug von peinlicher Berührtheit aus. Peter wurde plötzlich klar, daß Thomas dies alles schon zuvor erlebt hatte. Er hatte anderen Menschen geholfen, die gestern noch reinrassige Menschen gewesen waren und heute einer anderen Rasse angehörten. Für Thomas war dies nur ein weiterer Lebensabschnitt. Peter konnte sich nicht vorstellen, es jemals so sehen zu können.

Thomas schob den Rollstuhl vor das Bett und sagte: »Also gut, steh jetzt auf.«

Peter glitt die Bettkante herunter. Früher als erwartet

berührten seine Füße den Boden. Er versuchte sich zu erheben, hatte jedoch Angst. Er wußte nicht, wo sein Gleichgewichtssinn geblieben war. Seine Gliedmaßen fühlten sich an, als gehörten sie jemand anderem. »Ich kann nicht. Ich kann mich nicht bewegen.«

»Doch. Entspann dich. Doch, du kannst.« Thomas kam zu ihm und legte ihm den Arm um die Schultern. »Achtung, es geht los. Fertig? Eins ... zwei ... drei.« Thomas drückte wieder gegen Peters Rücken, und Peter versuchte noch einmal, sich zu erheben. Mit Thomas' Hilfe kam er auf die Beine.

Peter sah zu Thomas herunter, der zu ihm aufsah und lächelte. »Hallo, Großer.«

»Ich bin riesig.«

»Und noch nicht völlig ausgewachsen.«

»Nicht?«

»Trolle können drei Meter groß werden.«

Peter lachte unwillkürlich. »Der Arzt meinte, ich sei kein Troll«, sagte er.

»Manche Leute können die Wahrheit nicht erkennen, wenn sie sie nicht messen können. Wenn alles erledigt ist, wirst du herausgefunden haben, als was du dich selbst bezeichnen willst, Peter. Aber für mich bist du ein Troll. Schön, jetzt in den Stuhl.«

Thomas half Peter dabei, sich so zu drehen, daß er mit dem Rücken zum Rollstuhl stand, und Peter legte die Hände auf die Armlehnen. Als er sich jedoch setzen wollte, glitt der Fußboden nach links weg. Plötzlich, ohne jede Vorwarnung, neigte sich sein Körper nach vorn, als er den Verlust des Gleichgewichts ausgleichen wollte und zuviel des Guten tat. Sein Blick fiel auf die grauen Fußbodenfliesen, die auf sein Gesicht zuschossen. Verzweiflung überkam ihn, als die Fliesen sein Blickfeld ausfüllten. Im nächsten Augenblick knallte er zu Boden.

Thomas kniete neben ihm, eine Hand auf seinem Rücken. »Bist du in Ordnung?«

Peter wollte allein sein. Er wollte nicht, daß ihn irgend jemand so sah, unfähig, sich zu bewegen, zu laufen. »Ich will nicht gehen«, sagte er leise.

»Was?«

»Ich will nicht nach Hause. Ich will nicht, daß mich mein Vater so sieht. Ich will nicht, daß mich die Welt so sieht. Ich will hier nicht weg.« Peter streckte die Hände aus und spreizte die Finger, als wolle er sich mit seinen kräftigen Nägeln in den Boden graben, falls Thomas versuchte, ihn zum Gehen zu bewegen.

»Peter, du bist hingefallen. Das kann schon mal vorkommen. Die Schwerkraft zieht jeden zu Boden. Das gehört einfach mit dazu. Wir leben nun mal auf einem Planet, der uns mit Luft, Nahrung und Wasser versorgt, und dafür zieht er uns nach unten.«

Peter wandte den Kopf, um Thomas direkt anzusehen. »Was, zum Teufel, ist das jetzt für ein Quatsch?«

»Ich behaupte ja gar nicht, daß es eine brillante Einsicht ist. Nur eine Betrachtungsweise. Und jetzt komm hoch, du kannst dein Leben nicht leben, indem du dich an einen Fußboden klammerst.«

»Warum nicht? Wenn ich nicht aufstehe, kann ich auch nicht hinfallen.«

»Deine Logik ist einwandfrei. Aber wenn du nicht aufstehst, kannst du auch sonst nichts tun, gar nichts.«

Peter rührte sich nicht, unsicher, was er tun sollte. Eigentlich wollte er nicht aufstehen, aber ihm war klar, daß sein Vorhaben, auf dem Boden liegenzubleiben, lächerlich war. Er zog die Arme an, stemmte die Handflächen gegen den Boden, und erhob sich langsam. Thomas war Peter beim Aufstehen behilflich, und dann schaffte es Peter bis in den Rollstuhl.

»Das war gar nicht so schlecht«, sagte Thomas.

Peter sah ihn herausfordernd an. »Ich will mich wieder so bewegen können wie früher.«

Thomas trat hinter den Rollstuhl, drehte ihn in Richtung Tür und schob. »Das ist unmöglich«, verkündete er in einem Tonfall, der keinen Widerspruch zuließ.

»Was soll das heißen?«

»Peter, du hast nicht mehr denselben Körper. Wie könntest du dich da genauso bewegen wie früher?«

Sie verließen das Zimmer, und die Geräusche des Flurs stürmten auf Peter ein.

In der Abgeschlossenheit des Krankenhauszimmers hatte er vergessen, wie laut die Welt war. Hier draußen gingen Ärzte über die Flure, die in Palmtops sprachen oder ihnen zuhörten. Automatische Krankentragen surrten, während sie farbcodierten Linien folgten. In der Schwesternstation sprachen Mitglieder des Krankenhauspersonals in kleine Mikrofone, um Krankendaten aufzuzeichnen. Jeder sprach irgend etwas in stimmaktive Geräte, und erfahrungsgemäß hörte keiner einem anderen zu.

Er sah drei andere Trolle, vier Orks und drei Elfen, die ebenfalls über den Flur geschoben wurden. Ein paar hatten Arme oder Beine in Gips, andere lagen auf Bahren. »Haben die sich auch verwandelt?«

»Nein. Sie haben auf dem metamenschlichen Flügel gelegen. Sie sind aus ganz gewöhnlichen Krankheitsgründen hierhergekommen.«

»Aber es sieht so aus, als würden alle das Krankenhaus verlassen.«

»Stimmt. Das tun sie auch. Die Krawalle haben auf andere Städte übergegriffen. Mittlerweile ist es auf dem Gebiet der gesamten UCAS, der Konföderierten Staaten und Kaliforniens zu Krawallen gekommen. Sogar in einigen der Indianerstaaten. Heute morgen habe ich sogar von Krawallen in London gehört. Es hat eine ganze Menge Bombendrohungen gegeben. Man hat verlangt, daß alle Metamenschen aus dem Krankenhaus entlassen werden. Und ähnliche Dinge spielen sich augenblicklich auf dem gesamten Kontinent ab.«

»Warum?«

»Dummheit? Ich weiß es nicht. Manche Leute glauben immer noch, man kann ein Metamensch werden, indem man sich einfach in ihrer Nähe aufhält, wie man sich eine Krankheit holt. Sie erinnern sich vielleicht noch an AIDS und die VITAS-Seuche ... Ich weiß nicht. Ich weiß es wirklich nicht.«

»Also werden wir vom Krankenhaus alle vor die Tür gesetzt. Ist das der Grund, warum ich nach Hause geschickt werde?«

»Nein. Deine Entlassung für heute war schon vor den Krawallen heute nacht beschlossen worden. Alle anderen werden an geheime Orte geschafft. Man wird sich um sie kümmern. Jedenfalls wurde mir das gesagt. Aber die Verwaltung ist der Meinung, man dürfe die anderen Patienten nicht der Gefahr aussetzen, von Fanatikern getötet zu werden.«

»Also werfen sie uns auf die Straße.«

»Nicht ganz. Aber deine Wut ist berechtigt.«

»Ich bin gar nicht wütend«, sagte Peter reflexhaft, obwohl er wußte, daß er es sehr wohl war.

»Wie du meinst.«

Thomas' Antwort machte ihn noch wütender. »Bestimmt nicht.«

»Und der Pfleger, dem du gestern in die Nieren geschlagen hast, ist die nächsten drei Wochen nicht arbeitsunfähig.«

»Was?«

»Nur die Ruhe«, sagte Thomas, indem er Peter eine Hand auf die Schulter legte. »Ich erwähne ihn nur, um zu belegen, daß tatsächlich etwas in dir vorgeht. Und du tust niemandem einen Gefallen, indem du das abstreitest. Was den Pfleger betrifft, der erholt sich wieder. Solche Dinge kommen auf dieser Station schon mal vor. Das gehört mit zu seinem Job.«

Sie kamen zu den Fahrstühlen. Pfeile auf den Knöpfen zeigten nach oben und unten. An der Wand neben den Fahrstühlen hing eine Karte, auf der alle Etagen des Krankenhauses sowie die verschiedenen Stationen in Gestalt kleiner Icons verzeichnet waren. Die dritte Etage war hervorgehoben, also nahm Peter an, daß sie sich in diesem Stockwerk befanden.

An einem Ende der Karte sah er vier kleine Gesichter: Zwei breite mit großen Zähnen, die einen Ork und einen Troll darstellten, ein schmales mit langen spitzen Ohren für einen Elf sowie ein bärtiges für einen Zwerg. Die Bilder sahen lächerlich aus, simplifiziert bis zum Punkt der Kindlichkeit, doch ohne die Energie, die ein Kind dem Unternehmen entgegengebracht hätte.

Die Fahrstuhltür öffnete sich. In der Kabine stand eine attraktive Frau mit einem kleinen Jungen auf dem Arm. Sie beäugte Peter mißtrauisch, als Thomas den Rollstuhl hineinschob, versuchte ihre Furcht jedoch zu verbergen. Dann, gerade als sich die Türen zu schließen begannen, stürzte sie mit ihrem Sohn auf dem Arm hinaus. In Peters Brust verkrampfte sich alles.

»Mach dir keine Gedanken deswegen«, sagte Thomas. »Das ist bloß Angst.«

3

Thomas schob Peter hinaus auf den Parkplatz zu einem großen schwarzen Volkswagen Superkombi III. Vor der Tür auf der Beifahrerseite hielt Thomas den Rollstuhl an, ging um ihn herum und öffnete die Tür. Peter erhob sich vorsichtig, aber er hatte seinen Gleichgewichtssinn immer noch nicht wiedergefunden und fiel vornüber. Verzweifelt griff er nach dem massiven Türpfosten und schaffte es, aufrecht stehenzubleiben.

Dann wandte er plötzlich den Kopf, als er sein Spiegelbild im Türfenster sah. Im Krankenhaus hatte ihm niemand einen Spiegel gezeigt, und jetzt kannte er auch den Grund dafür.

Seine Zähne waren gewaltig — zwei mächtige Hauer stießen aus seinem Unterkiefer hervor und überlappten seine Oberlippe. Er hatte riesige gelbe Augen und einen monströsen Kopf mit großen spitzen Ohren. Peters Verstand konnte nicht akzeptieren, daß er sich selbst betrachtete. So sehr er sich auch bemühte, er kam einfach nicht an der Vorstellung vorbei, das Glas des Türfensters gebe sein Äußeres verzerrt wieder.

»Also«, sagte Thomas neben ihm. »Alles bereit. Bist du so weit? Dann los.« Sie mühten sich minutenlang ab, und bald saß Peter im Innern des Vans. Augenblicklich kam ihm der Gedanke, daß nur wenige Autos so geräumig waren, jemanden wie ihn bequem darin sitzen zu lassen.

Thomas lud den Rollstuhl in den hinteren Teil des Vans, bestieg dann den Fahrersitz und startete den Motor. Er sagte nichts, und Peter begnügte sich damit, weiterhin wie versteinert sein Spiegelbild im Fensterglas anzustarren. Er wurde nur zweimal aus seinen Gedanken gerissen, als ihn Menschen entdeckten und den Van mit Flaschen und Plastikdosen bewarfen.

»Ich glaube, im Krankenhaus war ich sicherer aufgehoben.«

»Tja, das ist der Grund, warum dir die Natur so ein dickes Fell mitgegeben hat. Damit du so etwas verkraften kannst.«

»Warum sollte ich so etwas verkraften müssen?«

»Vielleicht solltest du so etwas nicht verkraften müssen. Aber du wirst es verkraften. Du lebst auf dieser Welt, und du spielst nach den Regeln dieser Welt. Die Welt sagt, es gibt dämliche Menschen. Und da hast du es.«

»Machen wir nicht unsere eigenen Regeln?« Ein Wort fiel ihm wieder ein: Gesetze. »Ich dachte, das sei der Sinn von Gesetzen.«

»Nun ... Erstens, wer macht die Gesetze, Peter? Menschen. Menschen machen die Gesetze. Also kannst du der Welt nicht entkommen, indem du dich hinter den Gesetzen der Menschen versteckst. Die Natur ist trotzdem noch da. Und sie hat gesagt: ›Es soll auch dämliche

Menschen geben‹, und die dämlichen Menschen können genausogut Gesetze machen wie die netten. Zweitens, selbst gute Gesetze müssen nicht beachtet werden. Du kannst Intelligenz nicht durch Gesetze bewirken. Du kannst auch Freundlichkeit nicht durch Gesetze bewirken. Es hat schon immer dämliche Menschen gegeben, und ich glaube, es wird auch immer dämliche Menschen geben.«

»Mein Arzt hat gesagt, er glaubt, die Menschen werden klüger.«

»Er könnte recht haben. Eines Tages glaube ich das vielleicht auch. Ich bin nur so alt, wie ich bin. Ich ändere mich, ich lerne immer mehr. Wer weiß?«

Der Van bog in eine Zufahrt ab, die zu einem kleinen, altmodischen Haus aus Holz und reich verziertem Metall führte. Peter kannte es nicht. »Wohne ich hier?«

»Ich glaube schon ...« Thomas zog ein Notizbuch aus der Tasche, dessen zahlreiche zerknitterten Seiten mit Notizen in einer winzigen Krakelschrift bedeckt waren. »Das ist jedenfalls die Adresse, die ich bekommen habe. Sind wir hier falsch?«

»Nein, tut mir leid. Ich wohne tatsächlich hier. Ich hab's vergessen. Wir sind erst vor drei Wochen hergezogen. Oder mittlerweile wohl sieben Wochen. Wegen des neuen Jobs meines Vaters an der Universität von Chicago.« Er griff sich mit der Hand an den Kopf. »Ich bin jetzt so dumm. Es ist, als sei mein Verstand in Watte gehüllt.«

Thomas warf Peter einen Seitenblick zu und runzelte die Stirn. »Mir kommst du überhaupt nicht dumm vor. Was bringt dich zu dieser Ansicht?«

»Nun, ich bin ein Troll. Ich bin dümmer als vorher.«

»Peter, mit deinem Körper hat sich auch dein Hirn verändert. Es ist anders. Und, jawohl, Trolle neigen dazu, geistig langsamer zu sein als reinrassige Menschen. Aber als du ein Mensch warst, betrug dein IQ« — er schlug erneut das Notizbuch auf — »betrug dein IQ 184.

Wir wissen noch nicht, wie intelligent du jetzt bist. Wahrscheinlich wirst du nicht ganz so schlau sein, wie du warst, aber wir wissen längst noch nicht alles über dich.«

Thomas' Worte beunruhigten Peter. Er hatte begonnen, in der Vorstellung von seinem beschränkten Verstand so etwas wie Trost zu finden. Er würde nicht viel von seinem Leben und seiner Zukunft zu erwarten haben, und das entsprach den Ansichten seines Vaters. Unangenehm, vielleicht, aber realistisch.

»Du hast jetzt zwei Möglichkeiten: Du kannst glauben, du wüßtest alles, was es über dich zu wissen gibt. Und du kannst leben, beobachten und entdecken.« Peter schwieg. »Das ist keine Entscheidung, die du jetzt gleich treffen mußt. Das ist eines von diesen Dingen des Lebens.« Thomas zwinkerte.

Während Thomas Peter zum Haus half, kamen einige von den Nachbarn heraus, um den Troll auf der Auffahrt voller Scheu anzustarren.

Im Innern des Hauses angelangt, sah Peter sich um, während Thomas zum Van zurückging. Ihm fielen ein paar neue Möbel auf — massives Zeug mit stabilen Metallrahmen. Kalt und hart. Möbel, genau richtig für ihn.

Thomas kehrte mit einem Stapel Kleidung zurück, die Peters Vater gekauft hatte — Hemden und Hosen und Schuhe, alles passend für einen Troll. Peter vermutete, daß solche Kleidung einen Haufen Geld kostete. Er hatte ein schlechtes Gewissen, daß sich Vater seinetwegen in derartige Unkosten stürzen mußte, fragte sich aber gleichzeitig, wie Trolle mit wenig Geld an ihre Kleidung kamen. Er gab die Frage an Thomas weiter.

»Gute Frage. Es gibt keinen besonders großen Markt für Kleidung mit der richtigen Größe für Orks und Trolle, also produzieren sie die Hersteller nicht. Die größeren Metamenschen sind in der Regel darauf angewiesen, mehrere Kleidungsstücke zusammenzunähen. Farben und Stoffe passen nicht immer zusammen. Sieht schlampig aus.« Überrascht von dieser Bemerkung, neigte Peter den Kopf zur Seite. Sie kam ihm uncharakteristisch kritisch vor. »Hey, ich sagte nicht, sie sind schlampig. Die meisten tun ihr Bestes, um zu überleben. Aber in einem Land wie den UCAS, in dem es dem Durchschnittsbürger relativ gut geht, wirkt jemand, der so aussieht, als hätte er kaum genug zum Leben, einfach schlampig.«

Nachdem Peter und Thomas die Kleidungsstücke verstaut hatten, sagte Thomas: »Willst du dich jetzt ausruhen, oder willst du anfangen zu arbeiten?«

»Arbeiten.«

Sie arbeiteten. Peter ging und ging und ging. Er ging von der Vorderfront des Hauses zur Rückseite. Er ging treppauf und treppab. Er fand Thomas nett, aber auch ein wenig beunruhigend, als würde er eine Menge von Peter erwarten. Mehr, als Peter von sich selbst erwartet hatte, bevor er ein Troll wurde. Je eher Peter ohne Thomas' Hilfe laufen konnte, desto eher würde Thomas gehen, und desto eher konnte sich Peter entspannen.

Sie setzten die Arbeit bis spät in die Nacht fort. Das Gehen ermüdete Peter, doch jedesmal, wenn er glaubte, er könne nicht mehr, entdeckte er immer noch mehr Kraft, als er in sich vermutet hatte, und so machte er weiter.

Nach der vierten Stunde bemerkte er plötzlich, daß er sich wünschte, sein Vater würde von der Universität nach Hause kommen und sehen, wie er sich in seine Rehabilitation hineinkniete. Doch als sein Vater auch um Mitternacht noch nicht zu Hause war, ging Peter davon aus, daß er in dieser Nacht überhaupt nicht mehr kommen würde. Ihm fiel wieder ein, daß es etwas Alltägliches für William Clarris war, bis spät in die Nacht an seinen Forschungen zu arbeiten.

»Ich bin müde, Thomas«, sagte Peter, in dessen Gesicht sich die Enttäuschung über seinen Vater spiegelte.

»Ich bin reif fürs Bett.« Thomas warf einen forschenden Blick auf Peters Gesicht. »Klar«, sagte er liebenswürdig. Nachdem er Peter beim Zubettgehen geholfen hatte, massierte Thomas ihn wieder.

Von draußen drangen die Geräusche von Sirenen und splitterndem Glas an Peters Ohren, doch nur ganz sporadisch. Die Bewohner von Hyde Park zahlten gut für eine straffe Sicherheit, und die bekamen sie auch. Die Krawalle kamen kaum in die Nähe ihrer Wohngegend.

Doch es waren nicht die Wachen draußen, die Peter das Gefühl von Sicherheit vermittelten. Es war Thomas, bei dessen Berührung es ihm irgendwie in Ordnung vorkam, die Haut eines Trolls zu besitzen.

Als Peter die Augen aufschlug, begrüßte ihn der Anblick mit Lesechips gefüllter Regale auf der anderen Seite des Zimmers. Es dauerte einen Augenblick, bis er sie erkannte und ihm einfiel, daß sie ihm gehörten. Chips über Zellen und DNS und Literatur und Geschichte. Doch er konnte sich nicht an Einzelheiten erinnern. Er konnte sich nicht daran erinnern, auch nur einen einzigen gelesen zu haben.

Jemand klopfte an der Tür.

»Herein«, sagte Peter voller Erwartung, da er glaubte, es könne nur sein Vater sein.

Wer eintrat, war jedoch Thomas. »Guten Morgen«, sagte er.

»Morgen.« Wiederum verbarg Peter seine Enttäuschung nicht.

»Was ist los?« fragte Thomas.

»Wo ist mein Vater?«

»Er ist sehr früh gegangen. Er sagte, er wolle dich nicht wecken.«

»Hmmm.« Peter musterte das Regal.

»Du liest sehr viel.«

»Vermutlich. Aber ich kann mich an nichts davon erinnern.«

Thomas nickte, beschloß jedoch ganz offensichtlich, das Thema fallenzulassen. »Die meisten Menschen lesen heutzutage kaum noch.«

Ja, Peter erinnerte sich jetzt daran. Die Kinder hatten sich schon in der Grundschule über ihn lustig gemacht, weil sein Vater wollte, daß er richtig lesen und schreiben konnte, nicht nur oberflächlich und zweckgebunden wie die ›Iconeraten‹, eine neuen Bezeichnung für diejenigen, welche ausschließlich unter Benutzung von Symbolen und Schlüsselworten anstatt Schriftsprache durchs Leben gingen.

»Ich frage mich, ob mir das Lesen gefallen hat.«

»Der Menge der Chips nach würde ich sagen, ja.«

»Vielleicht habe ich es nur getan, um meinem Vater zu gefallen.«

»Oh.« Thomas ging zum Regal und überflog die Titel, die auf die Plastikhüllen gedruckt waren. »Tja, ich wette, ein paar von diesen hier haben dir gefallen... Die Schatzinsel... Der Zauberer von Oz.«

»Die anderen Kinder nannten mich immer Bücherwurm, weil ich so viel las. Sie sagten, Trideo wäre besser.«

»Anders.«

»Ich kann mich nicht erinnern.«

»Glaubst du, du wirst es noch mal mit dem Lesen versuchen?«

Peter zögerte, fürchtete sich davor, es auszusprechen. Dann: »Ich glaube nicht, daß ich noch lesen kann. Ich glaube, ich habe es irgendwie vergessen.« Kaum waren die Worte heraus, fing sein Kinn an zu zittern. Er wußte nicht mehr viel darüber, was er gelesen hatte, aber er wußte, daß ihn eben das Lesen von den meisten anderen Menschen unterschieden hatte, von anderen Kindern, die sich damit begnügten, Konsumenten von Information und nicht ihre Macher zu sein. Es war schlimm gewesen, so anders zu sein, aber es hatte auch etwas Besonderes aus ihm gemacht. Das Lesen war etwas, von dem er gewußt hatte, daß es zu ihm gehörte.

»Du kannst es wieder lernen, wenn du willst.«

»Und wenn ich es nicht kann?«

»Ich weiß, du kannst lesen lernen. Jeder Troll kann das, und ich nehme an, daß du gescheiter als die meisten Trolle bist, weil du als reinrassiger Mensch ein Genie warst.«

»Aber wenn ich es trotzdem nicht kann?«

»Du mußt nicht, wenn du dich dadurch besser fühlst. Du kannst ein paar Schlüsselworte lernen, ein paar Symbole. Heutzutage wollen sowieso nur ganz wenige Leute lesen. Sie setzen sich vors Trideo, um sich Nachrichten und Unterhaltung anzusehen. Sie benutzen icon- und stimm-orientierte Computer, um Daten für ihre Arbeitgeber herumzuschieben. Programmierer beherrschen die Computersprache, aber nicht viel mehr. Die einzigen Leute, die sich noch ums Lesen Gedanken machen müssen, sind diejenigen, die alles am Laufen halten. Die müssen lesen können, um die Dinge im Fluß zu halten, um die Technik zu verbessern. Aber die sind selten. Du kannst auch ohne Lesen auskommen, wenn du willst. Du wirst ein paar Worte wie STOP lernen, du wirst sie einfach als Icons betrachten, und das genügt.«

»Sie sind raffiniert.«

Thomas lächelte. »Ich weiß nicht, was du meinst.«

»Ihre Worte sind ... beruhigend, aber in ... in Ihrer Art zu sprechen liegt etwas ... ein Unterton, der besagt, ich sollte nicht einfach nur ein Iconerat werden.«

»Sehr wahr. Ich bin ein überzeugter Anhänger des Lesens. Alle Menschen sollten lesen können. Vor Jahren, als die Konzerne die Finanzierung des öffentlichen Schulsystems übernahmen, wurde der Leseunterricht — eigentlich das gesamte Curriculum — in eine mehr ›stimmliche‹ Vorgehensweise geändert. Um für ihr Geld eine Gegenleistung zu erhalten, wollten die Konzerne die Menschen nur noch so viel lernen lassen, wie diese brauchten, um eine Arbeit verrichten zu können. Aber die Konzerne wußten nicht — oder es kümmerte sie einfach nicht —, daß man nur eine Perspektive haben kann, wenn man mehr weiß, als man wissen muß. Heutzutage bringt man den Leuten ein Wort bei, und das war's dann. Kein Kontext. ›Warum schmeißen Menschen mit Steinen nach Orks und Trollen?‹ und die Antwort lautet: ›Rassismus‹. Eine Definition, die nur aus einem einzigen Wort besteht, könnte auch ein Icon sein. Icons vermitteln knappe, rasche, unvollständige Vorstellungen, Schlagworte — aber das ist alles. Und das ist es, was man in den Nachrichten sieht. Sie lassen einfach ein paar Substantive über den Schirm ziehen. ›Rassismus‹ besagt die Überschrift, und dann läuft der Film ab und zeigt Menschen, die einander angreifen. Aber kein Mensch weiß dadurch mehr als vorher.«

»Aber ein paar Menschen lesen. Ich habe es getan. Sie tun es noch.«

»Unsere Eltern stammen aus der Oberschicht, Peter. Sie konnten sich die besseren Schulen leisten, und deswegen wurden wir für eine umfassendere Bildung auserkoren. Die Gesellschaft braucht immer noch ein paar Leute, die lesen können. Wir können es.«

Peter versank in Nachdenken, und Thomas sagte: »Entschuldige den Vortrag. Ich habe nun mal diese fixe Idee von der Bedeutung der Bildung.« Er trat an das Bett. »Bereit, dir die Verspannungen austreiben zu lassen?«

Peter kuschelte sich tiefer ins Bett, da die Erinnerung an die gestrige Massage bereits ausreichte, um ihn zu beruhigen.

Peter seufzte tief, als Thomas damit begann, seinen Rücken durchzuwalken. Als er bei Peters Füßen angelangt war, sagte Thomas: »Dreh dich um.«

Peter folgte der Aufforderung, diesmal ohne Hilfe und mit vor Wohlbehagen geschlossenen Augen. Er öffnete sie kurz, als Thomas Hände seine Schultern kneteten, und was er sah, erschreckte Peter zutiefst. Thomas' Augen waren dunkelgelb, die Pupillen vertikale Schlitze und schwarz. Sein Gesicht war ausdruckslos, aber seine Haut hatte eine kalte grüne Färbung und wirkte schuppig. Peter durchlebte einen Moment äußerster Abscheu und keuchte, dann entzog er sich Thomas.

Thomas verharrte einen Augenblick in seinem weggetretenen Zustand, dann verblaßte die grüne Färbung, und seine Augen wurden wieder normal.

»Peter? Was ist los, Peter?«

»Was sind Sie?«

Thomas blinzelte zweimal. »Ich bin ein Schamane«, sagte er. »Vom Schlangentotem. Haben dir das dein Vater oder der Arzt nicht erzählt?«

Peter atmete immer noch sehr rasch, aber nicht mehr so rasch wie noch einen Augenblick zuvor. Er erinnerte sich an etwas in diesem Zusammenhang — Schamanen nahmen die Charakteristika ihres Totems an, wenn sie Magie anwandten. »Mein Vater. Ich habe seit Tagen nicht mehr mit ihm gesprochen.«

Thomas schloß die Augen. »Tut mir leid. Ich hätte es dir gesagt. Als er mich anrief, um mir zu sagen, er würde es nicht schaffen, dich abzuholen, da sagte er auch, du seist mit den Einzelheiten vertraut.«

»Ich wußte nur, daß Sie mich abholen würden.«

Thomas musterte Peter sorgfältig und mit demselben neugierigen Blick, mit dem er ihn tags zuvor bedacht hatte. »Hat er dir gesagt, daß er nicht kommen würde?«

»Ja, klar.«

»Hmmm. Tja, tut mir leid, daß ich dir einen Schrekken eingejagt habe. Ich kann verstehen, daß du dich gefürchtet hast.«

»Ich habe mich nicht gefürchtet.«

Thomas lächelte. »Du gibst nicht viel von dir preis, was?«

»Nein.«

»Hör mal, ich habe mich auf Magie gestützt, als ich

dich massierte. Es ... es ist ein Ritual, das ich selbst erstellt habe, und zwar für Leute, die etwas Ähnliches durchgemacht haben wie du. Es beruhigt die Muskeln und kräftigt sie gleichzeitig, ohne sie zu ermüden.«

»Warum haben Sie dabei so ausgesehen?«

»Mein Totem ist Schlange. Schlange ist ein Heiler. Wenn ich die Magie einsetze, nehme ich Züge von Schlange an, weil ich, nun, weil ich mich dabei auf Schlange stütze. Ich sehe anders aus, weil ich in dem Augenblick, in dem ich Magie anwende, anders bin.« Er wirkte verlegen. »Es ist schwer zu verstehen, bis man es tatsächlich tut.«

Peter entspannte sich. Er hatte noch nie zuvor mit einem Schamanen zu tun gehabt, doch Thomas schien ganz nett zu sein. Der Gedanke an Schamanen hatte ihn immer ein wenig geängstigt. Schamanen kamen ihm noch seltsamer vor als Magier, die zumindest den Anschein wissenschaftlicher Strenge verbreiteten.

Wissenschaftliche Strenge. Woher kam denn nun wieder dieser Gedanke?

Ihm fiel wieder ein, daß alle Schamanen ein Totem besaßen und alle Totems Tiere waren. Jedes hatte andere Qualitäten. Koyote ist der Gaukler. Hund ist absolut loyal. Er erinnerte sich an eine Frage, die er sich oft in Gedanken gestellt hatte, zu deren Beantwortung er jedoch nie gekommen war. »Warum ist Schlange ein Heiler? Viele Schlangen sind gefährlich.«

»Das sind sie tatsächlich«, sagte Thomas, indem er sich auf die Bettkante setzte. »Und Heilen ist ebenfalls gefährlich. Heutzutage denken die meisten Leute, sie brauchten lediglich diese Pille zu schlucken oder sich jener Behandlung zu unterziehen. Ihnen ist überhaupt nicht klar, daß es immer Risiken gibt. Wir wissen nicht alles. Wir werden niemals alles wissen. Aber das wollen die Menschen nicht hören. Sie wollen auf alles eine simple Antwort. Ein offensichtliches Beispiel: Du hast eine Erkältung. Der Arzt verschreibt dir ein Antibiotikum.

Du nimmst es. Du reagierst allergisch darauf. Und damit hast du ein ganz neues Problem. Vielleicht stirbst du daran. Oder nimm mal an, du gehst ins Krankenhaus, um dich operieren zu lassen — am Herzen. Heutzutage Routine, aber niemals völlig ungefährlich. Irgend was kann immer schiefgehen.«

Peter setzte sich auf. Ihm gefiel die Art, wie Thomas redete: beunruhigend, doch offen und direkt.

»Am Ende des letzten Jahrhunderts standen die Dinge um die Medizin ziemlich schlimm. Die Patienten erwarteten Wunder, und die Ärzte leisteten in ihrem Stolz diesen Erwartungen auch noch Vorschub.« Er drehte sich um und lächelte Peter an. »Das war die einzige Möglichkeit, die maßlos übertriebenen Honorare zu rechtfertigen, die sie verlangten. Alle wollten alles unter Kontrolle und absolut perfekt haben. Wenn irgend was schiefging, war das eine Katastrophe für den gesamten medizinischen Stand, dabei war es ein ganz normaler Vorgang. Normal schlimm. Wohlgemerkt, ich sage nicht, Heiler sollten schlampig sein. Aber der Schlangenbiß ist immer da.«

»Auch in der Magie?«

Thomas senkte den Blick. »Ganz besonders in der Magie.« Er sah wieder auf, um sich zu vergewissern, wie interessiert Peter tatsächlich war, bevor er fortfuhr. »Mit der Magie, insbesondere mit der schamanistischen Tradition, ist es, tja, so eine Sache. Voraussetzung ist, daß man tief ins Innere schaut. Besonders bei Schlange. Schlange lebt in den Rissen der Mauern eines alten Gebäudes. Schlange lebt in kleinen Höhlen in der Wüste. Schlange kommt überall hinein und will alles wissen. Schlange will nicht, daß ihr irgend etwas verborgen bleibt. Wenn man also Schlange folgen will, dann muß man ins Innere vordringen.« Er tippte sich an die Brust. »Das hat auch etwas mit ernsthafter Heilung zu tun, und wenn das Gift irgendwo gruselig ist, dann dort, wo man Dinge über sich selbst erfährt.«

Peter dachte an das, was ihm am meisten Angst machte, und plötzlich dachte er an ... Denise! Das Mädchen, das er auf der Party kennengelernt hatte. »O nein!« Er ließ sich auf das Kissen zurückfallen.

»Was ist los?«

»Ich vergaß, daß ich jemanden anrufen sollte. Ich war zu sehr damit beschäftigt, mich in einen Troll zu verwandeln.«

Thomas lachte. »Tja, ich bin sicher, er wird es verstehen.«

»Sie.«

»Ah. Trotzdem.«

»Nein.«

»Nein was?«

»Nein, ich werde sie nicht anrufen.«

»Weil du sie versetzt hast?«

»Weil ich ein Troll bin.«

»Hmmm. Weißt du, Peter ...«

»Was?« sagte er gereizt. Auf einmal fand er Thomas simple Weisheiten lästig.

»Nichts. Warum machen wir uns nicht an die Arbeit?«

Das taten sie dann auch.

Gegen Mittag legten sie eine Pause ein, und Thomas schaltete den Trideo ein, wo sich die örtlichen Sender mit Meldungen zu den Auswirkungen der Krawalle der vergangenen Nacht überschlugen. Eine Reporterin berichtete live aus der State Street im Loop, dem Herzen von Chicagos Innenstadt, der durch die Hochbahnlinien begrenzt wurde, welche die Pendler der Stadt nach Norden, Süden und Westen brachten.

Sie rekapitulierte: Reinrassige Menschen waren auf der Suche nach Metamenschen durch die Straßen gezogen. Sie waren in Häuser eingebrochen, hatten die Metamenschen nach draußen geschleift und sie dann zu Tode geprügelt.

Daraufhin hatten Metamenschen reinrassige Menschen umgebracht. Reinrassige Menschen: Sie benutzte den Ausdruck beiläufig.

Die Sicherheitskräfte der Stadt, sowohl privater als auch öffentlicher Natur, hatten ihre Waffen größtenteils gegen die Metamenschen eingesetzt. Die Stadtverwaltung hatte bereits eine Untersuchung des außerordentlich gewaltsamen Vorgehens der Sicherheitsteams angekündigt.

Peters Mund war trocken. Er legte sein Sandwich auf den Teller zurück.

»Peter?«

»Das hätte ich sein können. Ich hätte sterben können.«

»Zweifellos«, sagte Thomas, der daraufhin gelassen einen weiteren Bissen nahm. Er schien den Geschmack des Roastbeefs zu genießen, doch Peter hatte plötzlich den Appetit verloren.

Das Haus auf dem Bildschirm erbebte, sachte zunächst, wie ein flüchtiges Sichschütteln, dann jedoch heftiger. Es dauerte nur Sekunden, doch dann hörten sie die Schreie im Trideo. Auf dem Schirm konnten sie erkennen, daß die Kamera wild hin und her schwenkte, während sich die Reporterin nach der Ursache für die lauten Explosionen umsah. Dann drehte sie der Kamera den Rücken zu und sah auf, während ihre Hände plötzlich kraftlos herunterfielen. Das Mikrofon an ihrem Revers mußte ihre geflüsterten Worte aufgeschnappt haben: »O ihr Geister.« Der Kameramann schwenkte die Kamera in die Richtung, in welche die Reporterin sah.

Feuerrote Explosionen fegten die Mauern des IBM-Towers entlang, der einst Sears-Tower geheißen hatte. Der Wolkenkratzer bebte und schüttelte sich, dann verlor er den Zusammenhalt und fiel in sich zusammen.

Sein Einsturz war beinahe makellos. Die neun Sektionen, aus denen der Tower bestand, begannen sich voneinander zu lösen. Zuerst stürzten die acht Subtower um das Zentralgebäude ein, langsam zunächst und schneller dann, als das Zentralgebäude folgte. Alle neun fielen schneller und immer schneller, bis das gesamte Bauwerk hinter den Häusern entlang der State Street verschwand.

Einen Augenblick später schossen Stichflammen von der Stelle hoch, wo der Wolkenkratzer eingestürzt war. Dann wurden die Gebäude entlang der State Street eines nach dem anderen von Explosionen erschüttert.

Die Reporterin wirbelte zur Kamera herum. Ihr Gesicht verriet Panik, aber sie kämpfte, um ihre Stimme unter Kontrolle zu halten. »Explosionen erschüttern ...«

Dann fiel die Kamera zu Boden, wo sie auf der Seite liegen blieb und die Katastrophe immer noch weiter aufzeichnete. Der Ton war ausgefallen.

»Die Gasleitungen«, sagte Thomas. Peter sah ihn an. Thomas' Haut war fast grau geworden. »Die Gasleitungen ziehen sich durch die ganze Gegend.«

Als sich Peter wieder dem Trideo zuwandte, sah er, daß der Loop in Flammen stand. Menschen in brennenden Kleidern fielen aus Fenstern, stürzten aus Türen, rannten überallhin. Dann verwandelte sich das Bild in ein gestaltloses Flimmern. Als Peter nach Norden durch das Küchenfenster sah, konnte er bereits eine dicke Wolke aus schwarzem Qualm erkennen, die sich über der Chicagoer Innenstadt bildete.

»Ich muß gehen«, sagte Thomas.

»Was?«

Thomas stand auf. »Ich muß gehen. Ich werde gebraucht.«

»Bitte, Thomas, lassen Sie mich nicht allein.«

»Dir wird nichts geschehen. Verschließ die Türen.« Er ging aus der Küche.

Peter stolperte, als er sich erhob, um ihm zu folgen. »Sie haben hier zu bleiben! Das ist Ihr Job!«

»Ich habe eine Klausel in meinem Vertrag, die es mir gestattet, unter derartigen Umständen zu gehen«, sagte

Thomas grimmig. »Und genau das tue ich. Ich sorge immer dafür, daß diese Möglichkeit in die Gesetze, denen ich mich zu beugen habe, eingebunden bleibt. Bleib hier. Verschließ die Türen. Bewahr die Ruhe. Ich komme wieder.«

4

Peter kehrte zum Trideo zurück, wo man inzwischen ins Nachrichtenstudio umgeschaltet hatte. »Die als Hand Der Fünf, Ritter der Menschheit und MetaWacht bekannten anti-metamenschlichen Organisationen haben die Verantwortung für die Zerstörung des IBM-Towers übernommen und IBMs Praxis, Metamenschen einzustellen, als Grund für diesen terroristischen Angriff angeführt. Sie verlangen, daß die Konzerne in Nordamerika ihre metamenschlichen Angestellten entlassen. Andernfalls sei mit weiteren Gewaltakten zu rechnen.«

Der Sprecher hielt inne, legte eine Hand ans Ohr und sagte dann: »Menschheit Eins, eine weitere anti-metamenschliche Gruppierung, hat sich ebenso zu dem Anschlag bekannt wie die Elfische Unterstützungskoalition, die damit nach eigenen Angaben gegen die fehlende Berücksichtigung der Metamenschen in der Einstellungspolitik des IBM-Konzerns protestiert. Gegen Ende des heutigen Tages werden wir eine vollständige Liste haben, aber jetzt schalten wir live um in einen Hubschrauber über dem Loop, wo die Feuer außer Kontrolle geraten sind.« Eine farbenfrohe Computergrafik breitete sich von der Mitte des Trideoschirms aus: DER ZWEITE BRAND IN CHICAGO!

Peter schaltete von Trideo- auf Telekom-Modus um. Er wählte nur stimmlich und tippte den Telekom-Code für das Büro seines Vaters an der Universität ein. Als er nach seinem Vater fragte, wollte die Vermittlung wissen, ob sie eine Nachricht hinterlassen solle. Peter sagte ihr, es sei sehr wichtig, und sie antwortete, sie würde sehen, was sich machen ließe. Eine Minute später war sie wieder da und sagte, Dr. Clarris sei unabkömmlich, aber er würde so bald wie möglich zurückrufen. Peter erwog kurz, sie nochmals dringend zu bitten, seinen Vater an den Apparat zu holen, gab es jedoch auf.

Peter wußte nicht, was er mit sich anfangen sollte. Natürlich war da noch das Trideo, aber eigentlich hatte er genug davon, und er hatte auch niemanden mehr, den er anrufen konnte. Außer vielleicht Dr. Landsgate.

Beim Gedanken an diesen Mann entspannte sich Peter augenblicklich. Landsgate war der einzige Wissenschaftler, bei dem Peter sich wohl fühlte — und da er nur Wissenschaftler kannte ...

Er ging in sein Zimmer und tippte Landsgates Nummer ein, wobei er das Telekom wiederum auf nur stimmlich schaltete.

Laura ging an den Apparat.

»Hallo?«

»Äh, hallo, Mrs. Landsgate? Hier spricht Peter. Peter Clarris.«

Sie schwieg einen Augenblick. »Hallo, Peter«, sagte sie schließlich. »Wie geht es dir?«

Ihm war klar, daß sie Bescheid wußte, und er beschloß, das Thema nicht weiter zu vertiefen. »Prima. Ist Dr. Landsgate vielleicht zu sprechen?«

Eine weitere Pause. »Ich hole ihn.«

Ein paar Minuten später war Landsgate am Apparat. »Hallo? Peter?«

»Hallo, Dr. Landsgate.«

»Schön, von dir zu hören, Peter.« Bevor Peter mit einer angemessenen Höflichkeitsfloskel antworten konnte, fügte Landsgate hinzu: »Ich hörte, was passiert ist. Du sollst jedenfalls wissen, wie leid es mir tut, daß dein Leben jetzt schwieriger geworden ist. Aber du sollst auch wissen, daß ich zu dir halte. Du kannst auf mich zählen.«

Peter stand einen Moment schweigend da und genoß den Trost, der in Landsgates Worten lag. »Vielen Dank.«
»Wie geht es dir?«
»Ich habe Angst.«
»Bist du in Gefahr?«
»Nein, aber der IBM-Tower...«
»Ich weiß. Es läuft im Trideo. Wo ist dein Vater?«
»In der Universität.«
Peter hörte Landsgate seufzen. Er spürte, wie sein Kinn zu zittern begann.
»Dr. Landsgate, warum ist mein Vater... warum hat er... warum hat er mich nicht lieb?«
Landsgates Stimme senkte sich zu einem Flüstern. Peter vermutete, daß er Laura nicht mithören lassen wollte. »Peter, ich könnte nicht sagen, daß er dich nicht lieb hat. Ich glaube, er hat dich lieb, auf seine Weise.«
»Er beachtet mich nicht.«
»Ja, ich weiß.«
»Ich will doch nur jemanden haben, mit dem ich... ich weiß nicht.«
»Ja, ich weiß.«
Sie schwiegen eine Zeitlang.
»Peter, ich würde dich gern sehen.«
»Ich glaube nicht.«
»Doch, würde ich wirklich gerne. Es kommt mir vor, als würdest du dich vor mir verstecken.«
»Das tue ich auch.«
»Das will ich aber nicht.«
Peter wollte wiederum ablehnen, kam dann aber zu dem Schluß, daß er wissen mußte, wie jemand anderer als sein Vater und ein bezahlter Therapeut auf ihn reagierte. Er drückte auf eine Taste, die den Schirm einschaltete, der mit dem Bild von Landsgates Gesicht flackernd zum Leben erwachte. Landsgate sah zunächst ein wenig ängstlich aus, lächelte ihn dann jedoch mit aufrichtiger Wärme an. Er war noch jung und trug seinen Enthusiasmus vor sich her wie eine Fahne.

»Ich hätte nicht gedacht, daß du noch so aussehen würdest.«

Peter fuhr sich mit der Hand durch das Gesicht. »Ich sehe nicht genauso aus wie früher.«

»Natürlich nicht. Aber es ist noch genug da, an das ich mich erinnere, Du hast dich verändert, aber du bist immer noch Peter.«

»Vielen Dank«, sagte Peter voller Erleichterung. Wenn jemand die richtigen Worte fand, dann Dr. Landsgate.

»Ist jemand bei dir?«

»Nein. Ich habe einen Therapeuten, einen Physiotherapeuten, der auch Schamane ist, aber er ist gegangen, um bei dem Brand zu helfen.«

»Ein Schamane! Na, jedenfalls kann niemand behaupten, dein Vater würde sich nicht für dich in Unkosten stürzen. Aber der Schamane ist gegangen?«

»Ich komme schon klar.«

Im Hintergrund hörte Peter Laura mit der Neuigkeit herausplatzen, daß Magier und Schamanen Zauber anwendeten, um den Brand zu löschen.

»Ich versuche rauszukommen und dich zu besuchen. Vielleicht nächste Woche.«

»Wirklich?«

Landsgate lachte. »Ja, wirklich.«

»In Ordnung.«

»Ich mache jetzt Schluß. Aber es war schön, dich wieder mal zu sehen.«

»Ja. Das gilt auch für mich.«

»Ich ruf dich morgen an. Um mal nachzufragen.«

»In Ordnung.«

»Aber wenn du vorher noch irgend was brauchst, ruf mich einfach an.«

»In Ordnung.«

»Bis dann.«

»Bis dann.«

Der Schirm wurde leer.

Mit einem Seufzer wählte Peter wieder Trideo-Modus. Die durch die Explosionen der Gasleitungen und den Einsturz des IBM-Towers hervorgerufenen Schäden ließen den Loop wie einen Kriegsschauplatz wirken. In einigen Blocks entwickelten die Brände eine derartige Hitze, daß niemand sich ihnen nähern konnte. Die Magier hatten sich zu Teams zusammengetan und beschworen Wasser- und Luft-Elementare, um bei der Löschung der Brände zu helfen. Währenddessen waren Rettungsmannschaften bemüht, verschüttete und eingesperrte Büroangestellte aus den Gebäuden zu befreien.

Der Sprecher sagte: »Schätzungen zufolge geht die Anzahl der Toten bereits in die Tausende...«

In dieser Nacht kam Thomas nicht zurück.

Peter machte sich etwas zu essen — ein tiefgekühltes Synthfleischgericht, das er in die Mikrowelle schob — und aß vor dem Trideo. Die Brände waren gelöscht, aber die Rettungsarbeiten würden noch tagelang weitergehen. Er war so vertieft, daß er seinen Vater erst kommen hörte, als dieser die Tür aufschloß und im Eingang stand. Peter und sein Vater sahen einander schweigend an. Bitte, sag etwas, dachte Peter.

»Wie geht es dir?« sagte sein Vater.

»Gut. Thomas ist gegangen, um beim Brand zu helfen. Im Loop. Er ist noch nicht zurückgekommen.«

»Hmmm. Tja, er wird entweder zurückkommen oder nicht. Wir können jemand anderen anstellen.«

»Ich mag Thomas.«

»Daran kann ich nichts ändern.«

Peter schlug mit der Hand auf den Tisch. »Ich habe dich auch nicht gebeten, daran etwas zu ändern! Ich wollte dir damit nur sagen, daß ich hoffe, ihm ist nichts zugestoßen.«

Sein Vater blieb ruhig. »Man sagte mir, dies könne geschehen.«

»Was?« fragte Peter aufgebracht.
»Daß du Ausbrüche haben würdest.«
»Ich rege mich auf. Warum ist das schlecht?«
»Es betrifft mich nicht. Du bist derjenige, der sich aufregt.«

Auf seinem Stuhl sackte Peter förmlich in sich zusammen. Er wollte seinen Vater anschreien, weil er Peters Zorn gegen ihn ausspielte. Aber er wußte, das würde seinem Vater nur neue Munition liefern. Er sagte nichts.

»Gute Nacht«, sagte sein Vater.
»Gute Nacht.«

Peter blieb noch eine halbe Stunde völlig reglos am Küchentisch sitzen. Das Essen war vergessen, als er sich schließlich erhob und zu Bett ging.

Drei Tage vergingen, und Thomas war immer noch nicht zurückgekehrt. Peter rief in den Krankenhäusern an, aber Thomas war nicht aufgetaucht, weder tot noch lebendig. Außerdem sprach er jeden Tag mit Dr. Landsgate, und nach jedem Gespräch fühlte er sich eine Zeitlang besser.

Jede Nacht kam Peters Vater von der Universität Chicago nach Hause und begrüßte Peter mit wenig mehr als einem Nicken. Er fragte nicht einmal nach Thomas, und freiwillig kam Peter nicht auf ihn zu sprechen. Peters Körper schmerzte, aber er sagte sich immer wieder, er würde Thomas noch einen weiteren Tag geben, bevor ein Ersatzmann angestellt würde.

In der Zwischenzeit setzte er seine Laufübungen fort.

In der dritten Nacht nach Thomas' Verschwinden nahm Peter seinen tragbaren Computer vom Regal. Das Plastikmaterial des Gehäuses reizte seine Hände, also legte er ihn auf das Bett und setzte vorsichtig seine Fingernägel ein, um ihn zu starten. Das Gerät wirkte im Vergleich zu seinem neuen, riesigen Körper erbärmlich klein.

Er kehrte wieder zum Regal zurück und musterte die Reihen mit Lesechips. Einige der Wörter — die kurzen — erkannte er wieder, doch an viele andere konnte er sich nicht erinnern. Er versuchte ein paar von den längeren Wörtern auszusprechen, aber es war schwierig, als seien seine Erinnerungen hinter Gazevorhängen verborgen. »Biologie«, sagte er schließlich. Das Wort sagte ihm nichts, war nicht mehr als eine Aneinanderreihung von Lauten. Plötzlich wurde ihm mit allzu großer Deutlichkeit bewußt, was ›Iconerat‹ tatsächlich bedeutete. Wenn jemand zu ihm gesagt hätte, »Peter, geh und hole alle Chips mit der Aufschrift Biologie«, wäre er dazu in der Lage gewesen. Er brauchte nicht zu wissen, was das Wort bedeutete. Er brauchte die Implikationen des Wortes nicht zu kennen.

Und genau das störte ihn, als er die Reihe der acht Buchstaben vor sich betrachtete. Er erkannte das Wort jetzt, aber dahinter steckte eine Bedeutungsfülle, zu der er jeglichen Zugang verloren hatte. Vielleicht reichte es aus, die Buchstaben zu sehen und die Gestalt des Wortes zu begreifen, den Laut, den die Buchstaben repräsentierten — doch er wußte, daß es noch mehr gab, und sehnte sich nach einem Zugang zu diesem Bereich der Sprache.

Er wußte, daß es nicht nur eine Sache des Gedächtnisses war. Sein Denkvorgang hatte sich verändert, und Peter konnte den Unterschied jetzt sogar spüren. Sein Denken war langsamer. Was er auch gewesen, wie schlau er als reinrassiger Mensch, als Homo sapiens sapiens, gewesen war, das alles war jetzt verschwunden. Sein eigener Körper hatte ihn im Stich gelassen.

Er spürte, daß er beobachtet wurde, und drehte sich um. Sein Vater stand in der Tür.

»Was machst du?« fragte sein Vater.

»Mir meine Chips ansehen.«

»Warum?«

»Ich will lernen. Sie noch einmal lesen.«

Sein Vater spitzte die Lippen. Er trat ins Zimmer, als bereite er sich auf ein längeres Gespräch vor, blieb jedoch sofort wieder stehen. »Peter ... warum?«

Peter dachte daran, seinen Plan zu erklären, ein genetisches Heilverfahren zu finden, war jedoch zu verlegen, um es tatsächlich zu tun. Sein Vater würde ihn demütigen. »Ich will nur ... ich will ...«

Das Gesicht seines Vaters nahm einen Ausdruck unendlicher Traurigkeit an. »Peter, du ... Es tut mir leid. Mach, was du willst.« Er wandte sich zum Gehen, blieb dann jedoch in der Tür stehen, seine Schultern ein Bild abgrundtiefer Müdigkeit. Immer noch mit dem Rücken zu seinem Sohn stieß William Clarris einen tiefen Seufzer aus, bevor er sich wieder umdrehte. Er rieb sich mit den Händen über das Gesicht. Als er die Hände sinken ließ, sah seine Haut kalt und leichenblaß aus, bevor Wärme und Farbe zurückströmten. Sein Mund wirkte verkniffen und alt, obwohl er nicht älter als vierzig war.

»Vielleicht begreifst du nicht, was mit dir geschehen ist ...«

Wilder Zorn wallte in Peter auf. »Dad, es ist mit mir geschehen! Wie könnte ich es da nicht begreifen?«

»Du bist jung, darum. Und weil ... Ich weiß nicht einmal, was du verstehst. Du bist ein Troll, Peter. Du warst einmal außergewöhnlich intelligent. Zumindest das warst du. Was auch geschehen würde, darauf konntest du dich verlassen. Du hattest etwas an dir, das dich begehrt machte. Und was hast du jetzt?«

Peter wollte sagen: Und ich Dad, was ist mit mir? Aber er wußte nicht, ob das genug war. Also sagte er: »Das ist der Grund, warum ich mir die Chips angesehen habe. Ich will das alles wieder lernen.«

»Peter, du bist nicht mehr, was du einmal warst. Es geht nicht.«

»Warum nicht?«

Sein Vater schüttelte den Kopf. »Mach, was du willst.« Er wandte sich erneut zum Gehen.

»Ich werde ein Heilverfahren entdecken!« schrie Peter. »Ich sehe mir die Chips an, weil ich herausfinden will, wie man wieder ein Mensch wird!«

Peters Vater lehnte sich mit der Hand an den Türrahmen. »Peter, das ist unmöglich. Das liegt im Moment vollständig außerhalb unserer Reichweite. Niemand weiß, ob es überhaupt möglich ist.«

»Aber es ist nicht unmöglich.«

»Das meine ich!« sagte sein Vater, indem er mit dem Finger auf Peter zeigte. »Genau das ist die Jugend, von der ich rede. ›Nicht unmöglich.‹ Was für eine Art von Aussage ist das? Und, ja, es könnte eines Tages geschehen. Aber du wirst es nicht sein. Hast du mich verstanden? Du wirst es nicht sein.« Er ging rasch aus dem Schlafzimmer.

Peter folgte seinem Vater auf den Flur. Er konnte den Druck der Tränen in seinen Augen spüren, und die Worte sprudelten so rasch aus ihm heraus, daß er befürchtete, sie könnten ein unverständliches Gestammel sein. »Was erwartest du denn von mir? Was soll ich den Rest meines Lebens tun?«

Sein Vater drehte sich auf der Treppe um und musterte ihn mit einiger Überraschung. »Ich erwarte, daß du hier lebst. Daß du hier bleibst und in Sicherheit bist.«

»Ich soll einfach nur hier bleiben?« stotterte Peter. »Nur hier bleiben? Und was tun?«

»Peter, was kannst du denn tun? Auf dem gesamten Kontinent schrauben die Konzerne die Quoten für metamenschliche Angestellte zurück. Sie haben Angst vor Leuten wie dir. Sie mögen dich nicht. Die Welt will dich nicht. Ich weiß, ich bin nicht der beste Vater gewesen, aber ich werde tun, was ich kann. Ich werde mich um dich kümmern.«

Er ging weiter die Treppe herunter.

Peter sah ihm nach, dann rannte er in sein Zimmer zurück und schlug die Tür hinter sich zu. Von der Wucht des Aufpralls brach die Klinke ab und schepperte zu Boden. Mit wachsendem Zorn starrte er seine graugrünen Hände und Arme an. Er wollte es seinem Vater zeigen ... Er mußte es seinem Vater zeigen. Er würde nicht sein ganzes Leben lang herumsitzen.

Der Gedanke daran, auf den Tod zu warten ...? Er stellte sich vor, wie die Jahre vergingen, wie eines nach dem anderen verstrich, während er in diesem Haus saß und wartete und wartete. Doch die Jahre würden nicht alle gleich sein. Nein, mit jedem Jahr würde der Druck stärker auf ihm lasten.

Würde er darauf warten?

Nein.

Er würde seinen Vater eines Besseren belehren.

Er holte eine alte Sporttasche aus dem Kleiderschrank, ein Geschenk von Landsgate, das ihn dazu hatte ermutigen sollen, sich sportlich mehr zu betätigen, und begann zu packen. Er warf ein paar von seinen neuen Trollkleidern in die Tasche und beschloß im letzten Augenblick, noch ein paar Chips und seinen tragbaren Computer mitzunehmen.

Später in der Nacht stand Peter vor dem Telekomschirm in der Küche.

Sorgfältig tippte er eine Botschaft für seinen Vater: »Wenn du mich wiedersiehst, werde ich ein Mensch sein.«

Er überflog die Botschaft und fand, daß die Worte kalt klangen. Das war genau die Art von Nachricht, die sein Vater hinterlassen hätte. Er wollte ihm etwas mehr geben. Er fügte hinzu: »Ich liebe dich. Ich werde dich stolz machen.«

Dann verließ er das Haus seines Vaters und trat hinaus in die Nacht.

5

Peter nahm die Hochbahn nach Norden Richtung Wohngebiete und stieg an der Haltestelle Wilson Avenue aus. Er hatte gehört, die Gegend sei ziemlich heruntergekommen, und seiner Meinung nach war dies eine notwendige Voraussetzung dafür, daß er eine Unterkunft fand.

Er betrat den Bahnsteig und stieg die Stufen zur Straße hinab. Obwohl es zwei Uhr morgens war und die Straßen leer aussahen, spürte er die Vitalität der Gegend, als hätten die Dunkelheit, der kühle Asphalt, die mit Graffiti beschmierten Träger der Hochbahn, die geschlossenen Imbißbuden und überhaupt die gesamte Umgebung ein Eigenleben. Er fühlte sich, als habe er den Bauch eines Lebewesens betreten — eines stillen, schlafenden Monsters, das jederzeit aufwachen konnte.

Er entdeckte eine in unregelmäßigen Abständen aufblinkende Leuchtreklame mit dem Wort Hotel. Das Gebäude sah baufällig genug aus, um genau die Art Platz zu sein, die er suchte.

Als er darauf zuging, realisierte Peter, daß er nicht das einzige lebendige Wesen im Bauch der Straße war. Zuerst machte er die Wärme eines ungewaschenen Reinrassigen aus, der in Lumpen gekleidet war und sich in einem Hauseingang zusammengekauert hatte. Dann sah er einen Mann und eine Frau, die sich im Schatten unter den Schienen der Hochbahn leise unterhielten. Die Frau war mit einem rückenfreien Top und zerrissenen Shorts bekleidet, der Mann trug einen fleckigen Lederduster. Sie bemerkten ihn, schenkten ihm jedoch wenig Beachtung. Jedenfalls kam es ihm so vor. Sie machten ihn nervös, weil es das erstemal in seinem kurzen Leben war, daß er auf eine Prostituierte und ihren Zuhälter traf, aber dann ging ihm auf, daß er sie wahrscheinlich noch nervöser machte. Schließlich war er ein zwei Meter siebzig großer Troll.

Beim Gehen bemerkte er noch mehr Leute. Eine alte Frau, die auf einer kleinen Veranda saß und eine Zigarette rauchte. Zwei Teenager, die leise über irgend etwas lachten. Es war nicht so, daß sich die Leute, an denen er vorbeikam, versteckt hatten, doch irgendwie nahm er ihre Anwesenheit immer erst dann war, wenn er ganz nah an sie herangekommen war. Sie hatten sich getarnt, um sich in den Straßen bewegen zu können, und es war fast so, als biete ihnen die Straße Schutz.

Peter wußte, daß es ein Wort dafür gab, und er suchte danach ... Wie lautete es noch gleich?

Symbiotisch.

Sie alle waren kleinere Organismen, welche auf der Straße lebten, die ihnen Schatten, Schutz und einen Platz gab, an den sie gehörten. Als Gegenleistung hielten die Leute die Straße lebendig, gaben ihr einen Grund für ihre Existenz.

Er erreichte das Hotel und stieß die Türen auf, deren Füllung anstelle von Glas aus Plastikplatten bestand. Inmitten der abgenutzten Tische und Stühle der Lobby saßen zwei alte Männer, die schweigend und mit glasigen Augen die gelblichen Risse in der Wand anstarrten.

Peter ging zum Empfangspult und hieb auf die Klingel, was ein Klappern hinter der Tür auf der anderen Seite des Pults hervorrief. Einen Augenblick später öffnete sich die Tür und ein Junge, der nicht älter sein konnte als Peter, öffnete die Tür. Er hatte schwarze Haare und eine dunkle Hautfarbe.

Der Junge warf einen Blick auf Peter, dann sackte ihm vor Furcht die Kinnlade nach unten. So schnell er konnte, rannte er in den Raum zurück, aus dem er gekommen war, und schlug die Tür hinter sich zu. »Was willst du?« rief der Junge von hinter der Tür.

Peter sah sich in der Lobby um, unsicher, was eigentlich vorging. Die beiden Männer auf den Polsterstühlen hatten sich nicht gerührt, sie schienen für ihre Umgebung nach wie vor blind und taub zu sein.

»Ein Zimmer«, antwortete er.

»Nein. Kein Zimmer. Tut mir leid«, kam die lautstarke Antwort.

»Das Schild draußen besagt, daß hier Zimmer frei sind.«

»Nicht für dich.«

Verzweiflung wallte in Peter auf. »Weil ich ein Troll bin?«

»Du hast's erfaßt. Wirf einen Blick auf das Schild.«

Peter sah sich um. Ein Schild über dem Empfangspult besagte: »KEINE METAMENSCHEN.«

Peter senkte die Stimme. »Ich hab Geld. Ich kann bezahlen. Ich brauche nur einen Platz, wo ich heute nacht bleiben kann. Morgen früh verschwinde ich sofort.«

»Hau ab«, sagte der Junge in einem Tonfall, der eine Mischung aus Drohung und Bitten war.

»Paß auf«, sagte Peter wieder lauter. »Ich kann bezahlen. Ich hab das Geld. Ich brauche nur eine Bleibe.«

Die Tür öffnete sich, und der Junge tauchte wieder auf, diesmal mit einer Schrotflinte in den Händen. Das Entsetzen hatte seine Gesichtszüge verzerrt, und seine Hände zitterten.

Peter hatte noch nie zuvor eine Schußwaffe gesehen, nicht im wirklichen Leben, nicht aus der Nähe. Und die Doppelläufe der Waffe waren sehr nah. Das Licht der Lobby funkelte auf ihren kreisrunden Enden. Er konzentrierte sich auf sie und stellte sich vor, wie ein Hagel aus Metallkügelchen daraus hervorbrach ...

»Ist 'ne Vorschrift. Selbst wenn du der größte Chummer der Welt wärst und mir gefallen würdest, könnte ich dich nicht hier übernachten lassen, klar? Der Boß sagt, deine Art macht zuviel Schereien.«

Aus Angst, der Junge würde in Panik geraten und schießen, hob Peter sehr vorsichtig die Hände, seine Tasche immer noch in der einen, und wich langsam zurück. »Schon gut. In Ordnung. Danke für deine Mühe.«

Der Junge hielt die Flinte weiterhin auf Peter gerichtet. Eine Schweißperle rollte seine rechte Schläfe und die Wange herunter.

Peter ging noch ein paar Schritte rückwärts durch die Lobby, dann drehte er sich um, ging rasch auf die Tür zu und stürzte hindurch. Draußen lehnte er sich schwer atmend gegen die Steinfassade des Gebäudes.

War er dem Tod wirklich so nah gewesen? Einem Tod aus Angst? Einem lächerlich dummen Tod?

Jawohl.

Er ging langsam die Straße entlang, darauf bedacht, niemanden und nichts zu hart anzurempeln, aus Angst, die Bewohner der Wilson Avenue könnten noch mehr Instrumente der Vernichtung zücken und auf ihn richten.

Als er die Clark Street erreichte, saß er die Lichter einer Hähnchenbude, die sich C&E Grill nannte. Laut Neonschild war der C&E vierundzwanzig Stunden pro Tag geöffnet.

Wände, Boden und Decke waren weiß gekachelt. Jemand hielt sie fleckenlos sauber. In den Nischen, an den Tischen und auf den Barhockern drängten sich die Kunden. Jeder schien jeden zu kennen, aber ihren Unterhaltungen haftete die übertriebene Freundlichkeit einer Konzern-Cocktailparty an. Es dauerte einen Augenblick, bis Peter klar wurde, daß die meisten Leute mit niemandem bestimmten redeten. Sie quasselten mit unsichtbaren Freunden, die nur sie sehen konnten.

Er fühlte sich vollkommen fehl am Platz, außerhalb seiner Welt. Er spürte, daß er sich in eine Welt mit eigenen Regeln begeben hatte, eine Welt, in der ihn ein einziger Fehltritt leicht umbringen konnte. Doch da er nirgendwo anders hinkonnte, kam er zu dem Schluß, es sei das beste, hier zu bleiben und sich so unauffällig wie möglich zu benehmen.

Ein Orientale mit einer weißen Schürze flitzte von einem Tisch zum anderen und nahm Bestellungen auf. Er schien ebenfalls jeden zu kennen, doch Peter glaubte, daß bei ihm der Schein nicht trog. Jede Bestellung wurde von ihm mit einem kaum merklichen Nicken bestätigt. Er hatte für jeden ein Lächeln übrig und fragte immer, »Wie geht's«, wartete dann auf eine Antwort, doch nicht so lange, daß sich jemand verpflichtet fühlen konnte, die Geste zu erwidern.

Die Reinrassigen waren in der Mehrheit, doch Peter entdeckte auch ein paar Elfen, die in einer Ecke saßen und die Köpfe zusammensteckten wie Anarchisten. An einem anderen Tisch saß ein einzelner Ork, den Rücken absichtlich zur Wand gedreht. Er trug klobige Stiefel und etwas in der Art eines Uniformdrillichs, doch aus einzelnen Teilen zusammengestückelt, so daß die Montur nicht wirklich wie eine Uniform aussah. Peter kam der Gedanke, daß er ebenfalls von einem möglichst militärischen Aussehen profitieren konnte. Aber er glaubte nicht, daß er den wachsam-gemeinen Blick zustande bringen würde, den der Ork meisterhaft beherrschte. Nach Peters Einschätzung war der Mann ein Shadowrunner, wenngleich er von solchen Leuten bislang nur gelesen oder über sie Filme im Trid gesehen hatte. Shadowrunner waren die unsichtbaren Handlanger von Konzernen, Regierungen und Privatbürgern. Jeder hatte seine Systemidentifikationsnummer gelöscht, was bedeutete, daß sie für die Datenbanken nicht mehr existierten.

Peter bemerkte, daß ihn mehrere Personen musterten, wie ein Verkäufer einen Kunden begutachten würde, um abzuschätzen, ob er wohl Hilfe benötigte. Als er ihre Augen die Länge seines Arms entlangtasten und auf der Sporttasche verharren sah, schloß sich seine Faust automatisch fester um die Griffe. Ein drahtiger kleiner Bursche lächelte über die Aktion, als hielte er sie für niedlich.

Peter sah sich nach einem Tisch um und wählte einen

mit einem großen Stuhl, den er als für Trolle geeignet identifizierte.

Der Orientale kam zu ihm. »Was zu essen?« fragte er ohne Umschweife.

»Ja, bitte.«

Peter sah sich um. Eine alte Frau stand am Fenster und sah, vor sich hin murmelnd, hinaus. Peter konnte nicht verstehen, was sie sagte. Dann verließ sie ihren Platz am Fenster und ging zur Abfalltonne an der Tür, wo sie stehenblieb und damit begann, sie zu durchwühlen. Sie arbeitete sich durch ein paar Servietten und Pappteller, die sie auf einer Seite der Tonne stapelte.

Eine andere alte Frau beobachtete die erste sehr aufmerksam wie ein Wachmann, der eine Reisegesellschaft auf einem Rundgang in einem Biokraftwerk beäugt.

Direkt vor Peter saß eine Frau, die er als eine Art von ›Zwischending‹ betrachtete. Sie trug silberne Ohrringe, von denen er glaubte, daß sie bald verkauft würden, und eine weiße Spitzenbluse. Ihr Haar war ungewaschen. Sie schien einst etwas besessen zu haben, das dem sehr nahe kam, was Peter gerade verlassen hatte — Kleidung, ein Heim, Besitz, vielleicht eine Familie —, doch jetzt war ihr nichts mehr geblieben als das Leben. Hin und wieder sagte sie leise etwas zu sich selbst und sah dann nach hinten, um sich davon zu überzeugen, daß niemand zuhörte.

Würde er auch so enden?

Ein Mann trat energisch an ihren Tisch und setzte sich, ohne um Erlaubnis zu fragen. Er zog ein Päckchen Zigaretten aus der Tasche und bot ihr eine an. Sie nahm sie so beiläufig, daß Peter zu dem Schluß kam, daß sie einander kennen mußten. Doch als sie miteinander zu reden begannen, leicht vorgebeugt und möglichst lässig, hatte Peter den Eindruck, als feilschten sie miteinander. War sie eine Prostituierte?

Jemand rief: »Rich!« Der Zigarettenmann, drehte sich zur Tür um. Peter folgte seinem Blick und sah die vier jungen Männer, die gerade hereingekommen waren. Über den Armen trugen sie Stapel von Hemden in leuchtend bunten Farben. Der Zigarettenmann verabschiedete sich hastig von dem Zwischending, stand auf und schlenderte zu den jungen Männern herüber.

Das Zwischending stand ebenfalls auf und verließ die Grillstube.

Drei Tische weiter war ein Mann mit einem Turban emsig damit beschäftigt, Zigarettenstummel auseinanderzunehmen und die Tabakreste auf ein Blättchen Zigarettenpapier zu bröseln, das vor ihm auf dem Tisch lag.

Währenddessen kam ein Mann herein, der in weißem Hemd, roter Fliege und schwarzer Hose schick wie ein Trideostar aussah. Was wollte er hier? Schick ging zur Theke und setzte sich auf einen Barhocker.

»Pardon«, sagte der Orientale, der plötzlich vor Peter stand. Er legte eine Speisekarte auf den Tisch. »Wie geht's?«

Ein wenig erschrocken sagte Peter: »Prima.«

»Gut. Ich bin gleich zurück.« Augenblicklich eilte er zu einem anderen Tisch.

Ein entsetzlicher Gestank bohrte sich in Peters Nase, und er warf einen Blick auf den Mann im Turban. Er hatte sich mittlerweile seine Zigarette gedreht und rauchte sie stillvergnügt.

Peter bemerkte, daß eine Frau in einer grünen Weste ständig den Hals reckte, um die Tür im Auge zu behalten. Als ein großer, schlanker Mann eintrat und auf sie zuging, legte sich augenblicklich ein Lächeln auf ihr Gesicht. Der Mann hatte großväterlich weißes Haar, das zurückgekämmt und oben und an den Seiten streichholzkurz geschnitten war, eine Frisur, die Peter als augenblicklich nicht mehr aktuelle Mode erkannte. Die Zeit war an dem Mann vorbeigegangen, aber er schien sich der Veränderungen und seines Älterwerdens nicht bewußt zu sein. Der Orientale erschien plötzlich am

Tisch des Pärchens und stellte zwei Tassen Soykaf vor ihnen ab. Der Mann stellte eine braune Tasche auf den Tisch, und die Frau steuerte eine Schachtel Cracker bei. Aus der Tasche holte der Mann einzeln eingewickelte Scheiben Käse hervor. Peter fand diesen Augenblick so schlicht und doch so widersinnig, daß ihn tiefe Bestürzung ergriff.

In diesem Augenblick stürzte ein anderer Mann in den Grill. »Die Kids glauben nicht mehr!« schrie er, als die Menge tatsächlich ruhiger wurde und ihn zur Kenntnis nahm. »Aber an Halloween! An Halloween werden die Geister rauskommen. Sie glauben nicht mehr, aber sie werden schon sehen! Wißt ihr, was komisch wird? Wenn sie sich ihre Ur-Ur-Ur-Großväter reinziehen müssen. Sie werden glauben, das ist nur irgend so'n Bursche, der an der Straßenecke steht, aber dann wird er ihnen sagen, daß sie sich alles reinziehen müssen. Sie werden sich 'n bißchen alte Geschichte reinziehen müssen!« Die Gäste sahen einander fragend an, offensichtlich durch diesen Ausbruch belästigt. Jeder schien zu wollen, daß der Mann aufhörte, aber niemand wollte etwas damit zu tun haben. »Wißt ihr, wißt ihr, das ist echt komisch. In England kommen die Geister nicht vor neun heraus, in Wales um Mitternacht, in Schottland nicht vor zwei Uhr morgens. Aber in Chicago« — und an dieser Stelle senkte sich die Stimme des Mannes beinahe zu einem Flüstern — »können wir die ganze Nacht Geister haben.«

Wie aus einem Mund riefen die Burschen mit den Hemden auf dem Arm, »Halt's Maul!«

Eine Frau mit zu weißer Haut und feuerrotem Haar in Stiefeln und einem flatternden kurzen Rock nahm an einem Tisch Platz — gegenüber dem eines dunkelhäutigen Mannes mit perfckten, wie aus Stein gemeißelten Zügen.

Der Orientale tauchte wieder vor Peter auf, den Bestellblock in der Hand. »Was darf's denn sein?«

»Äh«, begann Peter, wiederum überrascht. »Cheeseburger. Und eine Cola.«

Der Mann drückte zwei Tasten an seinem Bestellblock und segelte davon.

Peter sah wieder zu der Frau und dem Schwarzen, der sich mittlerweile an ihren Tisch gesetzt hatte. Einigen aufgeschnappten Gesprächsfetzen konnte er entnehmen, daß die Frau Alice hieß und der Mann aus Québec stammte. Sie diskutierten die richtige Aussprache des Wortes ›Frankreich‹ und unterhielten sich dann darüber, wie die Prostitution die Welt in Gang hielt.

Als er Alice eine Weile zugesehen und zugehört hatte, wurde Peter klar, daß sie gerade ›nicht im Dienst‹ war, und er fragte sich, ob eine derart attraktive Person auch mit ihm reden würde, wie sie mit dem Mann aus Québec sprach.

Als Alice plötzlich bemerkte, daß Peter sie anstarrte, stand sie auf und setzte sich auf einen anderen Stuhl mit dem Rücken zu ihm.

Peter schämte sich, ihr das Gefühl gegeben zu haben, in ihrer Pause gestört zu werden. Wenn er ihre Aufmerksamkeit wollte, würde zuerst einiges Geld den Besitzer wechseln müssen.

Der Orientale stellte einen Teller mit Essen vor Peter ab und war schon wieder verschwunden, bevor Peter überhaupt wußte, was geschehen war. Gerade als Peter seinen ersten Bissen nehmen wollte, kam der kleine Mann, der zuvor gelächelt hatte, als Peter seine Tasche fester packte, an Peters Tisch, zog den zweiten Stuhl vor und setzte sich.

»Hoi!« sagte er heiter. Dann überlief ihn ein Schauder, sein Kopf zuckte hin und her, und er sagte noch zweimal Hoi.

»Hallo«, sagte Peter, unsicher, wie er weiter verfahren sollte und ob er es überhaupt wollte.

»Eddy, Fast Eddy«, sagte der andere Mann, indem er Peter die Hand entgegenstreckte. Eddy klang wie eine

Schallplatte mit einem Sprung. Vorsichtig, um Eddy nicht weh zu tun, nahm Peter die dargebotene Hand. Unter Eddys Haut zeichneten sich kleine Beulen ab — dick wie Adern. Die Beulen zogen sich über Handgelenke und Arme bis zum Hals und sogar bis zu den Schläfen.

»Name?« fragte er.

»Peter.«

»Äh, du bist astrein. Astrein.«

»Astrein?«

»Astrein. Du weißt schon ... Sauber. Anständig.«

»Na ja ...«

»Du hast 'n Job, 'n Platz zum Leben. Du stehst nicht am Rande und schlägst dich so durch.«

Die Frau mit den silbernen Ohrringen kehrte zurück und setzte sich auf einen Stuhl neben Peters Tisch. Sie fing laut an zu reden und sagte: »Bill, erinnerst du dich noch, als du in dem Sarg warst?«

Eddy drehte sich zu der Frau um, zuckte einmal am ganzen Körper, dann die Achseln, als er sich wieder Peter zuwandte. »Mirium.«

»Ich liebe dich, Bill«, sagte die Frau mit erstaunlicher Überzeugung in der Stimme. Sie redete ganz eindeutig mit jemandem. »Weißt du, was Glück ist, Bill? Wenn du stirbst, gehst du in die Ewigkeit ein. Sie ist so wunderschön.«

»Was ist los mit ihr?«

»Ich weiß nicht. Ich weiß nicht. Ich weiß nur, was mir zu Ohren kommt.«

Ihr Tonfall änderte sich plötzlich, und sie rief mit großer Furcht: »Mach die Tür zu! Mach, daß er geht!« dann beruhigte sie sich. »Wir sterben alle«, sagte sie. »Unsere ganze Familie stirbt. Und es wird ein Begräbnis geben. Wir sterben alle. Ich sterbe als nächstes.« Ihr Tonfall veränderte sich wieder, und jetzt schien sie mit jemand anders zu reden — mit einem Kind. »Du bist mein Toilettenbaby? Du bist aus mir raus und direkt in die Toilette gerutscht? Und ich habe dich in Wachspapier eingewickelt und dich lange Zeit im Kühlschrank aufbewahrt?«

Peter fühlte sich innerlich kalt und wollte gehen.

»Mirium hat's schlimm erwischt.«

»Was heißt schlimm?«

»Was weiß ich. Keine Namen. Namen. Du brauchst ihr doch bloß zuzuhören. Dann hörst du es.«

»Hat sie wirklich ... ein Baby...?«

»Was soll ich dazu sagen? Sie sagt, sie hätte es getan. Ob das nun stimmt oder nicht, in ihrem Kopf ist es auf jeden Fall da.«

»Warum?«

»Tja, wie ist so was möglich? Warum führt sie Selbstgespräche? Keine Ahnung. Chips. Irgendein Geburtsfehler. Einsamkeit...«

»Einsamkeit?«

»Klar. Bist du je richtig allein gewesen?«

»Ja«, sagte Peter. Er sprach das Wort sehr zögerlich aus. Er hatte das starke Gefühl, daß Eddy ihn in irgend etwas hineinziehen wollte.

»Und hast du je angefangen, Selbstgespräche zu führen? Selbstgespräche zu führen? Nicht so wie Mirium, Mirium, sondern einfach nur laut gedacht. Um eine Stimme zu hören. Um Ideen auszusprechen. Um zu reden?«

»Ja.«

»Aha. Jetzt stell dir vor, daß du nie 'ne Antwort bekommst, weil nie jemand da ist, der mit dir redet. Zumindest hast du noch dich selbst. Du gewöhnst dich irgendwie daran zu reden, ohne daß Leute da sind. Es klappt immer besser. Bis du es schließlich schließlich nicht mal mehr abartig findest. So redest du eben. Und in dieser Zeit vergraulst du alle Leute. Du führst Selbstgespräche, und die Leute wollen nicht mehr mit dir reden, weil du abartig bist. Dein Verhalten wird zu einer schlechten Angewohnheit. Angewohnheit. Angewohnheit. Die Leute, alle Leute, fangen an, dich zu ignorieren. Sie wollen dein Geschwafel nicht hören. Sie wollen dich nicht mehr sehen sehen sehen. Sie wollen deine Anwesenheit am besten gar nicht mehr zur Kenntnis nehmen. Sie wissen nicht, wie sie sich dir gegenüber verhalten sollen, also lassen sie es ganz. Und was bleibt dir dann noch?«

Peter wollte diesen Gedankengang nicht weiter verfolgen. »Kennen Sie einen Platz, wo ich bleiben kann?«

»Tja, ich hab 'ne Bude, 'nen kleinen Schlupfwinkel in 'ner Hintergasse ...«

»Nein. Ein Hotel.«

»Hast du Bares?«

»Ein bißchen«, log Peter.

»Kein Hotel hier wird dich aufnehmen. Alle haben Angst.«

»Ich weiß.« Er sah wieder zu der Frau. Würde er so enden wie sie? Hatte er deswegen sein Zuhause verlassen? Um nicht allein zu sein?

Sollte er zu seinem Vater zurückgehen?

Nein. Nicht so. Nicht nach der kühnen Erklärung, die er auf dem Telekomschirm hinterlassen hatte. Er konnte nicht mit eingeklemmtem Schwanz noch in derselben Nacht zurücklaufen.

Dr. Landsgate?

Nein. Peter mußte es selbst schaffen. Er wollte kein Schwächling sein. Oder zumindest wollte er nicht, daß ihn sein Vater oder Dr. Landsgate für einen Schwächling hielt.

»Hör mal zu, Junge«, sagte Fast Eddy. »Du bist neu auf der Szene? Stimmt's? Stimmt's? Du weißt nicht, was läuft. Läuft. Ich schon. Ich schon. Ich weiß es. Ich kann dir helfen, aber ich brauche auch deine Hilfe, verstehst du?« Eddys Körper schaukelte einen Moment lang wild hin und her, dann beruhigte er sich wieder. »Du bist groß, du hast den richtigen Körperbau. Ich brauche jemanden mit Muskeln ...«

»Ich glaube nicht ...«

»Du hast vielleicht schon meine Verfassung bemerkt bemerkt. Schlechte Verdrahtung. Die Reflexe. Verdrahtete Reflexe. Ich hab mich als einer der allerersten verchippen lassen. Mit 'nem Prototyp vom schwarzen Markt. Damals in den Dreißigern. Ich war zwanzig und 'n ganz heißer Feger. Acht Jahre war ich der Hit. Niemand kriegte mit, wenn ich in der Nähe war. Ich war schnell. Lautlos. Es kommt jemand? Phhht! Weg war ich. Weg, weg, weg. Ein Geist. Aber letztes Jahr wurde die Verdrahtung dann mies. Nervenverbindungen, die sich abgenutzt hatten, oder so was. Hey, ich bin kein Gelehrter, weißt du? Ich hab keine Ahnung von diesem Kram. Ich will ihn nur benutzen. Benutzen. Tatsächlich hat es schon 'ne Zeit vorher angefangen. Und die Leute sagten immer, Eddy, was ist das eigentlich für ein Zukken? Ach, kommt nur ganz selten vor, ich merk's nicht mal, hab ich dann gesagt. Das ist nichts, ist gar nichts. Wovon redest du, Mann, und ich hab's nicht beachtet. Aber im letzten letzten letzten Jahr, Junge, haben mich die Wachen von Ares ziemlich fertiggemacht fertiggemacht. Hat mich voll erwischt, mitten im Job. Mein Körper fing an zu zucken wie 'n Fisch auf dem Trockenen. Diese Wachen finden mich wie 'n Wassergeist, der in einem Betonklotz gefangen ist, weißt du, wie ich immer wieder mit dem Kopf gegen den Boden knall, damit das Zucken aufhört. Ich wußte nicht, was zum TEUFEL, los war. Ich erzähl dir das alles gerade heraus, damit du weißt, worauf du dich einläßt. Aber aber aber ich muß dir auch sagen, ich glaube, wir werden ein tolles Team abgeben. Ich bin nicht so oft unterwegs, und wenn ich jemand wie dich um mich hätte, wette ich, daß gar nicht viel passieren würde. Es sind meine Nerven, verstehst du? Ich werde nervös, wenn irgend was schiefgehen kann, und die Nerven kreisen durch meine Cyberware, und die läßt mich schnell reagieren, bringt mein Adrenalin auf Touren, obwohl gar kein Grund zur Panik besteht. Und weil ich weiß, daß kein Grund zur Panik besteht, gerate ich darüber in Panik, daß ich die Kontrolle verlieren könnte. Das bringt die Cyberware dazu, mich noch mehr aufzupeppen, und dann kommt diese Adrenalin-Rückkoppelung, die immer schlimmer wird. Das ist übrigens keine Tatsache, sondern meine eigene eigene eigene Theorie.« Fast Eddy lächelte stolz.

»Ich glaube nicht«, sagte Peter. »Ich bin nicht ... auf Stehlen aus. Ich muß eine Arbeit erledigen.«

»Arbeit? Nachdem der IBM-Tower eingestürzt ist? Wo?«

»Es ist meine eigene Arbeit. Forschung.«

Eddy beäugte ihn neugierig. »Forschung?«

»Ja.«

Eddy hob die Hände, als kapituliere er. »Wie auch immer. Wie auch immer. Wie auch immer.«

»Was soll denn das jetzt wieder heißen?«

»Nichts. Ich hab nur nicht gewußt, daß die Kons jetzt Trolle nehmen. Als Wissenschaftler. Ich meine, ich hab gedacht, daß du daß du daß du das meinst.« Seine Augen weiteten sich, und sein Kopf zuckte nach links und rechts. »Oh! Du meinst, sie experimentieren an dir rum. Gute Sache. Solange der Tech nicht zu tief bohrt.«

Peter legte behutsam die Hände auf den Tisch. »Nein. Ich führe meine eigenen Forschungen durch. Und jetzt gehen Sie bitte. Ich möchte essen.«

Eddy betrachtete Peter von oben bis unten. »Du hast's erfaßt, Professor. Ich verschwinde von hier. Aber ich bin immer hier in der Nähe. Wenn du glaubst, du könntest 'nen Partner brauchen, komm einfach zu mir.«

Fast Eddy stand auf und steuerte die Tür an. Als er sie öffnete, drehte er sich noch einmal zu Peter um und erschauerte heftig. Im nächsten Augenblick war er gegangen, in die warme Herbstnacht verschwunden.

Peter schlief nicht aus Angst, er könne getötet oder seine Tasche gestohlen werden, während er weggetreten war. Er blieb die ganze Nacht im C&E, und als der Morgen graute, war er wieder auf der Straße. Ein Schwarm Vögel flog über den blaßvioletten Himmel. Sie schrien und führten einander und gaben ihrem Flug damit einen Sinn.

Er ging zum See, denn wohin hätte er sich wenden sollen, bis die Arbeitsagenturen öffneten? Dort stand er und sah zu, wie der Rand der aufgeblähten Sonnenscheibe am Horizont über dem Michigansee auftauchte. Das Licht der unwahrscheinlich orangefarbenen Sonne war blendend hell, als sie die tief über dem See hängenden Wolken in Muster aus Gold und tiefen Schatten zerteilte.

Peter blieb in den Wohngebieten der Stadt und marschierte den ganzen Tag durch die Straßen, während er Arbeit suchte. An mehreren Straßenecken fielen ihm Gruppen von Männern und Frauen auf, die sich dort für irgendwelche Tagesarbeiten versammelten und darauf warteten, von Lastwagen aufgesammelt und mitgenommen zu werden. Doch große Schilder verkündeten, daß keine Metamenschen eingestellt würden. Wenngleich er von einigen Arbeitern im Vorbeigehen mißtrauisch beäugt wurde, hatten die meisten doch Angst vor ihm. Jeder, der in diesen Tagen einem Troll zu nahe kam, riskierte, daß eine Bombe nach ihm geworfen wurde.

Er kam an einigen Geschäften vorbei, in deren Fenstern Schilder hingen, die besagten, daß Aushilfen gesucht wurden. Metamenschen waren noch nicht ausdrücklich von der Arbeit ausgeschlossen, als die Schilder in die Fenster gehängt worden waren, aber wenn Peter derartige Läden betrat, verriet ihm jedesmal ein Blick in die angespannte Miene des Besitzers, daß sich die Zeiten geändert hatten.

Er ging und ging und fand nichts.

Nach zwei Tagen war er so erschöpft, daß er, wenngleich voller Angst, in jedem Torweg schlief. Nach fünf Tagen verging die Angst, und das Schlafen auf der Straße kam ihm ganz normal vor.

Nach seinen langen Tagen der Arbeitssuche ging Peter immer ans Seeufer, um sich einen Baum zu suchen, unter dem er sitzen konnte, und warf seinen tragbaren Computer an. Er begann mit den Grundlagen des Lesens. Er kam nur langsam voran, denn es schien so, als würde er sofort vergessen, was er gerade gelernt hatte, sobald er sich einem neuen Abschnitt des Chips zuwandte. Das Vokabular blieb einfach nicht haften.

Eines abends hatte er sich eine junge Ulme ausgesucht, unter der er sitzen konnte, während er sich hartnäckig in seinen Grundkurs vertiefte. Die Sonne war weit nach Westen gewandert. Hinter ihm gingen die Lichter der Stadt an; ihr Schein war wie ein unnatürlicher, bedrückender Sonnenaufgang.

Das Licht des Bildschirms war blaßblau, kam Peter jedoch wegen seiner Infrarotsicht schwarz vor. Der Computer selbst strahlte sehr rasch rotes Licht über den Schirm, als sei er irgendein geheimnisvoller magischer Apparat.

Er wußte, daß es Magie in der Welt gab. Magie, die sich zum Beispiel in Thomas' schamanischen Heilmethoden und von Magiern erzeugten Feuerbällen manifestierte. Während er die aus Pixeln gebildeten Buchstaben auf dem Schirm aussprach, spürte er, daß er ebenfalls in eine Art magische Gemeinschaft eingetreten war. Die Pixel bildeten Buchstaben, die Buchstaben Worte, die Worte Sätze, die Sätze Abschnitte, die Abschnitte Seiten. Sechsundzwanzig Buchstaben, zweiundfünfzig, wenn man Groß- und Kleinbuchstaben getrennt zählte, und acht Satzzeichen ließen ihn in ein ganzes Universum von Ideen eintauchen. Insgesamt sechzig Zeichen, und er konnte so ungefähr alles lernen und eines Tages dieselben Zeichen benutzen, um seine eigenen Forschungsergebnisse niederzuschreiben, sein eigenes Heilverfahren, um wieder ein Mensch, ein reinrassiger Mensch zu werden.

Peter empfand eine seltsame Zufriedenheit. Wenn auch nichts anderes, so konnte er zumindest lernen. Er hatte immer noch genug Geld, um noch eine Weile überleben zu können. Er hatte seine Chips. Er hatte die Nacht. Mehrere Stunden lang las er glücklich, sprach die Worte sorgfältig und laut vor sich hin.

Dann fiel ein Lichtstrahl auf ihn. Er fuhr herum, um sich nach der Quelle umzusehen, deren Licht ihn blendete.

Als Peter die Augen abschirmte, machte er ein paar Meter weiter weg die dunklen Umrisse zweier Cops in Plexuniform aus. Jeder der beiden hielt ein kleines Kästchen in der Hand, und einer strahlte Peter mit einer Taschenlampe an.

»Was haben wir denn da?« sagte einer der beiden in amüsiertem Tonfall. »Einen lesewütigen Troll? Was machst du da, Troggy? Mit anderer Leuts Spielzeug spielen?«

6

»Liest du irgend was Interessantes?« fragte einer der Cops sarkastisch. Peter spürte, daß etwas Schlimmes geschehen würde, doch er wußte nicht, was. Es war, als sei er direkt in eine Trideoshow gewandert, für die ihm niemand das Script gegeben hatte. Als er nicht antwortete, verloren die beiden Cops im gleichen Augenblick ihren Sinn für Humor, als seien sie enttäuscht darüber, daß Peter die Show offenbar nicht kannte und nicht wußte, was er zu tun hatte. »Genug gequasselt«, sagte der erste. »Stell den Comp ab und nimm die Hände hoch.«

»Warum?« fragte Peter. Er wußte, daß er die Dinge

noch schlimmer machte, war jedoch durch die Ereignisse so verwirrt, daß er sich nicht beherrschen konnte.

Der erste Cop hob die Hand, die das kleine Kästchen hielt, und ein wasserblauer Blitzstrahl traf Peter.

Einen schrecklichen Augenblick lang war er blind.

Als der Augenblick vorbei war, lag er auf dem Boden, und seine Nackenmuskeln schienen sich aneinander zu reiben. Sein rechter Arm zitterte, als friere er, und er lag mit dem Gesicht im Dreck. Ein kurzes Stück vor sich sah er den tröstlichen Schein des Computerbildschirms.

»Keinen Ärger mehr, klar?« sagte der zweite Cop.

Der Schmerz ließ nach, und Peter hob den Kopf. »Warum tun Sie das?«

Die Cops lachten wieder, und einer von ihnen hob seine Tasche auf und durchstöberte die Lesechips darin. »Muß 'nen Student überfallen haben«, sagte der Cop nüchtern.

»Hey, bleib unten«, sagte der zweite Cop zu Peter. Vor dem Hintergrund des dunklen Himmels sahen die Cops in ihren steifen, gepanzerten Uniformen von Peters Blickwinkel aus fast wie mythische Riesen aus. Anstatt zweier Schläger hätten sie die lebendige Verkörperung der Beschützer der Unschuldigen sein können, als die sich Peter Polizisten immer vorgestellt hatte.

»Ich habe den Computer nicht gestohlen. Er gehört mir. Der Computer und die Chips gehören mir.«

Die Cops lachten wieder. »Weißt du, jeder Trog, der nur 'n bißchen heller wär als du, wäre zumindest so gescheit gewesen zu sagen, daß ihn jemand bezahlt hat, das Zeug aus einem Laden abzuholen.«

»Hey, hier ist ein Ausweis«, sagte der andere. »Peter Clarris. Das arme Schwein.«

»Das bin ich. Ich bin Peter Clarris.«

»Klar bist du das.«

»Ich bin's wirklich.«

Er hatte kaum ausgesprochen, als ein strahlend blauer Blitz sein Gesichtsfeld ausfüllte. Ein warmes Summen schoß durch seine Muskeln, und plötzlich lag er flach auf dem Rücken. Peter schnappte nach Luft, unfähig, ruhiger zu atmen.

»Halt's Maul. Halt einfach nur das Maul«, sagte einer der Cops.

Der Anfall von Hyperventilation ging vorbei, und Peter kam der Gedanke, daß die Waffen, welche diese Cops gegen ihn einsetzten, einen reinrassigen Menschen mit Sicherheit töten konnten. Hatten die Waffen verschiedene Einstellungen, oder hatte er nur Glück? Oder hatten sie besondere Waffen für Trolle?

Während sich sein Atem beruhigte, hörte er die beiden Männer miteinander flüstern.

»Sollen wir ihn einbuchten?«

»Ach, Drek. Wie wär's, wenn er einen Fluchtversuch unternimmt?«

»Hört sich wie 'n Volltreffer an.«

Peter wurde klar, daß die Cops die Absicht hatten, ihn umzubringen. Er konnte versuchen wegzurennen, aber er traute es seinen immer noch steifen Muskeln nicht zu, ihn schnell genug zu bewegen, um tatsächlich entkommen zu können. »Eine Überprüfung meiner DNS wird Ihnen zeigen ...«, begann er, sorgsam darauf bedacht, keinen Muskel zu rühren, um keinen bedrohlichen Eindruck zu erwecken.

»Sieht so aus, als ob er abhauen will.«

Peter wußte nicht, was er tun sollte. Alle Regeln waren außer Kraft, und er hing in der Luft. »Ich bin eigentlich gar kein Troll ...«, sagte er schwach.

Im nächsten Augenblick fühlten sich Peters Muskeln an, als würden sie von unzähligen Nadeln zerstochen. Er rollte sich wild über den Boden, um dem Schmerz zu entkommen, doch der folgte ihm überallhin. Er hörte immer wieder auf, nur um gleich wieder von neuem zu beginnen. Rasch hatte er jegliches Zeitgefühl verloren, und es kam ihm so vor, als habe er schon sein Leben lang unter dieser Qual gelitten.

Dann verschwand der Schmerz ebenso plötzlich, wie er gekommen war.

Er konnte sich nicht bewegen, doch er wußte, daß er mit verkrampften Fingern auf dem Rücken lag. In seinen Ohren war ein lautes Summen, so daß er nichts anderes hören konnte. Wie betäubt wartete er auf den nächsten Angriff. Doch es kam keiner.

Da er nicht wagte, auch nur ein Glied zu rühren, ließ er lediglich seine Blicke schweifen, um festzustellen, wo die Cops waren.

Zuerst fanden seine Augen den Baum, unter dem er gesessen hatte und der immer noch vom sanften Licht des Computerbildschirms beschienen wurde. Er sah außerdem dunkle Löcher in der Baumrinde, die zuvor nicht darin gewesen waren. Es sah aus, als sei die Rinde abgenagt worden.

Dann sah er die Cops. Sie hatten die Hände gehoben, und beide hatten den Kopf ein wenig zur Seite gedreht, schienen jedoch Angst davor zu haben, sich ganz umzudrehen und hinter sich zu schauen.

Von irgendwoher hörte Peter Schreie. Zuerst konnte er die Worte nicht verstehen. Doch als das Summen in seinen Ohren schließlich nachließ, hörte er eine Stimme sagen: »... also schnappt euch die Tasche, und lassen wir es dabei bewenden.« Er erkannte die Stimme, konnte sie aber nicht unterbringen.

»Sicher, sicher«, sagte ein Cop.

»Und jetzt bewegt euch. Nehmt den Computer und die Tasche und haut ab. Schnell!« Den Worten folgte das laute Knallen von Schüssen und eine Kugelsalve, die in den Baum einschlug.

»Wir sind schon weg!« rief der andere Cop, während er sich bückte und sich den Computer und Peters Tasche schnappte. Dann rannten die beiden in die Dunkelheit.

Zum drittenmal in dieser Nacht normalisierte sich Peters Atmung.

Ein warmer Schatten rannte zu ihm, dann schwebte

ein Gesicht über ihm. Es zuckte heftig und verzog sich dann zu einem Grinsen.

Fast Eddy.

»Hey, Prof, wie geht's, wie steht's?«

Peter hatte jemand ... Besseres erwartet. Zornige Enttäuschung machte sich in ihm breit. »Sie haben alles weggegeben, was ich besitze.« Er wollte sich aufrichten, mußte jedoch feststellen, daß ihm seine Muskeln noch nicht wieder gehorchten.

Eddy wirkte gekränkt. »Ich hab dir gerade das Leben gerettet. Was willst du noch, Chummer?«

»Warum haben Sie sie nicht einfach erschossen?« Peter wälzte sich auf den Rücken und ergab sich wohl oder übel in seine vorübergehende Hilflosigkeit.

»Man erschießt keine Bullen, man erschießt keine Bullen. Das gehört mit zum Deal.«

»Deal?«

»Genau«, schnappte Eddy offensichtlich verärgert, »der Deal. Und wenn du was über die Deals wüßtest oder auch nur nur nur das winzigste bißchen Verstand hättest, dann wüßtest du auch, daß man nicht mit einem tragbaren Computer rumläuft, wenn man ein Troll ist, und auch noch erwartet, daß einen die Cops in Frieden lassen.«

»Aber er gehört mir.«

Eddy ließ sich auf die Knie fallen und brachte sein Gesicht ganz nah an das von Peter heran.

»Du bist ein Blutgerinsel! Weißt du das? Du bist wie ein Blutgerinsel. Ein winziges Ding, das sich irgendwo im System festsetzt und alles zum Stillstand bringt. Ich will dir sagen, was mit einem Blutgerinsel passiert. Das ganze Blut wird gebremst und staut sich dahinter, bis genug Druck entsteht, um das Gerinsel einfach aus der Blutbahn zu fegen. Und dann ist es tot!«

Peter wußte, daß sich Eddy irrte, konnte sich jedoch nicht mehr an die Einzelheiten erinnern, also hielt er lieber den Mund.

»Und jetzt hab ich meinen meinen meinen Hals für dich riskiert. Ich hab nicht mit lebenslänglicher Dankbarkeit gerechnet, aber ganz sicher auch nicht mit Unverfrorenheit!«

»Tut mir leid«, sagte Peter leise.

»Wenn du so brandheiß bist, warum hast du nicht einfach mit ihnen gekämpft? Ihr Geister, du bist 'n Troll! Warum hast du sie nicht fertiggemacht?«

Die Verlegenheit machte seine Sprechweise holperig. »Ich weiß nicht, wie man kämpft.«

»Was?«

»Ich weiß nicht ...«

»Ich hab's hab's hab's gehört. Ein Kind! Du bist 'n kleines Kind, das vom Himmel in den Sprawl gefallen ist.«

Peter mißfiel die Vorstellung, aber er wußte, das Bild war absolut zutreffend.

»Es tut mir leid«, rief Peter.

»Komm, laß uns von hier verschwinden.«

»Warum tun Sie das?«

»Ich sah, was vorging. Ich hab mich an dich erinnert. Ich hoffe, ich kann mich damit bei dir lieb Kind lieb Kind lieb Kind machen. Ich will mit dir arbeiten. Und jetzt mach voran, sie könnten zurückkommen. Und ein paar Freunde mitbringen.«

Da er sich mittlerweile wieder ein wenig bewegen konnte, wälzte sich Peter auf den Bauch, stützte sich auf Hände und Knie. Dann erfaßte ihn ein Schwindelgefühl, und er mußte innehalten, um sein Gleichgewicht wiederzufinden.

»Alles in Ordnung?«

»Nein.«

»Dumme Frage. Frage. Tut mir leid.«

Peter erhob sich langsam. Es kam ihm so vor, als brauche er eine Stunde dafür, und dann war er plötzlich auf den Beinen.

Eddy schob eine kleine Pistole, eine kleine Maschinenpistole, deren Lauf immer noch heiß war, in seine Lederjacke. »Dann los.«

Die ganze Szenerie war für Peter nicht mehr als ein schattenhafter Nebel, als Eddy ihn auf das Asphaltband führte, weg vom Seeufer und wieder zurück auf die Straßen von Chicago.

7

Peter durchstöberte eine Mülltonne hinter dem Nachtclub. Hier im äußersten Westen der Stadt konnten es sich die Leute leisten, ihr Essen nur halb zu verzehren. Als er ein paar leere Wodkaflaschen beiseite räumte, entdeckte er einen kleinen Plastikbeutel mit etwas Weichem und Matschigem darin. Als er hineinschaute, sah er, daß sie voller Fleischabfälle war. Ein Fest.

Sich nach rechts und links in der Gasse umschauend, um sich davon zu überzeugen, daß ihn niemand gesehen hatte, lächelte Peter voller Entzücken über seinen Fund.

Er stopfte den Plastikbeutel in einen großen Leinwandsack, den er vor ein paar Monaten einer anderen Gossenratte gestohlen hatte. Einen Augenblick versuchte er, sich an das Gesicht des Penners zu erinnern, konnte es jedoch nicht. Soweit er wußte, war der Mann tot. Und was das betraf, so war mittlerweile jeder tot, dem Peter begegnet war, seit die Straße sein Zuhause war. Jeder außer Fast Eddy. Die Menschen der Straße schienen so eine Art zu haben, zu verschwinden und nie wieder aufzutauchen.

Er ging wieder zurück auf die schneebedeckte Straße, wo er an ein paar anderen Fußgängern vorbeikam. Wahrscheinlich Lohnsklaven, die in ihrer Mittagspause in einen Sandwich-Laden gegangen und jetzt auf dem Rückweg in ihre Büros waren.

Peter wußte, daß sie zuviel für ihr Essen bezahlten. Er

hatte die Preise gesehen. Und sie zahlten einfach nur für die Bequemlichkeit, daß ihnen jemand anderer das Brot schnitt und mit Soja-Paste bestrich. Auch wenn Peter genug Geld für ein Sandwich in einem Restaurant auf der Westside gehabt hätte, würde er sich keines geleistet haben. Er hätte sich das Brot, das Sojafleisch und die Paste gekauft und das Sandwich selber zubereitet. Von dem Geld für ein Sandwich hätte er tagelang leben können.

Die Lohnsklaven, an denen er vorbeikam, schauten immer weg und gaben vor, ihn nicht zu sehen. Das wußte er, weil sie sich dabei solche Mühe gaben. Und sie mußten sich Mühe geben, weil er ein großer, muskulöser graugrüner Troll mit langen Hauern und gelben Augen war.

Als sie an ihm vorbei waren, kicherte Peter angesichts des absonderlichen Verhaltens der Leute, die sich solchen Mühen unterzogen, ihn zu ignorieren, in sich hinein. Der Wechsel zur Gleichgültigkeit war langsam vor sich gegangen. Nach der Nacht des Zorns, wie die Medien die Woge der Gewalt, die in Seattle begonnen und rasch auf den Rest der Welt übergegriffen hatte, bezeichnet hatten, waren ihm die Leute auf der Straße mit Angst begegnet. Und dann war aus der Angst langsam völlige Nichtbeachtung geworden. Wenn die Metamenschen nicht ausgerottet werden konnten, dann existierten sie eben einfach nicht mehr. Prima für die Reinrassigen, Drek für die Metamenschen. Peter mußte mit der Nichtexistenz leben.

Er blieb stehen und hielt nach Streifenwagen Ausschau. Nichts. Er ging weiter. Es ging sich besser, wenn keine Cops in der Nähe waren.

In einer anderen Gegend wäre er sicherer vor ihnen gewesen. In einer Gegend wie der Noose, wie die Leute den Loop nannten, seitdem er in der Nacht des Zorns in Flammen aufgegangen war. Tausende Obdachloser waren in die zerstörten Gebäude gezogen, und die Stadt hatte keinen Finger gerührt, um sie daraus zu vertreiben. Es sah so aus, als wolle die Stadtverwaltung warten, bis die Grundstücksdeals im Südteil der Stadt in vollem Gange waren, bevor sie eine Kehrtwendung vollführen und den Loop wieder aufbauen würde.

Also war die Noose ein prima Platz zum Wohnen, wenn man sonst nirgendwo unterkommen konnte und es einem nichts ausmachte, sich mit den Banden um den Platz zu streiten, und man sich gegen die Ghoule verteidigen konnte, die sich in den Shattergraves, den vier Blocks, die beim Einsturz des IBM-Towers zerstört worden waren, breitgemacht hatten. Doch in der Noose war kaum etwas zu holen. Peter zog es vor, dort zu leben, wo sich die Reichen aufhielten, weil die es sich leisten konnten, Dinge zu verschwenden oder wegzuwerfen, und auch eine Menge Zeug ganz einfach verloren, das man abstauben konnte.

Und darum hielt Peter immer Ausschau nach den Cops. Wenn er einen Streifenwagen kommen sah, tauchte er in einer Gasse unter oder duckte sich in einen Hauseingang. Die Straße hatte ihn gelehrt, daß es gescheiter war, sich bedeckt zu halten und zu versuchen, unsichtbar zu bleiben, anstatt durch Weglaufen Aufsehen zu erregen. Wenn er wegrannte, würden sie denken, er habe sich irgend etwas zuschulden kommen lassen. Wenn er nicht wegrannte, verdächtigten sie ihn kaum jemals irgendeiner strafbaren Handlung. Er wurde nicht mehr allzuoft ins Gefängnis gesteckt, und wenn er im Gefängnis war, genoß er es gewöhnlich, die Nacht in einer netten, warmen Zelle zu verbringen. Sie verpaßten ihm Handschellen, aber das war in Ordnung. Er nannte niemals seinen Namen, und wenn sie seine Identität mit einer DNS-Probe feststellen wollten, bestand Peter immer darauf, daß er schon immer ein Troll gewesen sei und kein Ausreißer war. Und natürlich glaubten sie ihm stets. Schließlich kümmerte es kaum jemanden, was die Trolle taten.

In einer Zelle war er sicher vor den reinrassigen Banden, denen es Spaß machte, Trolle zu jagen, um zu beweisen, wie cool sie waren. Auf der Straße hatte Peter gar nicht so viel Angst vor den Banden. Es war mehr die Angst davor, daß ihn eine große Gruppe nachts im Schlaf erwischte.

Als er wieder zu der Baustelle zurückkam, die sie ihr Zuhause nannten, war es bereits dunkel, was gut war. Die Arbeiter waren für heute nach Hause gegangen, also konnten Eddy und er es sich in dem kleinen Alkoven im offenen Keller gemütlich machen. Dort unten waren sie vor Kälte und Wind geschützt, und niemand konnte ihr Feuer sehen.

Fast Eddy war bei Peters Ankunft noch nicht im Alkoven. Das bedeutete, entweder suchte sein Freund noch nach Eßbarem oder er war tot. Peter wußte niemals, was es sein würde.

Er nahm etwas Holz von einem Haufen, den er vor ein paar Wochen in einem leerstehenden Haus gesammelt hatte, und ließ es in eine große Mülltonne fallen. Er entzündete das Holz mit etwas Öl, und rasch brannte ein helles Feuer. Er beschloß, mit dem Essen zu warten, bis Eddy zurückkam, und legte das Fleisch zunächst beiseite. Er setzte sich auf den Boden neben das Feuer. Die Wärme breitete sich über ihm aus, und einen Augenblick glaubte er, wieder im Bett in seines Vaters Haus zu liegen und zu träumen.

In dem Augenblick, als er an seinen Vater dachte, überkam ihn ein Gefühl der Trauer und verscheuchte den Gedanken. Peter wollte ihn weder sehen noch mit ihm reden, sondern ihn nur in der Nähe wissen. Wie ein Totem. Etwas, auf das er sich stützen und an das er sich halten konnte.

Dann dachte er an seine Mutter, und sie war wunderbar, weil er sie nie gekannt hatte. »Mom, Mom, Mom, Mom«, sagte er immer wieder. Nach dem fünfzehnten Mal hatte sich das Wort abgenutzt. Es hatte seine Bedeutung verloren, war nur noch eine Silbe, ein Geräuschfetzen.

Das Kratzen eines Schuhs auf Zement durchbrach seine Träumerei. Vielleicht war es Fast Eddy, vielleicht jemand anders. Man konnte nie wissen.

Er sprang auf und preßte sich gegen die Wand des Alkovens, die rechte Hand zur Faust geballt. Eddy hatte ihm nach jener Nacht, in der er ihm das Leben gerettet hatte, das Kämpfen beigebracht. Jetzt gefiel es Peter sogar. »Halt dir nur immer wieder vor Augen, was die Cops mit dir gemacht haben«, hatte Eddy gesagt.

Die Schritte wurden langsamer, und dann herrschte nur noch Stille, bevor Eddy um die Ecke lugte.

»Ich ... ich ... wußte nicht, ob du es bist. Du es bist, du es bist«, sagte er. »Ich hab was hab was was was Fleisch.«

Peter lächelte stolz und hob den Plastikbeutel. »Ich auch.«

Eddy lächelte, als Peter lächelte.

Peter holte seine Fleischabfälle heraus und spießte sie auf eine Antenne, die er von einem Wagen abgebrochen hatte. Peter hatte rasch entdeckt, daß seine hitzeempfindliche Sicht das Kochen leicht machte. Bald aßen sie, zufrieden damit, sich die Bäuche zu füllen.

»Erzähl mir 'ne Geschichte«, sagte Eddy, auf einem Stück Fett herumkauend. »Erzähl mir doch mal deinen Kram.«

Peter erinnerte sich manchmal bruchstückhaft an seine Schulbildung, und Eddy liebte es geradezu, davon zu hören. Es waren keine richtigen Geschichten, aber Eddy nannte sie immer so.

Peter durchforstete seinen Verstand auf der Suche nach etwas Neuem, worüber er reden konnte.

»Habe ich dir schon von den Atomen erzählt?«

»Nee.« Eddy sagte immer nee. Peter wußte, daß Eddy entweder log oder immer alles wieder vergaß, und so fragte er sich, warum er sich überhaupt die Mühe machte, Eddy noch zu fragen. Aber er tat es, und Eddy sagte immer nee.

»Du und ich, wir bestehen beide aus Atomen.«

»Ah-hm«, machte Eddy, heftig nickend.

»Atome sind die Dinger, aus denen alles gemacht ist«, sagte Peter, indem er etwas Schnee vom Boden kratzte, um es Eddy zu zeigen. »Alles besteht aus Atomen. Aber nicht alles besteht aus denselben Atomen. Und Atome können auf unterschiedliche Weise kombiniert werden. Also sind es die Art der Atome und die Kombinationen, die ein Ding zu dem machen, was es ist.«

Er zog sich einen Fleischfetzen aus den Zwischenräumen seiner großen Zähne, legte ihn sich auf die Zunge und schluckte ihn herunter.

»Wenn Atome zusammenkommen, werden sie Moleküle genannt. Du und ich, wir bestehen aus ...« Peter stockte. Er hatte vergessen, woraus Eddy und er bestanden.

Eddy sagte: »Aus Proteinen, Nukleinsäuren, Kohlenhydraten und Fetten. Fett ... Fett ... Fetten.«

»Ich dachte, ich hätte dir noch nichts davon erzählt.«

Eddy zuckte ausdrucksvoll mit den Achseln.

Peter fuhr dennoch fort. »Aber du und ich sind trotzdem sehr verschieden.« Eddy lachte, lachte wie ein kleiner Junge. »Genau. Wir sind sehr verschieden. Und was uns verschieden macht, sind Säuren.« Nein, das war falsch. »Nukleinsäuren. Nukleinsäuren. Kleine Moleküle.« Oder waren es große Moleküle? »Dieselben Moleküle in jedem von uns. Dieselben ... dieselben vier Säuren, aber die Art, wie sie in uns angeordnet sind, macht uns verschieden.«

Eddy lachte wieder, diesmal jedoch so, als hätte er ein Märchen gehört, das er nicht glauben konnte.

»Was ist daran so lustig?«

»Wie könnten du und ich und alles andere aus vier von irgend was bestehen?«

»Nein. Nein. Es gibt vier Sorten von Nukleinsäuren.

Ich weiß nicht mehr, wie sie heißen, aber es gibt vier Sorten. Aber es gibt ... Milliarden Kombinationen«, riet er. »Milliarden. Und es kommt darauf an, wie sie angeordnet sind. Es ist wie bei einem Zahlenschloß. Wenn du als Zahlen ›eins‹, ›zwei‹, ›drei‹ und ›vier‹ hast und die Kombination fünfzehn Stellen hat, dann mußt du an jede Stelle eine der vier Zahlen setzen. Und das ist dann die Kombination für ein bestimmtes Schloß. Du und ich wir haben beide Milliarden Stellen, und die Anordnung unserer vier Säuren ist unsere Kombination. Und das sind wir.«

Peter erinnerte sich, daß ihm dies der Arzt im Krankenhaus erzählt hatte, und war plötzlich enttäuscht darüber, daß er sich an kaum noch etwas aus der Zeit erinnern konnte, als er noch ein reinrassiger Mensch gewesen war.

Eddys Mund stand ein wenig offen, und er musterte Peter voller Verblüffung. »Echt?«

»Echt.«

»Du sagst die Wahrheit?«

»Ja.«

»Du bist so klug. Warum bist du nicht Lehrer oder so was?«

»Ich wollte Lehrer werden. Glaube ich zumindest. Ich hätte Lehrer werden können. Aber statt dessen bin ich Troll geworden.«

»Oh. Ich war ein Dieb.«

»Ja.«

Sie saßen einen Augenblick schweigend da, bevor sie sich wieder ihrem Mahl widmeten. Dann sagte Eddy: »Ich dachte, du hättest gesagt, du würdest dich heilen.«

»Ja.«

»Wie kommst du voran?«

»Ich komme voran.«

Eddy betrachtete Peter von oben bis unten. »Du siehst nicht viel anders aus.«

Sie lachten.

»Im Moment arbeite ich gerade nicht daran. Ich brauche Lehr-Chips. Ich muß viel über die ganze Materie lesen. Biologie.«

»Oh.« Eddy betrachtete Peter und wartete darauf, daß er fortfuhr. »Und ...?«

»Und ich habe sie nicht.«

»Wann wirst du sie kriegen?«

»Ich weiß nicht. Ich habe es nicht geschafft, einen Job zu bekommen. Wie sollte ich an das Geld kommen, sie zu kaufen?«

»Was ist mit den Büchereien? Haben die nicht die Chips?«

»Ja, aber die kosten auch Geld. Mein Vater hat mir erzählt, daß Bücherausleihen in den Zeiten der alten USA kostenlos war. Aber jetzt kostet es Geld. Alles kostet Geld.«

»Warum stiehlst stiehlst stiehlst du sie nicht?«

»Ich kann sie nicht stehlen.«

»Warum nicht?«

»Weil«, begann Peter entschlossen, um dann innezuhalten. Warum nicht? Er hatte Essen gestohlen. Er hatte einen Wintermantel gestohlen (der ihm später von irgend jemandem gestohlen worden war). Warum dann nicht auch Chips?

Weil Chips etwas anderes waren, darum. Man stahl kein Wissen.

»Man stiehlt kein Wissen«, sagte er ernsthaft, wobei er eine moralische Kraft empfand, wie er sie seit langer Zeit nicht mehr erfahren hatte.

»Doch, das tut man. Wenn man weiß, was sich zu stehlen stehlen stehlen lohnt. Dann stiehlt man Wissen. Daten.«

»Was?«

»Was glaubst du ... du ... du ..., was auf dem schwarzen Markt läuft? Läuft. Daten. Das stiehlt man. In Nordamerika, Amerika, stiehlst stiehlst stiehlst man Daten. Juwelen sind was für Kinder.«

»Ach, ich will nicht darüber reden ...«

»Du brauchst noch nicht mal irgend was Schweres zu machen. Du mußt das Zeug nicht mal finden. Es ist einfach da da da und wartet auf dich. Du willst nur Chips, stimmt's?« Eddy wartete nicht auf eine Antwort. »Klar. Das wär ganz einfach. Wir könnten es tun, Professor!«

»Was?«

»Einen Bücherladen ausräumen. Mit links.« Eddy nahm einen Bissen, sah sich einmal kurz um, schluckte und sagte dann, als habe er sich unterbrochen. »Im Schlaf. Locker.«

»Ich weiß nicht, Eddy. Ich meine ... Du weißt schon. Du bist ziemlich fertig.«

Eddy sah weg. »Ja. Ja. Ja. Ich weiß. Ziemlich fertig fertig. Aber ich könnte es trotzdem noch tun. Mit dir, meine ich, meine ich, du und ich. Wir könnten.«

Er betrachtete Peter mit einem Anflug von Verschlagenheit. Wollte Eddy ihn hereinlegen? Hatte er dies die ganze Zeit geplant und nur auf den richtigen Augenblick gewartet, um vorzuschlagen, daß er und Peter gemeinsam ins Geschäft einstiegen?

»Willst du diese Chips? Was ist? Willst du sie?«

»Ja.«

»Okay. Okay. Okay. Morgen bal ... bal ... baldowern wir 'n Bücherladen aus.«

»Wir baldowern einen Bücherladen aus?«

»Genau. Es sei denn, du willst die U, die U, die Uni von Chicago ausräumen.«

Der Gedanke, eine Universität zu überfallen, stieß Peter ab. »Nein, ich glaube, ein Bücherladen ist für den Anfang ganz gut.«

»Sahne. Sahne. Sahne.«

Sie standen auf einem Dach und sahen über die Straße auf Hirshfelds Science Unlimited. Der Wind wirbelte den Schnee um sie herum auf, während Eddy wie gewöhnlich alle naselang krampfhaft ruckte. Seine Schultern zuckten, und sein Kopf schnappte ein paar Grad nach rechts.

»Also, was machen wir jetzt? Wie ›baldowert‹ man einen Laden aus?«

»Wir beobachten ihn. Passen auf, wann sie ihn abschließen. Dann geht man rein und nimmt nimmt nimmt sich, was man braucht.«

»Das ist Ausbaldowern?«

»Es ist nur ein Bücherladen, Professor. Wenn du bei Aztechnology einbrechen willst, mußt du natürlich etwas mehr mehr mehr Arbeit in die Sache stecken.«

»Wir hätten auch einfach an der Tür vorbeigehen und die Öffnungszeiten auf dem Schild lesen können.«

Eddy wandte sich zu Peter um und bedachte ihn mit einem starren, wütenden Blick.

»Okay, okay«, sagte Peter beschwichtigend. »Ich bin neu in der Branche. Tut mir leid. Ich vertraue dir.«

Eddy zuckte die Achseln und wandte sich, leicht schielend, wieder dem Bücherladen zu. Seine Gesichtszüge nahmen das Aussehen einer Ratte an, die darauf wartete, daß eine kleinere Ratte die Nase aus ihrem Loch steckte.

Ein alter Mann und eine junge Frau standen vor einer kleinen Metalltafel an der Vordertür des Ladens. Der Mann drückte ein paar Knöpfe auf der Tafel; eine nach der anderen glitten Stahljalousien an den Fenstern herunter und rasteten ein.

»Das sieht schwierig aus.«

Eddy seufzte, beobachtete jedoch weiterhin den Mann.

»Das tut es tatsächlich!« flüsterte Peter heftig.

»Entspann, entspann, entspann, entspann, entspann, entspann, entspann, entspann, entspann ...« Peter klopfte Eddy fest auf die Schulter. »Danke«, sagte sein Freund nach einem Moment. »In Ordnung. Sobald sie weg sind, schleichen wir uns nach hinten.«

Peter fragte sich wiederum, warum das ›Ausbaldowern‹ so ein wichtiger Teil der Angelegenheit war, doch er war kein Experte, was Diebstahl betraf, und beschloß, das Thema fallenzulassen.

Sie stiegen die Feuerleiter auf der Rückseite ihres Beobachtungsgebäudes herunter, gingen zur Straßenecke und bogen dann in die Gasse hinter dem Bücherladen ein.

Die Hintertür von Hirshfields Laden war mit einer dicken Metalljalousie verbarrikadiert.

»Ich nehme an, du willst, daß ich dieses Metall auseinanderreiße oder so«, sagte Peter wachsam. »Die Leute würden es hören.«

»Doch nicht nicht so was Primitives. Und Lautes.« Eddy ging zur Tür und beugte sich vor, um eine Metalltafel mit zehn Tasten darauf zu begutachten, die derjenigen an der Vordertür zu entsprechen schien. Er begann damit, Knöpfe zu drücken. Peter war sicher, daß er nur riet, daß die Gegend jeden Augenblick von Cops umzingelt sein würde, die durch irgendeinen lautlosen Alarm herbeigerufen worden waren. »Die meisten Leute benutzen nur eine Kombination für alle Schlösser«, sagte Eddy im Flüsterton, »obwohl die Kons, die ihnen die Schlösser verkaufen, empfehlen, es nicht zu tun.«

Er trat von der Tafel zurück, und die Jalousie hob sich. Peter starrte mit offenem Mund auf ihn herab. Eddy hob die rechte Hand und legte einen Finger unter jedes Auge. »Sichtverstärker.« Peter starrte in Eddys Augen. Sie sahen ganz echt aus, doch Eddy hatte ganz offensichtlich die Kombination mitbekommen, als der Mann abgeschlossen hatte.

»Davon hast du mir nie etwas erzählt.«

»Die Überraschung ist das größte Kapital für einen Dieb.«

Eddy trat zur Tür und probierte den Türknopf. Er drehte daran, doch es war abgeschlossen. »Wenn du so nett wärst?« Er trat zurück und überließ Peter das Feld.

Peter ergriff den Türknopf und zerquetschte ihn mit

der Hand. Dann drehte er das Handgelenk. Das Schloß zerbrach, und die Tür sprang auf.

Im Innern des Ladens war es dunkel, das einzige Licht kam von den Ausgang-Zeichen, und der rötliche Schein überflutete die Regale.

Für Peter sah der Laden wie eine Schatzkammer aus. Das trübe Licht funkelte auf Tausenden von Plastikhüllen, die Lesechips enthielten.

»Laß uns uns uns reingehen.«

Peter trat ein, und zog die Tür hinter ihnen zu. Er griff sich ein paar Chips von einem Regal und klemmte sie unter die Tür, um sie geschlossen zu halten.

»Hey«, sagte Peter schockiert.

»Was?«

»Warum ruinierst du die Chips?«

»Was macht macht macht das schon?«

Peter war nicht sicher, ob er die beinahe mystische Ehrfurcht erklären konnte, die er aufgezeichneten Informationen entgegenbrachte. »Nun ja«, begann er. Dann wußte er, daß er mystische Ehrfurcht nicht ausdrücken konnte. Also sagte er: »Die Chips. Sie sind wertvoll.«

»Und du willst sie gerade stehlen. Was macht es schon aus, ob wir sie einfach stehlen oder kaputtmachen?«

»Ich werde sie benutzen!«

Ein Krampf erfaßte Eddys Körper von Kopf bis Fuß, dann warf er die Arme in Richtung Tür und sagte: »Ich benutze die hier!«

Peters große Augen blinzelten zweimal. »Schon gut.« Ihm wurde klar, daß er hier mit Eddy noch diskutieren konnte, bis der Laden am nächsten Morgen wieder öffnete.

Er schlenderte den Mittelgang entlang, wobei er nach der Biologieabteilung Ausschau hielt, während Eddy in Richtung Hardwareabteilung ging. Peter hörte ein Krachen, beschloß jedoch, es zu ignorieren.

Es dauerte nicht lange, bis er die Chips gefunden hatte, die er brauchte. Es war nicht das, womit er sein Heim verlassen hatte, doch es würde ausreichen, um ihn die Grundlagen der Biologie neu erlernen zu lassen.

Er nahm Hodgesons Korrelative Neuroanatomie, Perkins' Funktionale Neurologie der Metamenschen und Louers Die Chaostheorie und das Gehirn: Eine Kritik. Er stopfte sich die Taschen damit voll. Er versuchte Chips zu finden, die er bereits gelesen hatte, da er dachte, daß dies der beste Weg sein würde zu beginnen.

Eddy tauchte neben ihm auf, einen tragbaren Computer unter jedem Arm.

»Was machst du da?«

»Du wirst so ein Ding brauchen, um sie zu lesen, stimmt's?«

Das hatte er ganz vergessen. »Ja. Ja, das werde ich.«

»Also, einer davon ist für dich.«

»Was machst du mit zwei Computern?«

»Wir rauben den Laden aus, oder nicht?«

»Wir sind hergekommen, um meine Chips zu holen.«

»Nein, du bist hergekommen, um deine Chips zu holen. Ich bin hier, um so viel Zeug rauszuschleppen, daß ich davon 'ne Weile gut essen kann.«

»Wirst du das Essen nicht mit mir teilen?«

»Doch, klar werde ich das. Das. Das. Du hast mir doch dabei geholfen, das Zeug zu kriegen, nicht?«

»Also ist das hier ein Raub?«

»Das ist es, Junge. Was hast du denn gedacht?«

Peter sah sich in dem dunklen leeren Geschäft um. Die Situation hatte etwas sehr Tröstliches an sich. Etwas Richtiges. Er konnte nicht den Finger darauflegen, aber alles in allem war es ein ganzes Stück weit davon entfernt, in kalten Hintergassen Essen aus Mülltonnen zu klauben.

»Es ist gut. Mir gefällt es.«

»Siehst du! Und jetzt laß uns abhauen. Die Cops, die Cops, die Cops werden bald hier aufkreuzen. Aufkreuzen.«

»Was?«

»Die Tür, die du geknackt hast. Ich bin sicher, daß sie verdrahtet war.«

»Was?«

»Keine Panik. Wir sind hier in Chicago. Der Ladenbesitzer war nicht gut genug angezogen, um die Cops bezahlen zu können. Die werden frühestens in zwei Minuten hier sein.«

8

Sie bekamen ein Zimmer in einem kleinen Hotel in Uptown, wobei sie dem Besitzer einen Sonderbonus zahlten, damit er Peter in seinem Loch wohnen ließ.

Als Peter das Zimmer sah, kam es ihm wunderbar vor. Der Boden mochte verdreckt und die Wände rissig sein, und die Geräusche der in den Wänden herumhuschenden Mäuse weckten ihn oft, aber es gehörte ihnen. Monatelang hatte er auf der Straße gelebt. Jetzt hatten Eddy und er ihre eigene kleine Zuflucht.

Über das Chicagoer Wohnungsamt hätte er etwas in einem der neuen Wohnprojekte für Metamenschen bekommen können, aber das wäre gleichbedeutend damit gewesen zuzugeben, daß er ein Metamensch war, daß er wahrhaftig ein Troll war, und dazu war Peter nicht bereit. Jeden Tag, wenn er erwachte, sagte er laut: »Ich bin ein Mensch, ein reinrassiger Mensch, in Wirklichkeit bin ich ein Mensch, und ich werde wieder reinrassig werden.« Er befürchtete, seinen Traum vergessen zu können, wenn er sich nicht jeden Tag daran erinnerte. Und was sollte dann werden?

Einmal hatte er mit Eddy darüber gesprochen, der jedoch nur die Achseln gezuckt und gesagt hatte: »Also ich meine, du solltest es einfach vergessen, dann würde es dich nicht mehr stören. Was würde es schon ausmachen, wenn du ein Troll wärst?« Er war nicht sicher gewesen, ob Eddy einen Witz machte, hatte aber beschlossen, das Thema nicht mehr anzuschneiden.

Doch jetzt spielte das keine Rolle mehr. Peter hatte seinen Computer und seine Chips, und er studierte Biologie.

Es ging jedoch nur langsam voran. Jedesmal, wenn er etwas las, mußte er es am nächsten Tag noch einmal und später noch ein drittes Mal lesen, um ganz sicher zu sein, daß sich das Gelesene fest in seinem Kopf verankert hatte.

Eines Tages war Eddy gerade nicht da, weil er ein paar Monitore verhökern wollte, die sie in der vorangegangen Woche gestohlen hatten, und Peter hatte das Zimmer für sich allein. Er saß auf dem Boden des Hotelzimmers, die mächtigen Schultern über den kleinen Bildschirm gebeugt, während er mit den Spitzen seiner starken Fingernägel behutsam Befehle eingab.

Als er in einem Chip über die Grundlagen der Genetik auf eine interessante Stelle stieß, öffnete er eine Datei, die er MEINEKUR nannte. Die Datei bestand aus einer Sammlung von Anmerkungen, die ihn faszinierten.

Er tippte:

Menschen, reinrassige und Metas, haben sechsundvierzig Chromosomen in ihren Körpern. Bei der Fortpflanzung bildet eines der Chromosomen jedes Paares von Vater und Mutter den genetischen Code für eine neue Person. Eine unabhängige Zuordnung produziert 2^{33} Arten von Geschlechtszellen. Die potentielle Anzahl der DNS-Kombinationen ist sogar noch größer, weil während der Meiose Gene in den Chromosomen ausgetauscht werden können.

Das sind 2.000.000.000.000.000.000.000.000 mögliche Menschen aus ein und demselben Geschlechtsakt.

Man stelle sich das mal vor.

Er hob seine große knorrige Hand und betrachtete sie. In seinem Fleisch waren auch seine Gene, das wußte er. Und aus 2.000.000.000.000.000.000.000.000 möglichen Kombinationen hatten seine Eltern irgendwie die Gene weitergegeben, die ihn zu einem Troll gemacht hatten.

Peter stand auf und ging zum Fenster. Draußen sah er einen Mann die Straße auf und ab gehen. Er war schon den ganzen Morgen da. Hin und wieder tauchte ein abgerissen aussehender Reinrassiger oder Ork auf und redete ein paar Minuten lang mit dem Mann. Chipdeals an einem strahlenden Frühlingsmorgen. Vor zwei Jahren hätte Peter keine Ahnung gehabt, was vorging. Chipdealer und Chipheads hatten damals nicht zu seiner Welt gehört. Jetzt hatte er fast alles vergessen, was er einmal in der Schule gelernt hatte, und statt dessen eine Antenne für alles entwickelt, was auf der Straße ablief.

Sein Blut geriet wieder in Wallung. Er wollte nichts über halluzinogene Chips und Prostituierte und den Zustand der Gefängniszellen im ganzen Cook County wissen. Er wollte wieder der alte Peter Clarris sein und in den sicheren unverdorbenen Räumen einer geachteten Universität über abstrakte Theorien der Molekularbiologie nachdenken.

Diese Gedanken weckten das Verlangen in ihm, auf etwas einzuschlagen.

Doch was gab es, auf das er einschlagen konnte? Schließlich war es sein eigener Körper, der ihn verraten und in die Niederungen der als Metamenschen bekannten Minderheit gestoßen hatte.

Also schlug er sich selbst.

Er ballte seine Hände zu Fäusten und schlug sich immer wieder ins Gesicht.

Er schlug sich so oft, daß sein Gesicht taub zu werden begann, und an der stechenden Taubheit empfand er eine Art Vergnügen, ein Gefühl des ›Nun, zumindest kann ich noch etwas empfinden‹.

Er lächelte, wie er es immer nach einer dieser gegen

sich selbst gerichteten Attacken tat. Danach ging es ihm stets besser, und normalerweise konnte er sich nicht mehr an den Grund, an den tiefliegenden nonverbalen Grund erinnern, warum er sich überhaupt hatte schlagen wollen. Er hörte, wie sich die Tür öffnete, und drehte sich rasch zum Fenster, so daß Eddy sein Gesicht nicht sehen würde.

»Wir wir wir haben abgesahnt wie die Gauner.«

»Wir sind Gauner«, sagte Peter, ohne sich umzudrehen.

»Was ist los?« Eddy und Peter waren mittlerweile zu lange zusammen, um die Zeichen nicht deuten zu können.

»Nichts.«

»Doch doch doch. Du hast irgend was. Du bist doch nicht wegen der Arbeit Arbeit Arbeit aufgebracht, oder?«

Peter drehte sich um. »Nein.« Er deutete zum Computer auf dem Fußboden. »Es läuft sehr gut. Ich habe gerade darüber nachgedacht, als du gekommen bist.«

Eddy lachte, eine Art Zischen. »Nein, nein. ›Die Arbeit.‹ Unsere Arbeit. Wenn wir rausgehen und Sachen besorgen. Das stört dich doch nicht, oder?«

»Nein.«

»Gut. Weil ich heute mit jemandem über eine Ausweitung unseres Unternehmens geredet hab.«

»Du hast was?«

Eddy flog fast zu Peter herüber. »Hey, hey, hey, immer mit der Ruhe. Ich wollte nur mal sehen, ob wir nicht vielleicht ...«

»Nein. Kein anderer.« Peter rieb sich das Gesicht. Die Dinge entwickelten sich zu rasch. Eine Woge des Bedauerns erfaßte ihn, und er fragte sich nicht zum erstenmal, wie er sich überhaupt von Eddy zum Stehlen hatte überreden lassen können.

»Wir können mehr Geld verdienen. Wir wir wir kriegen Verbindung zu besseren Hehlern. Bessere Connections. Sicherere Unternehmen. Sie können besser bezahlen.«

»Nein, Eddy«, grollte Peter.

Eddy wich vor Überraschung ein paar Schritte zurück. Er rieb sich die Hände und leckte sich die Lippen. »Also, Peter. Peter. Kein Grund ... Ich glaube du blickst da nicht ganz durch. Durch. Durch. Siehst nicht die Gelegenheit. Hier.« Er deutete auf den Computer. »Was du hier hast, ist toll. Aber sei ehrlich: Wirst du nicht mehr brauchen? Für dein Forschungsprojekt. Du bist bist hell ... der gescheiteste Troll, dem ich je begegnet bin, das ist wahr, wahr, aber niemand wird dich einstellen. Du bist auf dich allein gestellt, nicht? Und nichts und niemand wird daran etwas ändern. Außer mir. Ich bin dafür verantwortlich, daß du nicht allein bist. Und ich kann dir dabei helfen, alles zu kriegen, was du brauchst. Ich versteh vielleicht nicht, was du eigentlich vorhast. Vorhast. Nein, das tue ich nicht. Ich verstehe nicht, was du vorhast. Aber ich weiß, daß es mehr als ein paar hundert Nuyen die Woche kosten wird. Hab ich recht? Hab ich recht?«

Eddy hatte recht. Peter brauchte Zugang zu teurer Computerzeit, zu Forschungsunterlagen, die nur ganz wenige Leute hatten. »Wer ist es?« fragte er leise. »Mit wem hast du geredet?«

Eddy klatschte in die Hände. »Also, das das das läßt sich schon eher hören.«

Sie gingen die Straße entlang.

Eddy hatte sich für diesen Anlaß eine neue Lederjacke gekauft. Er sagte, er wolle als jemand auftreten, der an Action gewöhnt war und überall schnell rein und wieder raus kam. Peter trug einen abgenutzten Drillich, den er in einem Laden für Gebrauchtkleidung entdeckt hatte. Er sah so ähnlich aus wie der, den er vor langer Zeit den Ork hatte tragen sehen. Er fühlte sich ein wenig unwohl in dieser Kleidung, als versehe sie ihn mit einem falschen Etikett, aber er konnte sich nicht vorstellen, was er sonst anziehen, wie er sich anders präsentieren sollte. Und Eddy hatte ihm klargemacht, daß man auf der Straße eine Fassade brauchte, ein Image, das einen als jemanden mit Macht kennzeichnete, den man besser in Ruhe ließ.

»Also, vergiß nicht, laß dir nicht anmerken, wie gescheit du bist ...«

»Ich bin nicht gescheit.«

»Wie auch immer. Laß es dir nicht anmerken. Wenn du zu gescheit daherkommst, ist der Deal geplatzt. Die Leute mögen alles schön einfach. Ein Typ ist so. Eine Frau ist so. Er ist Boxer, also ist er dämlich. Sie ist schön, also denkt sie nur an sich. Nur an sich.« Eddy deutete auf seinen Kopf. »Die Leute Leute Leute denken nicht gerne. Sie wollen nicht zuviel Ballast Ballast in ihren Köpfen mit sich rumschleppen. Cops. Cops sind nicht alle schlecht, aber sie schlagen dich zusammen, weil es leichter ist, dich zusammenzuschlagen, als sich darüber Gedanken zu machen, ob du es verdient hast. Sie sehen dich, einen Troll, du bist stark, du bist unheimlich, du bist dämlich.« Er hob rasch die Hand. »Das ist das, was sie sehen wollen. Wenn du ihnen gescheit kommst, ist das mehr, als sie verarbeiten können. Sie trauen dir nicht, weil sie nicht wissen, was du als nächstes tun wirst.«

Peter dachte darüber nach und erkannte, daß es Sinn machte. Auf eine Art. Er würde Eddys Rat befolgen. Für eine Weile.

Vor ihnen stand auf einer pinkfarbene Markise in grünen Buchstaben ›The Crew‹. Da Peter und Eddy den Club mitten am Nachmittag betraten, sahen sie Orks auf Händen und Knien den Boden schrubben. Ihre breiten runden Gesichter erinnerten Peter an etwas ... an ein verfremdetes flämisches Gemälde. Er empfand fast so etwas wie Verbundenheit mit ihnen, mit ihren Leiden und ihren Enttäuschungen, mit ihrer Hoffnungslosigkeit, je irgend etwas anderes zu sein als Beinahe-Sklaven, die Fußböden schrubbten und in verwanzten Siedlungsprojekten wohnten. Doch er unterdrückte diesen Impuls sofort.

Zwei junge Punks, Orientalen in teuren Seidenanzügen, saßen neben einer Doppeltür, die zur Tanzfläche führte. Einer von ihnen hatte einen tragbaren Trideo auf dem Schoß. Der andere stieß seinen Kumpel an, als er Peter und Eddy bemerkte. Die beiden Männer standen auf, ihre Gesichter waren wie Stein und einander in ihrer Starrheit so ähnlich, daß Peter sie für Geschwister hielt.

»Wir sind hier, um mit Billy zu reden«, sagte Eddy. Einer der Punks nickte und deutete nach rechts auf eine nach oben führende Treppe.

»Danke«, sagte Eddy, und die beiden gingen die Treppe hinauf.

Die Treppe führte sie in einen Wartebereich mit einer Stuhlreihe an einer Wand. In der gegenüberliegenden Wand war ein Milchglasfenster.

Ein Mann saß auf einem der Stühle; er erhob sich, als sie eintraten. Er war mittleren Alters, hatte einen Schmerbauch und die Hängebacken einer Bulldogge. Als er sich bewegte, öffnete sich seine Lederjacke ein wenig, und Peter erhaschte einen kurzen Blick auf ein Pistolenhalfter. Der Mann beäugte Peter argwöhnisch.

Eddy blieb stehen und hob die Arme über den Kopf. Der Mann trat an ihn heran und tastete Eddy gründlich ab. Er nickte, dann wandte er sich an Peter.

Peter hob nicht sofort die Arme. Der Gedanke, daß ihn jemand durchsuchte, war beleidigend und erinnerte ihn zu sehr an seine Begegnungen mit den Cops. Doch als er Eddys flehentlichen, verzweifelten Blick sah, gab er nach.

Der Mann leistete gründliche Arbeit an Peter und nahm sich für ihn viel mehr Zeit als zuvor für Eddy. Er drückte, stieß und stocherte, und Peter war sicher, daß ihn der Mann zu provozieren versuchte.

Nachdem er eine Tasche von Peters Jacke abgeklopft hatte, hielt er plötzlich inne und sagte: »Moment mal.«

Peter erstarrte, unsicher, was vorging. Er sah zu Eddy, doch Eddys Blick ließ gleichermaßen Verblüffung erkennen.

Der Mann griff in Peters Tasche und zog drei Chips heraus. Wütend auf sich selbst, stöhnte Peter innerlich auf. Er hatte die Chips in die Tasche gesteckt, als er zuvor gearbeitet hatte. »Was, zum Teufel, ist das?« sagte der Mann. »Meta...«, sagte er, um dann die Worte langsam und fast Buchstabe für Buchstabe zu formulieren. »Metamenschliche Korrelative Neuroanatomie? Liest du so'n Zeug?« Peter sah eine dicke Schicht Ignoranz auf dem roten Gesicht des Mannes. Wahrscheinlich hatte er nach der fünften Klasse nicht mehr viel gelesen. Heute las er vielleicht noch die Sportseiten und die Speisekarte im Restaurant.

Peter lächelte schwach. »Nein.«

»Was machst du denn dann mit diesen Dingern?«

»Er verwahrt sie sie sie für mich. Ich hab gestern irgendeinen Burschen ausgenommen, und der hatte sie bei sich«, sagte Eddy.

»Aber warum hat er sie bei sich?«

»Mir gefallen die Bilder«, sagte Peter.

»Was?«

»Mir gefallen die Bilder.«

»Die Schaubilder und Diagramme«, fügte Eddy hinzu. »Er liest gerne wissenschaftliche Chips, weil ihm die Bilder gefallen. Ich nenn ihn den Professor.« Eddy lachte, und der Mann fiel darin ein. Peter kam zu dem Schluß, daß der Mann ein Dummkopf war. Mit einem Ausdruck äußerster Verblüffung ließ er den Blick zwischen Eddy und dem Mann hin und her wandern und lachte dann ebenfalls, als habe er den Witz nicht mitbekommen, fühle sich jedoch verpflichtet, so zu tun als ob. Daraufhin lachte der schmerbäuchige Mann noch heftiger.

Eine sonderbare gute Laune ergriff von Peter Besitz. Wenn Eddy recht hatte und er dumm wirken mußte, konnte er sich zumindest mit dem Wissen trösten, daß er in Wirklichkeit nur die Dummheit der anderen ausnutzte.

Der Mann ließ die Chips wieder in Peters Tasche fallen, und kurz darauf erstarb das Gelächter. Er beendete rasch Peters Durchsuchung und öffnete die Tür für sie.

»Billy, der Bursche und der Professor sind da.« Der Mann lachte wieder, als Peter und Eddy an ihm vorbeigingen. Als sie im Zimmer waren, hörte Peter die Idiotenlache des Mannes sogar noch durch die geschlossene Tür.

Billy war Ende zwanzig, ein Mann mit den Augen eines Gauners, aber dem Gesicht eines Engels. Er war schön, seine Züge elegant und sanft, ein Gesicht, das Frauen liebten. Selbst Peter fühlte sich von ihm angezogen. Es war ein Gesicht der Seligen. Peter stellte fest, daß er Billy gefallen wollte, damit er von jemandem, der so gut aussah, mit Beifall und Anerkennung bedacht wurde.

Nicht nur das, Billy trug auch einen schönen Anzug. Er fing das Licht ein und änderte die Farbe, wenn Billy sich bewegte. In seinem schäbigen Drillich kam sich Peter in Gegenwart des anderen lächerlich vor.

»Professor?« sagte Billy mit leicht zur Seite geneigtem Kopf.

»Genau«, sagte Eddy. »So nenn ich ihn. Er tut gerne so, als ob er Chips über Wissenschaft lesen könnte. Zeig's ihm, Prof.«

Peter griff in seine Taschen, zog seine Chips heraus und legte sie auf Billys Schreibtisch. Als er sich vorbeugte, setzte er ein blödes Grinsen auf. Er fügte noch einen Hauch Schüchternheit hinzu und sah rasch weg, als Billy seinem Blick begegnete. Ein rascher Blick auf Eddy zeigte ihm, daß dieser sich die Hand vor den Mund hielt, um das Lächeln zu verbergen, das Peters

Komödie ihm entlockte. Peter war sehr stolz auf sich und kam sich sehr klug vor.

Billy nahm die Chips und lächelte. »Schön. Schön, schön, schön. Du liest 'ne Menge Wissenschaft?«

»Mir gefallen die Bilder.«

Billy wandte sich an Eddy, und er und Eddy wechselten amüsierte Blicke.

»Hmmm. Das ist sehr interessant. Aber warum ich dich und Eddy hergebeten habe ... Meiner Organisation ist zu Ohren gekommen, daß ihr zwei zu wissen scheint, wie man Waren organisiert.«

»Deine Organisation?« fragte Peter unschuldig. Er wußte nicht, ob es klug war, die Führung in diesem Gespräch zu übernehmen, aber er ging davon aus, daß er sich wegen seiner angeblichen Naivität einige Freiheiten herausnehmen konnte.

»Itamis Gang. Wir vergrößern uns gerade. Wir haben viel Gutes über euch Chummer gehört.«

»Wann fangen wir an?« fragte Peter in aller Unschuld. Er hatte ein gutes Gefühl in bezug auf diese Sache. Raum für Wachstum. Mehr Geld. Mehr Chips.

»Nun, offen gesagt hatte ich mich noch nicht entschlossen. Wie wär's, wenn wir euch für 'ne Weile probehalber aufnehmen? Das läßt uns Zeit, uns aneinander zu gewöhnen.«

»Ich hab 'nen Job, der dir bestimmt gefällt«, warf Eddy ein.

»Echt?«

»Echt. Paß auf ...«

Eddy umriß den Job.

Er wollte sich eine für die Universität von Chicago bestimmte Sendung unter den Nagel reißen. Die Sendung bestand aus drei Greiffellen. Eddy hatte Kontakt mit einer Magiergruppe aufgenommen, die bereit war, Achtzigtausend pro Fell zu bezahlen. »Wir können an diese Gruppe für saubere zweihundertvierzig Riesen verkaufen verkaufen verkaufen, oder den Kram mit einem

Ausgangsgebot von zweihundertfünfzig versteigern. Es wird ungefähr fünfzig Riesen kosten, die ganze Sache aufzuziehen. Nicht viel im Vergleich zu dem, was Itami verdienen will ... Aber es ist gutes sauberes Bargeld. Bargeld.«

»Und diese Magier wollen den Kram echt haben?« fragte Billy amüsiert und interessiert zugleich.

»Und wie. Hat was mit Magie zu tun. So ein ein ein Fell verstärkt das, was sie machen, oder so. Hör mal, hör mal, ich weiß echt nicht, warum sie die Felle haben wollen. Sind eben alles Magier, neh?« Er lachte, und Billy fiel höflich ein. »Aber sie wollen sie. Und wir können sie ihnen beschaffen.«

»Na schön«, sagte Billy mit leuchtenden Ganovenaugen. »Die Sache gefällt mir. Was braucht ihr?«

9

Als sie einen Block von ›The Crew‹ entfernt waren, fing Peter an zu schreien: »Was war das? Was war das? Eine Sendung mit magischen Fellen klauen? Da werden Wachen sein. Und Kanonen. Große, große Kanonen. Wenn die Felle 'ne Viertelmillion Nuyen wert sind, dann ist auch genug Schutz für Waren im Wert von 'ner Viertelmillion da. Das ist nicht unsere Liga. Wir sollten das lassen! Was hast du eigentlich vor?«

Eddy sah ihn ungläubig und irgendwie gekränkt an. »Wir wechseln die Liga, Prof. Das ist der springende Punkt. Springende Punkt. Ich meine ... Ich weiß nicht, was ich sagen soll. Ich weiß nicht, was ich sagen soll. Ich hab 'ne Menge Zeit investiert, nur um alles über diese Sendung rauszukriegen. Und dann noch mehr mehr mehr Zeit, um einen Käufer aufzutreiben. Ich dachte, du bist dabei.«

»Das bin ich ja auch. Ich meine, ich dachte, wir würden dieselben Sachen für die Gang machen. Ich dachte nicht, daß wir etwas in dieser Art probieren würden.«

»Ach, Peter, diese Sache ist doch nur 'ne Starthilfe, um uns den richtigen Kick Kick Kick zu geben. Wenn wir's schaffen, sind wir bei denen richtig im Geschäft. Mehr Geld, mehr Macht. Alles wird leichter. Die Burschen ganz oben sagen den Leuten Leuten, was sie zu tun haben. Und genau das wollen wir.«

»Eddy, kein Mensch wird je zulassen, daß ich jemandem sage, was er zu tun hat.«

Eddy grinste Peter an. »Du weißt noch nicht, wie der Hase läuft, Junge. Halt dich nur an mich. Ich bring dich dahin.«

Sie hatten zwei Wochen, um alles anzuleiern. Die ganze Sache machte Peter nervös; er wollte nichts mit den Vorbereitungen zu tun haben. »Sag mir bloß, wo es hingeht«, sagte er.

Also ging Eddy jeden Tag los, um den Schauplatz ihres Dings auszubaldowern. Nachts kam er zurück und berichtete, wen er bestochen hatte. Da er wußte, daß ein paar von den Wächtern nicht bestochen werden konnten, heuerte er einen Decker an, der in das Computersystem des Flughafens einbrach, um den Schichtplan der Wachen so zu ändern, daß in der Nacht, in der ihr Ding über die Bühne gehen sollte, nur Eddys Männer Dienst taten.

»Siehst du«, sagte Eddy, »keine Kanonen. Keine Toten.«

»Ich will nichts davon hören. Sag mir bloß, was ich zu tun habe.«

Zwei Tage vor dem Überfall, an einem Mittwoch, kam Eddy früh und mit japanischem Fastfood beladen nach Hause.

»Na, wie kommst du mit deinen Forschungen voran?«

»Prima«, sagte Peter, indem er vom Bildschirm seines Computers aufsah. Er war sicher, daß Eddy ihm jetzt erzählen würde, was er heute alles zur Vorbereitung des Jobs geleistet hatte.

Statt dessen lud Eddy das Essen auf dem Tisch ab und sagte: »Nein, im Ernst. Im Ernst. Wie kommst du voran? Erzähl mir mehr Geschichten. Hast du Hunger?«

Der Geruch des Essens zog Peter magisch an — Sushi und Nudeln und gewürzter Reis und Fisch. Er machte ihm den Mund wäßrig. Er glaubte immer noch, daß Eddy ihn auf den Arm nehmen wollte, aber solange er dabei essen konnte ...

Er speicherte seine Arbeit ab und schaltete den Computer aus. Dann stand er vom Fußboden auf und setzte sich auf den trollgeeigneten Stuhl, den er letzte Woche gekauft hatte. Er wußte, daß er damit beginnen sollte, am Tisch zu arbeiten, aber die Angewohnheit, auf dem Fußboden zu arbeiten, war ihm mittlerweile in Fleisch und Blut übergegangen.

Eddy holte die billigen Teller, die sie aus einem Schnellimbiß hatten mitgehen lassen, und stellte einen vor Peter hin.

Peter beäugte ihn argwöhnisch.

»Was?« fragte Eddy. »Was? Was?«

»Du bist schrecklich nett.«

»Ich kann auch nett sein.«

»Das bestreite ich nicht. Ich sage nur, daß du das normalerweise gut zu verbergen weißt.«

»Aua.«

Peter betrachtete das Essen. Sechs verschiedene Gerichte warteten auf seinen Beifall. »Vielen Dank für das Essen.«

»Gern geschehen. Also, warum bist du ein Troll? Warum gibt es Trolle? Warum Trolle? Warum nicht sprechende Hasen?«

»Sprechende Hasen?«

»Ich hab mal 'n altes Comic-Video gesehen. Comic-

Video. Da gab es einen sprechenden Hasen. Früher hat es keine Trolle und sprechenden Hasen gegeben. Jetzt gibt es zumindest Trolle. Trolle. Warum?«

Peter schaufelte sich einen Löffel Tintenfisch auf seinen Teller. »Das kann ich dir nicht sagen. Ich vermute, daß früher mal eine ganze Menge dieser Monster existiert haben. Vor langer, langer Zeit. Und dann ging die Magie zugrunde ...«

»Die Magie ging zugrunde?«

»Ja. Ich habe was über Magie gelesen. Ich bin ein Troll und sollte besser über Magie Bescheid wissen, würde ich meinen.«

»Weißt du, du hörst dich schon viel besser an.«

»Tue ich das?«

»Vielleicht nicht besser. Aber stärker, mehr Selbstvertrauen.«

»Aha.« Peter öffnete den Mund, um einen Bissen Tintenfisch zu nehmen. Er schmeckte fleischig und nach Meer. Er redete kauend weiter. »Jedenfalls, dieser Bursche, ein Magier namens Harry Mason, hat vermutet, daß das, was 2011 passiert ist, als plötzlich überall magische Ereignisse stattfanden ... daß das der Beginn des Aufstiegs der Magie war. Zuerst wurden Elfen und Zwerge geboren. Dann bekamen die Indianer ihre schamanischen Kräfte. Dann fingen die Leute an, sich mit hermetischer Magie zu beschäftigen. Und dann, im Jahre 2021, verwandelten sich manche Menschen spontan in Metamenschen — in Orks und Trolle — einer von zehn, es geschieht einfach. So hat die Magie an Macht gewonnen.«

»Ja. Ich verstehe.«

»Er postuliert also, daß die Magie vor 2011 langsam wieder an Kraft gewann, nachdem sie lange Zeit daniedergelegen hat. Sie ist vor langer, langer Zeit von ganz oben abgestürzt. Wie Atlantis — das könnte eine wahre Geschichte sein. Ein mächtiger Ort in einer Zeit, als die Magie noch stärker war als heute.«

»Atlantis? Meinst du Atlanta?«

»Nein, ich meine Atlantis.« Peter betrachtete Eddy ausgiebig, um zu sehen, ob er einen Witz machte. »Hast du noch nie von Atlantis gehört?«

»Nein, was ist das?«

»Das war ein Ort. Eine Insel, die angeblich im Meer versunken ist...«

»Ach, richtig! Da gibt's doch diese Stiftung, die nach Spuren von Atlantis sucht.«

»Hast du nie die Geschichten darüber gehört?«

»Nein. Sollte ich das?« Eddy wirkte ein wenig abweisend.

»Ich weiß nicht. Als Kind habe ich eine Menge solcher Geschichten gelesen. Atlantis. König Artus. Alice im Wunderland. Angeblich waren sie erfunden. Ausgedacht. Aber die Phantasie... Du weißt schon... die Kindheit.«

»Professor, du erinnerst dich noch, wie du und ich auf der Straße gelebt haben, als wir uns zum erstenmal begegnet sind?«

»Ja.«

»Meine Eltern sind an der Seuche gestorben. So war meine Kindheit.«

»Oh.«

Stille trat ein, und die beiden Männer versuchten sie zu ignorieren, während sie sich mehr Essen auf ihre Teller schaufelten.

»Von diesen Leuten hast du also gelesen«, sagte Eddy schließlich. »Von diesem König und Alice? Oder waren das Videos und Trideos?«

»Ich habe von ihnen gelesen. Aber die Leute haben auch Videos und Trideos über sie gemacht.«

»Hmmm. Ja. Ich hab nie gelesen.«

»Willst du es lernen?« bot Peter ihm an. Er wollte Eddy wirklich dabei helfen.

»Nee. Das ist was für Profs wie dich. Ich weiß, ihr glaubt alle, Lesen ist Macht oder so, aber falls du es noch nicht bemerkt haben solltest, ich komme auch ohne ganz gut zurecht.« Peter glaubte, einen Unterton des Bedauerns aus Eddys Antwort herauszuhören, doch er beschloß, ihn zu ignorieren.

»Tja. Das ist also die Magie. Vielleicht war sie schon mal da, und vielleicht ist sie jetzt zurückgekehrt. Und so, wie ich das sehe, ist die Magie irgend etwas in der Umwelt, das meinen Körper dazu veranlaßt hat, sich in etwas anderes zu verwandeln.«

»Wie? Wie man Sonnenbräune kriegt?« Eddy lachte, und Peter schloß sich ihm an. Doch dann fügte Peter hinzu: »Ja! So ähnlich. Wie Sonnenbräune. Die Sonne beeinflußt den Körper, auf eine bestimmte Weise zu reagieren. Weißt du, der Genotypus ... die genetische Sequenz ... sie bestimmt, wie der Körper aussieht. Und auch das Hirn. Aber sie ist nicht in Stein gemeißelt. Es ist nicht so, daß Körper und Geist einer Person bei der Empfängnis vollständig determiniert sind. Das, als was Körper und Geist enden, ist der Phänotypus. Der Genotypus determiniert, welche Phänotypen in einer gegebenen Sequenz von Umweltbedingungen, in denen das Individuum dieses Genotyps lebt und sich entwickelt, entstehen können.«

»Häh?« machte Eddy und lachte.

»Wie bei einem Kind, das aufwächst. Bei seiner Geburt hat es einen bestimmten Genotypus mitbekommen. Doch wie es sich entwickelt ... Na ja, wenn es genug zu essen bekommt, entwickelt es sich auf eine Weise. Es ist gesund. Es kann Muskeln ausbilden, die ihm helfen. Wenn es nicht genug zu essen bekommt, werden seine Glieder dünn, und sein Bauch bläht sich auf. Beide Kinder liegen im Bereich der durch den Genotypus vorgegebenen Möglichkeiten. Aber nur die Wechselwirkung des Genotypus mit der Umwelt kann vollständig bestimmen, wie der Phänotypus aussehen wird.«

»Du sagst also, du hattest die genetische Möglichkeit, ein Troll zu werden, in dir, und durch die Wechselwirkung mit der Umwelt, einer Umwelt mit Magie, bist du ein Troll geworden. Troll geworden. Troll geworden.«

»Das ist meine Vermutung. Ich weiß es nicht. Niemand weiß es. Eine andere Theorie besagt, daß die Menschen die Magie seit ihrem Wiedererwachen unbewußt benutzen. Die Magier wissen, wie man sie vorsätzlich benutzt, aber der Rest von uns tappt manchmal einfach so hinein, ohne viel Kontrolle zu haben. Vielleicht haben damals im Jahre 2011 die Eltern ihre Kinder unbewußt zu Elfen und Zwerge gemacht, und später haben sich die Menschen selbst in Trolle und Orks verwandelt. Dahinter steckt die Idee, daß es so etwas wie ...« Er suchte in seinem Verstand nach den magischen Ausdrücken, die er kürzlich gelesen hatte. »So eine Art körperliche Manifestation der wahren Natur eines Menschen ist, so wie ein Magier im Astralraum eine wahre Natur hat.«

»Demnach hättest du dich in einen Troll verwandelt, weil du glaubtest, du wärst einer?«

»Ja. Vielleicht. Ich denke schon.«

»Aber du haßt es, ein Troll zu sein.«

Peter durchforstete den Nebel seiner Erinnerungen vor der Verwandlung. Er hatte nur Einsamkeit empfunden, eine Sehnsucht. Er hatte sich als häßlich und sozial unbeholfen betrachtet. Er konnte sich nicht mehr an die Einzelheiten oder an konkrete Beispiele erinnern, aber die Empfindungen erfüllten seine Brust, höhlten seine Lungen aus und füllten sie mit eisiger Kälte. Konnte er sich eingeredet haben, ein Troll zu werden? Vielleicht.

»Jedenfalls«, sagte er, das Gefühl abschüttelnd, »die Frage, wie es möglich war, gleicht im Augenblick einer religiösen Debatte. Es gibt keine Möglichkeit, jetzt die Vergangenheit zu beweisen. Keine archäologischen Aufzeichnungen. Niemand weiß Genaues. Was zählt, ist, daß meine DNS jetzt wirklich anders ist. Das ist alles, woran ich zu arbeiten habe. Ob es an mich weitergegeben wurde, oder ob ich es selbst getan habe, spielt keine

Rolle. Es ist eben so, wie es ist. Die Forschungen in dieser Richtung werden erst seit dreißig Jahren betrieben, und seit die Kons die Macht haben und die USA auseinandergefallen sind, werden nicht mehr so viele neue Erkenntnisse gewonnen, und wenn welche gewonnen werden, hält man sie unter Verschluß. Gerade jetzt könnte jemand an einer Methode arbeiten, metamenschliche Gene zu identifizieren und zu manipulieren, aber ich habe keine Möglichkeit, das jemals herauszufinden.«

»Aber die hast du.«

»Wie meinst du das?«

»Es gibt Methoden, Daten aus Konzernen rauszuholen. Wie ich es früher getan hab.«

»Aber dazu braucht man Geld.«

»Genau, Professor, genau.«

Eddy schob sich eine Gabel Reis in den Mund, und der Mund verzog sich zu einem gewaltigen Grinsen. Und Peter konnte jetzt erkennen, daß, wenngleich Eddy ihr Ding nicht ein einziges Mal zur Sprache gebracht hatte und sich ihr Gespräch ausschließlich um Genetik drehte, ihr kriminelles Leben im Zentrum dieses Themas ruhte wie ein Nukleus inmitten einer Zelle.

10

Peter stand mit Eddy und drei Mitgliedern der Itami-Gang neben einem Hangar. Die Art und Weise, wie sich beim Gehen die Muskeln unter ihren Mänteln bewegten, machte Peter Angst. Diese Kerle spielten in einer anderen Liga.

Die fünf Männer beobachteten eine der Rollbahnen von O'Hare. Die Lichter des O'Hare-Subsprawls waren noch heller als jene von Chicago und verwandelten den Nachthimmel in das blasse Grau der Morgendämmerung. In der Kälte der Nacht sah Peter ihre Atemwölkchen als dicke rote Nebelschwaden, die rasch zu Pink und dann zu nichts verblaßten.

Alle außer Peter waren mit Uzis bewaffnet. Er trug eine großkalibrige Pistole vom Typ Predator II, die speziell an seine Hand angepaßt war. Nachdem er die ganze Woche damit geübt hatte, konnte er jetzt einigermaßen damit umgehen. Den Rückschlag spürte er kaum, aber er wußte, daß die Pistole eine schreckliche Durchschlagskraft hatte.

Als er ein kleines Privatflugzeug auf der Rollbahn landen und ausrollen sah, spürte Peter, wie sich sein Atem beschleunigte. Wie geplant, wurde das Flugzeug von einem gepanzerten Lastwagen erwartet. Vielleicht hatte Eddy recht gehabt, als er Peter versichert hatte, daß alles geregelt war, nichts schiefgehen konnte und keine Schüsse abgegeben werden brauchten. Doch die Kanone in seiner Hand, die Kälte des Metalls in der Winterluft, biß in sein Fleisch. »Ich bin hier«, sagte das Metall, »und wenn ich nicht gebraucht würde, wäre ich nicht mit dabei.«

In Peters Verstand überschlugen sich die Gedanken, während er krampfhaft versuchte, nicht an die Probleme zu denken, die auftreten konnten.

Peter beobachtete die Wachen, die saubere Präzision ihrer Bewegungen, als sie die Kisten auf den Lastwagen luden, und er entdeckte eine gewisse Schönheit darin. Er hatte so viel Zeit mit seinen Chips verbracht und sich mit den kleinsten Elementen des menschlichen Lebens beschäftigt. Doch wenn er jetzt sah, wie alles zusammenkam, wie die DNS den Wachen gestattete, sich zu bewegen ...

... und die Fracht zu verladen, die ein Mann auf der Jagd erlegt hatte. Einem Piloten ermöglichte, die Felle nach Chicago zu fliegen. Irgend jemandem ermöglichte, das Flugzeug zu konstruieren, welches der Pilot flog ...

Und Peter und seine Begleiter. Alle fünf Diebe, alle fünf in der Lage, die Felle zu stehlen ... Und all das, weil ihre DNS ihnen den Drang, mehr zu wollen, und die Fähigkeit, es sich zu nehmen, gegeben hatte.

Und die Wachen konnten versuchen, die Felle zu verteidigen.

Aber das würden sie nicht. Über alle Generationen hinweg das Vermögen, sich bestechen zu lassen.

Und all das kam auf dem Rollfeld zusammen.

Ein Genotypus entschied, welche Phänotypen unter gegebenen Umweltbedingungen entstehen konnten. Sowohl Körper als auch Geist. Und ein Teil dieser Umwelt bestand aus anderen Leuten, anderen Phänotypen. Und da es heutzutage fast unmöglich war, in einer Umwelt zu leben, die nicht vom Menschen gemacht war, wurde praktisch alles von den Phänotypen anderer Leute kontrolliert. Das Leben bestand aus Phänotypen, die immer und immer wieder Genotypen in Phänotypen verwandelten.

»Hey, Professor?« sagte Eddy mit einem scharfen Unterton in der Stimme.

»Ja?«

Peter erwachte aus seinen Gedanken und sah den Lastwagen über die Landebahn fahren. Die Fluglichter des Flugzeugs blitzten auf, als es in die andere Richtung zu rollen begann.

»Du willst mich doch wohl jetzt nicht allein lassen, oder?«

»Nein, ich hab nur nachgedacht.«

»Du solltest dir das ansehen. Verbrechen ist Verbrechen ist Verbrechen ist kein beschaulicher Beruf.« Eddy lächelte Peter zu, der das Lächeln erwiderte.

Die Gangmitglieder verschwammen zu schattenhaften Klecksen, als sie über das Landefeld rannten und hinter einem Kistenstapel in Deckung gingen.

Eddy zupfte an Peters Arm. »Wir sind dran. Steck das Eisen weg. Eisen weg.«

Peter ließ die Kanone in sein Halfter gleiten und folgte Eddy auf die Straße, die vom Rollfeld wegführte.

Der Lastwagen kam, langsamer werdend, herangefahren und blieb vor ihnen stehen. Die Türen der Fahrerkabine öffneten sich, und zwei lachende Wachen kletterten heraus. In der Kälte der Nacht glühten ihre Gesichter hellrot. »Tja, gehört alles euch«, sagte einer der Männer. »Laßt mich nur eben die anderen Jungens hinten rausholen.« Peter entspannte sich ein wenig. Alles schien zu klappen.

Eddy folgte dem Wachmann auf die andere Seite des Lastwagens, und Peter folgte Eddy. »Und jetzt fahren wir einfach mit den Fellen weg?« fragte er ihn.

»Genau genau genau.« Weiter weg zu ihrer Rechten blitzten die Scheinwerfer eines Lieferwagens auf, und Go-Mo, ein alter Freund von Eddy, fuhr ihn neben den Lastwagen. »Die Jungens hier fahren einfach weiter zur Uni und durchlaufen das ganze Brimborium mit den Kisten, abzeichnen, Empfangsbestätigung und was weiß ich noch. Am nächsten Tag machen sie die Kisten auf, und die Felle sind verschwunden. Sie glauben, daß sie in der Uni gestohlen worden sind, und wir waren nicht mal in der Nähe des Verbrechens.«

Der Wachmann schob seinen Magnetschlüssel in das Schloß der rückwärtigen Tür und öffnete sie. Die Scheinwerfer des Lieferwagen beleuchteten das Innere des Lastwagens und darin zwei Männer, einer Ende zwanzig, der andere Anfang vierzig. Der Unterkiefer des Älteren zitterte, sein Gesicht war eine Maske der Furcht.

»Wir haben ein Problem«, sagte der jüngere Wachmann.

»Was heißt das?« fragte Eddy.

»Jenkins steht nicht auf eurer Lohnliste.«

»Jenkins? Jenkins? Es gibt gibt gibt keinen Jenkins.«

Der junge Wachmann sprang aus dem Laderaum des Lastwagens. »O doch, es gibt einen.« Er deutete mit dem Daumen auf den Mann im Laderaum. »Jenkins, willkommen bei einem Überfall.«

Alle schwiegen und glotzten den Wachmann stupide an.

Eddy wirbelte herum und stampfte mit dem Fuß auf den Boden. »Der dämliche Decker hat's versaut.«

»Jenkins ist nicht mit drin?« sagte der Wachmann, der die Tür geöffnet hatte.

»Er hat mich gefragt, warum wir langsamer würden«, antwortete ihm der junge Wachmann. »Er hatte nicht die leiseste Ahnung.«

Peter betrachtete Jenkins und empfand so etwas wie Mitgefühl, vielleicht sogar Sympathie für den Mann. Jenkins saß schweigend auf einer Kiste, verwirrt, nicht nur angesichts des Raubüberfalls, sondern eines Raubüberfalls, bei dem seine Partner mitmachten.

»Was machen wir denn jetzt?« fragte der junge Wachmann.

Eddy wandte sich an Jenkins. »Hör mal. Hör mal. Wir haben hier ein Problem. Problem. Ich mach dir 'n Angebot.«

Der Mund des Mannes bewegte sich, doch er war zu entsetzt, um reden zu können.

Go-Mo stieg aus seinem Lieferwagen und ging zu Eddy. »Wir können diesem Burschen nicht trauen. Sieh ihn dir doch an.«

Eddy warf zunächst einen flüchtigen Blick auf Jenkins und dann auf die drei anderen Wachmänner. Offensichtlich versuchte er etwas aus ihren Mienen herauszulesen. Peter sah nur die Verhärtung irgendeiner Art von Loyalität Jenkins gegenüber.

»Wie wär's, wenn wir die Sache abbrechen?« sagte Peter. Eddy warf ihm einen vielsagenden Blick zu. Die Wachmänner sahen zu Jenkins.

Dann wurde Peter klar, daß sie gar nicht abbrechen konnten, nicht, wenn Jenkins nicht mitmachte — er konnte die anderen Wachen alarmieren. Und wenn er mitmachte, gab es keinen Grund abzubrechen. Die ursprüngliche Angst kroch an der Innenseite seiner Haut entlang in seine Brust, wo sie zur Ruhe kam und sanft an seinem Herz herumfingerte.

Eddy trat zu den drei Wachmännern und ignorierte Jenkins voller Ingrimm: Er schloß Jenkins aus dem Universum aus.

Peter warf einen Blick auf Jenkins und sah, daß der Mann seinen Platz in der Welt verloren hatte. Er wich einen halben Schritt ins Innere des grell beleuchteten Lastwagens zurück. Er fingerte an seiner Kanone herum, zog sie aber nicht. Hinter ihm waren die Kisten mit den Fellen. Peter wurde klar, daß der Mann durchaus in Kürze sterben mochte, damit Eddy an diese Kisten kam. In seiner Vorstellung sah Peter dicke Kugeln durch Muskeln und Fleisch fetzen, deren Einschläge Jenkins' Körper so sehr erschütterten, daß er alle Funktionen einstellte.

Während Eddy mit den Wachen redete, zog Go-Mo seine Uzi. »Laß die Kanone fallen«, sagte er zu Jenkins, dessen Züge zu erschlaffen schienen, als er seine Kanone behutsam auf den Boden des Lastwagens legte.

Peter fragte sich, warum Jenkins nicht einfach so tat als ob. Warum sagte er nicht einfach, er würde das Geld nehmen und den Mund halten? Wenn er sie dann doch verpfeifen wollte, konnte er es später immer noch tun.

Vielleicht konnte er nicht gut lügen und befürchtete, daß alle seinen Schwindel durchschauten. Vielleicht konnte er sich aber auch nicht dazu überwinden zu lügen. So dicht vor dem Tod wollte er vielleicht nicht, daß seine letzten Worte ein verzweifelter Akt der Feigheit waren.

»Wie soll es denn jetzt eurer Meinung nach weitergehen?« fragte Eddy die Wachmänner. Sie sahen einander nicht an. Peter spürte, daß sie sich in Jenkins' Anwesenheit schämten. Eddy trat einen Schritt näher an sie heran und senkte die Stimme. »Hört mal. Uns bleiben hier nicht viele Möglichkeiten, und keine davon ist angenehm. Angenehm. Ich zeige sie euch kurz auf, damit

wir vorankommen. Wir stellen diesen Burschen kalt, oder die ganze Geschichte wird blutig.« Sein Nacken zuckte heftig.

Peter fragte sich, ob Eddys Körper dabei war, ihn im Stich zu lassen. Hier kamen so viele Dinge zusammen, so viele Dinge, die schiefgehen konnten.

»Jenkins kaltmachen? Ich weiß nicht«, sagte der erste Wachmann.

»Haben wir eine Wahl?« sagte der zweite.

Der dritte funkelte Jenkins an, als habe der Mann alles absichtlich verpfuscht. Dann sagte er: »Ich weiß nicht ...«

»Ich glaube, eure Unentschlossenheit spricht Bände«, sagte Go-Mo, und dann war plötzlich seine Kanone oben und brüllte auf, während Blut aus der Brust des dritten Wachmanns spritzte. Peter spürte, wie sein Körper von einer Woge der Wärme erfaßt wurde. Seine Gesichtshaut spannte sich, und er glaubte schreien zu müssen.

»Runter! Runter!« brüllte Eddy, indem er sich auf den Asphalt fallen ließ und nach seiner Kanone tastete. Peter mußte feststellen, daß er sich zwar bewegen wollte, doch nicht konnte. Dann eröffneten die Gangmitglieder das Feuer mit ihren Uzis. Kugeln schlugen in die gepanzerten Wände des Lastwagens ein, und das Knallen dröhnte in Peters Ohren. Instinktiv hechtete er hinter den Lastwagen und rollte sich, auf Sicherheit bedacht, unter das Fahrzeug.

Zu seiner Rechten sah Peter die Füße der beiden verbliebenen Wachen vor dem Lastwagen. Sie standen, da sie das Fahrzeug im Augenblick vor den Kugeln der Angreifer schützte. Als er den Kopf drehte, sah er Go-Mo und Eddy auf den Lieferwagen zukriechen. Dann ging einer der Wachmänner zwei Schritte in Richtung rückwärtiges Ende des Lastwagens. Peter hörte eine rasche Folge von Schüssen und sah dann Eddys rechtes Bein heftig zucken.

Peter fühlte sich äußerst erhitzt und erregt und wütend. Und ihm war so schwindlig vor Angst, daß er fast aufgeschrien hätte. Er wollte nicht sehen, wie Eddy Schmerzen litt. Wider besseres Wissen wälzte er sich zum Ende des Lastwagens, wo er plötzlich freie Sicht auf die beiden Wachmänner hatte. Keiner der beiden sah ihn — einer schoß, der andere sah über das Rollfeld, wahrscheinlich auf der Suche nach einer Deckung, und schien zu überlegen, was er als nächstes unternehmen sollte.

Peter hob die Predator II und gab zwei Schüsse auf den Wachmann ab, der Eddy angeschossen hatte. Die Pistole ruckte zweimal in seiner Hand. Die Kugeln trafen den Wachmann direkt unterhalb des Brustpanzers ins Becken und durchbohrten seine Lunge. Der Mann sah einen Augenblick zu Peter herunter, eindeutig überrascht, daß sein Leben auf diese Weise enden sollte, und brach dann zusammen.

Die Überraschung des zweiten Wachmanns angesichts der lauten Pistolenschüsse hatte ihn nur für einen Augenblick gelähmt, und jetzt richtete er seine Kanone auf Peter. Mit einem ängstlichem Keuchen rollte sich Peter wieder unter den Lastwagen. Zentimeter hinter ihm schlugen Kugeln in den Asphalt. Er wollte nur noch nach Hause. Nach Hause zu seinem Vater. Nach Hause mit Eddy. Irgendein Zuhause. Nur nach Hause.

Dann hörte er das Dröhnen von MP-Feuer. Peter wandte den Kopf und sah den letzten der drei Wachmänner außerhalb des Lastwagens heftig zuckend zu Boden fallend. Kugeln hatten sein Gesicht in eine Landschaft aus zerfetztem Fleisch und Blut verwandelt. Peter sah nach rechts, und da stand Go-Mo neben dem Lieferwagen, ein breites Lächeln auf den Lippen.

Stille senkte sich über die Szenerie, doch Peter konnte sich nicht überwinden, unter dem Lastwagen hervorzukriechen. Er zitterte heftig, und wie ein Blitz zuckte ihm die Erinnerung an jene Nacht durch den Kopf, als seine

Verwandlung begonnen hatte und er schweißgebadet und zitternd aufgewacht war. Er wollte keine Schüsse mehr hören.

Doch es ging wieder los, diesmal direkt über ihm. Jenkins gab seine Abschiedsvorstellung.

Go-Mos Leiche schlug auf den Asphalt, der Feuerstoß aus der automatischen Waffe hatte ihn an der Hüfte fast entzweigerissen.

Panik erfaßte Peters Magen. Der Tod kam ihm nicht so schlimm vor wie die entsetzliche Gewalt, die ihn begleitete.

Er sah, wie sich Eddy mit blutendem rechten Bein unter den Lieferwagen und fürs erste in Sicherheit rollte.

Die Gangmitglieder versuchten sich an den Lastwagen heranzutasten, doch Jenkins hielt sie mit einem Kugelregen aus dem hinteren Teil des Fahrzeugs auf Distanz. Einer der Gangster schrie vor Schmerzen auf und fiel zu Boden. Als er versuchte, in Deckung zu kriechen, pumpte Jenkins noch eine Salve in ihn hinein. Der Mann stieß einen schrecklichen Schrei aus, um dann reglos liegenzubleiben. Die anderen beiden Gangster waren hinter kleinen Erhebungen am Boden festgenagelt.

Peter wußte, daß die Sicherheit bald eintreffen mußte. Er wußte außerdem, daß er selbst ebenfalls sterben konnte, solange noch ein Wachmann lebte. Die Gangster waren handlungsunfähig, Eddy außer Gefecht. Er mußte etwas unternehmen. Sein Atem beschleunigte sich, und sobald er es bemerkte, ging er noch rascher. Er wollte die Geborgenheit unter dem Lastwagen wirklich nicht verlassen, doch er wußte, daß er keine andere Wahl hatte. Um nicht zufällig von den ungezielten Schüssen der Gangster getroffen zu werden, krabbelte er auf der Seite mit den Leichen unter dem Lastwagen hervor. Seine Hand kam zufällig mit dem Blut der Männer in Berührung, dessen Lachen jetzt den Asphalt bedeckten. Ein Schwindel überkam ihn, aber er unterdrückte seine panischen Gedanken und schlich sich zentimeterweise an der Seite des Lastwagens entlang, die Hände mit der Kanone vor sich ausgestreckt, bis er die Rückseite erreichte.

Er lugte um die Ecke.

Nichts.

Und dann schob Jenkins den Kopf aus der Tür und sah, Peter den Hinterkopf zuwendend, in die Richtung der Gangster. Peter wußte, daß er jetzt schießen mußte, aber er brachte es einfach nicht über sich.

Offensichtlich spürte Jenkins irgend etwas, denn plötzlich fuhr sein Kopf herum, so daß sie sich von Angesicht zu Angesicht gegenüberstanden. Peter sah den Gedanken förmlich in Jenkins' Augen aufblitzen: Er wollte seine Kanone herumreißen, um Peter zu erschießen. Er wußte, es war zu spät, aber er würde es versuchen.

Peter zog den Abzug seiner Pistole durch.

Die Kugel der Predator schlug in Jenkins' Schädel ein, zerschmetterte ihn und verspritzte die Niederlassung seiner Persönlichkeit und seines Wissens über die Metallwände des Lastwagens.

Eine glühendheiße Woge des Triumphs durchströmte Peter. Er sah auf das, was gerade noch ein Mann namens Jenkins gewesen war. Er hatte gewonnen. Obwohl er fast gestorben war, hatte er gekämpft und gewonnen.

Dann fiel Peter auf die Knie, und trotz seiner vom Adrenalin induzierten Hochstimmung wurde ihm ziemlich schlecht.

11

Billy saß hinter seinem Schreibtisch und lachte Tränen, die ihm die Wangen herunterliefen. Eddy fiel in die Heiterkeit ein. Peter saß daneben und lächelte schwach, aber er war gewiß nicht jovial.

Bei seiner Erzählung, wie das Ding gelaufen war, hatte Eddy dankenswerterweise die Tatsache ausgelassen, daß es Peter schlecht geworden war.

»Die Sicherheit hatte die Schüsse gehört und war schon unterwegs, aber wir nahmen den Lieferwagen und verdufteten durch das Tor, das wir offengelassen hatten, ganz so, wie wie wie wir es geplant hatten. Das war's.«

Billy nickte beifällig. »Tja, die Hölle ist ausgebrochen, aber ihr zwei seid durchgekommen. Ihr habt die Leichen, ihr habt die Felle. Geschickt. Sehr geschickt.« Er stand auf und streckte Eddy die Hand entgegen. »Gut gemacht. Mr. Itami wird ziemlich beeindruckt sein. Und was dich betrifft«, sagte er zu Peter, »so werden die Männer, die ich euch mitgegeben habe, wohl nicht den Mund halten können. Du bist ein echter Krieger.« Er streckte die Hand aus, und Peter berührte die Fingerspitzen, was, wie er beschlossen hatte, seine Art des Händeschüttelns sein würde, wenn ihm eins angeboten wurde.

Nein, nein, das bin ich nicht, dachte Peter. Aber er hielt den Mund, weil Billys Lächeln in ihm das Verlangen weckte, Billy alles über ihn denken zu lassen, was er wollte.

»Und dein Bein?« fragte Billy Eddy.

»Dein Magier hat es sofort gerichtet. Gerichtet.«

Billy fing wieder an zu lachen. »Er war nicht bestochen!« rief er. Eddy kicherte und brach dann in lautes Gegröhle aus.

Immer noch lachend, sagte Billy: »Er ist jetzt tot.«

»Wer?« fragte Eddy verblüfft.

»Der Decker. Wir haben ihm einen Besuch abgestattet.«

Die beiden lachten wieder aus vollem Halse.

Billy wandte sich an Peter. »Du bist so ernst. Das gefällt mir. Ich habe einen Job für dich. Wie würde es dir gefallen, mein Leibwächter zu sein?«

Was?

»Und du«, sagte er an Eddy gewandt, »wirst mein Leutnant. Mr. Itami gestattet mir, meine Mannschaft zu vergrößern, und ich will euch an meiner Seite haben. Ihr seid gerissen, und ihr kennt die Straße. Ihr gefallt mir. Und jetzt laßt uns feiern!«

Auf Billys Drängen gingen sie zuerst für Peter einen Anzug kaufen. Nachdem sie sich in Billys Nightsky geschmissen hatten, düsten sie zu einem Kaufhaus, dessen Besitzer Billy gut kannte. Ein Verkäufer und ein Schneider erwarteten sie, aber ansonsten war der Laden leer. Tatsächlich hatte er geschlossen.

»Du bist mehr als ein Muskelmann«, sagte Billy zu Peter. »Soviel weiß ich.« Während er redete, umkreiste Billy Peter und musterte ihn von oben bis unten. Andere Leute wären dadurch vielleicht nervös geworden, aber verglichen mit dem klinischen, gefühllosen Blick seines Vaters war diese Musterung wie eine Massage von Thomas. »Ich will keinen Leibwächter, der nur weiß, wie man kämpft. Wenn in meiner Nähe ein Kampf ausbricht, bin ich dem Tode bereits zu nah. Jeder, der es erst soweit kommen läßt, ist als Leibwächter nicht zu gebrauchen. Nein, dein Job besteht darin, mich zu schützen, aber das bedeutet in erster Linie zu verhindern, daß überhaupt etwas passiert. Eine Menge davon hat mit Einstellung und Verhalten zu tun. Du solltest gar nicht erst deine Kanone ziehen oder jemanden zusammenschlagen müssen. Wenn du siehst, daß mich jemand schief ansieht, mußt du ihn niederstarren. Begriffen?«

Peter sah Billy ins Gesicht und erkannte, daß Billy wirklich wissen wollte, ob er begriffen hatte. Nicht, weil er herablassend war und Peter für zu begriffsstutzig hielt, um es zu verstehen. Er wollte sich nur mit Peter abstimmen. Sich mit ihm kurzschließen. Peter lächelte. Er konnte einfach nicht anders. »Ja.«

Der Schneider sagte: »Geben Sie uns eine halbe Stunde. Bitte.«

Billy wandte sich an Peter. »Ist das in Ordnung?«

Peter lächelte wieder und sah auf den kleinen Schneider herab, einen Reinrassigen. Der Mann sah zu ihm auf, flehte unterschwellig um seinen guten Willen. »Ja. In Ordnung.«

Der Mann stieß einen Seufzer aus.

Peter kam zu dem Schluß, daß ihm die Entwicklung gefiel, welche die Dinge nahmen.

Als der Anzug fertig war, betrachtete sich Peter im Spiegel. Er war immer noch massig, jetzt jedoch irgendwie berechtigterweise. Erwachsen. Menschlich. Plötzlich fiel ihm auf, daß er seit Monaten die Schultern hängen ließ, und er straffte sich unwillkürlich. Er wollte seinen Körper in dem neuen Anzug zur Geltung bringen. Seine gewaltigen Hände ragten aus den dunklen Manschetten, sein zahnbewehrtes Gesicht erhob sich aus dem Kragen, aber es war in Ordnung. Auf eine fast perverse Weise hatte er etwas Faszinierendes an sich.

Sie schmissen sich wieder in die Limousine — eine große Limousine, in der Peter sitzen konnte, ohne die Knie unter dem Kinn zu haben.

Billy gab dem Fahrer Anweisungen, und sie fuhren los.

Verglichen mit den Ereignissen der Nacht, kam ihm das Fahren in dem Wagen himmlisch vor. Peter ließ sich tief in die weiche Polsterung sinken. Billy öffnete ein Barfach und bot ihm einen Drink an, und Peter bat um ein Bier. Er hatte in seinem ganzen Leben erst zwei Drinks zu sich genommen, und er wußte, daß er vorsichtig sein mußte, um nicht die Kontrolle über sich zu verlieren. Aber er sehnte sich so sehr danach, sich zu entspannen, einfach zu vergessen, nur für eine kleine Weile. Nur ein klein wenig.

Die Musik war leise — irgend etwas sehr Altes, das

Klassik genannt wurde und Klasse verströmte. Nachdem er so lange auf der Straße und danach in diesem verwanzten Apartment gelebt hatte, empfand Peter Billys Einladung wie ein wohltuendes Stimulans.

Er schloß die Augen, und für einen Augenblick sah er Jenkins' zerschmetterten Schädel vor sich. Dann öffnete er die Augen, und alles war wieder in Ordnung. Eddy lachte mit Billy über irgend etwas, und unwillkürlich stahl sich ein Grinsen auf Peters Lippen.

»Aha, der Professor kann also auch fröhlich sein!« rief Billy. »Irre.«

Ein Gedanke ging ihm durch den Kopf, flüchtig zunächst, doch dann stark und gut: Letzten Endes war er in Sicherheit, weil er Jenkins getötet hatte, und da Jenkins tot war, ließ sich daran jetzt nichts mehr ändern. Er würde alles genießen, so gut er es vermochte.

Die Limousine hielt vor einem pikfeinen Nachtklub westlich von The Crew. Umherwirbelnde Bogenlampen erhellten den Himmel und bildeten wild tanzende Lichtsäulen. »Gerade eröffnet«, sagte Billy. »Der Laden ist was für die neuen SimSinn-Techniker, die sie hier draußen untergebracht haben.« Er wandte sich an Peter. »Heute abend ist deine Feuertaufe. Mal sehen, wie gut du zurechtkommst.«

Peter setzte sein doofes Grinsen auf. »Jawohl, Sir, Billy.«

»Irre. Mann, du bist niedlich. Aber jetzt zeig mal einen Blick. Einen, bei dem ich mich sicher fühlen kann.«

Peter versuchte einen drohenden Blick aufzusetzen. Er wußte, daß er ihn nicht richtig hinbekam, aber dann fiel ihm wieder ein, wie er sich gefühlt hatte, als es darum ging, ob Jenkins oder er ins Gras biß.

Billy lächelte. »Sehr gut. Dann los.«

Vor der Tür stand eine lange Schlange. Eddy ging neben Peter, während Billy im Nightsky blieb. Peter grinste angesichts der Schlange kleiner Leute, die darauf warteten, eingelassen zu werden. Plötzlich kamen ihm seine Größe und Kraft nicht mehr wie Hemmnisse vor. Billy hatte ihm die Autorität vermittelt, seine natürlichen Aktivposten zu nutzen.

Er marschierte forschen Schrittes Richtung Eingang. Der Stoff des Anzugs fühlte sich wunderbar auf seiner Haut an, eine Uniform der Achtbarkeit. Die Menschen in der Schlange brauchten nicht lange, um den Troll zu bemerken, der sich ihnen näherte. Wie ein Funken sprang die Angst von einem Gesicht zum anderen über, als die Leute einander anstießen. Die Menge teilte sich rasch ...

... und gab den Blick auf zwei kräftig gebaute Türsteher mit Betäubungsstöcken frei. Einer von ihnen sprach in das kleine Mikrofon seines Kopfsets, das sich von der Rückseite des Helms zu seinem Mund wand, und forderte Rückendeckung an. Die Männer musterten ihn, lächelten ihn an, bereit zum Kampf, und Peter erinnerte sich wieder an die Polizei. Er wollte nicht kämpfen, er wollte nur Furcht einflößen. Plötzlich war die Magie, die Billy ihm vermittelt hatte, verschwunden. Angst strömte durch seinen Körper in Arme und Finger. Er wollte eine Faust machen und konnte es nicht.

Plötzlich war Billy neben ihm und brachte die Magie zurück. »Das sind meine Mitarbeiter«, sagte er. »Der Professor und Fast Eddy.«

Das Gehabe der Türsteher änderte sich augenblicklich. »Mr. Shaw! Welche Freude. Das konnten wir nicht wissen.«

»Das macht doch nichts!« Und er schob ihnen ein paar Nuyen in die Brusttasche. Beide Türsteher sahen zu Peter auf, lächelten und nickten. »Guten Abend, Professor! Nichts für ungut wegen des Durcheinanders. Aber Sie wissen ja, man kann gar nicht vorsichtig genug sein.«

War er gesegnet? War Billy ein Engel aus dem Himmel der Christen, der heruntergekommen war, um ihm, Peter, heiligen Trost zu spenden? Peter konnte sich nicht erinnern, jemals so gut behandelt worden zu sein.

Billy schlenderte in die Lobby des Clubs, wobei Peter immer in seiner Nähe blieb. Er bemerkte, daß er den Kopf hochhielt und seine Arme voller Selbstvertrauen an den Seiten schwingen ließ. Mit funkelndem Blick überflog er die Menge, warnte alle, daß Billy unter seinem Schutz stand.

Und er unter Billys.

Sie betraten den Bereich mit der Tanzfläche, die auf mehreren Ebenen mit Tischen und Nischen umringt war. Farbige Lichter drehten sich. Sie blitzten. Die Musik stampfte. Irgendwie dröhnten die tiefen Töne durch Peters Körper und schienen seinen Herzschlag aus dem Rhythmus zu bringen. Er fühlte sich beinahe wie am Rande des Todes, doch noch mehr wie in einer anderen Art von Leben.

Ein Mann in einer Lederjacke sichtete Billy und kam zu ihnen geeilt. »Mr. Shaw! Welch eine Ehre. Hier entlang, bitte!« schrie er, um die Musik zu übertönen.

Der Mann führte sie eine Treppe hinauf und an einen runden Tisch, von dem aus man einen freien Blick auf den gesamten Club hatte.

Billy und Eddy setzten sich. Peter glaubte schon, als Troll und Leibwächter die Nacht stehend verbringen zu müssen. Doch dann sah er zwei Männer, die sich mit einem Stuhl im Trollformat abmühten. »Macht Platz«, riefen sie den Gästen zu, deren Tische zwischen ihnen und Billys Tisch standen.

Kurz darauf war der Stuhl an Ort und Stelle, und Peter ließ sich darauf fallen.

»Na, wie ist das?« schrie Billy.

Was konnte Peter darauf sagen? Es war ein schwerer Metallstuhl, nicht sonderlich bequem. Aber die Tatsache, daß Billy ihn fragte, wie es war? Das machte aus dem Augenblick ein wertvolles Holo, ein Bild, daß er immer bei sich tragen und in Ehren halten und an das er immer denken würde, wenn er eine Aufmunterung brauchte.

»Sahne!« schrie Peter zurück. »Einfach toll!« Er lachte vergnügt.

Wann hatte er zuletzt so gelacht — nicht weil irgend etwas lustig war, sondern weil ihn die bloße Tatsache zu leben so entzückte? Vielleicht noch nie.

Peter betrachtete Billy und Eddy, die einander angrinsten und dann wieder zu Peter sahen. Seine Fröhlichkeit amüsierte sie. Und auch das war in Ordnung.

Monate vergingen.

Die Cops merkten sich rasch Peters Namen und behandelten ihn respektvoll. Frauen in Nachtclubs blinzelten ihm zu und streiften ihn manchmal sogar absichtlich. Er wußte, daß dies alles nur wegen Billy geschah, aber das war ihm egal. Es war besser als die Straße. Es war besser als das Haus seines Vaters.

Peter bekam seine eigene Wohnung, ebenso Eddy.

Manchmal genoß es Peter so sehr, jemand zu sein, daß seine Forschungen in seiner täglichen Routine zu kurz kamen. Doch Eddy machte aus dem Mittwochabend einen Geschichtenabend; jede Woche tauchte er mit einem Armvoll japanischen Fastfoods auf und bestand darauf, daß Peter ihm alles erzählte, was er gelernt hatte. Das Wissen, daß Eddy am Mittwochabend vorbeikommen würde, ließ Peter weiterarbeiten. Ohne es jemals direkt zu erwähnen, erinnerte Eddy Peter an sein Versprechen, wieder ein Mensch zu werden.

»Manche Gene sind pleiotropisch«, begann Peter eines Abends. »Das heißt, ein Gen kann viele Wesenszüge beeinflussen. Ich glaube, die metamenschlichen Gene könnten pleiotropisch sein. Das würde einen Sinn ergeben. Wenn das Gen im Körper ist und durch die ›magische Umwelt‹ aktiviert wird, dann könnte es subtilere genetische Veränderungen im ganzen Körper auslösen. Auf diese Weise hätte man nicht Hunderttausende von Auslösern in einer Person, die alle auf das Startsignal warten würden. Tatsächlich könnten viele Leute, die keine Metamenschen sind, viele metamenschliche Gene haben, aber im Lauf der Jahrhunderte haben ihre genetischen Linien den pleiotropischen metamenschlichen Auslöser verloren. Und als sich dann die Umwelt veränderte, hatten sie ganz einfach das eine Gen nicht mehr, das nötig war, um alle anderen zu aktivieren.«

Eddy nickte, während er gierig gebratenen Reis in sich hineinschaufelte.

»Die Idee, die dahintersteckt, ist also die, daß ich immer noch dieselben Gene für die Augen habe wie damals, als ich noch ein Mensch war, dieselben Gene für Arme, Finger... aber das pleiotropische metamenschliche Gen verändert sie alle ein wenig. Ich habe immer noch Augen, aber jetzt sind sie größer und gelb. Ich habe immer noch eine Haut, aber jetzt ist sie graugrün und hart. Das Problem ist, daß ich keine Möglichkeit habe, das jetzt zu überprüfen. Es wird Jahre dauern, bevor die Arbeit am metamenschlichen Genom beendet ist.«

»Irgendeine Möglichkeit, daß du es selbst tun kannst?«

»Nein. Nicht die Spur. Die Sache ist viel zu groß. Ich rede von großen Maschinen und gewaltigen Mitarbeiterstäben. Ich muß darauf warten, daß mir andere Leute die Arbeit abnehmen. Wie ich schon sagte, es wird noch Jahre dauern.«

Jahre vergingen.

Die Itami-Gang stieg immer weiter auf und mit ihr Billy. Und mit Billy kamen auch Eddy und Peter nach oben.

»Peter, es gibt Wetwork zu erledigen«, sagte Billy eines nachmittags.

Peter hatte in seinem Job als Billys Leibwächter bislang drei Leute töten müssen, aber ihm war noch nie ein kaltblütiger Mord befohlen worden. Alle drei Todesfälle hatte er als Bestandteil des Spiels zwischen Banden und Bandenmitgliedern gerechtfertigt. Alle kannten die Regeln, und alle ließen es manchmal darauf ankommen.

»Wer ist es?« fragte Peter.

Peter glaubte, einen Funken Verärgerung in Billys Augen zu sehen, und dann war Billy wieder ganz der alte, seligmachende, großzügige Billy. »Spielt das irgendeine Rolle, wer es ist?«

Das tat es, oder zumindest glaubte Peter das, aber er sagte nur: »Nein, Billy.«

»Gut.«

Es war früh am Abend, als Peter in Micks Bar marschierte, einem Etablissement mitten in der Southside, in einer Gegend, die gerade massiv saniert wurde. Micks Bar war ein Treffpunkt für reinrassige Bauarbeiter. An den Wänden hingen primitive, aus Blech geschnittene vierblättrige Kleeblätter.

O'Malley saß in der Mitte der Bar, umringt von seinen Gang-Kumpanen. Er kontrollierte die Bauindustrie in Chicago. Es gab keine Gewerkschaften mehr, doch die Arbeiter konnten immer noch für Verzögerungen sorgen, immer noch Unfälle arrangieren. Itami hatte die Verzögerungen und Unfälle gründlich satt. In gewissen Gegenden mußten die Bauvorhaben einfach beendet werden, so daß er damit anfangen konnte, die teuren und natürlich illegalen SimSinn-Chips loszuwerden, in die er investiert hatte. Er wollte neue Häuser für die Reichen.

Ein paar bullige, stämmige Männer schoben ihre Stühle zurück und starrten Peter an. Einer oder zwei grinsten. Sie glaubten, sie würden sich in Kürze einen Spaß mit einem dämlichen Troll machen.

Nichts da. Billy war auf Peters Seite.

Peter zog die Uzi und leerte eine Salve in O'Malley. Der Bauch des fetten Iren platzte auf, und sein Gesicht verriet einen Augenblick lang Überraschung.

Männer rannten auf Peter zu, Kanonen wurden gezogen, doch Peter war plötzlich unsichtbar, hatte sich in Luft aufgelöst.

Er stürmte durch die Tür und hinterließ ein heilloses Durcheinander.

Eddy hatte den Motor des Tornado laufen lassen. Er stieß die hintere Tür auf, Peter sprang hinein und warf sich flach auf die hintere Sitzbank.

Der Magier auf dem Beifahrersitz neben Eddy drehte sich zu ihm um, als Eddy den Tornado in den Verkehr einfädelte. Peter sah eine Reflexion seiner selbst in den silbernen Augen des Magiers. Cyberaugen mit einer Mikroelektronik, welche die Wärmeempfindlichkeit von Peters eigenen, natürlichen Augen imitierten. Die düstere Beleuchtung der Bar war für einen Magier, der im Dunkeln sehen konnte, kein Hindernis. »Wie ist es gelaufen?«

Die Frage traf Peter unvorbereitet. Ja, O'Malley war tot. Also war es gut gelaufen. Aber wieder ein Leben beendet? Gut?

Eddys Warnung fiel ihm wieder ein: Verbrechen ist kein beschaulicher Beruf.

»Er ist tot.«

In der Zwischenzeit verfolgte Peter die internationale Forschung. Markel hatte die metamenschliche Genfolge in ungeborenen Föten nachgewiesen. Alle Theorien, welche die Vorstellung unterstützten, daß die metamenschlichen Gene schon immer in den Menschen gesteckt hatten, erfuhren eine Stärkung.

Sein Vater wurde von einem prominenten Biotech-Unternehmen angeworben und verließ die Universität Chicago. Landsgate wechselte zur Northwestern Uni. Peter dachte daran, Dr. Landsgate anzurufen, wußte jedoch nicht, was er ihm dann sagen sollte. Er wollte einfach Kontakt mit seinem alten Freund aufnehmen, einfach eine Leitung öffnen, ohne daß einer der Gesprächsteilnehmer etwas sagte.

Peter durchlebte sein drittes Lebensjahrzehnt. Er studierte und lernte viel über die Geheimnisse des Körpers, wie er lebte. Er lernte außerdem, wie man ihn tötete. Sein Leben verlief weiterhin auf seiner Zwillingsbahn, einer Doppelhelix aus Biologie und Mord, die unentwirrbar miteinander verbunden waren.

Mittwochabend.

»Alles alles alles in Ordnung?« Eddy kaute an einem Stück Tintenfisch.

»Ja. Ich habe nur nachgedacht ...«

»Das ist der Professor.«

»Ich dachte nur gerade ... Wenn ein Spermium und eine Eizelle zusammenkommen — das sind einfach nur zwei Zellen. Zwei kleine Zellen. Aber in ihnen stecken alle für ein Leben erforderlichen Informationen. Das Spermium hat dreiundzwanzig Chromosomen. Das Ei hat dreiundzwanzig. Jeder Chromosomensatz wird für jedes Ei und für jedes Spermium zufällig ausgewählt. Und dann, wenn sich Spermium und Eizelle treffen, ist diese Begegnung ebenfalls zufällig. Die Eizelle, welche die Frau in sich trägt — jeden Monat steht eine neue zur Befruchtung zur Verfügung. Wie wird der Chromosomensatz im Augenblick der Empfängnis aussehen? Und das Spermium, das sich in die Eizelle bohrt — in all dem Sperma, das ein Mann produziert, sind zahllose Möglichkeiten enthalten. Welcher Chromosomensatz wird das Ei erreichen?«

Eddy wartete einen Augenblick und sagte dann: »Und?«

»Das ist alles so zufällig. Es gibt keine Kontrolle.«

»Und?«

»Es stört mich. Das ist alles.«

Eddy kaute langsam sein Essen. Peter malte mit dem Finger eine Figur auf den Tisch.

»Und jemanden umzubringen«, sagte Peter plötzlich leise. »Das ist Kontrolle. Ich gehe mit einer Kanone rein, und plötzlich bin ich Herr über das Leben dieses Menschen. Ich beende sein Leben. Ich tue das. Ich treffe eine Wahl. Es läuft wie am Schnürchen: Du fährst den Wagen. Wir töten einen nach dem anderen, und alles ist so geplant, so präzise.«

»Deswegen sind wir auch noch am Leben.«

»Aber genau das stört mich. Warum ist es begreiflicher, Leben zu nehmen, als Leben zu zeugen? Wir müssen einen Mann umbringen ... oder zwei Kons hetzen sich gegenseitig ein Angriffsteam auf den Hals. Sie sitzen rum mit Karten und Diagrammen und knobeln aus, wer was zu tun hat. Sie machen einen Plan, dann setzen sie den Plan um, und dann sind sie fertig.«

»Aber es kann immer eine Menge schiefgehen. Es geht eine Menge schief. Denk an den Job mit den Fellen in O'Hare ...«

»Aber ...«, begann Peter, um dann innezuhalten. »Nein. Du hast recht. Es ist alles so ... Aber beim Töten hat man zumindest das Gefühl, mehr Kontrolle zu haben.«

»Mehr Kontrolle als wann?«

»Als ... ich weiß nicht ... Einfach im Leben ...«

Peter beschäftigte Leute, die ihm die Forschungsergebnisse der Konzerne und Universitäten beschafften. Dutzende von Quellen folgten der Spur der metamenschlichen Gene, und Peter hatte zu allen seine illegalen Fühler ausgestreckt. Er nahm die Forschungsberichte und ließ sie sich durch den Kopf gehen.

Seine eigenen Aufzeichnungen wurden immer umfangreicher. Er hatte ganze Kisten voller Chips mit genug Material, um ein ganzes Team von Doktoranden auf Jahre hinaus zu beschäftigen.

Er bemühte sich, möglichst nichts über seinen Vater zu erfahren.

Es war nicht allzu schwer, William Clarris aus dem Weg zu gehen. Mit den Jahren hatten sich die Konzerne mehr und mehr in bewaffnete Festungen verwandelt, die oft sehr versteckt lagen und oft so verschwiegen waren wie ein einsamer wahnsinniger hermetischer Magier.

Es war Mittwoch, und Eddy kam gerade vorbei.

»Gut.« Peter eilte zum Tisch und räumte eine Fläche frei. »Ich habe gerade eine Arbeit von CalTech bekommen. Spektakulär.« Er öffnete einen der Essenskartons. »Es gibt ein paar Gene, die Operatorgene genannt werden. Sie bewirken, daß die ihnen unter- oder zugeordneten strukturellen Gene ›eingeschaltet‹ werden. Diese Gene können durch Repressor-Proteine blockiert werden. Diese Repressoren sind immer in der Zelle, und wenn sie sich mit dem Operatorgen verbinden, wird der Operator abgeschaltet. Dadurch werden die strukturellen Gene abgeschaltet. Die RNS kann nicht mehr von der DNS abschreiben, und es ist, als sei die DNS-Sequenz nie dagewesen.«

»Aha«, machte Eddy. »Wenn dieses Zeug, dieser Repressor, immer in der Zelle ist, wie kann das Gen dann überhaupt ›eingeschaltet‹ sein?«

»Wunderbare Frage. Folgendermaßen: Das Repressorgen kann durch andere Chemikalien gebunden werden. Wenn der Repressor gebunden ist, kann er den Operator nicht binden. Vor etwa acht Jahren haben ein paar französische Biologen Versuche mit Escherichia coli, einer Bakterie, angestellt. Laktose kontrollierte die Gene, und der Genoperator regelte die Produktion digestiver Enzyme. Als die Zelle Laktose verarbeitete, wurde dadurch die Laktosemenge in der Zelle reduziert. Als die Laktosemenge zu klein geworden war, um den Repressor zu binden, band der Repressor den Operator und schaltete ihn aus. Die Transkription der Gene hörte auf, und die Zelle hörte auf, digestive Enzyme zu produzieren, was gut war, weil diese Enzyme nicht gebraucht wurden. Wenn man also eine von diesen Escherichia-Dingern in einen Bottich mit Laktose werfen würde ...«

»Würden alle Gene eingeschaltet ...«

»Und auch eingeschaltet bleiben ...«

»Als hätte sich die Umwelt verändert.«

»Wie im Fall der Magie.«

»Genau. Aber das war eine bakterielle Zelle. Eine eukaryotische Zelle, wie diejenigen, die wir haben, mit Nukleus und vielen Chromsomen, ist viel komplizierter. Die Forscher arbeiten schon seit Jahrzehnten am besseren Verständnis der Kontrollmechanismen. Aber ich habe gehört, daß Simpson bei CalTech ein Modell des Muskelwachstums entwickelt hat, das auf Operator- und Regulatorgenen beruht. Wie sich das Muskelwachstum in Relation zur Ernährung verändert.«

»Wirst du dir die Chips holen?«

Peter grinste verlegen. »Ja.«

Im The Crew sagte Billy zu Peter: »Ich hab wieder einen Job für dich«, und sein Lächeln besagte, daß er wußte, Peter würde den Job nicht nur ausführen, sondern wunderbar ausführen.

In Billys Büro stellte er sich die Leute nie als komplexe Darstellungen extrem langer Desoxyribonukleinsäurestränge vor. Sie waren in sich geschlossene Fleischpakete, Dinge, um die man sich kümmern mußte.

»Wer ist es?« fragte Peter, und wie immer bei Billy war er glücklich wegen der Anerkennung und der Chance dazuzugehören.

Und eines Tages — nie hätte er gedacht, daß es so rasch gehen würde — war Peter achtundzwanzig Jahre alt.

Teil 2

BECOMING

– Dezember 2052 –

Becoming, adj. 1. schick, kleidsam; ›ein schickes Kleid‹. 2. schicklich, geziemend, anständig; ›eine geziemende Ansicht‹. – s. 3. Jeder Vorgang des Wandels, Werden. 4. Aristotelische Metaphysik. Jede Verwandlung, bei der Potentiale realisiert werden, als Aufstieg von der niedrigeren Ebene der Möglichkeit zur höheren Ebene der Wirklichkeit.

12

Peter betrachtete sein Gesicht im Spiegel über der Kommode. Seine Trollhaut war jetzt so etwas wie ein Lieblingspullover: bequem, aber irgendwie schäbig.

Er schien immer öfter ganz er selbst zu sein.

Er schüttelte den Kopf und sah, wie sein Spiegelbild es ihm traurig nachtat. Nein, er war nicht er selbst. Irgendwo tief in ihm vergraben war ein Junge, den das Universum überlistet und gezwungen hatte, ein Scheusal, ein Mörder zu werden.

Wie war es dazu gekommen?

Mehr als alles andere war er einsam. An manchen Tagen war die Einsamkeit grenzenlos. Jeden Tag warf er seine Einsamkeit wie ein Netz in die Welt, wartete auf jemanden, etwas, irgend was, um die Leere in ihm auszufüllen, aber nichts kam je zu ihm zurück.

Ich muß wieder ein Mensch werden, dachte er.

Und dann lächelte das Gesicht im Spiegel ein breites, zahnbewehrtes Grinsen, denn er hatte das Werk vollbracht, das er sich vor Jahren vorgenommen hatte.

Sein Computer stand auf dem Tisch, an dem er über Forschungsergebnissen, Theorien, Hinweisen gebrütet hatte. Ein Stapel von drei Chips lag daneben, jeder mit dem Namen MEINEKUR benannt, alle drei Sicherheitskopien der Arbeit, die er in der vergangenen Nacht beendet hatte.

Endlich — gnädigerweise — war sein Werk vollbracht.

Zumindest glaubte er das. Er brauchte jemanden, der seine Arbeit las und sie bestätigte.

Er duschte und schlüpfte dann in seinen besten Anzug. Darüber zog er einen langen braunen Duster — ein Geschenk von Eddy. Der Duster war von innen mit Panzerung gefüttert, was ihn schwer machte, aber für Peter war das kein Problem. Dann rief er Eddy an, und bat ihn, auf eine Spritztour vorbeizukommen.

Unten erfaßte die Kälte das Metall der Kanone, die an seiner Brust ruhte. Sein Atem ringelte sich aus seinem Mund und wirbelte einen Moment vor seinem Gesicht herum, bis die Wärme Augenblicke später von der kalten Luft aufgesogen wurde.

Ein Stück die Straße herauf hörte er Reifen quietschen, und als er sich umdrehte, sah er Eddys Westwind um die Ecke vom Broadway düsen. Er übertrat die Geschwindigkeitsbegrenzung, als er zwei andere Wagen überholte und auf den Bürgersteig der gegenüberliegenden Straßenseite fuhr, um dem fließenden Verkehr Platz zu machen. Dann jagte er den Westwind vom Bordstein herunter und fuhr quer über die Straße auf die rechte Seite.

Einen Augenblick lang fragte sich Peter, wie klug es war, in einen Wagen zu steigen, an dessen Steuer Fast Eddy saß. In den letzten Jahren hatte das Nervensystem seines Freundes eine scharfe Wendung zum Schlechteren genommen, wenn schlechter überhaupt möglich war. Er schien nur dann wirklich zufrieden zu sein, wenn er wie der Teufel in der Gegend herumfuhr. Aber irgendwie baute Eddy nie einen Unfall. Er fuhr einfach immer weiter.

Der Westwind blieb mit quietschenden Reifen stehen, als Eddy den Wagen direkt vor Peter anhielt. Das Fenster glitt nach unten. »Fertig? Fertig? Fertig?«

Peter öffnete die Tür und zwängte sich auf den Rücksitz. Er mußte sich förmlich zusammenfalten, um hineinzupassen, die Knie hatte er unter das Kinn geklemmt.

»Wohin? Wohin? Wohin?«

»The Crew.«

»Besprechung? Besprechung mit Itami? Besprechung mit Itami?« Eddy setzte den Westwind in Bewegung. Als er sich in den Verkehr einfädelte und dann eine scharfe Hundertachtzig-Grad-Kehre vollführte, wurde Peter zuerst nach links und dann nach rechts geschleudert. Außerdem verfehlte Eddy mit seinem Manöver nur um Zentimeter einen Streifenwagen der Metroplexpolizei.

Durch das Rückfenster sah Peter das Blaulicht des Cops für einen Moment angehen, um dann sofort wieder zu verlöschen.

Ich habe mächtige und zahlreiche Connections, dachte Peter.

Der Westwind jagte weiter durch die Straßen, die immer noch schneefrei waren, obwohl das Wetter in Chicago von einem Augenblick zum anderen umschlagen konnte. Menschen in dicken Mänteln stapften zu U-Bahn-Stationen und Bushaltestellen. Peter und Eddy schafften es in weniger als einer Stunde zur Westside — der Westside, wo die Häuser groß waren und die Sim-Sinn-Nuyen üppig flossen.

Eddy brachte den Wagen mit quietschenden Reifen vor The Crew zum Stehen. »Danke, Chummer«, sagte Peter, als er sich entfaltete und aus dem Wagen zwängte.

»Keine Ursache, keine Ursache, keine Ursache«, antwortete Eddy, heftig den Kopf schüttelnd. »Ich fahr gerne. Ich fahr verdammt gerne. Ich liebe das Fahren.«

»Ja, das habe ich gemerkt.« Sie lachten beide. In den letzten Jahren hatten sich Peter und Eddy irgendwie voneinander entfernt, wahrscheinlich deshalb, weil Eddys Rolle in der Gang kleiner geworden war, während sich Peters Vertrauensstellung gefestigt hatte. Peter konnte die Traurigkeit in Eddys Augen nicht einfach ignorieren. Er hatte Peter auf die Sprünge geholfen, und Peter würde ihn nie im Stich lassen.

Als er den Club betrat, dachte Peter daran, wie sehr er sich seit dem Tag ihres ersten Gesprächs mit Billy verändert hatte. Er war jetzt viel ausgefallener. Viel greller. Mit dem Aufblühen der SimSinn-Industrie in

Chicago, dem Ort, an dem die Technik erfunden worden war, erlebte die Stadt eine Phase des relativen Aufschwungs. Seitdem hatte sich SimSinn natürlich in der ganzen Welt ausgebreitet und eine Art Revolution in der Lebensweise der Menschen herbeigeführt. Jetzt konnten sich überall auf der Welt Menschen in vorher aufgezeichnete Sinneserlebnisse einstöpseln — nacherleben, wie es war, aus einem Flugzeug zu stürzen, eine wunderschöne Frau zu küssen, von einem eleganten hübschen Mann umworben zu werden oder der Held einer vorgezeichneten fremdländischen Abenteuergeschichte zu sein. Itami hatte sein Geld sehr klug angelegt, indem er es zu gleichen Teilen in illegale Unternehmungen und anständige Geschäfte gesteckt hatte. Je besser es Chicago ging, desto besser ging es ihm.

Der Gestank von Alkohol und Zigarettenqualm hing in der Luft von The Crew. Zum Teil würde er durch energisches Lüften bis zum Abend verschwunden sein, der Rest von süßlichen Parfümdüften und anderen Duftstoffen überdeckt werden, wenn die Angehörigen der SimSinn-Industrie den Laden überfielen, um ihre Gehälter für Ambiente, helle Lichter und verwässerte Drinks zu verpulvern.

»Hey! Da ist der Professor!« rief Max, der bierbäuchige Handtaschendieb, dem es Spaß machte, Peter zu verspotten. Mittlerweile war er ziemlich alt und fett und benahm sich, als sei Herumsitzen und darauf zu warten, daß Leute durch die Türen von The Crew kamen, sein einziger Lebenszweck.

»Hi, Max«, sagte Peter mit einem blödsinnigen Grinsen. Es bereitete ihm ein grimmiges Vergnügen, Max glauben zu machen, daß er ihn für einen seiner besten Freunde überhaupt hielt.

Max stand vor den geschlossenen Türen zum Bereich mit der Tanzfläche. Bei ihm war ein abgehärmt aussehender Mann, den Peter noch nie zuvor gesehen hatte.

»Mr. Garner«, sagte Max mit einer weit ausholenden

Armbewegung, »ich möchte Ihnen gern den Professor hier vorstellen.«

Mr. Garner lächelte mechanisch, offensichtlich war ihm ein wenig unbehaglich zumute. Zuerst hatte er bei Max und seinesgleichen gewartet, und jetzt mußte er sich auch noch mit einem Troll abgeben.

»Ist mir ... ist mir ein ... äh ... Vergnügen ..., Sie kennenzulernen, Mr. Garner.«

»Ist er nicht großartig!« lachte Max.

Mr. Garner lächelte höflich.

Die Tür schwang auf, und Billy steckte den Kopf in die Lobby. »Mr. Garner, würden Sie bitte hereinkommen?« Erleichterung breitete sich auf Garners Miene aus, und er schritt durch die offene Tür. »Prof, du auch.«

»So ka, Billy.«

Billy lächelte über Peters Verwendung des Japanischen. Er schien Peters unbeholfene Versuche, durchs Leben zu kommen, zu genießen, aber das machte Peter nichts aus, weil in Billys Belustigung nie auch nur die kleinste Spur Hohn mitschwang. Billy, den Peter mehr denn je bewunderte, war im Laufe der Jahre noch hübscher geworden. Peter beneidete ihn um die vielen Frauen, die wunderschönen Frauen, die oft sein Bett teilten. Bei mehreren Gelegenheiten hatte Billy versucht, für Peter etwas zu arrangieren, aber Peter hatte immer abgelehnt. Er sprach es nie laut aus, aber sein Gedanke war: »Nicht in diesem Körper. Nicht, bevor ich wieder ein Mensch bin.«

Mr. Itami saß an einem Tisch in der Mitte der Tanzfläche. Seine Söhne Arinori und Yoake standen hinter ihm, einer auf jeder Seite. Ihre Mienen waren steinerne Masken. Wie Peter trugen sie Pistolen unter der Jacke.

Peter bezog etwa zwei Meter vom Tisch entfernt Position, nahe genug, um mitzuhören, was gesprochen wurde, doch nicht nah genug, um den Eindruck zu erwecken, als wolle er sich in die Verhandlungen einmischen.

Billy bot Mr. Garner einen Stuhl an, der nervös und dankbar Platz nahm.

Nun, da Peters prüfender Blick nicht mehr erwidert werden konnte, unterzog er Garner einer gründlicheren Musterung. Der Mann schien ein durchschnittlicher Schwarzer zu sein, ein hochrangiger Manager in irgendeinem Konzern. Er war neu in diesem Spiel, das war sicher. Eine dünne Schweißschicht auf seiner Stirn fing die farbigen Lichter ein, die diesen Bereich erhellten.

Der Verhandlungsort, den Billy ausgewählt hatte, die Mitte einer offenen Tanzfläche, erzielte die gewünschte Wirkung. Peter konnte fast die Gedanken des Mannes lesen: »Kein Platz, an dem ich mich verstecken kann.«

Peter war ebenfalls nervös. Er war nie zuvor eingeladen worden, einer Besprechung beizuwohnen, in welcher der ehrenwerte Anführer den Vorsitz hatte. Er war Itami schon begegnet, hatte auch schon zweimal mit ihm gesprochen, war jedoch noch nie Zeuge einer Audienz bei ihm gewesen. Itami war in Chicago geboren, doch er hatte sich ein paar japanische Sensibilitäten bewahrt. Peter hatte oft Schwierigkeiten herauszufinden, was der Mann vorhatte.

Mr. Itami hatte seine alten Hände in den Schoß gelegt und wartete.

Das Schweigen hielt eine ganze Minute an, bevor Mr. Garner sagte: »Nun...«

Auf Mr. Itamis breites, faltiges Gesicht schien sich so etwas wie Ermunterung zu spiegeln. Peter fragte sich manchmal, wie die Japaner es überhaupt zu etwas brachten. Ihm kam es so vor, als hätten sie einen natürlichen Hang dazu, ihre Zeit damit zu verbringen, alle anderen niederzustarren.

»Ich meine, Amij sollte getötet werden«, fuhr Mr. Garner fort.

Amij? dachte Peter. Der Name kam ihm bekannt vor, aber er konnte ihn im Augenblick nicht unterbringen.

Itami schwieg.

»Kathryn Amij«, sagte Mr. Garner.

Richtig, dachte Peter; jetzt hatte er es. Sie war CEO bei Cell Works. Der Gesellschaft, die seinen Vater beschäftigte.

»Ihre Gründe«, sagte Mr. Itami.

Garner stieß einen Seufzer der Erleichterung aus, so erfreut war er, eine Antwort zu erhalten. »Sie hat einem unserer wichtigsten Wissenschaftler dabei geholfen, zu einem anderen Konzern zu fliehen«, sagte er. »Sie hat ihm geholfen, seinen Vertrag zu brechen und zu verschwinden. Und ich habe kürzlich entdeckt, daß sie hinter diesem Mann, Dr. William Clarris, her ist, während sie unser eigenes Sicherheitsteam mit falschen Hinweisen füttert.«

Sein Vater war verschwunden?

Peters Mut sank. Er hatte gehofft, seine Forschungsergebnisse seinem Vater schicken zu können. Sein Vater konnte sie lesen und bestätigen. Und dann... Peter fand nicht die richtigen Worte. Er warf einen flüchtigen Blick auf Billy, der Peter mit einem zuversichtlichen Lächeln bedachte.

Aber was half ihm das?

Er wollte, daß sein Vater seine Forschungsergebnisse las und ihn so anlächelte.

»Mr. Garner«, sagte Mr. Itami, »Kathryn Amij ist die Enkelin des Gründers von Cell Works. Sie war fünf Jahre alt, als die Familie den Firmensitz von Amsterdam nach Chicago verlegte. Sie hat ihr Leben lang für Cell Works gearbeitet, aber es war ihr eigener Entschluß. Die gesamte Belegschaft ist stolz auf ihre Treue zur Gesellschaft.« Er wartete ein wenig, um seinen Worten mehr Gewicht zu verleihen. »Ich nehme an, Sie können Ihre Behauptungen beweisen?«

»Selbstverständlich, Mr. Itami. Unsere Sicherheit hat herausgefunden, daß Amij mit einem Schieber namens Zero-One-Zero in Kontakt steht. Sie braucht einen Schieber, um Informationen zu kaufen und zu verkaufen, weil sie, soweit wir wissen, in diesen Dingen unerfahren ist.«

»Eben, Mr. Garner. Sie ist unerfahren in diesen Dingen. Ich glaube, die meisten Ihrer Execs haben hin und wieder Anlaß gehabt, sich der Dienste eines Schiebers als Vermittler in diesen oder jenen Geschäftsdingen zu bedienen.«

»Ja, Mr. Itami. Aus diesem Grund haben wir bei Cell Works auch einen Schieber auf der Lohnliste. Er regelt alle unsere Bedürfnisse, sowohl persönlicher als auch geschäftlicher Art. Zero-One-Zero ist kein Mann von Cell Works. Amij ist zu einem Außenstehenden gegangen.«

Itami hob die rechte Augenbraue. »Aha. Was noch?«

»Zwei Dinge«, sagte Garner mit einer Spur Erregung, froh, endlich Mr. Itamis Interesse geweckt zu haben. »Zunächst ist sie seit dem Tode ihres Verlobten unberechenbar und ziellos. Ihr Ruf innerhalb der Gesellschaft und ihre Familie schützen sie, aber in jeder anderen Situation wäre sie gefeuert worden.«

»Gefeuert?« fragte Mr. Itami.

»Gefeuert. Sie erfüllt ihre Aufgaben, aber äußerst lustlos. Bei ihrem Gehalt ...«

»Sie ist vielleicht in Trauer?« legte Mr. Itami in einem Tonfall nahe, dem eine Spur Unwillen anzuhaften schien.

Garner kam zu seinem letzten Punkt. »Schließlich ist sie aufgrund ihrer Stellung praktisch unantastbar. Wenn sie Dateien stiehlt, was sie nach meinem Dafürhalten tut, werden wir ihr das weder beweisen noch etwas dagegen unternehmen können. Sie ist einfach zu mächtig und hat zu gute Verbindungen. Das bedeutet, unsere Gesellschaft, die eine erhebliche Einkommensquelle für Sie darstellt, könnte sehr schnell vom Markt gedrängt werden.«

»Das ist ein Grund, sie zu töten, Mr. Garner. Kein Schuldbeweis. Tatsächlich haben Sie keinen Beweis. Sie haben lediglich Behauptungen aufgestellt. Ich glaube, das eigentliche Motiv für Ihre Vorschläge liegt in der Tatsache begründet, daß Sie die besten Chancen hätten, CEO zu werden, wenn Kathryn Amij nicht mehr am Leben wäre. Und wie Sie gerade dargelegt haben, ist dies wegen ihrer Stellung in der Familie der einzige Weg, wie diese Stellung jemals für eine andere Person zugänglich werden kann. Bevor Sie jedoch mit Billy Kontakt aufgenommen haben, sind wir bereits auf Miss Amij aufmerksam geworden. Schließlich haben wir immer ein starkes persönliches Interesse an unseren Investitionen, und so ist uns ihr merkwürdiges Verhalten ebenfalls aufgefallen. Als wir die Angelegenheit einer Untersuchung unterzogen, fanden wir überzeugende Beweise für ihr Fehlverhalten.«

Itami nickte Garner zu. »Man wird sich um die Angelegenheit kümmern. Und wir werden unseren Einfluß geltend machen und dafür sorgen, daß Sie Amijs Job übernehmen.« Peter spürte, wie sich seine Brust verengte. Er wußte plötzlich, warum er dieser Besprechung beiwohnte. Bisher waren alle, die er im Zuge seiner Arbeit für Billy getötet hatte, Teil des Spiels gewesen, ihres Spiels, des Verbrecherbandenspiels. Nach allem, was er wußte, war diese Kathryn Amij vollkommen unschuldig. Doch er war sicher, daß Itami Peter beauftragen würde, sie zu töten.

Garner keuchte leise und sagte dann: »Vielen Dank. Vielen Dank, Itami-san.«

»Da ist noch etwas«, sagte Mr. Itami, indem er eine Hand hob, um anzudeuten, daß die Besprechung noch nicht beendet war. »Sie werden uns die Hälfte Ihrer CellWorks-Aktien für ein Drittel ihres Nennwerts verkaufen.«

Die Zufriedenheit verschwand aus Garners Miene. »Wie bitte?«

»Haben Sie mich nicht gehört oder nicht verstanden?«

»Mr. Itami?«

»Sind Sie einverstanden?«

Garners Blick schweifte umher und blieb schließlich an Peter hängen. »Ich bin einverstanden.«

»Sehr gut. Damit ist unsere Unterredung beendet. Billy wird Sie hinausbegleiten.«

Garner stand auf, und Billy deutete auf eine Tür im hinteren Teil des Clubs. Peter wußte, daß jeder vorne hereinkam und hinten hinausging.

Als sich die Hintertür wieder geschlossen hatte, richtete Mr. Itami das Wort an Peter, obwohl er ihn nicht ansah.

»Nun, was denkst du, Professor?«

»Der Bursche schien erst zu wissen, wovon er redete, als Sie ihm sagten, Sie wüßten Bescheid.«

»Ja. Und wie denkst du darüber, hier zu sein?«

»Mir gefällt es hier, Mr. Itami-sama.«

Mr. Itami lächelte. »Ich meine, wie hast du darüber gedacht, hier bei der Besprechung zu sein? Das war das erste Mal, daß du bei so einer Unterredung zugegen warst.«

»Ja. Es war gut.«

»Du wirst Kathryn Amij töten.«

Peter wußte nicht, was er sagen sollte, also hielt er sich an die Wahrheit.

»Aber, Itami-san, das kann ich nicht. Sie ... ist eine Zivilistin. Sie hat nichts mit unserem Krieg zu tun.«

Stille breitete sich in dem Raum aus, und jeder schien an seinem Platz zu erstarren. Ein paar Sekunden vergingen, und Peter kam der Gedanke, daß er den Raum vielleicht nicht lebend verlassen würde.

Billys Bestürzung war am offensichtlichsten. Er hob die Hand und bat Mr. Itami auf diese Weise um einen Augenblick, damit er die Situation klären konnte.

Er ging zu Peter, legte ihm eine Hand auf den Arm und führte in ein paar Schritte zur Seite. Wenngleich immer noch hübsch, war Billy ein wenig rundlicher geworden und sah ein wenig müde aus. Plötzlich fragte sich Peter, wie sein Vater jetzt wohl aussehen mochte.

»Hör mal, Professor«, flüsterte Billy. »Das ist hier kein Spaß, und es gibt auch keine Alternative. Du mußt es tun, oder du wirst in ernste Schwierigkeiten geraten, und ich werde in ernste Schwierigkeiten geraten.«

Peter sah weg. Er hatte Billy seit Jahren nichts mehr abgeschlagen. »Ich kann es nicht tun.«

Billy runzelte die Stirn, legte den Kopf schief und starrte Peter an. Er war mehr als verblüfft. Er war gekränkt. »Vielleicht habe ich mich nicht klar genug ausgedrückt. Vielleicht weißt du nicht, was das Wort Alternative bedeutet. Keine Wahl. Begriffen? Wenn Mr. Itami jemanden bittet, etwas zu tun, wird es getan.«

»Ich habe keinen Beweis gehört.«

»Was?«

»Den Beweis. Daß die Frau dem Mann geholfen hat, seinen Vertrag zu brechen.« Peter wußte, daß er die Grenzen seiner angeblichen Dummheit ziemlich belastete, hatte jedoch das Gefühl, Ausflüchte machen zu müssen.

»Das ist nicht dein Problem, Prof«, sagte Billy leise. »Aber Garner hat recht. Wir haben Amij überprüft. Es stimmt alles. Und was mindestens genauso wichtig ist, wir wollen sie tot sehen, damit wir Garner an ihre Stelle setzen können.« Billy klatschte in die Hände. »Hör zu, ich erklär dir, wie es läuft. Ein Mann, der nicht verdient, was er besitzt, weiß nicht, was er wert ist. Es ist wie bei einem Spieler. Er kassiert den Jackpot, aber er kann nicht das Geld nehmen und es intelligent benutzen. In erster Linie hat er das Geld seinem Glück zu verdanken. Also muß er zurück an den Spieltisch. Er hat kein Vertrauen zu sich selbst, also muß er seinem Glück vertrauen. Mr. Itami ist die Hand des Schicksals, welche die Dinge für Garner regelt. Zuerst ist es ein großartiges Gefühl, aber wenn sich die Aufregung gelegt hat, weiß Garner, daß er sich die Stellung nicht selbst verdient hat. Weil er in sich selbst kein Vertrauen hat und weiß, welches Schicksal seiner Vorgängerin widerfahren ist, hat er keinen eigenen Willen. Er ist wie Wachs in Mr. Itamis Händen. Und das ist genau das, was wir wollen. Wir wollen Cell Works kontrollieren. Und das werden wir auch erreichen. Unsere Leute suchen bereits nach diesem Clarris. Wenn wir ihn gefunden haben, übergeben wir ihn Garner, der ihn abliefert. Garner ist ein Held. Du tötest Kathryn Amij. Und das war's. Wir gewinnen.«

Peter zögerte.

Billy sah es. »Du wirst sterben.« Die entspannte Gutmütigkeit verschwand aus seinem Gesicht. »Verstehst du, Peter? Ich werde nichts zu deiner Hilfe unternehmen können.«

Peter dachte an Jenkins, den Wachmann bei der O'Hare-Geschichte, der sich geweigert hatte zu lügen. Peter beschloß, anders als Jenkins zu versuchen, das Schicksal zu seinen Gunsten zu manipulieren.

»Ja, Billy«, sagte er. »Ich tu's.«

13

Eddy fuhr Peter zur Elevated, dem Bauprojekt, das die Southside in ein neues Paradies für Geschäfte und Reiche verwandelt hatte, nachdem der Loop vor Jahren in Flammen aufgegangen war. Die Grundbesitzer und Städteplaner hatten den Loop ein paar Wochen nach der Zerstörung des IBM-Towers durch die Terroristen sich selbst überlassen. Aus der ganzen Stadt waren Ghule in das Gebiet gezogen und hatten es in ein Paradies für ihre Art verwandelt. Die Nationalgarde und mehrere Sicherheitsteams verschiedener Konzerne hatten insgesamt drei Versuche unternommen, das Gelände zu säubern. Als die Zeitungen schließlich anfingen, diese Bemühungen den ›Marshalplan mit dem morbiden Etwas‹ zu nennen, waren alle zu der Auffassung gelangt, daß das Viertel ruiniert war. Die Städteplaner hatten ihre Aufmerksamkeit auf die Southside gerichtet, und Investoren, die dort Land besaßen, wurden reich.

Aus dem Fenster des Westwind sah Peter die Schienen der Monobahn, die sich in einem Kleeblattmuster um und durch die Elevated zogen. Die Stützpfeiler, welche die Schienen hielten, die Schienen selbst und die Skytrack-Züge der Monobahn glitzerten in einem silbrigen Licht, das Zauber und Reichtum verhieß. Die Lichter konnten Kilometer entfernt gesehen werden — ein ferner Karneval, den die meisten Bewohner Chicagos zwar sehen, jedoch nicht miterleben konnten.

Peter betrachtete die imposanten Wohnhäuser in den schneebedeckten Straßen. Wahrscheinlich wohnte sein Vater hier irgendwo. Oder hatte hier gewohnt. Er hatte seinen Arbeitsvertrag gebrochen. Im Jahre 2052 kam das einem Kapitalverbrechen schon recht nah. Vielleicht hielt er sich in irgendeiner unterirdischen Basis versteckt.

Die Häuser am Straßenrand waren elegante mehrgeschossige Gebäude mit großen Fenstern, die ihre Besitzer auf Rasenflächen blicken ließen. Peter hätte wahrscheinlich mit seinem Vater in solch einem Haus gewohnt, wenn er sich nicht in einen Troll verwandelt hätte. Goldene Rechtecke aus Licht ergossen sich aus den Fenstern in die Nacht und beleuchteten weißen Schnee und reinrassige Jesusfiguren aus Plastik in plastiküberzogenen Weihnachtskrippen.

»Ist bestimmt bestimmt bestimmt bestimmt nett hier.«

»Ja.«

Sie fuhren zu der Adresse, die Billy Peter gegeben hatte. »Komm, beeil dich. Ich will drin sein, bevor sie nach Hause kommt.«

Sie parkten den Westwind so weit wie möglich entfernt vom goldenen Schein der hellen Lampen, welche die Straße in Licht tauchten, stürzten aus dem Wagen und zur Hintertür des Hauses. Eddy öffnete seine Werkzeugtasche und nutzte die Fähigkeiten, die er sich im Laufe der Jahre angeeignet hatte, um die Tür in Minutenschnelle zu öffnen. Gut, aber nicht so gut wie ein paar der jungen Gossenpunks, die Billy direkt von der Straße weg anheuern konnte. In Erwartung eines Lobs drehte sich Eddy zu Peter um, ein breites Grinsen auf seinem zuckenden Gesicht. »Gute Arbeit«, sagte Peter. »Du bist immer noch der Beste. Jetzt geh ein Stück die Straße runter, mach dich unsichtbar und warte dann auf mich.«

Eddy rannte davon, während er leise vor sich hin murmelte: »Klar klar klar.«

Peter sah seinem Freund nach, einen Augenblick völlig verblüfft über das Paradoxe in ihren relativen Fähigkeiten. Eddy, ein reinrassiger Mensch, der sich hatte verdrahten lassen, um ein Übermensch zu werden, und der jetzt langsam auseinanderfiel. Er, ein Troll, in den Augen vieler ein Untermensch, stand kurz vor einem gewaltigen wissenschaftlichen Durchbruch.

Er betrat das Haus und stellte fest, daß er in der Küche gelandet war. Gedämpfte weißblaue Lichtstreifen schufen Inseln des Lichts in einem Meer der Dunkelheit. Peter sah schnell, daß alles seinen Platz hatte — ein Gestell für Küchenmesser aus poliertem Holz enthielt ein Dutzend derartig blitzender Klingen, daß er sich fragte, ob sie jemals benutzt worden waren. In einer glänzenden Vase standen Plastikblumen (sie gaben keine Wärme ab). Für Peters wärmeempfindliche Augen sah das Farbmuster schwarz aus, aber er vermutete, daß es tatsächlich blau war — die Stühle, die Bodenfliesen, die Tapete an der Wand, alles aufeinander abgestimmt. Auf seine Weise wirkte dieser Raum ebenso öde und kahl wie das weiße Apartment, in dem Peter lebte.

Er verließ die Küche und betrat einen Flur, der zur Vordertür führte. Eine Tür im Flur führte ins Eßzimmer, das auch eine direkte Verbindung zur Küche besaß, eine andere in ein Büro. Eine Treppe mit breiten Stufen verband das Erdgeschoß mit dem ersten Stock. Alles, von den Holzstühlen im Eßzimmer angefangen bis zu dem Kronleuchter im Flur, vermittelte Peter ein Gefühl der Leere: Kein einziges Möbelstück wirkte einladend auf ihn. Es handelte sich lediglich um bearbeitetes Holz und teure Glasscherben, um nichts mehr.

Ihm fiel auf, daß in die Wände des Flurs in einer Höhe von etwa eineinhalb Metern Glasscheiben eingelassen waren. Er trat an eine Scheibe und bemerkte einen kleinen Schalter. Als er ihn betätigte, ging hinter der Glasscheibe ein Licht an, das ein Miniaturzimmer im Innern eines kastenähnlichen, in die Wand eingelassenen Regals enthüllte. Fasziniert beugte er sich vor.

Hinter dem Glas befand sich die Nachbildung eines altmodischen Salons. Es gab einen Kamin mit einer Einfassung darum herum, Holzstühle mit winzigen Kissen darauf, die mit noch winzigeren Mustern bestickt waren, fingernagelgroße Gemälde an den Wänden, kleine Statuen und Büsten, die auf winzigen Säulen standen, und kleine gerahmte Spiegel. Auf der Kamineinfassung stand ein Jade-Buddha. Der Detailreichtum entzückte ihn.

Peter beugte sich noch weiter vor und hielt nach Miniaturmenschen Ausschau. Er glaubte, er würde vielleicht die Gestalt einer Frau entdecken, die auf einem der Stühle saß und ein Buch las, oder einen Mann, der an einem mit Vorhängen bedeckten Fenster stand. Da man bei der Anfertigung des Zimmers so sehr auf Einzelheiten geachtet hatte, glaubte er, daß auch Menschen darin sein müßten.

Doch es waren keine Miniaturmenschen da. Nicht einmal ein Hund auf dem Kaminvorleger. Trotz der Tatsache, daß das winzige Zimmer geradezu nach Leben schrie, war es leer. Das Fehlen menschlicher Gestalten enttäuschte ihn. Und doch, wurde ihm klar, wenn kleine

Menschen in diesem Zimmer wären, würden sie nicht arbeiten. Gerade wegen seiner Reglosigkeit war es perfekt, ein erstarrter Augenblick, ein Gemälde, das echt sein konnte, weil alle abgebildeten Dinge reglos waren. Menschen, dachte Peter, waren nicht still und reglos, und eine Person in diesem Zimmer würde die Aufmerksamkeit vom Detailreichtum des Rests ablenken, die Illusion durchbrechen.

Er schaltete das Licht aus und betrachtete zwei andere Glasscheiben, wobei er nacheinander das entsprechende Licht dazu einschaltete. Ein Regal enthielt eine Miniaturkathedrale, das andere eine alte englische Küche. Die Ruhe und Präzision der Darstellungen beruhigte ihn, vereinnahmte ihn, als seien sie verzaubert — die Lotosblumen aus der Odyssee. Dann erinnerte er sich wieder an die vor ihm liegende Aufgabe und schaltete die Lichter aus. Er trat zur Vordertür und sah durch das Fenster. Nichts. Er warf einen Blick auf die Uhr. Wenn Billys Informationen stimmten, würde sie frühestens in zwanzig bis dreißig Minuten zurück sein.

Er beschloß, im Büro auf sie zu warten. Er hatte gelernt, daß die beste Methode, Wetwork ruhig durchzuziehen, die war, sich ein ruhiges Fleckchen zu suchen und sich dort hinzusetzen. Erwartet man sein Opfer hinter der Tür, läuft es wieder auf die Straße. Läßt man es die Tür schließen, hat die Aktion zuviel von einem Überfall: Die Instinkte des Opfers gewinnen die Oberhand, und es liefert einen Kampf.

Doch wenn es einen wie einen unangemeldeten Besucher ruhig auf einem Stuhl sitzend antrifft ... Tja, das ändert die Sache. Das Opfer ist verwirrt. Soll es höflich sein? Soll es um Hilfe rufen? Soll es wegrennen? Aus dieser Unsicherheit heraus verliert es jegliche Kontrolle über die Situation, wartet darauf, daß der Killer erklärt, was er bei ihm will. Das machte alles viel einfacher.

Peter betrat das Büro und schaltete eine kleine Schreibtischlampe an. Auf dem Schreibtisch stand ein

Fuchi Nova Computer, die Wände säumten mehrere Regale mit Chiphüllen und antiken Büchern. Die Bücher waren geschichtliche Werke über Europa. Bei den Chips handelte es sich um kürzlich erschienene wirtschaftstheoretische Abhandlungen, Aktionärsberichte von Cell Works und andere geschäftliche Dinge. Das Wort, das Peter in den Sinn kam, war »funktional«.

Er ging zu einem Wandschrank und öffnete die Tür.

Die Unordnung darin verblüffte ihn. Verglichen mit der Ordnung, die ansonsten überall im Haus herrschte, war das Durcheinander aus Schachteln und Holografien eine Überraschung. Es wirkte wie ein altes, geheimes Grab, das von Räubern durchwühlt worden war. Seine Neugier erwachte. Er kniete sich hin und fand einen Holoprojektor. Er nahm ihn zusammen mit einem Stapel Holografien und trug alles zum Sofa, das an der Wand gegenüber vom Schreibtisch stand. Er setzte sich und legte eine mit 18/7/30 beschriftete Holografie ein.

Das Holobild eines kleinen Mädchens mit leuchtend rotem Haar, das hinter einem Computerterminal saß, leuchtete vor seinem Gesicht auf. Kathryn Amij, vermutete er, denn Billy hatte sie als Rotschopf beschrieben. Sie war etwa sieben oder acht Jahre alt. Sie lächelte in die Kamera — ein bezauberndes Lächeln. Ihre Finger ruhten auf der Tastatur, aber da sie in die Kamera schaute, gab sie offenbar nur vor zu tippen.

Er nahm die Holografie heraus und legte eine aus dem Jahre 2035 ein. Kathryn auf einem Pferd, das über einen Zaun sprang — stolz, entschlossener Gesichtsausdruck, alles im Griff. Sie war nicht mehr das niedliche kleine Mädchen von vor fünf Jahren, sondern eine Heranwachsende, die kurz davor stand, sich in eine äußerst attraktive Frau zu verwandeln.

Dann fand er eine Holografie von 2039 und legte sie ein. Die Veränderung in ihrer äußeren Erscheinung verblüffte ihn. Mittlerweile fünfzehn, war sie sehr schlank, fast mager. Das Bild zeigte sie bei einer Geburtstagsfeier mit anderen gleichaltrigen Mädchen. In der Mitte des Tisches stand eine mit weißer Glasur überzogene Torte. Die anderen Mädchen lächelten in die Kamera, einige davon mit Torte im Mund. Kathryn schaute mehr oder weniger teilnahmslos in die Kamera. Peter sah genauer hin und entdeckte, daß ihr Tortenstück zermatscht war, aber dennoch so aussah, als sei es nicht angerührt worden.

Er fand ein Bild aus dem nächsten Jahr. Immer noch sehr dünn, stand sie mit einem Mann und einer Frau, ebenfalls rothaarig, auf einem Bootsdeck, wahrscheinlich ihre Eltern. Sie lächelte jetzt, doch sie sah eher überrascht als glücklich aus. Am äußersten Bildrand sah Peter eine Frau im Bug des Bootes sitzen, die auf die Wellen schaute. Irgend etwas an ihr erinnerte Peter an Thomas.

Er hatte das Gefühl, einer Geschichte zuzusehen, die sich vor seinen Augen in Bildern entwickelte, und war neugierig, was als nächstes geschehen würde. Er schien über eine Art Bogen gestolpert zu sein, der die einzelnen Stationen in Kathryn Amijs Leben miteinander verband. Die nächste Holografie, die er einlegte, stammte aus dem Jahre 41. Ein Bild von fast übernatürlicher Ausstrahlung erschien: Kathryn in einem Krankenhausbett, von Blumen umgeben. Sie lächelte für die Kamera, fast so gewinnend wie vor einem Jahrzehnt, als sie noch ein kleines Mädchen gewesen war. Tatsächlich machte sie einen aufrichtig glücklichen Eindruck. Doch ihr Gesicht war eine Totenmaske, ein Schädelskelett, über das sich die Haut spannte. Das Holo faszinierte ihn. Er starrte in ihre Augen und fragte sich, welche Krankheit sie so ausgezehrt hatte.

Er würde es nie erfahren, denn er hörte das Geräusch eines heranfahrenden Wagens, dann eine mechanische Garagentür, die sich öffnete. Überrascht und enttäuscht fummelte er an dem Projektor herum. Aus Gründen, die er nicht ausloten konnte, wollte er nicht, daß sie ihn dabei erwischte, wie er in ihren Holos herumstöberte. Er sammelte die Bilder ein, schnappte sich den Projektor, eilte zum Wandschrank und lud alles wieder in dem geheimen Durcheinander hinter den Schranktüren ab.

Als alles wieder so war, wie er es vorgefunden hatte — die Tür geschlossen, die Schreibtischlampe ausgeschaltet —, setzte er sich wieder auf das Sofa, zog seine Kanone und legte sie in seinen Schoß.

Er hörte, wie sich irgendwo im Haus eine Tür öffnete. Keine Stimmen. Sie war allein.

Ein paar Augenblicke später ging das Licht im Flur an. Er warf einen raschen Blick auf den Computer auf dem Schreibtisch. Sie würde wahrscheinlich hereinkommen, um ihre Post durchzusehen.

Sie stieß die Tür auf, schaltete das Licht ein, sah Peter und erstarrte mitten in der Bewegung. Ihr Mund öffnete sich ein wenig, als wollte sie etwas sagen, doch kein Laut war zu hören. Sie legte die Hand auf die Türklinke, als suche sie nach einer Stütze.

Sie war eine Augenweide. Was ihr als Teenager auch zugestoßen sein mochte, mittlerweile war es gründlich bereinigt worden. Sie entsprach nicht dem industriellen Schönheitsideal, mit dem sich Billy gern umgab, sie war anders ... Ihr rotes Haar reichte ihr bis fast an die Hüften, und sie hatte es zu einem dicken Pferdeschwanz zusammengebunden. Sie war groß — so groß und stark wie eine Schönheitskönigin aus Texas. Kräftig.

Sie trug eine grüne Jacke und einen Rock, dessen Saum unter dem Knie endete. Die Haut ihrer Waden ...

Photonen lösen sich von ihrem Körper, tauchen in meine Körperflüssigkeiten ein, dringen durch meine Pupillen und drängen sich in meine Retinas, die das Bild in Nervenimpulse umwandeln, welche dann über den Seenerv an mein Gehirn übermittelt werden, das die ursprünglichen Photonen auf beinahe magische Weise in Lust verwandelt.

Erstaunlich. Peter dachte, er hätte die Leidenschaft in sich schon vor Jahren abgetötet.

Aus Gewohnheit fiel ihm außerdem auf, daß sie nicht bewaffnet zu sein schien.

»Hallo ...«, sagte sie unbehaglich. »Kann ich Ihnen helfen?«

»Miss Amij«, sagte er lächelnd in dem Versuch, ihr Unbehagen etwas zu mildern. »Würden Sie sich bitte setzen? Ich muß mit Ihnen reden.«

»Was wollen Sie?«

Peter hatte die Beine übereinandergeschlagen, doch jetzt setzte er sich gerade hin, wodurch die Kanone in seinem Schoß sichtbar wurde. »Bitte. Es wird leichter, wenn Sie sich setzen.«

Sie holte tief Luft und preßte dann eine Hand gegen ihren Magen. »Oh.«

»Bitte.«

Sie ging zum Schreibtischstuhl. Ihre geschmeidigen Bewegungen mitanzusehen, vergrößerte Peters rauschartiges Lustempfinden nur noch. Er mußte sich konzentrieren. »Miss Amij, ich bin hergeschickt worden, um Sie zu töten.« Seine Kiefermuskeln spannten sich. Nicht gerade die beste Einleitung.

»Ja?« Ihr Gesicht war eine Maske, die nichts verriet, aber er sah ein Flackern in ihren Augen. Er wußte, daß sich ihre Gedanken überschlugen, daß sie Pläne machte, nach Anhaltspunkten suchte. Sie gefiel ihm.

»Da war ein Mann, der für Sie gearbeitet hat ... ein gewisser Dr. Clarris.«

»Oh.«

Er lächelte. »Dr. Clarris ist vor ein paar Wochen aus Cell Works extrahiert worden, und zwar von Söldnern, die für einen unbekannten Auftraggeber arbeiten.«

»Ja«, sagte sie, indem sie den Kopf erwartungsvoll zur Seite neigte. Sie drückte wieder eine Hand gegen ihren Magen.

»Ihre Sicherheitskräfte können sich nicht erklären, wie es geschehen ist, und glauben, daß die Söldner im Besitz von Informationen gewesen sein müssen, die ihnen geholfen haben, Informationen, zu denen Clarris keinen Zugang hatte.«

»Ja.«

»Natürlich tun sie, was sie können, um Dr. Clarris zu finden. Es ist immer noch nicht bekannt, ob er von Cell Works entführt worden ist oder ob er den Vertrag mit Ihrer Gesellschaft brechen wollte.«

»Ja.«

»Und Sie haben ihm geholfen?«

»Ja.«

Peter war überrascht. Sie bestritt es nicht. Sie gab ihm nichts in die Hand, womit er sie später aus der Reserve locken konnte. »Warum?«

»Ich hatte meine Gründe.«

»Da ich hier bin, um Sie zu töten, würde es Ihnen etwas ausmachen, sie mir mitzuteilen?«

»Ja.«

Peter holte tief Luft. »Sie haben Ihren eigenen Konzern verraten, eine Gesellschaft, die von Ihrem Großvater gegründet wurde. Mein Auftraggeber, ein Mann mit einem Haufen Cell-Works-Aktien, hat ziemlich traditionelle — östliche — Ansichten. Solch ein Verhalten verstimmt ihn. Und, wenn ich mich nicht irre, hat ein Mann namens Garner, wenn Sie sterben, recht gute Chancen, Cell Works neuer CEO zu werden ...«

Das traf sie unvorbereitet. »Garner.« Sie sah weg, desorientiert, dann öffneten sich ihre Augen, und sie nickte einmal, als sei das letzte Stück eines geistigen Puzzles an Ort und Stelle gerutscht. »Garner«, sagte sie wieder, doch diesmal mit festerer Stimme.

»Ja. Garner. Mein Auftraggeber hilft ihm dabei, Clarris zu finden und ihn sozusagen als Trophäe zu Cell Works zurückzubringen. Und da mein Auftraggeber Garner dabei hilft, Ihren Job zu übernehmen, würde mein Arbeitgeber im Endeffekt der Boß von Cell Works sein.«

Kathryn starrte zu Boden und umklammerte die Seite ihres Stuhls mit der rechten Hand. Er sah, daß sich die

Dinge mittlerweile zu rasch für sie entwickelten, um noch Schritt halten zu können. »Wer sind Sie?«

»Das kann ich Ihnen nicht sagen«, sagte Peter. Er stand auf. »Da Sie alle meine Feststellungen ohne Protest haben durchgehen lassen, nehme ich an, daß sie alle richtig sind. Und ich will Ihnen gegenüber ehrlich sein. Ich will Dr. Clarris selbst finden. Aus Gründen, die nur mich etwas angehen. Miss Amij, ich werde Ihnen helfen zu fliehen, wenn Sie mir sagen, wo er ist.«

Sie saß einen Augenblick lang schweigend da und schien das Angebot abzuwägen, dann sagte sie schlicht. »Ich weiß es nicht. Ich weiß nicht, wo er ist.«

Peters Körper wurde ein wenig schlaff, und der Lauf der Pistole senkte sich, bis er auf den Boden zeigte. »Sie wissen es nicht?«

»Nein.«

»Sie haben ihm dabei geholfen, von Cell Works wegzukommen, und Sie wissen nicht, wo er ist?«

»Ich bin reingelegt worden ... Ich weiß nicht, wo er ist.«

»Augenblick mal ...«

»Ich sagte, ich weiß es nicht!«

Peter zog sich ein wenig zurück. Es war, als lösten sich seine Ziele, seine Träume, seine Möglichkeiten, all das, was ihn in den vergangenen vierzehn Jahren angetrieben hatte, in Luft auf. »Bitte, Sie müssen doch einen Hinweis haben«, sagte er leise, fast flüsternd. »Sie müssen etwas haben.«

Sie musterte ihn aufmerksam. »Welche Bedeutung hat diese Sache für Sie? Das klingt nicht nach Arbeit?«

»Ist es auch nicht.«

»Oh.«

»Oh«, wiederholte er. »Bitte, irgend etwas. Sie haben ihm bei seiner Flucht geholfen ... Sie müssen irgend etwas wissen.«

»Nein, wirklich, ich ...« Sie hob die Hände an die Stirn, als seien Kopfschmerzen im Anzug. »Ich war der

Ansicht, er würde zu Fuchi Genetics gehen. Die Leute, mit denen ich Kontakt aufgenommen hatte, haben den Plan auf den Kopf gestellt. Er ist ... verschwunden. Sie haben mich kalt erwischt.«

»Sie haben mit jemandem Kontakt aufgenommen? Um Clarris rauszuholen? Sie sind nicht angesprochen worden?«

Sie starrte einen Moment lang auf die Kanone. »Werden Sie mich jetzt töten? Ich meine, jetzt sofort? Denn wenn nicht, könnten Sie dann ... nicht damit auf mich zeigen?«

Peter warf einen raschen Blick auf die Pistole. Er spürte, dies war der Augenblick. Kathryn Amij nicht zu töten, bedeutete, die Gang zu verlassen, Billy zu verlassen, alles zu verlassen, was er sich in den vergangenen vierzehn Jahren aufgebaut hatte. Die Sicherheit und die Macht, die er erreicht hatte. Er sah sie an und wußte, daß er es nicht tun konnte — er konnte keinen weiteren Jenkins mehr verkraften. Er senkte die Kanone. »Ich werde Sie nicht töten. Wenn Sie mir dabei helfen, ihn zu finden, lasse ich Sie laufen. Ich helfe Ihnen sogar bei Ihrer Flucht.«

Sie saß einen Augenblick lang schweigend da und sagte dann: »Ich wollte, daß er an einer Sache weiterarbeitet, mit der er sich schon seit Jahren beschäftigt hatte. Der Aufsichtsrat wollte, daß die Arbeiten daran eingestellt würden. Ich sollte später heimlich Berichte von ihm bekommen.«

»Und Sie haben Leute angeheuert, um ihn aufzuspüren. Ihre eigenen Freischaffenden, Shadowrunner, die nichts mit Ihrem Konzern zu tun haben?«

»Ja.«

»Haben sie irgend was herausgefunden?«

Sie zögerte. »Wer ihn sich auch geschnappt hat, Fuchi war es jedenfalls nicht. Sie haben gelacht — sagten, es wäre ein Fest für sie gewesen, wenn er tatsächlich bei ihnen gelandet wäre ...«

»Und nichts Positives?«

Sie schüttelte den Kopf. »Das ist das Problem, wenn man Shadowrunner anheuert. Im Grunde sind es Gesetzlose ohne offizielle Identität — man kann sie nicht zur Verantwortung ziehen.«

»Na schön.« Peter durchforstete sein Hirn, suchte nach Fragen, die vielleicht andere Informationen ans Licht bringen konnten.

»Woran hat er gearbeitet ...?« Ein Gedanke schoß ihm durch den Kopf. »Ging es ... Ging es darum, genetische Unwandlungen zum Stillstand zu bringen? Die Goblinisierung? Hat Cell Works daran gearbeitet?«

Sie fixierte ihn voller Neugier. »Ja. Das haben wir, aber die Arbeiten wurden abgebrochen.« Sie hielt inne. »Wer sind Sie?«

»Nur ein Troll mit einem komischen Hobby.«

Peters Gedanken überschlugen sich, um einen Plan auszuarbeiten. Seine Arbeit war getan. Er wollte aus der Gang heraus. Er wollte zu seinem Vater. Eine reiche CEO wollte ihn ebenfalls aufspüren. Sie konnte ihm ganz nützlich sein. Er beschloß, sie ins Vertrauen zu ziehen. Sie konnte nein sagen — und dann würden die Alternativen rasch zusammenschrumpfen. Ihm blieb aber immer noch die Möglichkeit, sie dann zu töten, in der Gang zu bleiben und nebenbei nach seinem Vater zu suchen. Sein Verstand sträubte sich ein wenig gegen diesen Plan, doch die Dinge würden jetzt sehr schnell ihren Lauf nehmen.

»Ich weiß, daß Clarris vielleicht an einem Projekt wie diesem gearbeitet haben könnte, weil ... ich glaube, ich habe es. Ich glaube, ich weiß, wie es zu machen ist. Oder zumindest bin ich sehr nah dran.« Er schob die Kanone in das Halfter unter seiner Jacke. »Ich wollte meine Aufzeichnungen mit denen von Clarris vergleichen. Ich glaube, er wäre fähig, mir zu sagen, wo ich richtig und wo ich falsch liege.«

»Sie?«

Er grinste. »Ich bin ein außergewöhnlicher Troll.«
»Aber...«
Er trat einen Schritt näher an sie heran. »Ich glaube, wir können zusammenarbeiten. Wenn ich Sie nicht töte, bin ich in Schwierigkeiten. Ich bin bereit, diese Schwierigkeiten auf mich zu nehmen, wenn Sie mir bei der Suche nach Clarris helfen. Sie sind nicht gerade mittellos. Und Sie haben den Deal für Clarris klargemacht.«
»Ich weiß wirklich nicht, was ich dazu sagen soll...«
»Denken Sie an folgendes: Jemand bei Cell Works hat so viel über Sie ausgegraben, daß Sie bei ihrem eigenen Konzern unten durch sind. Auf Ihren Kopf ist bereits ein Preis ausgesetzt. Wenn Sie Clarris wollen, hat es wenig Sinn, wenn Sie morgen zur Arbeit gehen. Wie dringend brauchen Sie ihn? Jetzt ist der Augenblick zu wählen.«
Ihre Augen trübten sich ein wenig, als sich ihr Verstand wieder in Bewegung setzte. Es war eine spürbare Aktivität — die Luft in dem Zimmer fühlte sich schwerer an, als sie die Möglichkeiten durchging. Sie schüttelte unmerklich den Kopf. »Ich weiß nicht. Ich weiß nicht. Ich sage Ihnen jedoch folgendes: Wenn Sie ein Verfahren gefunden haben, brauche ich Clarris nicht mehr.«
»Aber ich brauche ihn.«
»Ich helfe Ihnen bei der Suche nach ihm, wenn Sie haben, was ich brauche.«
»Wir brauchen ihn sowieso. Er wird meine Arbeit bestätigen müssen. Er ist der qualifizierteste, neh? Deswegen haben Sie ihn ja auch weggeschickt, damit er seine Arbeit fortsetzen konnte.«
»Ja, wir sollten ihn finden.« Sie sah auf. »Aber ich weiß ja nicht einmal, ob Sie wirklich ein Heilverfahren entdeckt haben. Warum sollte ich Ihnen glauben?« Sie seufzte und ließ sich mit geschlossenen Augen in den Stuhl zurücksinken.
»Sie können alles lesen«, sagte Peter, sobald ihm die Idee kam. »Meine Aufzeichnungen. Ich will, daß Sie sie sich ansehen. Ich glaube, ich habe es geschafft. Ich ar-

beite seit über einem Jahrzehnt daran. Sie werden zumindest erkennen, daß ich es ernst meine.«

»Haben Sie die Aufzeichnungen bei sich?« Ihm war klar, daß sie versuchte, ihn bei Laune zu halten. Wütend zog er wieder die Kanone. »Aufstehen!« Sie keuchte und erhob sich, die Augen geschlossen, die Hände gegen den Bauch gepreßt. »Sie kommen mit mir. Mit zu mir nach Hause. Sie werden meine Arbeit lesen.«

Sie rührte sich nicht. »Ihr Boß weiß nichts davon.«

»Niemand weiß etwas davon. Niemand weiß etwas über meine Arbeit.«

Sie legte den Kopf auf die Seite und sah ihn aufmerksam an. »Das ist alles sehr merkwürdig.«

»Ja.«

»Er wird trotzdem meinen Kopf wollen. Ihr Boß.«

»Ja.«

»Warum sollte ich mit Ihnen gehen? Sie können mich doch einfach später umbringen, wenn Sie bekommen haben, was Sie von mir wollen.«

»Ich könnte Sie auch sofort umbringen.«

»Drohen Sie mir nicht.«

Er starrte sie fasziniert an. Es war kein Trick, keine Masche, nur ein direkter Befehl. Sie sagte ihm ganz einfach, wie sie verhandelte. »Na schön. Keine Drohungen. Wenn ich schieße, werde ich einfach schießen. Aber die Wahrheit ist, mein Leben wäre einfacher, wenn ich Sie töten würde.«

Sie stand schwer atmend vor ihm. Auf ihrem teuren Kostüm zeichneten sich Schweißflecken ab. »Nicht.«

»Sie helfen mir nicht.«

»Bitte, tun Sie's nicht. Tun Sie's nicht.«

»Lesen Sie einfach, was ich geschrieben habe. Mehr verlange ich nicht.«

»Und dann...?«

»Nun ja... ich... weiß nicht... Ich weiß, daß dies ziemlich... Ihr Leben steht auf dem Spiel. Das weiß ich. Aber meines in gewisser Hinsicht ebenfalls. Ich brauche

Sie.« Er ließ allen Anschein von Härte fallen. »Miss Amij, ich muß Dr. Clarris finden. Ich brauche Ihre Hilfe.«

Sie wog diese Feststellung ab. Peter sah sie denselben Entschluß fassen, zu dem er sich nur ein paar Stunden früher durchgerungen hatte. »Sie haben die Kanone. Gehen Sie vor.«

14

Peter rief Eddy über sein Armbandkom und sagte ihm, er solle ihn vor der Haustür abholen. Als er aus dem Haus trat, sah er seinen alten Freund mit einem Tempo heranrasen, das normalerweise für Rennbahnen reserviert war. Plötzlich trat Eddy mal eben so auf die Bremsen des Westwind, und der Wagen schlitterte über die schneebedeckte Fahrbahn, um dann direkt vor Kathryns Haustür stehenzubleiben.

Als Peter die Vordertür des Wagens öffnete, drehte sich Eddy überrascht um, denn Peter saß normalerweise immer hinten. Dann sah er Kathryn, und sein Gesichtsausdruck durchlief die ganze Skala von beunruhigt über traurig bis ängstlich. Schließlich gewann die Angst.

Kathryn setzte sich neben Eddy, und Peter kletterte auf den Rücksitz.

»Professor Professor Professor«, stotterte Eddy wütend. »Was läuft hier ab? Ab? Ab?«

Kathryn drehte sich zu Peter um, offensichtlich neugierig wegen Eddy. Peter beantwortete die unausgesprochene Frage mit einem Achselzucken. Zu Eddy sagte er: »Schon gut. Bring uns einfach zu mir nach Hause, schnell.«

»Ich weiß nicht, ich weiß nicht, Professor.« Eddy hob die Hände und wedelte mit ihnen herum, als schwenke er Signalflaggen. »Ich weiß nicht. Ich weiß nicht. Ich hab sie reingehen sehen. Reingehen sehen.« Er hielt ein Holo von Kathryn hoch. »Hab sie reingehen sehen. Ist schon lange her, Prof, lange her. Und jetzt ist sie nicht tot. Nicht mal tot.«

»Eddy, fahr los.«

»Was läuft, Prof? Was läuft? Ist das dein Wissenschaftskram? Geht's hier um Wissenschaft?«

»Ja.«

»DREK! Ich wußte, das würde passieren. Ich wußte, das würde passieren. Passieren. Du brauchst nur deine Biologie, und ehe man sich versieht, buddelst du schon die Leichen wieder aus.«

»Eddy, sie ist nicht tot...«

»GLAUBST DU, ICH WÜSSTE DAS NICHT! Was meinst du, worüber ich mir Sorgen mache? Glaubst du, Itami wird das gefallen, wenn ich ihm sagen muß, ›Tja, äh, mein Kumpel, der Prof, der hat nicht mehr alle Tassen im Schrank, ich hab ihn nie mit 'ner Frau gesehen, obwohl ich ihm hundertmal gesagt hab, er soll sich ranhalten, weil er sonst durchdreht, und ich hab recht recht recht gehabt, weil er gerade die Schnalle aufgerissen hat, die er eigentlich umlegen sollte‹!« Er wandte sich an Kathryn. »Nichts für ungut.«

Wenn Peter hätte erröten können, hätte er es jetzt getan. Statt dessen legte er seine beängstigend große Hand auf Eddys Schulter. »Du mußt es ihm nicht sagen, Eddy.«

Auf Eddys Miene breitete sich Überraschung aus, als hätte ihn Peter soeben mit einer völlig neuen und absolut erstaunlichen Möglichkeit konfrontiert. »Du hast recht!«

»Ja. Gib Gas.«

Als Kathryn Peter erneut fragend ansah, öffnete er den Mund, um es ihr zu erklären, bevor ihm klar wurde, daß die Welt dafür viel zu kompliziert war.

Die Beschleunigung des Wagens drückte sie alle in die Polster, und weg waren sie.

Peters Studioapartment war die Zelle eines Mönchs: In einer Ecke lag eine Matratze, an einer Wand stand ein

Regal mit Chips. In der Mitte des Zimmers war ein großer Küchentisch mit seinem tragbaren Computer und schmutzigem Geschirr darauf. Die MEINEKUR-Chips lagen noch so neben dem Computer, wie er sie am Morgen verlassen hatte.

Keine Bilder dekorierten die Wände. Peter hatte vor Jahren beschlossen, daß er erst Farbe in seine Wohnung bringen würde, wenn er wieder ein Mensch war. Doch jetzt, mit Kathryn als Gast, war er peinlich berührt, wie dieser Ort die Kargheit seiner Existenz verriet.

Er wollte etwas sagen, um die Leere des Zimmers mit Worten und Entschuldigungen auszufüllen — »Ich bin viel unterwegs, also beschränke ich meine Besitztümer auf ein Minimum«, oder, »Sobald ich mein Leben wiederhabe, werden Sie sehen, daß ich Farbe in diese Wohnung bringen werde. Ich bin nicht wirklich so, das ist nicht mein Leben...« Aber er wußte, daß derartige Phrasen so blaß und leblos klingen würden, wie die Wände waren. Er sagte gar nichts.

»Sie lesen gerne«, sagte Kathryn, während sie zu seinem Bücherregal ging.

»Ja.«

Sie beugte sich mit auf dem Rücken verschränkten Händen vor, um die Titel auf den Chiphüllen zu studieren, sicher vor jeder zufälligen Berührung mit irgendeinem Gegenstand im Zimmer. Plötzlich fuhr sie herum und starrte ihn völlig überrascht an.

»Die Metamenschlichen Genom-Appendices von CalTech! Wo haben Sie die her?«

»Gestohlen«, sagte er einfältig, doch innerlich ziemlich zufrieden, denn ihm war klar, daß sie beeindruckt sein mußte.

»CalTech sagte, sie wollten sie erst in einigen Jahren veröffentlichen, wenn überhaupt.«

»Ich habe mir Kontakte aufgebaut... mit den Jahren.«

»Kontakte?«

»Lassen Sie's gut sein. Sie sollen etwas lesen, woran ich gearbeitet habe.«

Ihre Miene verriet nichts. »In Ordnung.«

Peter deutete auf den Computer. Die Geste war barsch, und ihr fehlte sowohl die Höflichkeit wie die Unbeholfenheit in den Bewegungen, als er die Apartmenttür für Kathryn geöffnet hatte. Der Unterschied fiel ihr auf, und sie beeilte sich, vor dem Computer Platz zu nehmen.

»Öffnen sie die Datei namens MEINEKUR.«

Sie sah zu ihm auf. »MEINEKUR?«

»Ja.« Er nahm einen der Chips vom Tisch und legte ihn in den Computer ein.

»Sie werden wissen, ob ich auf dem richtigen Weg bin. Ich habe das hier noch nie jemandem gezeigt. Ich will es zu ... Dr. Clarris bringen. Wir haben ein gemeinsames Interesse daran.«

Ihre Miene wurde weicher, während sie ihn weiterhin aufmerksam musterte. Peter stellte fest, daß er sich geschmeichelt fühlte, obwohl er nicht wußte, warum. Er wollte sich nicht von ihr umschmeicheln lassen. Überhaupt in ihrer Nähe zu sein, wurde langsam ziemlich verwirrend. Sie bedrohte zu viele seiner Angewohnheiten.

Sie schaltete den Computer ein. »Na schön. Ich werde lesen.«

Eine Stunde verging. Kathryn las, und Peter ging auf und ab. Zuerst störte sie seine beharrlich zappelige Art, doch nach kurzer Zeit schien sie seine Anwesenheit gar nicht mehr zur Kenntnis zu nehmen. Sie beugte sich weiter vor und kroch fast in den Bildschirm, ihr Blick klebte förmlich auf der Mattscheibe. Ab und zu riß sie die Augen weit auf und lächelte dazu, während sie bei anderen Gelegenheiten in schweigendem Widerspruch den Kopf schüttelte. So oder so wußte Peter, daß sie von seinem Text gefesselt war.

Als er sicher war, daß er ihr Interesse gewonnen hatte, entspannte er sich und bezog eine Position in der Nähe der Apartmenttür, wo er sich gegen die Wand lehnte. Von hier aus konnte er sie ungehindert betrachten. Da sich ihre Aufmerksamkeit völlig auf den Schirm konzentrierte, war es fast so, als sei die echte Kathryn nicht anwesend. Peter konnte sie fast als Bild betrachten, ein Bild, das sich nicht umdrehen und ihn taxieren konnte.

Er stellte fest, daß ihm die Art gefiel, wie sie las. Sie erinnerte ihn an einen Heckenschützen, der darauf wartet, daß sein Opfer um eine Ecke biegt: Die Augen immer auf der Hut, in Bewegung, ihr Körper im perfekten Gleichgewicht, für jede Aktion bereit, die notwendig werden mochte. Sie war ein aktiver Leser. Ihre Augen schienen die Ideen buchstäblich zu verzehren.

Als er Schritte auf der Treppe hörte, zog Peter seine Kanone und sah dann Eddy heraufkommen, die Arme voller japanischem Fast-Food.

Peters Schultern sanken herab, als er sich entspannte. »Was hat dich so lange aufgehalten?«

Eddy zuckte ein wenig und sagte dann: »Ich bin bin bin im Verkehr Verkehr steckengeblieben.«

»Du?« sagte Peter mit einem tiefen bellenden Lachen.

Eddy lachte ebenfalls. »Ja, nun nun nun.« Bevor er noch mehr sagen konnte, hob Peter einen Finger an die Lippen, um seinen Freund zum Schweigen zu bringen. Kathryn mußte ihre Stimmen im Flur gehört haben, war jedoch bereits wieder in ihre Lektüre vertieft.

So leise wie möglich trug Peter eine Tasse Kaffee und eine Portion gegrillten Fisch zum Tisch. Die Fußbodenbretter knarrten laut.

Kathryn sah zu ihm auf, als er zu ihr an den Tisch kam, ihre Lippen waren zu einem Lächeln gespitzt.

Sie hielt ihn für gescheit. Oder er dachte zumindest, daß sie ihn für gescheit hielt. Er konnte nicht sicher sein.

Das Essen ignorierend, das Peter vor ihr abgestellt hatte, kehrte sie wieder zum Bildschirm zurück.

Peter zupfte Eddy am Arm und begleitete ihn hinaus auf den Flur, wo er die Tür hinter ihnen schloß.

»Hältst du's für 'ne gute Idee, sie so allein zu lassen?« sagte Eddy.

»Sie kann nirgendwohin. Die Tür ist abgeschlossen. Und ich glaube nicht, daß sie überhaupt von hier verschwinden will, jedenfalls jetzt noch nicht.«

»Was meinst du? Was meinst du? Und was liest sie überhaupt? Ist sie 'ne Intelligenzbestie wie du? Zeigst du ihr deine Büchersammlung?«

»Nein. Sie liest etwas, das ich geschrieben habe.«

»Das Zeug, über das du immer redest?«

»Ja.« Peter lächelte seinen Freund an. Mit den Jahren hatte Eddys Interesse an Peters ›Geschichten‹ nachgelassen. Abgesehen davon, sich nützlich genug zu machen, um seinen Platz auf der Lohnliste der Itami-Gang zu behalten, war Eddy kaum noch an etwas anderem als SimSinn interessiert, seit die Technologie auf dem Markt war. Wie die meisten anderen Leute reichte es ihm, das Leben über die aufgezeichneten Empfindungen anderer zu ›erfahren‹.

»Weißt du, ich hab immer noch nicht begriffen, warum du so viel Zeit mit Lesen verbringst.«

»Eddy, wenn man liest ... Ich verstehe dadurch viele Dinge.«

»Ich würde es lieber nur spüren. Und außerdem verstehe ich auch viele Dinge.«

»Aber Worte geben dir Perspektive. Du kannst dich aus einer Situation herauslösen und so erkennen, worum es eigentlich geht. Du kannst Bedeutungsabstufungen finden ...«

Von der Treppe war ein Knarren zu hören, gefolgt von einem kaum wahrnehmbaren Schatten, der vom Treppenabsatz unter ihnen hervorstach.

»Peter, hör mir zu ...«

Peter legte eine Hand auf Eddys untere Gesichtshälfte, um ihn zum Schweigen zu bringen.

Eddy bemühte sich, etwas zu sagen, und schließlich nahm Peter die Hand wieder weg. »Peter«, flüsterte er drängend, »du kannst dich nicht gegen die Gang stellen. Wir müssen sie erledigen.«

Peter glaubte, seinen Ohren nicht zu trauen. »Du...«, sagte er, aber er wußte, er würde niemals richtig wütend auf Eddy sein können.

Er mußte Kathryn holen und von hier verschwinden.

Peter öffnete die Tür und schloß sie dann rasch wieder hinter sich, so daß Eddy draußen auf dem Flur blieb.

Als er sich umdrehte, sah er Kathryn am Fensterriegel hantieren. Offensichtlich wollte sie doch noch einen Fluchtversuch unternehmen.

»Runter!« schrie Peter, doch die Warnung kam zu spät. Eine Kugel schlug durch das Glas und ließ kleine Scherben durch den Raum fliegen. Kathryn schrie auf und fiel nach hinten.

»Drek! Drek!« Ein weiteres Detail huschte durch Peters Verstand. Ohne über die Situation großartig nachdenken zu müssen, produzierte sein Verstand die harten Tatsachen — beide Ausgänge waren blockiert, und das war's. Mit Kathryn im Schlepptau war das Fenster eindeutig die schlechtere Alternative. Obwohl sie auf der Treppe höchstwahrscheinlich auf mehr Widerstand — und Feuerkraft — stoßen würden, war das ihr Fluchtweg.

»Kommen Sie!« rief er.

»Was ist?« schrie sie. »Was ist denn los?« Sie sprach nicht mit ihm, sie brüllte ihre Angst in die Welt hinaus.

Peter hatte ebenfalls Angst. Er hatte schon vorher Leute beschützt. Aber praktisch jeder, mit dem er in seinem Geschäft zu tun gehabt hatte, war im Geschäft. Wenn die Kugeln flogen, wußten immer alle, was das zu bedeuten hatte. Er betrachtete Kathryn auf dem Boden, die ihre Finger fest gegen das Holz gepreßt hatte, als befürchtete sie, der Boden könne plötzlich unter ihr durchsacken.

Er verriegelte die Tür und ging dann rasch zu ihr. »Hören Sie zu«, sagte er sanft. »Wir stecken in großen Schwierigkeiten. Die Leute, die wollten, daß ich Sie umbringe ... sie sind jetzt hier. Sie sind hier, um uns beide umzulegen.«

»Reden Sie nicht mit mir wie mit einem Kind. Kugeln machen mir Angst, aber ich denke, das sollten sie auch.« Trotz ihres harten, widerspenstigen Tonfalls stand Angst in ihren Augen.

»Wir gehen zur Vordertür raus, den Flur entlang. An der Treppe wenden Sie sich nach rechts und gehen weiter den Flur entlang. Danach kommen Sie zu einer anderen Treppe, die zur Waschküche führt. Da ist ein Ausgang ...«

Jemand donnerte gegen die Tür. Peter zog die Pistole aus dem Halfter und hechtete durch das Zimmer, so daß er bäuchlings direkt vor der Tür landete. Er gab drei Schüsse durch die Tür ab; das Holz splitterte. Von draußen kam ein kurzer Aufschrei.

Mit Schrecken fragte er sich, ob er Eddy getroffen hatte. Wenn ja, konnte er sich jetzt kein Mitgefühl leisten.

Kugeln durchschlugen die Tür. Sie flogen über Peter hinweg und klatschten in die Wand hinter ihm.

Peter wälzte sich zur Seite und sprang auf. Er preßte sich direkt neben der Tür an die Wand. Stille breitete sich aus, als die Kombattanten zu beiden Seiten der Tür darauf warteten, daß die andere Seite etwas unternahm. Peters Atem rollte durch seinen Körper. Er versuchte sich zu beruhigen, sich einzureden, daß er nicht nervös war, aber es wollte ihm nicht recht gelingen.

Draußen vor der Tür waren leise Schritte zu hören.

Jemand berührte den Türknauf. Das Metall leitete die Körperwärme und leuchtete trübrosa auf. Peter wußte, daß der Betreffende jetzt vorsichtiger sein würde — er würde sich geduckt haben oder seitlich neben der Tür stehen.

Jede Sekunde. Jede Sekunde.

Die Tür explodierte förmlich nach innen.

Durch die Holzsplitter kam Bub, ein muskelbepackter Ork aus The Crew. Bedauern überkam Peter, als er ausholte und mit dem Fuß gegen Bubs vorkommendes Knie trat. Das Knie brach mit einem fürchterlichen Knacken, und Bub fiel mit einem schrillen Schrei zu Boden.

Durch die Reste der Tür sah Peter Blutspritzer auf der Flurwand, offensichtlich ein Ergebnis der Schüsse, die er zuvor abgegeben hatte.

Yoake trat in die Türöffnung, seine Augen überflogen das Zimmer, während der Lauf der Maschinenpistole in seinen Händen der Blickrichtung seiner Augen folgte. Es konnte nur eine winzige Bewegung von Peter gewesen sein, aber sie reichte, um Yoake zu ihm herumwirbeln zu lassen. Doch da war es bereits zu spät, denn Peter hatte seine Kanone längst auf ihn gerichtet und pumpte drei Kugeln in Yoakes Brust.

Der Körper des Gangsters spannte sich wie eine Feder, und sein Finger zog den Abzug durch, während er nach hinten in den Flur kippte. Eine Kugelsalve schlug in die Decke, dann schwieg die MP.

Peter versuchte zu atmen und stellte fest, daß sein Körper immer noch funktionierte. Erstaunlich. In den letzten paar Sekunden hatte es ein derartiges Spektakel gegeben, daß er fast glaubte, irgendwo darin gestorben zu sein.

Sein Nachbar hämmerte gegen die Wand und rief: »Hört mit dem Radau auf!«

Peter sah Kathryn an und zuckte die Achseln. »Meine Nachbarn haben einfach kein Verständnis für meine Arbeit.«

»Ich auch nicht.« Sie stand vom Fußboden auf, wobei sie darauf achtete, nicht vor das Fenster zu treten. »Ist es jetzt soweit? Daß wir losgehen und auf uns schießen lassen, meine ich.«

»Eigentlich schon.« Er lächelte und wechselte das Magazin seiner Pistole. Sein Unbehagen in bezug auf sie hatte sich gelegt. Er tat, womit er ein Dutzend Jahre seines Lebens verbracht hatte. Sie spielte nicht in seiner Liga. Sie brauchte ihn.

Er ging zum Tisch, nahm die MEINEKUR-Chips und ließ sie in seine Tasche gleiten. Dann ging er zur Tür und spähte hinaus auf den Flur.

Eddys Kopf lugte hinter der Ecke am Ende des Flurs hervor. Sein Gesicht war blutverschmiert. Er hielt eine Kanone in der Hand, aber sie zitterte fürchterlich.

»Eddy. Ich hab jetzt keine Zeit für Spielchen!« rief Peter. »Hast du verstanden?«

15

»Du hättest sie nicht hättest sie nicht hättest sie nicht herbringen dürfen, Professor. Weißt du? Hättest du nicht.«

Peter trat einen Schritt auf den Flur. Mit der linken Hand bedeutete er Kathryn, ihm zu folgen. Eddy hob die Kanone ein Stück höher, richtete sie jedoch nicht auf Peter.

»Leg sie einfach um, Prof. Geek sie, und alles ist wieder in Butter. Ich denk mir 'ne kleine Lüge aus. So wie in den alten Zeiten. Wir denken uns 'ne hübsche Geschichte aus.«

Als Kathryn hinter ihm stand, rief Peter: »Nein, Eddy, ich verschwinde jetzt. Ich glaube, ich bin endlich soweit. Dafür habe ich das alles überhaupt gemacht. Um wieder ein Mensch zu werden. Und ich glaube, ich hab's. Ich steige aus.«

»Nein, Peter. Nein, bitte nicht. Sie ... sie brauchen mich nicht mehr. Ich bin fertig. Sie wissen es. Ich weiß

es. Sie wissen es. Mit mir ist nichts mehr los. Sieh mal.«
Er hob den Arm. Er zitterte heftig. »Sie dulden mich nur
noch wegen dir bei sich. Wenn du nicht mehr da bist ...
Peter...«

Was Eddy sagte, war zweifellos wahr. Peter hatte
selbst gehört, wie sich ein paar von den Jungens in The
Crew laut ihre Gedanken über Eddy gemacht hatten,
wenngleich Peter natürlich Desinteresse vorgetäuscht
hatte.

Aber er konnte nicht nur wegen Eddy im Geschäft
bleiben. »Steig mit mir aus.«

»Nein. Nein. Was soll ich dann anfangen?«

Peter hörte das Glas der Lobbytür eine Treppe tiefer
splittern. Durch das Fenster hinter ihm drang das Geräusch kreischenden Metalls: Jemand kletterte die Feuerleiter herauf.

Kathryn war dicht hinter Peter, hinter der Türecke
verborgen. »Bleiben Sie hinter mir«, sagte er zu ihr. Im
Schutze seiner massigen Gestalt und des langen Dusters würde sie für jeden, der von vorn kam, praktisch
unsichtbar sein.

Mit behutsamen Schritten ging er den Flur entlang
auf Eddy zu.

»Komm mit mir. Komm mit mir oder hau ab. Aber ich
will nicht mehr mitmachen, Eddy. Ich hasse es. Und ich
tue es nur, weil ich ein Troll bin. Der einzige Grund,
warum ich mir nicht schon vor langer Zeit mit einem
Dosenöffner die Pulsadern aufgeschnitten habe, war
der, daß ich dachte, ich könnte herausfinden, wie ich
aufhören kann, ein Troll zu sein. Und das ist es, worum
sich mein ganzes Leben dreht.«

»Das ist sehr deprimierend«, sagte Kathryn.

»Versuchen Sie mal, ein Troll zu sein« erwiderte er.
»Das wird Sie ganz schön runterziehen ...«

»Was flüsterst du da!« schrie Eddy. Er richtete die Kanone, so gut er konnte, auf Peter, der jetzt nur noch
drei Meter entfernt war. Ein zufälliger Druck auf den

Abzug im richtigen Moment, und das Stück Blei saß im Ziel.

Peter ließ den Blick durch den Flur schweifen, der ein paar Schritte vor ihm nach rechts abknickte und dann zur Hintertreppe und zur Waschküche führte.

»Was gibt es da zu glotzen, verdammt noch mal!« schrie Eddy. Er erhob sich, am ganzen Körper zitternd. Seine rechte Schulter war blutig; Peters Kugel hatte ihn durch die Tür getroffen. Schweißperlen rollten ihm die Wangen herab. »Wo ist das Miststück?«

»Mir gefällt dieser Bursche echt nicht«, hörte Peter Kathryn flüstern, während jemand von unten ›Eddy?‹ rief.

Als Eddy den Kopf drehte, um über die Schulter nach unten zu sehen, schrie Peter: »JETZT!«

Kathryn rannte auf die Biegung zu.

Eddy heulte auf wie eine Banshee, riß die Kanone hoch und gab zwei Schüsse ab, die hinter Kathryn in den billigen Verputz schlugen.

Ohne an die Konsequenzen zu denken, sprang Peter vorwärts und ließ seine Hand auf Eddys Handgelenk herabsausen, um ihm die Kanone aus der Hand zu schlagen. Als der Hieb traf, ertönte ein scharfes Knakken.

Eddy schrie laut auf und riß die Hand an die Brust. Das Blut sprudelte nur so. Mit seinem gesunden Arm hielt er die verletzte Hand wie ein Baby. Peter konnte das Weiß des Knochens sehen, der die zerfetzte Haut von Eddys Handgelenk durchbohrte.

»Eddy«, stammelte Peter, »ich...«

»Halt dein verdammtes Maul! Ich hab dir nie was getan. Ich wollte nur das Weib! Ich bin dein Freund!«

Hinter Peter erklangen plötzlich Pistolenschüsse. Er wirbelte herum und sah den Schützen, irgendeinen Burschen, den er zwar schon gesehen, mit dem er bis jetzt jedoch noch nie persönlich Kontakt gehabt hatte. Peter entschied, daß es keinen Wert hatte zurückzuschießen. Ohne noch ein Blick auf Eddy zu werfen, rannte er den Flur entlang hinter Kathryn her.

»Peter!« rief Eddy ihm nach. »Peter, bitte!«

Als Peter durch die Tür zum Treppenhaus stürmte, drehte er sich um und gab drei ungezielte Schüsse ab, um etwaige Verfolger ein wenig aufzuhalten. Dann jagte er die Treppe hinunter, indem er von einem Treppenabsatz zum nächsten sprang, wobei sein Duster hinter ihm herflatterte. Die alten Dielenbretter knackten lautstark unter seinem Gewicht.

Als er das Erdgeschoß erreichte, sah er Kathryn gerade die Waschküche am Ende des Flurs betreten. Er folgte ihr hinein, um dann leise die Tür hinter sich zu schließen.

Das dunkelrote Licht des Ausgangszeichens über der Tür zur Gasse beleuchtete Kathryn. Sie stützte sich mit einer Hand an der Wand ab und atmete schwer. Ihre Körperwärme glomm vor Peters Augen.

»Alles in Ordnung?«

»Tja, ich bin eine Exec, die etwas außer Form und nicht gewohnt ist, vor Kugeln davonzulaufen. Außerdem bin ich schwanger, also könnte man sagen, daß ich die Anstrengung langsam spüre.«

Peter stutzte. »Sie sind was?«

»Ich bin etwas außer Form ...«

»Nein, nein, nein, das andere. Sie ... Sie sind schwanger?«

Sie sah ihm ins Gesicht, der rauhe Unterton in ihrer Stimme war verschwunden. »Ja. Ich trage meinen Sohn in mir.«

»Ihren Sohn ...«

»Hören Sie, werden die nicht kommen, um uns umzubringen oder irgend was?«

»Ich wollte sie umbringen. Sie haben nichts davon gesagt.«

»Hätte das etwas geändert?«

Peter schwieg verblüfft.

»Sonderbare Kriterien. Sie würden eine unschuldige Frau töten, aber nicht, wenn sie einen Fötus im Leib trägt.«

»Sie sind nicht unschuldig. Sie haben zugelassen, daß mein ... Dr. Clarris Cell Works verläßt, und Sie führen Ihre eigenen Leute an der Nase herum.«

Sie lächelte. »Das ist wahr. Aber, im Ernst, werden wir nicht sterben, wenn wir nicht machen, daß wir von hier verschwinden?«

»Ja. Aber ich wollte so lange warten, daß alle draußen vor dem Gebäude zappelig werden.« Peter ging zur Tür. »Mit etwas Glück sind sie gerade alle reingestürmt, wenn wir rausstürmen.«

Er versuchte die Tür vorsichtig zu öffnen, aber sie klemmte, und er mußte Gewalt anwenden. Die Tür kreischte laut, als er sie aufriß.

Er lugte nach draußen.

Arinori stand neben der Tür, seine Kanone zeigte direkt auf Peters Gesicht.

Peters Mut sank. So dicht davor ...

Plötzlich war er Jenkins geworden.

Peter setzte seine stumpfsinnige Miene auf. »Hallo, Arinori.«

»Hey, Professor. Es heißt, du wärst noch dämlicher, als wir dachten. Wo ist die Kleine?«

»Weiß ich nicht. Sie ist weggerannt.«

»Drek. Aus dem Weg. Und laß dein Eisen vorsichtig auf den Boden fallen.«

Aus dem Augenwinkel sah Peter Kathryn langsam zur Tür gehen, sorgfältig darauf bedacht, sich aus Arinoris Gesichtsfeld herauszuhalten. Peter setzte eine Miene großer Verlegenheit auf und sagte: »Es tut mir leid, Arinori. Sie war so hübsch. Ich hab nur gedacht, du weißt schon ...«

»Deswegen solltest du dir jetzt keine Sorgen mehr machen, Troggy.«

Peter ließ seine Kanone fallen und wich einen Schritt

zurück. »Nenn mich nicht Troggy, Arinori. Das ist gar nicht nett.«

Arinori betrat vorsichtig den Raum, wobei er zuerst nach rechts und dann nach links sah. Als er sich in Kathryns Richtung wandte, sah er sie aus den Augenwinkeln und riß die Kanone in ihre Richtung. Peter sprang vorwärts und ließ seine Hand auf Arinoris Arm sausen. Die Pistole gab einen Schuß ab, und eine Kugel schlug in einen Wäschetrockner. Arinori wirbelte zu Peter herum, doch der verpaßte ihm einen Haken in die Rippen. Als der Mann mit einem lauten Schrei zusammenklappte, riß Peter das Knie hoch und in sein Gesicht. Arinoris Nase verwandelte sich in einen fleischigen Klumpen.

Arinori brach bewußtlos zusammen. Kathryn starrte auf den Mann und sah dann mit entsetztem Gesichtsausdruck zu Peter auf. Sie fixierte sein Gesicht, und Peter stellte sich vor, wie er in ihren Augen aussehen mußte: Eine schreckliche Kreatur ... grobe Haut ... lange, mächtige Zähne.

Einen Augenblick wollte sich Peter fast entschuldigen. Dann wurde ihm klar, daß er getan hatte, was er hatte tun müssen. Sollte sie ihn für ein Monster halten. »Kommen Sie. Wir müssen los.«

Er wischte sich die blutverschmierte Hand an seinem Duster ab und hob seine Kanone auf. Als er hinaus in die Gasse lugte, sah er, daß sie leer war.

»Haben Sie irgendwo ein sicheres Plätzchen?« fragte Peter Kathryn, während sie die Gasse in flottem Tempo in Richtung Wilson Avenue entlanggingen.

»Nicht, wenn die Leute bei Cell Works Killer anheuern. Der Konzern war immer mein Zuhause.«

»Dasselbe gilt für die Itami-Gang und mich«, sagte er mit Nachdruck. Er wollte keinen Zweifel daran lassen, daß er sich jetzt ebenfalls von seinen Leuten losgesagt hatte. »Was ist mit den Burschen, die Sie darauf angesetzt haben, Dr. Clarris aufzuspüren? Wer sind sie?«

Als sie die Hauptstraße erreichten, legten sie noch einen Zahn zu.

»Ich weiß nicht, wer sie sind. Shadowrunner. Ich habe über einen Schieber namens Zero-One-Zero Kontakt mit ihnen aufgenommen.«

»Glauben Sie, daß Sie ihm trauen können?«

»Wird er nicht tun, worum ich ihn bitte, wenn ich ihm genug dafür zahle?«

»Normalerweise ja. Wo ist er?«

»Ich habe nur am Telefon mit ihm geredet, aber er sagte, er operiere von der Noose aus.«

Ein Taxi fuhr die Straße entlang. »Halten Sie's an«, sagte Peter. »Für mich wird es nicht halten.«

Kathryn trat an den Bordstein und winkte dem Taxi, das direkt vor ihr anhielt. »Das sieht nicht nach Ihrem Stadtteil aus, Missy«, rief der Taxifahrer aus dem Fenster.

Sie öffnete die Vordertür des Taxis und wollte einsteigen. »He, Fahrgäste sitzen gewöhnlich hinten.«

»Ich weiß. Der Platz ist für meinen Freund reserviert.«

Sie hatte kaum ausgesprochen, als Peter auch schon die hintere Tür öffnete.

»Hey!« rief der Taxifahrer.

»Halt's Maul«, sagte Peter kalt in seiner tiefsten Stimmlage. »Wir müssen zur Noose. Sofort.«

Der Taxifahrer schien weit mehr Angst vor dem Bestimmungsort als vor Peter zu haben. »Nicht in dieser Taxe.«

Peter winkte mit der Kanone. »Hör mal, wir haben's eilig.«

»Ich fahr da nicht rein. Ich bringe euch bis kurz davor. Aber nicht rein.« Er hielt inne. »Ich hab Frau und Kinder. Bitte nicht schießen.«

Kathryn funkelte Peter an, als ob sie sagen wollte: »Untersteh dich.«

»Na schön. Also bis kurz davor.«

Der Taxifahrer seufzte schwer und setzte den Wagen in Bewegung.

Er ließ sie nördlich des Chicago River aussteigen.

Leichter Schneefall hatte eingesetzt. Als sie aus dem Taxi stiegen, schaute Kathryn nach Norden und erfreute sich einen Moment am Glitzern des Schnees vor dem Hintergrund der Lichter der Stadt. Sie lächelte, und Peter fühlte sich wie verzaubert von einer Frau, die Schnee mit der Verwunderung eines Kindes betrachten konnte. Besonders in einem Augenblick wie diesem.

Kaum waren sie aus dem Taxi heraus, als der Fahrer auch schon wendete und mit einem lauten Reifenquietschen zurück Richtung Norden düste.

»Nervös«, sagte Kathryn, die ihm nachsah.

Peter schaute in die andere Richtung, nach Süden. »Dazu hatte er auch allen Grund.« Auf der anderen Seite des Flusses standen die Ruinen der Wolkenkratzer aus Chicagos altem Loop, einst das Stadtzentrum. Jetzt hieß der Loop Noose und war das Zuhause von Pennern, Kriminellen und Ghulen, wobei letztere in den Schutthalden des eingestürzten IBM-Towers lebten. Er machte ein paar hellorangefarbene Flammen durch die Fensteröffnungen einiger Gebäude aus: Wärme für die Penner. Abgesehen von jenen vereinzelten Lichtpunkten war die Noose ein Meer aus undurchdringlicher Schwärze.

Kathryn folgte Peters Blick.

»Vielleicht sollten wir bis morgen früh warten. Tageslicht.«

»Keine Zeit.«

»Keine Zeit wofür? Ich habe nicht vor...«

»Sie werden.«

»Aber was machen wir? Warum sind wir überhaupt zusammen? Vielen Dank für meine Lebensrettung. Vielen Dank, daß Sie mich nicht umgebracht haben. Aber warum trennen wir uns jetzt nicht einfach? Ich habe meine eigene Art, Dinge zu erledigen, und sie ist nicht so bleihaltig wie ihre.«

»Tja, sehr schade, weil die Leute, gegen die Sie antreten, Blei geradezu lieben. Und wir suchen beide nach Clarris ...«

»Haben Sie ein paar Kugeln mit seinem Namen darauf herumliegen?«

»Nein ... Ich habe Ihnen doch schon gesagt ... Kathryn ... Ich will ihn finden, bevor es mein Boß tut. Hören Sie zu ...« Er holte tief Luft, dann platzte es aus ihm heraus: »William Clarris ist mein Vater.«

Es dauerte einen Augenblick, bis sie das Gesagte begriff.

»Wie bitte?«

»Dr. Clarris ist mein Vater.«

Ihre Kinnlade sank langsam nach unten, bis ihr Mund ein perfektes O formte. Peter sah weg, da er nicht wußte, was er als nächstes sagen sollte, und befürchtete, sie würde noch einmal ›Wie bitte?‹ sagen.

»Wie bitte?«

»Er ist mein Vater. Ich will ihn nicht umbringen. Ich will ihn finden. Ich will ihm meine Arbeit zeigen und sie mir von ihm bestätigen lassen. Sie veröffentlichen lassen, wenn sie gut genug ist.«

»Ich wußte nicht einmal, daß er einen Sohn hat.«

Ein kalter Dolch fuhr Peter unter dem Herzen zwischen die Rippen. »Ich habe mich vor vierzehn Jahren in einen Troll verwandelt. Also, ich werde dafür sorgen, daß Sie am Leben bleiben, aber Sie müssen mir dabei helfen, ihn zu finden.«

Sie sah zu Boden und dann in seine Augen. »Nun gut. Ich will ihn auch finden.« Er musterte die dunklen Türme jenseits des Flusses. Kathryn folgte seinem Blick und fragte: »Haben Sie als Kind jemals den Zauberer von Oz gesehen?«

»O ja. Eins meiner Lieblingsbücher.«

»Sie haben es gelesen?«

»Ja.«

»Ich habe das Video gesehen. Und eine Nichte von mir hatte es als SimSinn-Abenteuer. Einen Teil davon habe ich erlebt. Es war immer eine von meinen Lieblingsgeschichten.« Sie hielt inne, dann sagte sie: »Ich komme mir vor wie Dorothy, die in irgendein düsteres Oz geht.«

»Und wer bin ich?«

»Ihrer Arbeit konnte ich bereits entnehmen, daß Sie Verstand haben. Und Mut haben Sie auch. Das würde ich Ihnen ohne weiteres zugestehen.«

»Und glauben Sie mir, unter all diesem dicken Schutz gegen Kugeln habe ich auch ein Herz. Damit kommen wir zu Ihnen. Wonach suchen Sie, Dorothy?«

Kathryn sah über den Fluß, und Peter sah, wie die Temperatur in ihren Wangen stieg. »Im Augenblick will ich das lieber nicht sagen.«

Peter nickte verständnisvoll. »Nun, wir beide begeben uns auf eine Suche«, sagte er, »und unser Zauberer heißt Zero-One-Zero.« Er wedelte mit der Hand. »Sollen wir also in die Noose gehen?«

16

Sie überquerten die La-Salle-Street-Brücke, wobei sie immer wieder über das Geländer auf den Fluß schauten. Riesige Eisschollen trieben langsam dahin wie gigantische Blutzellen in einer Vene.

Auf der anderen Seite des Flusses hielten die hohen Gebäude der Noose den größten Teil der Stadtlichter ab, die von den Wolken reflektiert wurden. Doch es fiel immer noch genug in die tiefen Betonschluchten, um einigermaßen sehen zu können.

Peter sah immer wieder verschwommene Wärmeflecken von einem Autowrack zum anderen springen. Kathryn und er wurden von vielen Leuten beobachtet.

Sie hielt sich jetzt dichter an Peter, und ihm gefiel das Wissen, daß sie sich auf seinen Schutz verließ.

»Vielleicht können uns ein paar von denen helfen«, sagte Kathryn.

»Nein. Die werden nichts wissen. Nicht diese Leute. In der Noose wimmelt es von Pennern — auf den Straßen, in den Häusern. Sie leben hier, aber sie gehören nicht zum harten Kern.«

»Ich hörte, die Noose sei verlassen.«

Peter bedachte sie mit einem Blick, in dem sowohl Herablassung als auch Überraschung lag. Glücklicherweise wurde er von der Dunkelheit verschluckt. »Das sagt die Stadtverwaltung. Man will nicht zugeben, daß Leute in der Noose wohnen, denn dann müßte man das Gebiet an das öffentliche Versorgungsnetz anschließen. Aber nach allem, was ich gehört habe, schicken sie grobe Einwohnerschätzungen nach DC, um Bundeshilfe zu bekommen.«

»Das wußte ich nicht«, sagte sie leise. Peter wurde noch selbstzufriedener und badete in dem Gefühl. Sie waren jetzt seiner Welt viel näher als ihrer, doch sogar er war nervös. Er war noch nie in der Noose gewesen. Sie war eine Gegend mit eigenen Regeln, Regeln, die er übersetzen konnte, aber sie waren nicht in seiner Muttersprache abgefaßt.

Vor ihnen lag eine Straßenkreuzung, auf der an allen vier Ecken Feuer brannten. Die Leuchtkraft der Hitze blendete Peter fast, der die Hand vor die Augen heben mußte, um die Intensität zu mildern. Wenn irgend jemand in der Nähe der Feuer stand, konnte er ihn vor dem Hintergrund der weißglühenden Flammen nicht erkennen.

Kathryn bekam seine Schwierigkeiten mit und wollte ihn fragen, was los war. »Shhh«, sagte er, während er an seiner Kanone herumfingerte.

In diesem Augenblick hörten sie eine piepsige Stimme: »Hoi Chummers! Was gibt's denn?« Zu ihrer Rechten sahen Peter und Kathryn ein kleines reinrassiges Mädchen, ein Kind, hinter dem Feuer hervortreten und in die Mitte der Kreuzung gehen.

Vor dem Hintergrund der hellen Flammen war es schwierig, die Formen des Mädchens genauer auszumachen, aber Peter glaubte, sie trage eine grüne Lederjacke und habe lange, violett gefärbte Haare.

»Sie ist noch ein Kind«, sagte Kathryn mit stillem Entsetzen.

»Sehen Sie keine Nachrichten?«

»Nur die Wirtschaftsberichte.«

»Genau die meine ich.«

»Ich würde sagen, ihr zwei habt euch in 'nen echt unangenehmen Stadtteil verirrt«, sagte das Mädchen laut.

»Ich glaube, ich werde damit fertig«, erwiderte Peter.

»Ach ja?«

»Ja.« Peter hob die Pistole, und Kathryn legte ihm die Hand auf den Arm. »Vermasseln Sie mir nicht die Tour«, flüsterte er.

Hinter ihm und Kathryn erklang plötzlich das kratzende Geräusch von Metall auf Metall.

Peter senkte die Pistole und sagte in seinem lässigsten Tonfall: »Ah, hört sich nach einem leichten Maschinengewehr an. Wahrscheinlich auf einer Lafette.«

Peter war beeindruckt, daß Kathryn keine Furcht erkennen ließ.

»Wir suchen Zero-One-Zero«, sagte sie.

Peter atmete tief ein, um seinen Ärger zu unterdrücken. »Wir sollten nicht alle unsere Karten ausspielen«, sagte er leise.

»Vielleicht wissen sie, wo er ist«, antwortete sie. »Wenn ja, können wir einen Handel abschließen.«

»Ich kann euch zu Zoze bringen.«

»Zoze?«

Peter begriff. »Zero-One-Zero«, sagte er selbstgefällig.

»Vielen Dank, Mr. Crime.« Kathryn wandte sich an das Mädchen. »Wieviel?«

»Nichts«, erwiderte es. »Zoze bezahlt uns dafür, daß wir ihm Klienten bringen.«

Kathryn lächelte, beeindruckt und zufrieden, daß die Regeln so praktisch waren. »Sehen Sie?«

Das Mädchen hatte keine Geduld. »Hey, wollt ihr Chummers jetzt gehen oder nicht?«

»Ja, ja«, rief Peter. »Geh vor.«

Das Mädchen in Grün führte sie durch die Straßen des alten Loops. Peter bemerkte zwar, daß ihnen jemand folgte, doch er beschloß, sich nicht nach ihrem Schatten umzusehen. Das wäre unhöflich gewesen.

Das Mädchen brachte sie zu den Überresten des Carson, Pirie und Scott-Gebäudes. Schneeflocken wirbelten vor den zerschmetterten Schaufenstern. Im Innern des Gebäudes war kein Licht. Es sah verlassen aus.

»Das ist es?«

»Genau. Geht einfach rein, man wird sich um euch kümmern.«

»Was ist mit dir?«

Das Mädchen zeigte auf eine Kamera, die inmitten des komplizierten Gitterwerks im ersten Stock angebracht war. Peter sah die Wärme ihres elektronischen Innenlebens und ein blaßrotes Lämpchen blinken. »Ich bin aufgenommen worden. Zoze weiß erst dann, wieviel er mir schuldet, wenn der Job feststeht. Das läuft alles auf Kommissionsbasis. Hält mich davon ab zu versuchen, die Reichen auf eigene Faust auszunehmen.« Sie musterte Kathryn und insbesondere ihre Kleidung mit neidischem Blick.

»Was machst du hier?« fragte Kathryn. Ihr Tonfall brachte sowohl Anteilnahme als auch Verlegenheit zum Ausdruck.

»Überleben. Was machst du da draußen?«

»Dasselbe, vermute ich.«

»Aber da ist es leichter als hier.«

»Würde ich auch sagen.«

»Nette Klamotten.«

Peter betrachtete das Mädchen genauer. Sie war klein, aber drahtig, wahrscheinlich so flink wie ein Prozessor und in der Lage, durch die engsten Durchgänge zu schlüpfen. Nichtsdestoweniger war er der Meinung, daß ihr einiges von dem fehlte, was sie zum Überleben brauchte. Er war ein oder zwei Jahre älter als sie gewesen, als er die Straße zu seiner Heimat gemacht hatte, aber er hatte den Vorteil eines mächtigen Körpers mit einer natürlichen Dermalpanzerung gehabt. Welche Chance hatte dieser Gossenpunk? Er gab ihr nicht mehr als vier Jahre. Höchstens.

Dann bemerkte er das silbrige Glitzern an ihrer Schläfe. War sie eine Deckerin? Das würde ihre Überlebenschancen um einiges erhöhen. Decken war eine wertvolle Fähigkeit.

Kathryn sah zu ihm auf. Im trüben Licht erkannte er, daß ihre Miene so etwas wie ein Flehen zum Ausdruck brachte, irgend etwas zu tun.

Was? Sollte er das Kind adoptieren? Als ob es zulassen würde, daß er es beschützte.

»Kommen Sie. Lassen Sie uns zu Ihrem Schieber gehen.«

»Ach, übrigens«, sagte das Mädchen, als sie Anstalten machten, das scheinbar verlassene Geschäftshaus zu betreten, »sucht ihr zufällig einen Decker?«

»Decker?« fragte Kathryn. »Einen von diesen Computerpiraten?«

»Himmel, von was für 'ner Existenzebene kommst du, Lady?«

»Vielleicht brauchen wir einen«, sagte Peter. »Wir wissen es noch nicht, aber wir werden sicher an dich denken.«

»Hey, Chummer, du bist anders als die meisten Trolle, die ich kenne.«

»Wie meinst du das?«

»Ich weiß nicht ... Du redest so anders. Besser.«

»Danke. Ich habe viel gelesen.«

»Echt? Das ist Sahne. Ich lese nur Dateinamen und so Zeug. Aber Breena, meine Freundin, ist Magierin. Die liest die ganze Zeit. Mir gefallen Bilder. Hast du je 'nen Soorat gesehen?«

»Georges Seurat?« fragte Kathryn.

»Ja, genau, George Soorat. Ich liebe sein Zeug. Nur Punkte. Wie primitive Computergrafiken.«

»Sagtest du nicht, du wärst eine Deckerin? Einer von diesen Computerpiraten?« wiederholte Kathryn.

Das Mädchen stemmte die Hände in die Hüften, herausfordernd und zugleich liebenswert. »Ja, genau. Hast du damit irgendein Problem?«

»Nein, sie hat damit kein Problem.« Peter berührte Kathryn sanft an der Schulter und drehte sie in Richtung Hauseingang. »Wir bleiben in Verbindung. In Ordnung?«

Das Mädchen lächelte. »Sahne, Chummer.«

Sie betraten das verlassene Geschäft. Die Türen waren schon vor Jahren herausgerissen worden, und die Schneeflocken trieben mit ihnen in den Hauseingang, als Peter und Kathryn eintraten. Als das Licht von draußen nach wenigen Schritten völliger Dunkelheit wich, blieben sie stehen.

»Und jetzt?« fragte Kathryn.

»Keine Ahnung ...«

Ein heller Lichtstrahl explodierte vor ihren Augen, und Peter hielt sich die Hand vor das Gesicht.

»Ja?« rief eine barsche Stimme. »Was wollt ihr?«

»Ich habe eine Klientin von Zoze hier bei mir«, sagte Peter, durch das helle Licht geblendet. Er war so nervös, daß er in Deckung rennen, seine Kanone nehmen und einfach auf einen Feind losgehen wollte.

»Ich heiße Kathryn Amij. Ich habe bereits einen Kontrakt mit Mr. Zero-One-Zero abgeschlossen, und ein

Notfall ist eingetreten. Ich möchte Mr. Zero-One-Zeros Hilfe in einer anderen Angelegenheit.«

»Es ist schon ziemlich spät.« Der Sprecher schien ziemlich verschroben zu sein.

»Es handelt sich um einen Notfall. Ich muß sofort mit ihm reden. Man versucht meinen Begleiter und mich umzubringen.«

»Ich will mal sehen, was sich machen läßt.«

Eine Pause trat ein. Peter hörte leises Flüstern von irgendwo rechts oben. Vielleicht sah jemand von einem Balkon auf sie herab.

»In Ordnung. Er wird mit euch reden. Wartet 'ne Sekunde.«

Das Licht blieb auf sie gerichtet. Von rechts kam ein Geräusch, als würde jemand Treppen herunterspringen. Oder vielleicht war es auch eine Rolltreppe. Es hatte einen metallischen Beiklang.

Ein paar Sekunden später wurden sie von einer Stimme angesprochen, die nicht weiter als drei Meter entfernt war. Peter sah einen roten, etwa eineinhalb Meter großen Klecks.

»Laßt eure Waffen fallen. Alle.«

Peter griff in seine Jacke, zog die Pistole und ließ sie auf den Boden fallen.

»Und was ist mit dir?«

»Ich bin eine CEO. Kein Berufskiller.«

Gelächter. »Na schön.« Ein Zwerg marschierte in den Lichtkegel. Er hob Peters Kanone auf.

»Licht aus!« rief der Zwerg.

Der Scheinwerfer erlosch, und der Zwerg schaltete eine Taschenlampe ein.

»Hi«, sagte er, indem er sich die Lampe unter das Kinn hielt, so daß sie ihn sehen konnten. Er hatte einen dichten weißen Bart, und der Lichteinfall von unten betonte die tiefen Runzeln in seinem Gesicht. »Ich heiße Changes, Miss Amij. Ist mir ein Vergnügen. Und Sie, Sir?«

»Professor«, sagte Peter, der beschlossen hatte, seine Identität geheimzuhalten.

»Sehr gut. Wenn Sie mir bitte folgen wollen.« Als der Zwerg die Taschenlampe sinken ließ, sah Peter das Licht für einen kurzen Augenblick auf dem Lauf einer Maschinenpistole glitzern, die der Zwerg an einem Gurt über der Schulter trug. Der Zwerg drehte sich um und hielt den Lichtstrahl auf den Boden gerichtet, so daß Peter und Kathryn ihm zu einem Fahrstuhl folgen konnten. Der Boden war mit Spritzern und Flecken von getrocknetem Blut übersät.

Peter kam es sonderbar vor, daß der Zwerg ihnen den Rücken zudrehte.

»Ach, das hätte ich beinahe vergessen«, sagte Changes. »Meine Männer beobachten Sie durch Infrarot-Zielfernrohre. Überflüssig zu sagen ... Tja, es ist so überflüssig, daß ich es tatsächlich nicht sagen werde.«

Sie gingen die Rolltreppe hinauf und dann ungefähr zehn Meter vorwärts. Der Zwerg blieb stehen und sagte: »Vielleicht möchten Sie die Augen schließen.« Er trat hinter sie und schloß eine dicke Doppeltür. Dann zog er einen faustgroßen, mit Knöpfen übersäten Kasten aus der Tasche, drückte auf einen der Knöpfe, und über ihren Köpfen erwachte flackernd fluoreszierendes Licht. Die drei Personen standen vor einer Fahrstuhlreihe.

»Besser«, sagte Changes. Er drehte sich zu Peter und Kathryn um und sagte in einem Tonfall, der enthüllte, wie gerne er Dinge erklärte: »Den größten Ärger mit den Nachbarn haben wir nachts. Wir haben herausgefunden, daß sie uns gewöhnlich in Ruhe lassen, wenn wir keine Festbeleuchtung haben, die ihnen verrät, wo wir uns aufhalten.«

Er drückte einen weiteren Knopf auf dem Kasten und deutete auf die Aufzugreihe. Die Türen eines Fahrstuhls glitten auf. »Nach Ihnen.«

17

Zero-One-Zero begrüßte sie, als sie den Fahrstuhl verließen. Er streckte Kathryn die Hand entgegen, und sie schüttelte sie. »Es ist mir ein Vergnügen, Ihnen in Person zu begegnen. Ein echtes Vergnügen.«

Zoze war ein korpulenter Schwarzer. Sein großer runder Kopf war völlig kahl und so glatt wie eine Pistolenkugel. Er wandte sich an Peter und lächelte, als teilten sie eine geheime Vergangenheit, die in Gegenwart der Dame besser unerwähnt blieb. Er sah Peter nicht direkt an, sondern warf immer nur verstohlene Blicke auf ihn. Er schien ein Mann zu sein, der sich vollkommen unter Kontrolle hatte — fröhlich und verschlagen.

»Sie sind ein Mann der Straße, wie ich sehe«, sagte Zoze. »Das ist gut. Ich mag Männer der Straße. Kommen Sie.«

Er watschelte den Flur entlang auf eine offene Tür zu; Peter und Kathryn folgten ihm. Der Zwerg bildete die Nachhut.

Beängstigend weiße Wände erdrückten ein großes Konferenzzimmer und übertrafen die Sterilität von Peters Apartment um ein Vielfaches. Der Hartholzfußboden reflektierte das Licht der Deckenlampen wie ein Spiegel. Die Möbel, ausschließlich aus Chrom und Glas, schienen sich in der Fleckenlosigkeit ihrer Umgebung aufzulösen.

Kein Staub. Keine Gegenstände. Kein Kram.

Der einzige Schmuckgegenstand im Zimmer war eine mit Glasmurmeln gefüllte Glasschüssel, die auf einem kleinen Glastisch neben den Glastüren stand. In einem plötzlichen Anfall von Erkenntnis wußte Peter plötzlich, daß niemand mit den Murmeln spielte. Sie blieben, wo sie waren. Wenn sie abgestaubt wurden, war jemand dafür verantwortlich, sie alle wieder so anzuordnen, wie sie gewesen waren.

Zoze deutete auf einen Stuhl am Ende des Tisches.

»Wenn Sie dort Platz nehmen würden, mein Freund; er ist verstärkt, um auch jemanden tragen zu können, der von so beeindruckender Statur wie Sie ist.«

Peter nahm den Stuhl, und Kathryn nahm denjenigen daneben. Zoze setzte sich ans andere Ende des Tisches. Peter fiel ein kleines silbernes Kästchen auf, das direkt neben Zoze auf dem Tisch stand.

»Soykaf?«

Peter schüttelte den Kopf. Kathryn nickte.

»Changes?«

Der Zwerg streifte ein Paar weiße Handschuhe über und ging zu einem Wandschrank. Als er ihn öffnete, wurde dahinter eine Kochnische sichtbar. Er zog sich einen Hocker aus dem Wandschrank und beschäftigte sich mit der Zubereitung des Kaffees.

»Nun«, sagte Zoze, wobei er die Hände im Schoß verschränkte, »was kann ich für Sie tun? Ich kann Ihnen verraten, Miss Amij, daß die Shadowrunner, die ich für Sie angeworben habe, noch keine Fortschritte bei der Suche nach Dr. Clarris zu vermelden haben.«

»Zunächst möchten wir, daß die Anstrengungen, Dr. Clarris zu finden, verstärkt werden.« Kathryns Stimme war spröde und klar.

»Oh?«

»Ja. Wir müssen ihn möglichst rasch finden. Peter kann helfen.«

»Kann er das?« Ein amüsiertes Lächeln teilte Zozes rundes Gesicht in zwei Hälften.

»Ja. Zweitens, unser Leben ist in Gefahr.«

Zoze beugte sich vor, zufrieden und neugierig. »Wegen der Suche nach Dr. Clarris?«

»Indirekt.«

»Man hat mich aufgefordert, Miss Amij für die Itami-Gang zu töten«, sagte Peter. »Bis vor« — er sah kurz auf die Uhr — »zwei Stunden war ich noch Mitglied der Gang.«

Zozes Augen weiteten sich. Peter wußte nicht, ob aus

Furcht oder Interesse. »Ich verstehe.« Ein Lächeln nahm auf seinem Gesicht Gestalt an. »Sie sind nicht zufällig der Professor, nein?«

Peter nickte überrascht. »Sie haben von mir gehört?«

»Wer nicht?« Er wandte sich an Kathryn und lachte wissend. »Und was soll ich im Hinblick auf diese neue Entwicklung unternehmen?«

Peter sah Kathryn an. Kathryn sah Peter an. »Wir wissen es nicht«, sagte sie, an Zoze gewandt. »Wir dachten, Sie hätten vielleicht ein paar Ideen.«

Er lachte. »Ich verstehe.« Der Zwerg servierte zuerst Kathryn und dann Zoze den Kaffee. »Haben Sie zur Stunde noch andere Feinde?«

»Ein Mann aus meinem Aufsichtsrat. Er hat herausgefunden, daß ich Clarris geholfen und den Konzern bei der Suche nach ihm mit falschen Hinweisen gefüttert habe.«

»Das ist schlimm.«

»Tatsächlich?«

»Diese beiden Parteien könnten sie in wirtschaftlicher Hinsicht ruinieren.«

»Könnten sie das?«

»Ja, in der Tat.«

Peter war verblüfft, wie gelassen der Mann blieb, während er die potentiellen Fallstricke herunterrasselte, die Peter und Kathryn erwarteten. Peter hatte nie daran gedacht, daß jemand seine Bankkonten einfrieren lassen könnte. Die Drohungen, mit denen er sich auseinanderzusetzen gehabt hatte, waren immer Kugeln gewesen, keine elektrischen Impulse.

»Als erstes müssen wir Ihr Geld auf Konten transferieren, die vor dem Zugriff Itamis und Cell Works' sicher sind.«

»Ich habe nicht genug Geld, daß es Zeit und Mühe wert wäre«, sagte Peter.

»Sie errichten Scheinkonten?« fragte Kathryn. Peter kam sich plötzlich ausgeschlossen vor.

»Ja. Wir werden ihre Geldmittel so schnell wie möglich transferieren. Normalerweise ist der Betrag begrenzt, den Sie in einem bestimmten Zeitraum abheben können, aber wir werden ein Programm in ihr Konto einschleusen, daß die ganzen Nuyen in der Sekunde ausgibt, in dem es offiziell okay ist, die nächste Abhebung vorzunehmen. Bei dieser Sache kann es auf Sekunden ankommen. Das wird Sie einiges kosten. Zwanzig Prozent von allem, was Sie abheben.« Er musterte sie starr. »Einverstanden?«

Kathryn überlegte, und Peter konnte förmlich sehen, wie sie die Nuyen vor ihrem geistigen Auge zählte, die sie mit diesem Deal an Zoze abtrat. Aber wenn sie es nicht tat, lief sie Gefahr, alles zu verlieren.

»Ja.«

»Schön«, sagte Zoze. Auf seinem Gesicht zeigte sich keine Zufriedenheit, aber Peter war sicher, daß der Mann innerlich vor Freude hüpfte. Als der Schieber die Hand nach einem kleinen roten Knopf auf dem silbernen Kästchen austreckte, verfing sich der Ärmel seiner Jacke am Henkel der Kaffeetasse.

Ein wenig Kaffee ergoß sich auf den Glastisch.

Zoze sah auf den verschütteten Kaffee und erstarrte. Ein Ausdruck stillen Entsetzens breitete sich auf seinem Gesicht aus. Es begann an seinem Hals, kroch dann über das Kinn und die Wangen, erreichte schließlich die Augen und hielt an seiner Stirn inne. Er betrachtete die Kaffeepfütze, als sei sie lebendig — ein gefährliches Monster, das jeden Augenblick vom Tisch springen und ihn töten konnte.

Der Zwerg drehte sich auf seinem Hocker um und sah, was vorging. Er griff hastig nach einem Lappen, sprang von seinem Hocker und eilte zu seinem Arbeitgeber. Etwas mühevoll reckte er sich und wischte den verschütteten Kaffee auf.

Zoze behielt seine starre Haltung bei und sah immer noch mit offensichtlichem Entsetzen auf den Tisch, auch noch, nachdem der Zwerg fertig war. Changes schaute unter den Tisch, erspähte anscheinend noch eine winzige Kaffeespur, kam wieder hoch und wischte den letzten Rest der Flüssigkeit weg.

Sobald der Tisch wieder sauber war, blinzelte Zoze einmal und beendete dann die Bewegung seiner Hand zum Knopf des Kästchens.

Peter und Kathryn sahen einander an. Kathryn hob eine Augenbraue.

Als Peter wieder zu Zoze sah, war eine Tastatur aus Lichtern im Glas des Tisches vor dem Schieber erschienen.

»Zuerst werde ich mich um Ihr Geld kümmern. Danach sollten Sie beide jedoch in Erwägung ziehen, Ihre gegenwärtige Identität abzustreifen und sich neue Namen und SINs zuzulegen. Ich weiß nicht, wie Ihre langfristigen Pläne aussehen, aber wenn Sie Dr. Clarris immer noch aufspüren wollen, werden Sie in Chicago bleiben müssen. Die Shadowrunner, die ich auf den Fall angesetzt habe, wissen mit Bestimmtheit, daß Clarris die Stadt nicht verlassen hat. Wenn Sie hierbleiben, können Sie nicht Sie selbst bleiben.«

»Ich will ich selbst sein«, sagte Kathryn.

»Die Itami-Gang hat ein Kopfgeld auf Kathryn Amij ausgesetzt«, sagte Zoze kalt. »Glauben Sie mir, Sie wollen nicht Sie sein.«

»Was ist mit meinem Konzern?«

Zoze starrte sie an, als sei sie ein Einzeller, den er noch nie zuvor gesehen hatte. Dann sagte er: »Kümmern wir uns zuerst um Ihr Geld.«

Seine Finger flogen über die Glastasten. Ihre geübte Beherrschung der Tastatur strafte ihre Dicke Lügen.

»Ich werde einen von meinen besseren Deckern auf die Sache ansetzen. Aber ich brauche ein paar Informationen, wenn es Ihnen nichts ausmacht.« Er wartete einen Augenblick und fuhr dann fort: »Gut, er ist wach. Nun denn, Mädchenname der Mutter?«

Die Fragen setzten sich etwa zehn Minuten fort. Kathryn mußte ihr Notizbuch herausholen, um die Informationen über ihre Konten zu liefern. Es war alles ziemlich trocken und geradeheraus, wie wenn man ein Konto eröffnet.

Als die Fragestunde beendet war, sagte Zoze: »Wir werden alles auf ein Konto unter dem Namen Jesse Hayes packen. Wir haben mehrere Konten, die wir für Situationen wie diese offenhalten, und das Jesse-Hayes-Konto ist gerade frei.«

»Würde das mein Name sein, wenn ich ihn ändere?« Kathryn stellte die Frage mit einem Unterton, der Abscheu, aber auch Neugier verriet, als könne sie sich für den Gedanken erwärmen.

Zoze lachte. »Nein, nein. Das Hayes-Konto ist eine vorübergehende Angelegenheit. Nur ein bequemer Ort für die Zwischenlagerung Ihrer finanziellen Mittel. Wir werden sie rasch auf ein anderes Konto transferieren müssen — eines, das wir in der nächsten Stunde errichten werden.«

Er hielt inne und preßte die Handflächen zusammen. »Doch jetzt kommen wir zu der Angelegenheit, die Person Kathryn Amij über Bord zu werfen. Und natürlich auch Ihre, Professor. Ist das übrigens ein offizieller Titel oder ein Spitzname?«

»Ein Spitzname.«

»Und wollen Sie auch Ihren Namen ändern?«

Darüber mußte Peter erst einmal nachdenken. Eddy und auch eine ganze Menge anderer Leute in der Gang kannten seinen Namen. Elektronische Geldtransfers waren auf ein Konto unter seinem Namen vorgenommen worden. Sie wußten, wer er war. Alles würde einfacher sein, wenn er seine Identität abstreifte und sich neu taufen ließ.

Doch wenn er das tat, wenn er jemand anderer als Peter Clarris wurde, nicht nur in seiner Gestalt, sondern auch vom Namen her, was blieb dann noch? Sein ganzes Sinnen und Trachten in den vergangenen vierzehn Jahren war darauf gerichtet gewesen, seine frühere Identität wieder anzunehmen. Wenn seine Forschungen Hand und Fuß hatten und er sich tatsächlich wieder in einem Menschen verwandeln konnte, wer würde er dann sein, wenn alles vorbei war?

»Peter?«

Er wurde aus seinen Grübeleien gerissen. Kathryns Stimme zog ihn an wie ein Geist, der ihn aus einem gefährlichen Traum riß.

»Was?«

»Ist alles in Ordnung?«

»Ja, klar. Tut mir leid.«

»Nun? Sind Sie zu einer Entscheidung gelangt? Werden Sie einen neuen Namen annehmen?«

»Ja.«

»Sehr gut. Ich nehme an, Miss Amij, daß Sie das alles finanzieren?«

Sie sah zu Peter, dann zu Zoze. »Ja.«

»Schön. Wie heißen Sie, Professor?«

»Clarris. Peter Clarris.«

Zoze hob die linke Augenbraue, offensichtlich erfreut über die Komplexität der Operation, die sich in sein Unternehmen verirrt hatte. Peter wußte, daß Zozes Vergnügen der Tatsache entsprang, daß er die Situation kontrollierte und nicht direkt in sie verwickelt — und daher in Sicherheit — war.

»In Ordnung«, sagte Zoze, als er Peters Informationen in den Tisch eingegeben hatte. »Und nun, Miss Amij? Ich setze Sie jetzt davon in Kenntnis, daß Sie die Möglichkeit haben, sich an die Behörden zu wenden und Ihre Straftaten zu gestehen. Wie Sie wissen, ist das Konzernrecht dieser Tage ziemlich harsch, was den illegalen Transfer von intellektuellem Eigentum betrifft.«

»Aber ich habe genug Einfluß, um mit einem blauen Auge davonzukommen.«

Zoze zuckte die Achseln. »Das ist wahr. Ich werde es

gar nicht erst mit der Einschüchterungsmasche versuchen. In Anbetracht der Tatsache, daß ein Mitglied Ihres Aufsichtsrats Verbindungen zur Gang und ein Kopfgeld auf Sie ausgesetzt hat, würde ich sagen, daß Sie irgendeinen Deal für sich herausschlagen können. Wahrscheinlich würden Sie sogar die Kontrolle über Cell Works behalten, wenn auch von einer neuen Position hinter den Kulissen aus. Ich könnte auf die richtigen Knöpfe drücken und Ihnen die Rückkehr in die Gesellschaft erleichtern. Das würde wahrscheinlich mehr kosten als eine neue Identität, aber auf lange Sicht wäre Ihr Leben wesentlich leichter. Wegen Ihrer familiären Beziehung zu Cell Works glaube ich sogar, daß Sie Kathryn Amij bleiben würden.«

Peter betrachtete Kathryn, während sie die Situation durchdachte. Er ertappte sich dabei, daß er sich sehnlichst wünschte, sie würde die neue Identität wählen. Dann würde sie wie er ein Flüchtling sein. Sie mochte bei ihm bleiben, einfach weil sie jemanden um sich brauchte. Doch warum sollte sie das tun, wenn sie darum kämpfen konnte, ihren Konzern zurückzugewinnen?

»Ein neuer Name«, sagte sie. »Die neue Identität.«

Peter atmete scharf aus.

»Ich habe Ihnen vielleicht noch nicht die Bedingungen erklärt, unter denen der Identitätswechsel stattfindet. Sobald Sie ja gesagt haben, werde ich einer sehr talentierten Frau Anweisungen schicken, die im Laufe dieser Nacht jede Spur ihrer Existenz in sämtlichen elektronischen Aufzeichnungen löschen wird. Wollen Sie das?«

Kathryn hielt einen Augenblick den Atem an und sagte dann: »Ja.« Ihr Tonfall war fest, doch ruhig.

Zoze rieb sich in maßlosem Vergnügen die Hände. »Wunderbar, wunderbar. Das ist alles schon ziemlich merkwürdig. Wunderbar.« Seine Finger flogen über die Tastatur.

Es war spät geworden, ein Uhr morgens, doch nur Zoze schien schläfrig zu werden. Angst, von der Vergangenheit eingeholt zu werden, und Scheu vor der Zukunft hatten Kathryn und Peter gepackt.

Als Zoze ein letztes Mal die Eingabetaste betätigte, sagte Peter: »Und jetzt?«

»Das müssen Sie mir sagen. Im Moment ist ein Haufen Leute damit beschäftigt, Sie beide vor der Itami-Gang zu schützen. Was wollen Sie sonst noch?«

»Dr. Clarris finden«, sagte Kathryn.

»Ich sagte Ihnen doch schon, daß meine Leute ihn noch nicht gefunden haben.«

»Ja, dann geben Sie uns alle Informationen, die Sie haben«, sagte Peter. »Wir werden ihn aufspüren.«

»Sie wissen lediglich, daß sich Clarris noch in Chicago aufhält. Wir wissen nichts über den in die Geschichte verwickelten Konzern. Sie haben einen Handel abgeschlossen, ohne über ausreichende Fakten zu verfügen, Miss Amij.«

»Ja.« Sie sah zu Boden, ihre Miene eine Mischung aus Wut und Scham.

»Tja«, sagte Peter. »Ohne weitere Informationen kommen wir kein Stück weiter.«

Kathryns Miene wurde emotionslos. »Ich ... Peter, ich sagte Ihnen schon, daß Ihr Vater an derselben Sache gearbeitet hat wie Sie — an einer Möglichkeit, einen komplexen Organismus genetisch umzuwandeln. Die metamenschlichen Gene zu entfernen.«

»Ja.«

»Vor Jahren überzeugte mich Ihr Vater davon, daß es prinzipiell möglich sein müsse. Aber in diesem Jahr sagte der Aufsichtsrat, die hohen Kosten ließen sich angesichts des geringen zu erwartenden Nutzens nicht länger rechtfertigen.«

»Geringer Nutzen?« sagte Zoze. »Wären die Leute nicht verrückt nach einer derartigen Technologie? Wie viele Metamenschen wollen Metamenschen sein?«

»Ich weiß nicht. Aber das war auch gar nicht das Problem. Das Projekt wurde gestrichen, weil das Heilverfahren zu teuer sein würde, ein ›Heilverfahren für die Reichen‹. Die ganze Angelegenheit hätte sich zu einer Klassenfrage entwickelt, und die negativen Schlagzeilen hätten uns geschadet. Außerdem ist niemand wirklich sicher, daß es überhaupt möglich ist.«

»Ich weiß es«, sagte Peter.

Sie lächelte ihn an. »Ja. Sie wissen es. Sie haben es ausgetüftelt. Aber haben Sie auch ausgetüftelt, was Ihr Heilverfahren kosten würde?«

Das hatte er nicht, und die Frage brachte ihn aus der Fassung. »Ich ... ich habe mich nur auf die Methode konzentriert ... Ich habe nicht an die Herstellung gedacht.«

»Nein, natürlich haben Sie das nicht.« Keine Kritik, nur eine Feststellung. Vielleicht sogar eine Bestärkung. »Sie sind ein Theoretiker. Das konnte ich auf den Seiten erkennen, die ich gelesen habe. Genau wie Ihr Vater. Aber mein Job, und der meines Aufsichtsrats, ist, die Theorien in die Praxis umzusetzen. Und wenn der Preis so hoch liegt, daß ihn sich nur die Superreichen leisten können, dann wird die Sache zu einem dubiosen Forschungsprojekt, in das niemand Geld pumpen will.«

Peter hatte auch keinen Gedanken an den Kostenfaktor seiner Idee verschwendet. Drek, er mußte astronomisch sein. »Man brauchte Nanotech«, sagte er, laut denkend, »eine Technologie, die sich erst noch im Reißbrettstadium befindet. Und Magie — um den Körper in eine Art Scheintod zu versetzen.«

Kathryn nickte. »Trotzdem ist es nicht unmöglich. Es gibt Wirtschaftstheoretiker — Leute, die herumsitzen und ausknobeln, wie man Forschung und ein Produkt wirtschaftlich macht. Sie haben nicht daran gedacht. Das ist in Ordnung. Es ist nicht Ihr Job.«

»Aber Ihr Aufsichtsrat hat die Forschung auf Eis gelegt. Offensichtlich hat man dort keinen Weg gesehen.«

»Und eines seiner Mitglieder hat einen Preis auf meinen Kopf ausgesetzt. Sie werden mir verzeihen, wenn ich glaube, daß seine Entscheidungsfindung ein wenig zu wünschen übrig läßt.«

Peter richtete seine Aufmerksamkeit wieder auf ihre Person. »Sie sagten, Sie hätten meinem Vater dabei geholfen abzuspringen, weil Cell Works das Projekt stoppen wollte ...«

»Genau«, sagte sie mit einem schelmischen Grinsen. »Aber jemand anderer war offenbar ziemlich scharf auf das Projekt. Und dieser andere wollte die Hilfe Ihres Vaters.«

»Wer?«

Das Lächeln verschwand aus ihrem Gesicht. »Ich weiß es nicht. Ich bin ein Risiko eingegangen. Ein ziemlich großes Risiko. Und habe verloren. Sie haben ihn übernommen, und sie sollten mich auf dem laufenden halten. Aber das war vor zwei Monaten. Und ich habe noch nicht das geringste von ihnen gehört.«

»Aber«, sagte Peter aufgeregt, »wir wissen, daß wir nach einem Konzern mit Zugang zu angewandter Nanotechnologie suchen. Vielleicht nur Prototypen, aber einsetzbare Nanotech.« Er wandte sich an Zoze. »Irgendeine Idee?«

»Zählen Sie nicht auf mich. Das Zeug ist so neu, daß es praktisch noch in den Windeln liegt. Im Augenblick können darüber nur Insider etwas wissen. Und die würden nicht reden.«

»Dr. Landsgate«, sagte Peter laut.

»Wie bitte?« fragte Zoze.

»Dr. Richard Landsgate. Er hat dasselbe Kaliber wie mein Vater, und ich kenne ihn.«

Kathryn sah ihn sonderbar an. »Peter«, sagte sie zögernd, »wie gut haben Sie ihn gekannt?«

Ihr Tonfall ließ ihn erschauern. »Was wollen Sie mir sagen?«

»Er ... hat sich letztes Jahr verwandelt.«

»Was? Das ist doch unmöglich!« Peters Verstand überschlug die Chancen, daß sie beide ein Opfer der Goblinisierung geworden sein sollten. Er erinnerte sich noch ganz genau an die Aussage des Arztes, wie selten Goblinisierungsfälle geworden waren. Im Jahre 2053 wurden die meisten Metamenschen als solche geboren.

»Er hat sich in einen Ghul verwandelt. Niemand weiß, warum, aber letztes Jahr gab es eine plötzliche Welle von Transformationen in Ghule. Vielleicht ein neuer Zyklus wie die Geburtszyklen 2011 und die Verwandlungen 2021. Ich weiß es nicht.« Sie berührte seine Hand. »Es tut mir leid.«

Peters Gedanken wirbelten durcheinander. Niemand war mehr übrig, all seine Verbindungsleinen gekappt. Jetzt hatte er nur noch Kathryn, der er sich wegen der Anziehungskraft, die sie auf ihn ausübte, nicht anvertrauen wollte. »Was ist mit ihm geschehen?«

»Seinerzeit war er Dozent an der Northwestern. Die Universität hat den Mantel des Schweigens darüber ausgebreitet, Sie wissen schon, die Schlagzeilen, das Gerede... Dann ist Landsgate verschwunden. Vielleicht wollte er seiner Familie den Anblick ersparen, als ihm klar wurde, daß er sich in einen Ghul verwandelte... oder vielleicht hat es ihn da auch schon zu seinesgleichen gezogen...«

»Das Kopfgeld«, sagte Zoze verständig.

»Es geht das Gerücht, daß er in den Shattergraves haust«, sagte Kathryn. »Die Gegend gehört den Ghuls praktisch schon, seit der IBM-Tower eingestürzt ist.«

»Warten Sie eine Sekunde«, sagte Zoze, während er den Namen Landsgate eintippte und ihn dabei halblaut buchstabierte.

»Nichts«, sagte Zoze.

»Nichts?« Peter konnte es nicht glauben. »Nichts? Der Mann gehörte auf seinem Gebiet zur absoluten Spitze.«

»Sehen Sie selbst.« Peter stand auf und ging um den

Tisch herum. »Er ist aufgeführt«, sagte Zoze, während Peter den Bildschirm studierte, »aber man hat seine Dateien gelöscht. Er ist schlicht und einfach als Ghul aufgeführt. Sie haben ihn fallenlassen.«

Peter starrte auf den Schirm. Die Buchstaben schwebten unter Glas. »Landsgate, Richard«, las er laut. »Goblinisiert, Ghul, 02.06.51. Ich kann es nicht glauben.«

»Glauben Sie es ruhig. Ghule sind unerwünscht. Und nicht nur wegen ihrer häßlichen Angewohnheiten. Sie erinnern die Leute zu sehr daran, was für ein düsterer Ort die Welt jetzt ist. Sie würden sie am liebsten schneiden und völlig vergessen.«

Peter wandte sich an Kathryn. »Die Shattergraves?«

»Es war nur ein Gerücht.«

»Aber alles, was wir haben, stimmt's?«

»Ahem«, räusperte sich Zoze mit einem hungrigem Grinsen, »ich habe niemanden, der mit Ihnen dorthin geht.«

»Das ist schon in Ordnung.«

Zoze hob seine fleischige Hand und legte sie auf Peters Arm. »Lassen Sie mich das noch einmal wiederholen. Ich kenne niemanden, der mit Ihnen in die Shattergraves gehen würde. Seien Sie kein Dummkopf. Wenn kein anderer gehen will, sollten Sie es auch nicht tun.«

»Ich gehe.«

Zoze sah Kathryn an.

»Peter, es gibt noch andere Möglichkeiten.«

Peter musterte Zoze. »Wie viele kommen praktisch in Frage?«

»Tja, unter Berücksichtigung der Umstände würden wir an diesem Punkt versuchen, uns den Zufall zunutze zu machen. Im allgemeinen ist es mir jedoch lieber, wenn jemand anderer als der Klient aktiv wird.«

Peter dachte einen Augenblick nach. Dann ging ihm auf, daß er nicht der Klient sein mußte. »Wie wäre es damit? Meine Identität ist gerade gelöscht worden. Ich bin gut mit einer Kanone. Ich habe bereits einen Namen. Ziehen Sie die anderen Leute von dem Fall ab. Ich bin jetzt Kathryns Shadowrunner. Sie wird mich durch Sie bezahlen. Sie sind mein Schieber, ich habe Zugang zu Ihrem Netz.«

»Wollen Sie ihn?« fragte Zoze Kathryn.

Sie funkelte Peter wütend an. Glaubte sie, er versuchte nur Geld aus ihr herauszuschlagen? »Bis jetzt hat er ziemlich gute Arbeit geleistet.«

»Gemacht.«

»Das Geld, das ich verdiene, wird mit dem verrechnet, was sie bis jetzt für mich ausgelegt hat.« Er wandte sich an Kathryn. »In Ordnung?«

Sie beäugte ihn neugierig. Dann nickte sie. »Dann sind Sie jetzt also ein Shadowrunner?«

»Genau. Ich bin der Professor. Ach, übrigens«, sagte er zu Zoze, »die meisten Leute halten mich nicht für besonders hell. Es wäre mir ganz recht, wenn das so bleiben würde.«

»Drek, Chummer, du gehst in die Shattergraves. Damit würdest du sogar mich täuschen können.«

18

Peter mußte über ein Dutzend Blocks weit laufen, um die Shattergraves zu erreichen, zuerst auf der State Street nach Süden zur Jackson Street und dann nach Westen. Als er sich dem Gebiet näherte, sah er den roten Schein von hundegroßen Ratten, die auf der Suche nach Futter im Schnee herumwühlten. In den oberen Geschossen längst verlassener Bürogebäude brannten die Feuer der Penner. Manchmal sah er warm-rote Gestalten, die auf ihn herabsahen.

Er wußte, daß er fast da war, als er über einen großen, mit Reif bedeckten Steinbrocken stolperte. Er hob ihn auf und sah, daß es ein ausgezacktes Stück schwarzen Steins von der Größe seiner Faust war. Ein Trümmerstück des ehemaligen IBM-Towers. Direkt vor ihm befand sich der vier mal vier Blocks große Bereich der Häuserruinen, wo die IBM-Subtower eingestürzt waren, die dann andere Gebäude zerschmettert, die Explosionen in den Gasleitungen verursacht und damit die gesamte Innenstadt in Schutt und Asche gelegt hatten.

Er ging weiter über die schneebedeckten Straßen und kam an riesigen Steinbrocken, den Überresten gewaltiger Stahlträger und den skelettartigen Mauerüberresten zerstörter Gebäude vorbei. Das monumentale Trümmerfeld schuf einen chaotischen Garten aus reglosen Schatten, der sich weit über sein Gesichtsfeld hinaus erstreckte.

Es wurde Zeit, die Predator zu ziehen.

Nach weiteren hundert Metern erreichte er zwei gigantische Steinblöcke, jeder zehn Meter hoch, die zu beiden Seiten der Jackson Street standen wie Säulen, welche die Grenze eines alten Königreiches markierten.

Er betrat die Shattergraves.

Während er sich vorsichtig einen Weg durch den Schutt bahnte, versuchte Peter, sich stets Richtung Westen zu halten, da er glaubte, dies würde ihm dabei helfen, wieder herauszufinden. Aber in den Shattergraves hatten Straßen keine Bedeutung. Große Steinplatten blockierten immer wieder den Weg, und in der Dunkelheit verschmolz der schneebedeckte Beton mit dem schneebedeckten Asphalt, bis alles das Aussehen von Mauerruinen angenommen hatte.

Als er sich umsah, konnte Peter nicht mehr erkennen, auf welchem Weg er gekommen war, doch seine Fußabdrücke brannten immer noch warm im kalten Schnee. Wenn er Landsgate schnell genug fand, konnte er vielleicht seinen eigenen Fußspuren nach draußen folgen, bevor sie der Schnee wieder verhüllte. Die Pistole in der Hand, tastete er sich langsam vorwärts.

Was war das? Er blieb jählings stehen und sah scharf nach links.

Hinter sich hörte er ein kratzendes Geräusch. Er wollte sich gerade danach umdrehen, als ihn der Ghul ansprang und zu Boden warf. Peters Nüstern wurden vom Gestank nach verfaultem Fleisch überflutet. Der Ghul schnappte laut keuchend nach Luft, seine kalten, mit nadelscharfen Krallen bewehrten Hände schlugen nach Peters Gesicht.

Peter war so verblüfft, daß er einen Augenblick lang nur die Schläge einstecken konnte.

Zwischen den Schlägen sah er nicht weit entfernt rote Flecken, die sich rasch auf ihn zu bewegten. Die Worte bildeten sich nicht so in seinem Verstand, aber er wußte, daß er Probleme bekam. Er riß den Arm zurück und landete einen fürchterlichen Hieb auf der Brust des Ghuls vor sich. Der Ghul löste sich augenblicklich von Peter und landete ein paar Meter entfernt im Schnee.

Peter sprang auf, doch da hatten ihn bereits ein Dutzend oder noch mehr Ghule eingekreist. Ein paar trugen abgerissene Geschäftsanzüge, andere zerlumpte Punker-Outfits. Kein einziges Gesicht war vollständig intakt. Der Ghul in der Motorradkluft hatte nur noch ein Auge. Auf der rechten Gesichtshälfte der Frau in dem zerrissenen Abendkleid war der rohe Muskel zu sehen. Brandwunden schwärzten ihre kalte Haut.

Sie umkreisten Peter, geduckt und bereit, ihn anzuspringen, wenn er einen Fluchtversuch starten sollte. Ihre grinsenden Gesichter waren angespannt und blickten irre — Totenschädel, die einen Spaß genossen.

Peter hielt immer noch seine Kanone, wußte jedoch, daß sie zu nahe waren, um sie damit alle auf Eis zu legen.

Er spurtete auf den Kreis zu. Seine Füße rutschten auf dem glatten Schnee, doch es gelang ihm, das Gleichgewicht zu bewahren, und er pflügte durch die Reihe der Ghule. Verfaulte Hände griffen zu beiden Seiten nach seinen Armen. Ihre Berührung rief in ihm das Verlangen wach, laut aufzuschreien, aber er rannte weiter und an ihnen vorbei in die Schatten.

Er rannte, so schnell er konnte, schlitterte um jede Ekke, auf die er stieß. Noch vor ein paar Augenblicken war ihm ein möglichst gerader und direkter Weg als der beste erschienen, doch jetzt kam ihm nichts sinnvoller vor, als sich kopfüber in das Labyrinth zu stürzen.

Zweimal glitt er aus und fiel, wobei die Steine unter dem Schnee seine Haut aufschrammten und ihn die Kälte des Schnees in den Wunden frösteln ließ.

Er rannte immer tiefer in die Shattergraves, bis er nicht mehr konnte. Laut keuchend blieb er stehen und lehnte sich gegen einen Stahlträger, um wieder zu Atem zu kommen.

Als seine Atmung wieder einigermaßen normal war, fiel Peter ein gedämpftes Licht auf, das ganz in seiner Nähe leuchtete.

Er wandte den Kopf, zu erschöpft, um gleich wieder in Aktion zu treten, und sah lediglich ein verschwommenes, etwa zwei Meter großes Oval aus weißem Licht, das vor ihm über dem Boden schwebte.

»Peter?« sagte das Licht.

Peter richtete sich kerzengerade auf. Er kannte die Stimme, konnte sie jedoch nicht unterbringen.

Das Licht schwebte auf ihn zu.

Innerhalb des Ovals sah Peter eine längliche helle Gestalt, die sich langsam wand. Tatsächlich schien das Oval ein Halo zu sein, der von dem leuchtenden Objekt im Innern ausstrahlte.

»Du hast dich verändert«, sagte das Licht.

»Thomas?« sagte Peter, der die Stimme plötzlich wiedererkannte.

Kaum hatte er den Namen ausgesprochen, schien Thomas' Gesicht inmitten des spiraligen Leuchtens im Zentrum des Ovals Gestalt anzunehmen. Wenngleich der Quelle des Lichts etwas Schlangenartiges anzuhaften schien, blieb die Gestalt undeutlich.

Thomas lächelte Peter zu. Sein Gesicht leuchtete von innen heraus, seine Miene war ebenso jungenhaft und unschuldig wie vor vierzehn Jahren, als Peter ihn zuletzt gesehen hatte. Das Bild, das zunächst ein wenig beängstigend gewesen war, wurde nun zu etwas Wunderbarem, sogar Schönem.

»Du bist es tatsächlich, Peter. Wie geht es dir?«

»Thomas? Was ist mit dir geschehen?«

Der Kopf lächelte verschämt. »Ich sagte dir doch, daß Schlange als Gegenleistung für ihre Geheimnisse eine Menge verlangt. Erinnerst du dich noch?«

Peter erinnerte sich dunkel daran, vor Jahren mit Thomas im Schlafzimmer in seines Vaters Haus darüber gesprochen zu haben. »Ja.«

»Nun, sie hat eine Menge von mir verlangt. Ich habe eine Menge von ihr verlangt. Aber was ist mit dir geschehen? Das letzte Mal, als ich dich sah, klebte noch nicht das Blut vieler Leben an dir.«

Peter fühlte sich nackt, als würden alle seine Geheimnisse und Schandtaten vor dieser leuchtenden Gestalt bloßliegen.

»Ich ... Es ist ziemlich hart gewesen. Sonderbar.«

»Das kann ich mir gut vorstellen. Ich wüßte keinen Grund, warum jemand mit deiner freundlichen Natur auf Mord zurückgreifen sollte.«

Wieviel wußte Thomas? »Was ist mit dir geschehen, Thomas? Du bist gegangen und nie zurückgekommen.«

»Ich bin hier gestorben, Peter. Ich bin noch am selben Tag gestorben, an dem ich dich verließ. Ich versuchte zu helfen, so gut ich konnte, und bei der Arbeit fragte ich mich immer wieder, was Menschen dazu veranlassen konnte, so etwas Entsetzliches zu tun. Wie konnte es eine Person oder Gruppe auf sich nehmen, so viele Unschuldige zu töten und den überlebenden Verwandten und Freunden so viel Leid zu verursachen?«

Peter glaubte zwar nicht, daß sich Thomas' Worte auf ihn bezogen, aber die Worte drangen trotzdem in seine Brust. Sie nisteten sich dort ein und weckten in ihm ein Gefühl des Unbehagens.

»Je mehr ich darüber nachdachte, desto klarer wurde mir, daß ich genau das heilen wollte. Ich wollte die Krankheit Haß finden und heilen. Während ich die Sterbenden aus den Trümmern zog und jene heilte, die noch zu retten waren, und die Schmerzen jener linderte, für die jede Hilfe zu spät kam, dachte ich: ›Aber zuerst muß ich diese Krankheit verstehen.‹ Die Stunden vergingen, und ich mußte immer mehr Kraft aus Schlange ziehen, um mich bei Kräften zu halten. Schließlich war ich so müde, daß ich nicht bemerkte, als eine Mauer neben mir nachgab. Seitdem bin ich hier.« Thomas sah nach links, dann nach rechts und flüsterte leise: »Ich kann nicht gerade behaupten, daß hierherzukommen die weiseste Entscheidung war, die ich je getroffen habe.« Und dann lachte er.

»Also bist du ein Geist?«

»Ja. Im wesentlichen. Aber es ist ziemlich schwierig, die Implikationen dessen, was ich bin, vollständig zu begreifen. Ziemlich ärgerlich, kann ich dir sagen. Man glaubt immer, wenn man stirbt, werden die Dinge klarer. Ich habe mich in das hier verwandelt«, sagte er, während er an seinem gewundenen Körper aus Licht heruntersah, »und jetzt weiß ich nur noch so viel über mich selbst, daß ich dieses Ding hier bin.«

»Hast du erfahren, was du erfahren wolltest?«

Ein Ausdruck düsterer Traurigkeit glitt über Thomas' Gesicht. »Mehr, als ich je gewollt hätte. Die Ghule in den Shattergraves haben mir ... umfassende Möglichkeiten zum Verhaltensstudium gegeben.«

»Ich suche einen Ghul.«

Thomas machte einen matten Eindruck. »Warum, Peter?«

»Er war einmal ein Freund von mir. Ich muß ihn finden. Er könnte mir bei meinem Vorhaben helfen.«

»Wieder ein Mensch zu werden?«

»Ja.«

Thomas schloß die Augen und sagte: »Geh nicht zu

den Ghulen, Peter. Laß ab von dieser Suche und kehre zu den Lebenden zurück.«

Peter zögerte, weil er Thomas nicht aufregen wollte. »Kannst du mir helfen?« fragte er schließlich. »Weißt du, wo Dr. Landsgate ist?«

»Peter, ich will dir dabei nicht helfen ...«

»Bitte, Thomas.«

»Wenn du ihn unbedingt finden willst, wird dir das auch ohne meine Hilfe gelingen. Du brauchst hier nur noch ein paar Augenblicke zu warten, und ich verspreche dir, daß du Dr. Landsgate von Angesicht zu Angesicht gegenübertreten wirst.« Der Unterton in Thomas' Stimme gefiel Peter überhaupt nicht. In ihm schwang die Andeutung von Verhängnis und eine matte Traurigkeit mit. Doch bevor Peter diesen Gedanken weiter verfolgen konnte, fuhr Thomas fort: »Peter, erinnerst du dich noch an unsere Unterhaltung vor vielen, vielen Jahren ... Da gab es ein Mädchen ...«

»Denise«, sagte Peter, der sich noch gut an den Tag erinnerte, als ihm klar geworden war, daß er sie nie angerufen hatte.

»Weißt du auch noch, daß ich dir damals etwas sagen wollte?«

»Ja. Aber ich war wütend. Und ließ dich nicht zu Wort kommen.«

Thomas wirkte erleichtert, und die düstere Stimmung schien von ihm abzufallen. »Gut. Das weißt du also noch. Gut. Peter, da war also etwas, das ich dir sagen wollte. Es gibt zwei Sorten von Frauen. Die Sorte, die mit einem Troll ausgeht, und die Sorte, die das nicht tut.«

Peter dachte darüber nach. »Wahrscheinlich hast du recht. Aber ich habe jetzt andere Probleme.«

»Ja. Und welche?«

»Ich will wieder ein Mensch sein.«

»Siehst du irgendeine Verbindung zwischen diesen beiden Themen?«

»Warum redest du auf diese Weise? Warum sagst du mir nicht einfach, was du mir sagen willst?«

»Das Leben ist eben so, Peter. Manche Dinge muß man schlicht und einfach durchleben.«

Peter hatte gerade noch Zeit, die Worte zu verstehen, und wirbelte dann herum, als die Ghule hinter ihm auftauchten. Sie warfen schwere Steine nach ihm, die ihn an Kopf und Brust trafen. Er versuchte ihnen auszuweichen, aber sie waren zu zahlreich, und sie griffen ihn aus zu vielen Richtungen gleichzeitig an. Sie warfen die Steine von vorne. Sie ließen sie von der Spitze hoher Betonpfeiler auf ihn heruntersausen.

Als die Treffer immer mehr Wirkung zeigten, wandte sich Peter noch einmal an Thomas, um ihn um Hilfe zu bitten, doch er sah nur, wie Thomas traurig den Kopf schüttelte. »Viel Glück«, sagte Thomas, aber Peter stürzte bereits in eine tiefe Schwärze.

Er brauchte einige Zeit, bis er die Augen öffnen konnte, und noch eine Weile länger, bis ihm klar wurde, daß er mit dem Kopf nach unten hing. Als er sich bewegte, schwang er hin und her.

Um Peters Fußknöchel waren schwere Ketten geschlungen, die von einem Stahlträger herunterhingen, der aus den dachlosen Überresten eines Kellers ragte. Auch die Hände waren ihm mit Ketten auf den Rücken gebunden. Getrocknetes Blut hatte sein Gesicht verklebt.

Es hatte aufgehört zu schneien, die Wolken hatten sich verzogen, und sanftes blaues Mondlicht erhellte den nach oben offenen Keller. Der Boden war mit Metallfetzen übersät. In der näheren Umgebung des Kellers hatten sich Ghule in Dreier- und Vierergruppen versammelt. Sie saßen vornübergebeugt auf der Erde und taten sich an Leichen gütlich. Sein Magen verkrampfte sich bei diesem Anblick. Peter wandte den Blick ab. Er sah sich nach angenehmeren Dingen um —

nach einer Fluchtmöglichkeit, zum Beispiel, nach irgendeinem Gegenstand, mit dem er das Gefühl der Hilflosigkeit bekämpfen konnte.

Schließlich entdeckte er Landsgate, der etwa zehn Meter von ihm entfernt auf einer Art Thron aus zusammengeschweißten Metallstücken und Knochen saß. Zu beiden Seiten des Throns standen Mülltonnen, in denen ein Feuer prasselte. Die Flammen verwandelten seine verfallenen Züge in die des Teufels persönlich.

Landsgate schien in Gedanken versunken, doch als er bemerkte, daß Peter wieder bei Bewußtsein war, lächelte er, stand auf und kam zu ihm.

Die schmausenden Ghule schauten auf, aber als sie sahen, daß Landsgate sich mit dem Troll befassen würde, kehrten sie wieder zu ihrem Festmahl zurück. Der Troll lebte noch und war daher nicht besonders interessant.

Landsgate baute sich vor Peter auf, und ihre Blicke trafen sich. Doch Peter wandte das Gesicht von dem Ghul ab, abgestoßen von dem widerlichen Gestank, der an Landsgates scheinbar verfaulender Gestalt zu kleben schien.

»Hallo«, sagte Landsgate mit einer Stimme, die vor Boshaftigkeit nur so troff. »Normalerweise werden die Leute von ihren ehemaligen Lieben hier abgeladen, und du kommst aus eigener Kraft her. Was willst du hier? Bist du ein Kopfgeldjäger?«

Peter wußte nicht recht, wie er beginnen sollte. Er hatte sich ihr Wiedersehen etwas herzlicher vorgestellt.

Er hielt es für das Beste, sofort mit dem Unglaublichen herauszurücken.

»Dr. Landsgate. Ich bin Peter Clarris.«

Landsgate sah einen Moment lang verwirrt aus, dann rief er: »Grundgütiger!« Ein Lächeln erblühte auf dem Gesicht des Ghuls. Tiefe Risse furchten seine Lippen. »Ich ... ich weiß gar nicht, was ich sagen soll. Echt nicht. Wie ist es dir ergangen?«

Landsgates abgebrühter Humor verschlug Peter die Sprache. Schließlich sagte er trocken: »Schon besser.«

»Ich habe deinen Vater seit ... seit Jahren nicht mehr gesehen. Wie geht es ihm?«

»Ich weiß nicht. Ich habe ihn auch seit Jahren nicht mehr gesehen.«

Landsgate beugte sich vor und markierte Anteilnahme. »Häusliche Probleme?« sagte er und lachte. »Immer noch auf der hoffnungslosen Suche nach der Liebe deines Vaters?«

Peter beschloß, das Thema zu wechseln. »Ich bin hergekommen, weil ich wissen muß, wer auf dem Gebiet der Nanotechnologie führend ist.«

Landsgate schaute plötzlich freundlicher drein. »Und da bist du zu mir gekommen?«

»Ja.«

Er legte Peter die Hand auf die Wange. Das Fleisch des anderen Mannes eiterte aus zahllosen Schnitten, aber Peter unterdrückte seinen Ekel. »Du bist zu mir gekommen, wie du immer zu mir gekommen bist.«

»Ja.«

Landsgate zog die Hand zurück und schlug Peter ins Gesicht. »Warum sollte ich dir helfen, du Idiot?«

Wider besseres Wissen fühlte sich Peter verraten. »Ich suche nach ihm. Ich brauche Ihre Hilfe.«

»Hör mal, warum bleibst du nicht noch zum Essen, bevor du deine Suche fortsetzt?«

»Dr. Landsgate ... ich bin ... Ich glaube, jemand arbeitet an einer Methode, DNS-Sequenzen in lebenden Organismen umzuformen.«

»Was?«

»Ich glaube, jemand vereint Magie und Nanotechnologie, um ... um eine Zelle neu zu schreiben, alle Zellen eines Körpers. Ich könnte wieder ein Mensch werden. Sie ebenfalls.«

»Das ist unmöglich.«

»Nein.«

»Nein. Wahrscheinlich nicht. Ich bin ein Ghul. Das Wort ›unmöglich‹ hat in den vergangenen Jahrzehnten erheblich an Gewicht verloren.«

»Den magischen Teil verstehe ich nicht ... Ich weiß nicht hundertprozentig, ob es möglich ist, aber ich glaube, jemand versucht es. Und in diesem Fall braucht dieser Jemand Nanotech. Das ist der einzige Weg, um alle Zellen zu erreichen. Die Magie kann nicht alles allein schaffen. Kein Konzern würde je sein Geld in die Sache stecken.«

»Ein Konzern arbeitet daran?«

»Ich ... ich glaube es, ja.«

»Die meisten Arbeiten, die sich mit Genmanipulation beschäftigten, sind nach dem Fiasko von London eingestellt worden.«

»Es wird ziemlich wenig Wirbel darum gemacht.«

»Was willst du von mir?«

»Wenn jemand daran arbeitet, dann braucht er die Nanotech. Ich brauche einen Hinweis auf jemanden, der möglicherweise einsatzfähige Prototypen besitzt.«

»Was bringt dich auf den Gedanken, jemand könnte Nanotech besitzen? Dieser ganze Forschungszweig ist schon vor Jahren eingestellt worden.«

Peter antwortete nicht.

»Na schön. Manche Leute, hauptsächlich Deutsche und Japaner, haben sich dahintergeklemmt. Aber sie halten den Deckel darauf. So viele Menschen, die in den Zwanzigern und Dreißigern im Zuge der Forschung entstellt worden sind ...« Landsgate lächelte zu Peter hinauf. »Und auch heute noch. Weißt du eigentlich, wie viele Leute aus der Elevated dafür zahlen, daß ihre deformierten Verwandten in die Shattergraves gebracht werden? Das ist alles sehr häßlich.«

Landsgate wandte sich von Peter ab und ging ein paar Schritte.

»Gott, was würde ich darum geben, wieder ein Mensch zu sein.«

»Ich habe daran gearbeitet. Seit zehn Jahren arbeite ich jetzt an einer Möglichkeit. Und ich glaube, ich habe eine gefunden.«

»Seit zwei Jahren habe ich meine Kinder nicht mehr gesehen.«

Peter sagte nichts.

»Weißt du, wenn man ein ... Ghul ist ... Zuerst schien es nichts zu sein, was mich von meiner Familie und meinem Beruf trennen könnte. Ich wurde natürlich in ein Krankenhaus eingeliefert. Jedermann wußte, daß ich mich verwandelte. Und fast alle hielten zu mir. Aber da waren die Wünsche. Sie ... meine Frau ... andere ... sprachen sie nicht laut aus. Aber wenn ich zwischendurch das Bewußtsein wiedererlangte, hingen die Wünsche in der Luft. ›Wenn er sich schon verwandeln muß, dann bitte in jemanden, den ich lieben kann.‹ Aber meine Augen reagierten immer empfindlicher auf Sonnenlicht. Und das Verlangen nach Fleisch. Da war dieses Ding in meinem Körper, ein neues Verlangen, und es flüsterte mir zu: »Du willst Menschenfleisch essen.« Es ist eine Sehnsucht, Peter, ein Verlangen, so wie andere Leute einen süßen Zahn haben. Ich will das Fleisch von jemandem, der ein Bewußtsein besessen hat. Ich wußte vor allen anderen, was vorging, und ich floh. Auf meinen Kopf ist ein Preis ausgesetzt, weißt du? Nur wegen meiner Gene. Nur weil ich bin, was ich bin. Oh, ich weiß. Aus meinem Mund klingt das ziemlich locker. Kannibalismus mit einem Hang nach Süßigkeiten zu vergleichen. Aber ich schwöre, genauso ist es. Mein Körper verlangt danach. Ich brauche es. Dir kommt es vielleicht unmoralisch vor, aber für mich ist es einfach das, was ich brauche, um zufrieden zu sein.«

Landsgate beugte sich vor, sein stinkender Atem strich über Peters Gesicht.

»Warum muß ich so sein, wie ich bin, Peter?«

Peter wandte sich ein wenig ab, antwortete jedoch mit fester Stimme. »Genetik. Manche von uns besitzen

›magische‹ Gene, Gene, die durch die Jahrhunderte weitergegeben wurden, doch erst jetzt aktiv sind. Meine Gene waren die eines Trolls. Ihre die eines Ghuls.«

»Also ist dieser Zustand natürlich?«

Peter hielt einen Augenblick verwirrt inne. »Ich ...«

Landsgate beugte sich wieder über ihn, er sprach leise, als wolle er von den anderen Ghulen nicht gehört werden.

»Ich bin kein Fehltritt der Natur. Das Universum hat festgelegt, daß es Ghule geben soll, und ich bin einer. Der Zustand, ein Ghul zu sein, ist mir noch nicht einmal auferlegt worden. Ich bin dieser Zustand.«

»Ja. Das ist eine Art, wie man die Dinge betrachten kann.«

Die Augen des Ghuls füllten sich mit Tränen. »Wie sollte ich sie sonst betrachten? Ich töte nicht, Peter. Ich esse jene, die gestorben sind. Die Gesellschaft sagt, das ist böse, und sie stößt mich dafür aus. Aber so bin ich nun mal. Also töte ich jetzt, um zu überleben. Habe ich eine Wahl? Ich liebe das Überleben, Peter. Du bist auch ein Überlebenstyp, nicht wahr? Du weißt, was ich meine. Hier stehen wir, das Universum hat uns vollkommen entwurzelt — aber wir leben trotzdem noch. Wir sind außergewöhnlich. Ich bin, wie ich bin. Wenn es dir tatsächlich gelingen würde, eine Möglichkeit zu finden, meinen Körper seiner magischen Gene zu berauben, wäre ich wahrhaftig tot. Du würdest die Art und Weise töten, wie das Universum mich geschaffen hat. Zahllose Generationen der Menschheit haben diese Gene sicher durch die Jahrhunderte getragen und sie bei meiner Empfängnis in mir hinterlegt. Das ist ein Haufen Verantwortung, den du da auf dich nehmen willst, Peter. Den Leuten die Möglichkeit zu geben, mit einer einzigen Entscheidung und in einem einzigen Leben die ganze Geschichte zu verändern, sie auszulöschen.«

»Es ist mein Leben. Ich tue, was ich will.«

»Das bezweifle ich.« Landsgate wandte sich ab und

ging mit gesenktem Kopf zu seinem Thron zurück. Laut, doch zu niemandem im besonderen, sagte er: »Nehmt den Troll. Er gehört euch.«

19

In der gesamten Umgebung des unbedachten Kellers erhoben sich die Ghule von ihrem Mahl und grinsten Peter an.

Peters Kopf schmerzte immer noch, doch im Laufe des Gesprächs war er irgendwie klarer geworden. Er konnte jetzt mit den Schmerzen fertig werden. Landsgate saß wieder auf seinem Thron. Er hielt sich die Hände über die Augen, als sei er sehr müde.

Die Ghule kamen auf Peter zu.

Seine unmittelbare Reaktion bestand darin zu versuchen, sich mit verzweifelten Bewegungen von den Ketten zu befreien, doch sein gesunder Menschenverstand schaltete sich ein.

»Warte«, sagte er sich. »Keine Panik. Ich muß das mit Überlegung angehen. Was habe ich?« Er hielt inne, um zu überlegen, was auf der Habenseite stand. Ihm fiel nur seine Kraft ein.

Peter beruhigte seine Atmung, so gut er konnte, dann konzentrierte er sich auf die Ketten, die seine Handgelenke fesselten. Er zog langsam und stetig und mußte feststellen, daß die Kettenglieder sehr stark waren.

Die Ghule kamen näher.

Er holte tief Luft und zog noch einmal an den Ketten. Er strengte sich an, zog und zog. Die Glieder begannen sich zu dehnen, aber sie gruben sich auch sehr tief in sein Fleisch. Schmerzen breiteten sich von seinen Handgelenken in die Arme aus.

Schnell mußte er aufhören. Nach Luft schnappend sah er sich nach den Ghulen um, insgesamt etwa dreißig, die ihn immer noch umkreisten. Sie neigten die

Köpfe, verwundert, daß er immer noch zu entkommen versuchte. In dem Wissen, daß er die Ketten ein wenig gelockert hatte, schüttelte Peter sie, konnte seine Hände jedoch immer noch nicht befreien.

»Vergiß diesmal nicht zu atmen«, sagte sich Peter. Er zog wieder an den Ketten. Die Glieder schnitten in seine Hände. Vielleicht floß sogar Blut, aber er wußte es nicht mit Gewißheit.

Ein einzelnes Glied gab mit leisem Knirschen nach. Peter, der die Augen geschlossen hatte, wagte nicht, mit dem Ziehen aufzuhören. Es kam ihm so vor, als würde die Kette niemals reißen. Schließlich veranlaßte ihn sein wachsendes Unbehagen wegen der Ghule, die Augen wieder zu öffnen.

Einer starrte ihm direkt ins Gesicht, während dem Kannibalen eine Mischung aus Speichel und dunklem Schleim aus dem Maul troff.

Peter schrie auf und riß noch einmal mit aller Kraft an den Ketten. Das Glied riß, und die Fessel um seine rechte Hand fiel ab. Er warf den Oberkörper nach oben und packte die Kette, die seine Fußknöchel fesselte. Ohne innezuhalten, schwang er die Kette, die immer noch um sein linkes Handgelenk gewickelt war, in weitem Bogen herum. Die Kette knallte in die Gesichter der Ghule, die ihm am nächsten standen, und Blut spritzte auf Peters Haut und Kleidung. Die anderen Ghule sprangen instinktiv zurück.

Die Blutigkeit der Situation versetzte Peter in eine Art Raserei. Er wollte nur noch aus diesem Keller, aus den Shattergraves, aus der Noose herauskommen. Er packte auch mit der linken Hand nach der Kette, die zum Stahlträger führte, und zog sich langsam nach oben. In Sekunden befanden sich seine Füße wieder unter seinem Kopf, und sein Klettertempo nahm zu. Er wußte jedoch, je höher er kam, desto mehr Gewicht der Kette, die noch an seinen Fußknöcheln befestigt war, würde er mit sich schleppen müssen, und das Problem versetzte ihn fast in Panik. Was, wenn er auf halbem Weg stekkenblieb und wegen des zunehmenden Gewichts der Kette nicht weiterkonnte? Er warf einen raschen Blick auf die Ghule unter sich und kam zu dem Schluß, daß er keine andere Wahl hatte, als weiterzumachen.

Die Kette erbebte, und Peter schaute wieder nach unten. Einer der Ghule hatte sich an das U-förmige Stück Kette gehängt, das noch ziemlich tief über dem Kellerboden schaukelte. Der Ghul, ein immer noch recht ansehnlicher Mann im Geschäftsanzug, sah mit einer Miene zu Peter hinauf, die äußerste Entschlossenheit verriet. Der Ghul kletterte hinter Peter her. Ein Beben lief durch Peters Rücken, und er erhöhte sein Klettertempo.

Unter ihm jubelten und heulten einige der Ghule, während andere zu der Treppe rannten, die in das Erdgeschoß führte. Peter sah, daß sie ihm den Weg abschneiden konnten, wenn er sich nicht beeilte.

Er warf die linke Hand über die rechte, dann die rechte über die linke, eine Hand nach der anderen. Er kletterte, so schnell er konnte, wurde aber immer langsamer, je näher er dem Stahlträger kam. Mit seinem eigenen Gewicht, dem Gewicht des Ghuls und der zunehmenden Last der Kette fiel es ihm immer schwerer, mehr zu tun, als sich weiterhin an der Kette festzuhalten.

Die Hand des Ghuls griff nach Peters Fußknöchel. Die Angst drohte ihn zu übermannen, und er trat ziellos um sich. Der Ghul schwang an der Kette hin und her, hielt sich aber fest und wechselte schließlich von der Kette, die zu Peters Knöchel führte, zu der, die bis zum Stahlträger reichte. Peters Last verringerte sich augenblicklich, und er empfand eine unsägliche Erleichterung. Er kletterte weiter die Kette herauf und sah, daß er nur noch einen guten Meter vom Stahlträger entfernt war.

Aber der Ghul an der Kette war nicht mehr unter Peter. Er hangelte sich rasch an der anderen Hälfte der Kette hinauf und schlang die Arme um Peters Hüften. Als die beiden heftig hin und her schwankten, glitten

Peters Hände ein paar Kettenglieder nach unten. Der Ghul warf den Kopf in den Nacken und versuchte Peter zu beißen, doch seinen Zähnen wurde von Peters gefüttertem Duster Einhalt geboten.

Peter wußte, daß er mit aller Kraft versuchen mußte, den Stahlträger zu erreichen. Mit drei weiteren Hand-über-Hand-Zügen erreichte er den Träger und schwang einen Arm darüber.

Jetzt hatte der Ghul einen anderen Angriffspunkt, und er verbiß sich in Peters Bauch. Seine Zähne rissen durch Peters Hemd und gruben sich tief in Peters dicke Haut. Der Biß sandte ein schmerzhaftes Stechen durch Peters ganzen Körper.

Peter griff mit der linken Hand nach unten und packte den Ghul am Hals. Die Arme des Kannibalen droschen wild und verzweifelt durch die Luft, die stinkenden Hände trafen immer wieder Peters Gesicht. Mit einer raschen Bewegung brachte Peter seinen großen Daumen unter das Kinn des Ghuls, zwang dessen Kopf in den Nacken und brach das Genick. Der Ghul wurde schlaff, und Peter ließ ihn auf den Kellerboden unter sich fallen.

Er gestattete sich zwei keuchende Atemzüge, dann zog er sich auf den Stahlträger.

Unten stand Landsgate vor seinem Thron und schrie: »Holt ihn euch. Laßt ihn nicht die Ketten abstreifen. Holt ihn euch jetzt.« Doch die Ghule an beiden Enden des Stahlträgers zögerten. Sie bewegten sich mit kleinen Schritten, unsicher, was sie tun sollten.

Peter löste die Knoten in den Ketten um seine Fußknöchel und befreite sich. Er konnte jetzt einen Fluchtversuch unternehmen, indem er einfach durch die Reihen der Ghule stürmte, doch er war sicher, daß Landsgate im Besitz der Information war, die er wollte. Er zögerte, aber dann wurde ihm klar, daß er diese Information noch mehr wollte als seine Freiheit.

Er sah sich nach einer Möglichkeit um, zu Landsgate

zu gelangen, dann hatte er es. Er hielt sich am Ende der Kette fest und stand auf, vorsichtig auf dem Stahlträger balancierend. Die Ghule an beiden Enden des Trägers wappneten sich. Dann wandte er sich von Landsgate ab und sprang.

Er segelte durch die Luft, der Duster flatterte hinter ihm im Wind. Als sich die Kette straffte, begann er an ihr hin und her zu schaukeln. Der Stahlträger drohte unter der Last nachzugeben, bewahrte jedoch sein labiles Gleichgewicht im Fundament des Kellers.

Peter ließ sich weiter an der Kette herunterrutschen, während seine Schaukelbewegungen immer heftiger wurden. Die Ghule, die im Keller direkt unter der Stelle geblieben waren, wo Peter nach oben geklettert war, glotzten jetzt verblüfft nach oben, als hundertfünfzig Kilo Troll wie eine Dampframme auf sie zu geschwungen kam. Bevor sie sich von ihrer Überraschung erholt hatten, pflügte Peter mit den schweren Stiefeln voran durch sie hindurch, wobei er die Beine mehrerer Ghule brach.

Als sein Vorwärtsschwung nachließ, ließ er die Kette los und flog noch ein Stück in Richtung Landsgate. Er krümmte sich zusammen, überschlug sich in der Luft, landete dann auf dem Boden und wurde schließlich durch eine der Mülltonnen gebremst, in denen Feuer brannte. Er sprang auf und sah Landsgate zur Treppe rennen.

Die Ghule, welche sich noch im Keller aufhielten, liefen hinter ihm her. Die Ghule im Erdgeschoß rannten zur Treppe.

Drei Stufen auf einmal nehmend, jagte Peter hinter Landsgate her. Als er dicht hinter ihm war, warf er sich auf den Ghul, und beide stürzten die Treppe herunter. Dann knallte Peter Landsgate gegen die Mauer und drückte ihm die Luftröhre zu.

»Sagen Sie ihnen, sie sollen zurückbleiben, oder Sie sind tot.«

»Tot bin ich nutzlos für dich«, krächzte Landsgate.

»Sie sind vor allem dann nutzlos für mich, wenn ich tot bin. Sagen Sie ihnen, sie sollen zurückbleiben.«

Landsgate zögerte, dann rammte er Peter den Ellbogen in die Eingeweide. Der Schlag traf Peter unvorbereitet, tat ihm jedoch nicht weh.

»Ich glaube, Sie verstehen immer noch nicht. Ich bin ein Troll. Was ich auch sonst noch sein mag, ich bin verdammt zäh. Und jetzt sagen Sie ihnen, sie sollen zurückbleiben, oder ich reiße Ihnen den Kopf ab.«

Landsgate wand sich. »Na schön.«

Peter lockerte seinen Würgegriff ein wenig, so daß der Ghul rufen konnte.

»Bleibt stehen«, befahl Landsgate, doch die Ghule rückten weiter vor. »BLEIBT STEHEN!« schrie Landsgate jetzt mit ängstlicher Stimme. Das stoppte sie schließlich. »Also gut. Ich sage es dir. Microtech, ein Schweizer Konzern. Nach allem, was ich zuletzt gehört habe — und das war vor über einem Jahr —, ist das der Konzern, der die intensivsten Forschungen auf dem Gebiet der Nanotechnologie betreibt.«

Peter ignorierte ihn. »Kommen Sie. Es geht los.«

»Was?«

Peter packte Landsgate um die Hüfte und hob ihn hoch. »Ich glaube Ihnen nicht. Sie kommen mit mir, und wenn ich bekomme, was ich will, lasse ich Sie laufen.«

»Aber ich habe dir doch gesagt...«

Peter knallte den Ghul gegen die Mauer an der Treppe. Landsgates Kopf schlug mit einem scharfen Knakken gegen den Beton. »Hören Sie zu. Ich traue Ihnen nicht. Ich kam, um mit Ihnen zu reden, und Sie wollten mich an Ihre Parias verfüttern. Ich glaube Ihnen nicht in bezug auf Microtech, und auch nicht, daß Sie mich aus den Shattergraves entkommen lassen würden. Wo, zum Teufel, ist übrigens meine Kanone?«

Landsgate riß die Augen weit auf, und seine Hand flog zum Schulterhalfter unter seiner Jacke. Peter knallte Landsgate die Faust in die Rippen, und der Ghul schrie vor Schmerz laut auf. »Ich will das eigentlich gar nicht.« Peter griff unter die Jacke und zog die Predator heraus.

»Prima. So, je eher wir hier wegkommen und Ihren Hinweis bestätigen, desto eher kommen Sie wieder nach Hause. Verstanden?«

Landsgate nickte.

»Hervorragend.«

Er hob Landsgate wieder hoch und hielt ihm die Pistole an den Kopf. Dann ging er die Treppe hinauf. »Euer Boß und ich machen jetzt einen kleinen Spaziergang«, sagte er. »Er wird nach einer Weile wiederkommen. ZURÜCK MIT EUCH!«

Die Ghule wichen zurück und ließen Peter und Landsgate passieren.

Landsgate führte Peter zwanzig Minuten lang durch die Shattergraves. Seine Ghule folgten ihnen, und weder Peter noch Landsgate konnten sie dazu bringen zurückzubleiben.

Als die beiden das Ende der Shattergraves erreichten, wandte sich Landsgate an Peter. »Bitte. Ich will nicht da rausgehen. Ich war seit zwei Jahren nicht mehr draußen.«

»Ein Jammer.«

»Peter. Um deines Vaters willen ... Da draußen bin ich ein Monster. Auf jeden Ghul ist ein Kopfgeld ausgesetzt.«

Langsgate zitterte heftig. Peter ließ ihn los, und Landsgate sank auf alle viere. Er erinnerte Peter an einen kranken Hund. »Bitte«, keuchte er. »Bitte nimm mich nicht mit da raus. Bitte.« Er sah zu Peter auf, jämmerliche Angst im Blick. »Das ist nicht meine Welt. Ich kann mich diesen Menschen nicht stellen. Ich weiß das. Hier regiere ich. Das reicht mir. Bitte. Um Gottes willen ...«

Schaum und Speichel tanzten um Landsgates Mundwinkel und tropften in den Schnee. »Ich sage es dir. Bitte, ich sage es dir. Microtech. Es könnte Microtech sein. Aber vielleicht auch Gen ... Geneering in Frankreich. Mehr weiß ich nicht, Peter, bitte. Nimm mich nicht mit da raus. Laß mich nicht unter die Lebenden treten.«

Peter betrachtete den Mann und spürte, wie sich eine hohle Blase in seiner Brust bildete. Er wollte glauben, daß das Ding, welches sich vor ihm auf dem Boden wand, nicht Landsgate war. Doch er war es. Daran führte kein Weg vorbei. Und er konnte es nicht ertragen, dem einzigen Freund aus seiner Kindheit soviel Schmerzen zuzufügen. Wenn Landsgate log, würde Peter eben einen anderen Hinweis finden müssen.

»Gehen Sie«, sagte er. »Gehen Sie zurück, Dr. Landsgate.«

Ohne aufzusehen, kroch der Ghul wieder auf die Shattergraves zu. Er rutschte zweimal aus, dann erhob er sich und rannte in die Dunkelheit.

Peter drehte sich um und ging wie betäubt von den Ereignissen der Nacht in die andere Richtung.

Als er ein kurzes Stück gegangen war, hörte er Landsgate etwas rufen. Seine Stimme war wieder fest und sardonisch. »Peter!« Peter drehte sich um, sah jedoch nur kalte Dunkelheit. »Peter! Ich habe dir die Wahrheit gesagt! Geneering in Frankreich. Such dort!«

20

Es war früher Morgen, als Peter Zozes Hauptquartier vor sich sah. Auf den Straßen wimmelte es von Pennern. Sie hatten die Wärme der leerstehenden Häuser in der Noose verlassen und suchten jetzt nach Leuten, die in der Nacht erfroren waren. Die Leichen mochten ein Messer oder einen Happen zu essen in einer Tasche ihrer steifgefrorenen Kleidung bei sich tragen.

Ein paar dieser Gossenpunks beäugten Peter, als dieser die State Street entlangging, während aus seinen Wunden Blut in den schmutziggrauen Schnee tropfte. Er hinkte und hatte den rechten Arm mit der linken Hand umklammert. Seine Kleidung war zerfetzt, aber es war offensichtlich, daß sie einmal ziemlich teuer gewesen war.

Er bot ein gutes Ziel.

Doch in den Händen hielt er eine sehr große Pistole, und seine Augen hatten den starren Blick eines Wahnsinnigen. Den Männern und Frauen — Reinrassigen, Orks, Trollen — war klar, daß er schon um sich schießen würde, wenn man ihn nur nach der Tageszeit fragte. Sie ließen ihn ohne Zwischenfall passieren.

Als Peter das Kaufhausgebäude erreichte und eintrat, ergoß sich das Licht des frühen Morgens durch die zersplitterten Fenster und gestattete ihm einen ungehinderten Blick auf das Erdgeschoß. Überall waren leere Schaukästen, die eine Art Labyrinth bildeten. Die Kästen waren weiß gestrichen, um einen starken Kontrast zu den Dingen zu liefern, die einst in ihnen ausgestellt gewesen waren. Jetzt verschmolzen die weißen Schaukästen nahtlos mit dem weißen Boden und den nackten weißen Wänden. Der Anblick tat Peters Augen weh.

»Du siehst aus wie Drek!« gackerte Changes vom oberen Ende der Rolltreppe.

»Ist Zoze schon auf?«

»Noch nicht. Ihr habt ihn letzte Nacht ziemlich lange wach gehalten.«

»Toll. Was ist mit Kathryn? Miss Amij?«

»Zoze hat ihr in einem leeren Raum einen Schlafplatz gegeben.«

»Ist für mich auch noch ein Platz zum Pennen da?«

»Ja. Aber er wird dich was kosten.«

»Was?«

»Hey, keine Panik. Deine Lady bezahlt das für dich. Zozes Schutz kostet eben einiges.«

»Er sagte, heute morgen würde er 'ne neue Bude für uns haben.«

»Ist alles vorbereitet.«

Peter ging zur Rolltreppe. »Also schön. Weck Zoze auf. Weck Kathryn auf. Wir verschwinden von hier.«

»Hey, ich weiß nicht. Zoze hat es nicht gern ...«

Peter ging rasch die Stufen der Rolltreppe hinauf. Als er das Ende erreichte, baute er sich vor Changes aus. »Ich komme gerade aus den Shattergraves zurück. Ich bin total im Eimer.«

Dem Zwerg fiel die Kinnlade herunter. »Aus den Shattergraves ... ja, richtig. Du warst da?«

»Ja. Und jetzt beeil dich.«

»Komm mit.«

Trotz der Tatsache, daß ihn die Bewegungen schmerzten, marschierte Peter in dem Konferenzzimmer auf und ab, bis Zoze eintraf.

»Was gibt's denn für tolle Neuigkeiten?« wollte Zoze wissen, als er die Tür öffnete, aber seine Verärgerung schwand, als er Peter von oben bis unten ansah. Sein rundes Gesicht hatte außerordentliche Ähnlichkeit mit einer überraschten Weintraube. »Du hast es geschafft.«

»Ja. Und ich bin echt fertig. Also laß uns die letzten Einzelheiten klären. Ich brauche Schlaf. Changes sagte, du hättest eine sichere Unterkunft für uns. Außerdem werde ich einen Decker brauchen ...«

In einen dicken grünen Bademantel gehüllt, kam Kathryn herein. Bevor er die Gedanken unterdrücken konnte, stellte sich Peter vor, wie weich sie sich anfühlen würde, als könne die Süße der Berührung, sich an sie zu schmiegen, seine Wunden heilen. »Peter! Mein Gott! Ist alles in Ordnung?«

Sie blieb direkt vor ihm stehen, hob die Hand und berührte mit den Fingerspitzen sanft einen blutigen Kratzer unter einem Auge.

Peter erstarrte vor Nervosität. Die Berührung ihrer

Fingerspitzen stach ein wenig, doch er zuckte nicht zurück.

»Ja, mir geht's prima.«

Sie drehte sich um und zog die Hand weg, blieb jedoch neben ihm stehen. Peter bemerkte plötzlich, daß er den Atem anhielt, und zwang sich, wieder mit dem Atmen anzufangen. »Wir müssen ihn heilen« sagte Kathryn zu Zoze.

»Sie sagten, Sie wollten Shadowrunner«, sagte er zu ihr. »Ich kann Ihr Team um einen Magier oder Schamanen ergänzen. Der würde den Professor selbstverständlich wiederherstellen.«

Kathryn wandte sich wieder an Peter. »Sind Sie sicher, daß alles in Ordnung ist?« Sein Lustgefühl verging und wurde durch eine Woge der Dankbarkeit für ihre Besorgnis und Anteilnahme verdrängt.

Er hielt seine Gefühle im Zaum. »Ja«, war alles, was er herausbrachte.

Doch ihre Blicke trafen sich, und trotz aller Anstrengungen, sich vor ihr zu verstecken, sah sie ihm tief in die Augen. In diesem Augenblick spürte Peter plötzlich den kritischen, verurteilenden Blick seines Vaters statt den Kathryns auf sich ruhen. Linkisch und verlegen wandte er sich ab.

»Wo gehen wir hin?« fragte Peter. »Wo ist die sichere Unterkunft?«

»In der Byrne-Siedlung.«

Peter und Kathryn starrten einander an, dann Zoze. Wie aus einem Munde sagten sie: »In der Byrne-Siedlung?«

Zoze zuckte die Achseln. »Mehr habe ich im Augenblick nicht. Das heißt, mehr habe ich nicht, wo ich einen Troll unterbringen kann, ohne die Aufmerksamkeit der Nachbarn zu erregen. Ich habe jemanden vom Wohnungsamt geschmiert. In den Siedlungen kann ich immer über Wohnungen verfügen. Die Sache ist perfekt. Wenn Sie es wünschen, kann Miss Amij besser untergebracht werden, und der Professor kann allein zur Byrne-Siedlung gehen ... Aber unter den gegebenen Umständen kann ich im Augenblick nicht mehr tun.«

Peter wollte großzügig und ein Gentleman sein und darauf bestehen, daß Kathryn woanders einzog, aber er wußte, daß dies nicht praktikabel war. Es würde leichter sein, wenn sie zusammenblieben. Auch billiger, und sie würden nicht in der Stadt herumlaufen müssen, wenn sie sich treffen wollten.

Und außerdem wollte er bei ihr sein.

»Nein«, sagte sie. »Es wäre sinnlos, sich zu trennen.«

»Aber es ist eine Siedlung für Metamenschen«, sagte Peter, der sich jetzt sicher genug fühlte, seine Ritterlichkeit zu demonstrieren. »Eine heruntergekommene, dreckige, gefährliche Siedlung für Metamenschen.«

»Die Byrne-Siedlung ist wahrscheinlich das beste Versteck, zumindest für mich, weil das der letzte Ort ist, wo jemand nach mir suchen würde.«

»Das ist ein Argument«, sagte Zoze.

Peter bewunderte ihren Schneid. »Also gut. Aber wir brauchen immer noch einen Decker.«

»Und jemanden, der Peter heilen kann.«

»Überlaßt das mir«, sagte Zoze. »Wie wär's, wenn ihr zwei schon zur Siedlung geht, und ich sie zu euch schikke?«

»Was ist mit dem Mädchen, das uns hergebracht hat?« sagte Peter. »Dem, mit dem violetten Haar?«

»Liaison«, sagte Zoze überrascht. »Warum gerade sie?«

»Sie hat uns gebeten, an sie zu denken, wenn wir einen Decker brauchen.«

Zoze dachte einen Augenblick nach. »Sie ist gut, aber sie hat sich noch keinen besonderen Ruf erworben. Das hat nichts mit ihren Fähigkeiten — oder dem Mangel daran — zu tun, sie ist einfach nicht so ein Heißsporn. Sie ist nicht darauf versessen, sich einen Namen zu machen.«

»Aber sie ist gut?« fragte Kathryn.

»Sie hat Spaß in der Matrix, und sie kommt zurecht. Das habe ich jedenfalls gehört. Ich weiß, daß ich Ihnen etwas Besseres besorgen könnte. Oder ich glaube zumindest, daß ich das könnte. Ich habe sie echt noch nicht in Aktion gesehen. Aber Liaison ist natürlich relativ billig, weil sie noch keinen Namen hat. Das ist im Moment, da Ihre Mittel ziemlich begrenzt sind, einigermaßen wichtig. Und ihre Freundin Breena ist eine Magierin. Sie sind die Zusammenarbeit gewohnt. Das ist ein weiteres Plus.«

»Dann nimm Kontakt mit ihr auf«, sagte Peter. »Frag sie, ob sie den Job wollen. Wir gehen zur Byrne-Siedlung.«

»In Ordnung. Später am Nachmittag werdet ihr Besuch bekommen. Und ich lasse von Changes ein kleines Päckchen für sie zusammenstellen. Ich werde ihnen schwere Artillerie mitgeben. Da euch die Itami-Gang auf den Fersen ist, kann man nie wissen, was ihr so brauchen werdet.«

Zoze stellte ihnen einen Fahrer und einen Ford Totem zur Verfügung, der sie zur Byrne-Siedlung brachte. Der Mann fuhr gleichmäßig und vorsichtig und zuckte überhaupt nicht, was Peter Fast Eddys Fahrstil schrecklich vermissen ließ. Sie bogen vom Old Orchard Boulevard in eine kleine Seitenstraße ein, die in die Byrne-Siedlung führte.

Nach all den Jahren, in denen Peter zu vermeiden versucht hatte, in einer metamenschlichen Siedlung zu wohnen, bezog er jetzt freiwillig eine Wohnung in einer. Irgendein unbedeutender Teil in ihm hieß die Gelegenheit willkommen. Vor sich sah er Ork- und Trollkinder auf der Straße spielen. Sie bewarfen sich mit Schneebällen, stürzten sich jedoch auch auf ihre Gegner und stießen sie auf den schneebedeckten Asphalt. In Peters Augen war es ein wunderbarer Anblick. Für reinrassige

Menschenkinder mochte dies eine rauhe Umgebung sein, aber für die kräftigen, stabilen Körper der metamenschlichen Kinder war es ein unschuldiges Vergnügen. Reinrassige Kinder wurden oft ziemlich übel zugerichtet, wenn sie sich den Spielen der metamenschlichen Kinder anschlossen. Sie konnten ganz einfach nicht mithalten, doch manche Leute behaupteten, daß sich die metamenschlichen Rangen beim Spielen brutal verhielten.

Erwachsene Orks und Trolle standen in zwei Gruppen beieinander, um auf die Kinder aufzupassen, die Trolle in einer Gruppe, die Orks in der anderen.

»Da sind wir«, sagte der Fahrer, als er vor einem der neun Häuser hielt, aus denen die Siedlung bestand. Er zog zwei Schlüsselbunde aus der Tasche. »Hier sind die Schlüssel.«

Peter warf einen raschen Blick auf Kathryn. Sie starrte aus dem Fenster und wirkte steif und ein wenig verängstigt. Als Peter ihrem Blick folgte, sah er, daß sie von den erwachsenen Orks und Trollen auf der anderen Straßenseite angegafft wurden. Sogar ein paar Kinder hörten auf zu spielen, um sich die Leute anzusehen, die in ihre Siedlung einzogen.

»Sie können immer noch woanders hingehen«, sagte Peter. Er versuchte die Bemerkung freundlich und hilfsbereit klingen zu lassen, doch das war eine Lüge. Plötzlich wollte er nicht mehr, daß Kathryn mit ihm in der Siedlung untertauchte. Ihm wurde klar, daß er sich schämte, von all diesen Metamenschen mit ihr gesehen zu werden. Er glaubte, sie würden annehmen, er habe seiner Rasse den Rücken gekehrt, indem er mit einer Menschenfrau zusammenlebte.

Aber lag nicht genau das in Kathryns Absicht?

»Nein«, sagte sie entschlossen. »Ich will bei Ihnen bleiben.«

Sie meinte es ernst. Dessen war er sich ganz sicher. Als er sie weiterhin betrachtete, schwand seine selbstauferlegte Distanz. Er fluchte innerlich, daß sein Leben so kompliziert war.

»Also gut.«

Er öffnete die Tür, um auszusteigen, und Kathryn tat dasselbe.

Das Apartment stank. Sowohl Kathryn als auch Peter hielten sich instinktiv die Nase zu, aber das half sehr wenig. Kathryn ging zu den Fenstern und öffnete sie, so daß der Gestank durch die kalte Luft, die von draußen eindrang, ein wenig gemildert wurde.

»Mein Gott, was ist das?« sagte sie. »Es stinkt, als sei hier drin irgend was gestorben.«

Peter glaubte, daß die Ursache des Gestanks aus dem Badezimmer kam. Er ging in der Erwartung hinein, eine verwesende Ratte oder Katze in der Badewanne zu finden. Ein Dutzend Schaben krabbelten am Abflußrohr des Waschbeckens herunter, aber das war alles, was er fand. Es gelang ihm jedoch, den Ursprung des Gestanks auszumachen. Er kam aus der Toilette. »Unten im Abflußrohr, im Keller. Irgend was ist da drin verendet und stinkt jetzt bis hier herauf.«

»Wie können Menschen so leben?«

»Meinen Sie, wie sie das ertragen oder wie sie es zulassen können?« Als ihm auffiel, daß er wütend klang, wollte Peter die Worte augenblicklich zurücknehmen. »Ich weiß nicht«, sagte er rasch. »Ich weiß auf beide Fragen keine Antwort.«

»Ist das nicht ihr Zuhause? Wollen sie nicht ...?«

»Das ist es. Und doch wieder nicht. Sie alle sind wegen des Geldes hier, das sie verdienen — oder, besser gesagt, nicht verdienen. Dieses ›Zuhause‹ ist durch seine Armseligkeit definiert. Niemand will hier wohnen. Jeder will hier rauskommen. Wenn man Erfolg hat, zieht man aus. Wenn nicht, ist man hier gestrandet.«

Drei Schaben huschten in geschlossener Formation über die Wand des Wohnzimmers und verschwanden

dann in einem Riß im Putz. Kathryn erschrak zunächst und starrte dann auf die Stelle, wo sie verschwunden waren. Ohne den Blick von dem Riß abzuwenden, sagte sie: »Aber um es so weit kommen zu lassen ...«

»Kathryn, wer wird in etwas investieren, das alle nur möglichst schnell verlassen wollen, das sie daran erinnert, wie arm sie sind, daß sie Versager sind?«

»Haben Sie je in einer Wohnung wie dieser gewohnt?« fragte sie leise.

»Nein.«

»Was ist los mit Ihnen?«

»Ich weiß nicht. Die Tatsache, daß ich jetzt hier bin ... Irgendwie glaube ich, ich hätte früher herkommen sollen. Ich habe so lange versucht, mich vor diesen Leuten zu verstecken.«

»Tatsächlich?«

»Ich wollte einfach nicht zu ihnen gehören. Nicht mit ihnen identifiziert werden.«

»Aber Sie sind keiner von denen. Oder zumindest ist das nicht der Eindruck, den ich von Ihnen habe. Sie wollen wieder ein reinrassiger Mensch werden. Das waren Sie zuerst. Das hier ist nur — ist nur ein Zwischenstadium.«

»Im Moment bin ich mir da nicht so sicher. Ich habe meine Zweifel. Zumindest im Augenblick, solange ich ein Troll bin. Ich BIN ein Troll. Vielleicht sollte ich nicht versuchen, das zu bestreiten.«

Sie sah nachdenklich zu Boden.

»Was ist?« fragte er.

»Nichts.« Mit einem Lächeln wechselte sie das Thema. »Wie heißen Sie jetzt?«

Er zog seinen gefälschten Ausweis aus der Tasche, und sie tat es ihm nach. »Ich bin Jordan Winston«, las er. »Obwohl ich als Shadowrunner natürlich einen anderen Namen habe: Professor.«

»Ich bin Sarah Brandise. Wie werden uns diese Ausweise gegen DNS- und Retinaüberprüfungen schützen?«

»Das ist kein Problem. Sie haben die Originaldaten unserer echten Ausweise genommen und sie für diese Ausweise benutzt.«

Sie lachte.

»Was ist so komisch?«

»Die Vorstellung von unseren ›echten‹ Ausweisen. Sie sind nicht nur ausgelöscht, sondern unsere DNS ist jetzt mit diesen Identitäten verknüpft. Wir sind nicht mehr die, die wir mal waren. Wir sind jetzt diese Leute. Das sind unsere echten Identitäten. Ebensogut könnten wir niemals unser ehemaliges Selbst gewesen sein.«

Peter versteifte sich.

»Ich habe nur Spaß gemacht«, sagte sie. »Ein wenig.« Offensichtlich überkam sie plötzlich dasselbe Gefühl, denn sie warf noch einen Blick auf den Ausweis und steckte ihn dann rasch wieder ein. »Wer werden wir sein, wenn das alles erst vorbei ist?«

»Kathryn, warum suchen Sie nach meinem Vater?«

»Was meinen Sie damit?«

»Warum suchen Sie nach ihm? Sie könnten die Stadt verlassen. Oder Sie hätten um Cell Works kämpfen können. Sie hätten Cell Works dazu bringen können, die Forschungsarbeiten fortzusetzen. Es hätte seine Zeit gedauert, aber Sie hätten es schaffen können. Warum diese Eile? Warum müssen Sie meinen Vater so dringend finden?«

Kathryn legte eine Hand auf ihren Bauch, und ihre Miene spannte sich. »Peter, mein Sohn ... er trägt die Metagene in sich. Er könnte durchaus ein Metamensch werden.«

Die Feststellung brachte Peter aus der Fassung. »Die Chancen sind astronomisch gering. Heutzutage werden die meisten Metamenschen von metamenschlichen Eltern geboren. Ich war eine Ausnahme ...«

»Aber die Möglichkeit besteht immer noch. Ich will nicht, daß dieser Schatten über dem Leben meines Sohnes hängt.«

Peter wurde schwindlig. Er ging zu einem Stuhl und ließ sich daraufallen. Es war ein wirklich massiver, solide gebauter Stuhl, und inmitten seiner Verwirrung stellte er fest, daß er der Chicagoer Wohnungsbaubehörde im stillen gratulierte, die Wohnungen in der Siedlung wenigstens mit den richtigen Möbeln eingerichtet zu haben.

»Peter, was haben Sie?«

»Ich weiß nicht. Sie tun das alles, weil die Möglichkeit besteht, die verschwindend geringe Möglichkeit, Ihr Sohn könnte ein Metamensch werden?«

»Peter, er ist schließlich mein Sohn. Bei Ihnen klingt das so, als bedeute die Tatsache, daß nur die Möglichkeit besteht, es wäre egal. Nun, es ist nicht egal. Mir nicht. Ich will es wissen! Ich muß wissen, daß mit ihm alles in Ordnung ist.«

»Und?« Er betrachtete sie von der Seite, unfähig, ihr ins Gesicht zu sehen.

»Sehen Sie sich doch um!« sagte sie. Sie zeigte auf die Wände, auf die fleckigen Teppiche. »Sehen Sie sich die Wohnung an! An so einem Ort müssen Metamenschen leben. Sehen Sie sich selbst an! Ich kenne Sie kaum, aber ich weiß, daß Sie nicht sehr glücklich mit Ihrem Leben sind. Gott, Sie haben sogar Ihre ganze Existenz dem Ziel verschrieben, wieder ein Mensch zu werden! Warum sollte ich meinem Sohn das wünschen, auch wenn das Risiko noch so klein ist?«

Peter nahm es nicht bewußt wahr, aber das Gefühl, daß mit seinen Zielen etwas nicht stimmte, sank tiefer denn je ein. Er dachte daran, daß Thomas ihm gesagt hatte, er solle seine Suche aufgeben.

»Er könnte ein Elf werden. Elfen werden heutzutage vollständig akzeptiert. Es gibt keinen Weg, das zweifelsfrei zu wissen ...«

»Und er könnte auch ...«

»Er könnte eines Tages ein Troll werden«, vollendete er für sie.

»Natürlich, Peter.« Sie seufzte. »Peter, es geht nicht um Sie. Es geht um meinen Sohn.«

Aber da er ein Troll war, ging es sehr wohl um ihn.

»Wir besorgen uns besser etwas zu essen. Und Kleidung.« Peter stand auf.

»Nein, warten Sie ...«

»Bitte, Kathryn. Lassen Sie's erst mal gut sein. Die ganze Sache hat mich im Moment zu sehr verwirrt.«

Sie schwiegen die meiste Zeit während ihrer Einkaufsexpedition und unterhielten sich nur darüber, was sie kaufen wollten, wieviel davon und bei wem.

Sie kehrten mit billiger Kleidung, die sie warmhalten würde, genug Lebensmitteln, um den Kühlschrank für eine Woche zu füllen, und ausreichend Insektenspray und Ungezieferfallen zurück, um zu glauben, sie könnten sich gegen die Schaben durchsetzen.

Sie hatten gerade die Fallen aufgestellt und die Lebensmittel verstaut, als es an der Tür klopfte.

21

Peter und Kathryn erstarrten und sahen einander an. Dann duckte sich Kathryn hinter einer Ecke, und Peter zog seine Pistole. Kein Wort wurde gesprochen, kein Zeichen ausgetauscht. Sie bewegten sich rasch und lautlos. Wir werden langsam ein gutes Team, dachte Peter.

»Ja?« sagte er.

»Ich bin's!« Das war die Stimme des Mädchens, das sie gestern abend getroffen hatten.

Peter entriegelte die Tür und öffnete sie. »Wow, ist ja 'ne riesige Kanone«, sagte sie, als sie an ihm vorbei in das Apartment glitt.

Er konnte sie jetzt viel besser sehen als gestern und

kam zu dem Schluß, daß er sich, was ihr Alter betraf, gründlich verschätzt hatte. Sie war ungefähr achtzehn, aber ziemlich klein für ihr Alter. Ihre Kleidungsstücke überlappten sich alle und hatten unterschiedliche Farben. Es war so eine Art Harlekin-Outfit, doch ohne jeden Sinn für Zurückhaltung oder Ordnung. Über die Schulter hatte sie einen Rucksack geworfen.

Auf dem Flur wartete Breena, die Magierin, die ein wenig größer als Liaison war, aber nur ein paar Zentimeter. Peter schätzte, daß sie ungefähr so alt wie die Deckerin war, aber ihr Gesicht hatte etwas Gesetztes, Ernstes und einen wütenden Zug, der sie älter aussehen ließ. Sie trug eine schwarze Jacke, die von einem breiten Gürtel zusammengehalten wurde, dicke schwarze Strümpfe und schwarze Stiefel. Die Schultern der Jacke waren derartig ausgepolstert, daß sie ihren Körper zu etwas verzerrten, das zu muskulös für ihre zierliche Gestalt aussah. Sie hatte sich silberne und goldene Broschen an das Revers ihrer Jacke geheftet. Fetische, vermutete Peter, die ihr bei der Magie helfen sollten.

»Komm rein«, sagte Peter. Er trat beiseite, um Breena eintreten zu lassen. Dann streckte er den Kopf zur Tür hinaus und sah auf den Flur. »Wir sind nicht verfolgt worden«, sagte die Magierin. »Ist alles sauber.«

»Ich wollte nur sichergehen.«

»Schön. Aber du brauchst es nicht auf Kosten meines professionellen Stolzes zu tun.«

Während des Wortwechsels hatte Breena nicht Peter angesehen, sondern das Apartment beäugt. »Dreckige Bude.«

»Kann man wohl sagen.« Kathryns Tonfall war sardonisch heiter.

Als nächstes betrachtete Breena Kathryn von oben bis unten. »Sie sind mit ihm zusammen?« sagte sie, indem sie mit dem Daumen auf Peter deutete.

»Ja, einstweilen«, sagte Kathryn mit einem Lachen. Peter wurde ein wenig unruhig. Er hatte schon zuvor mit Leuten wie Breena zu tun gehabt. Wenn man ihr überhebliches Geschwätz nicht ernst nehmen konnte, war es besser, sie das nicht wissen zu lassen.

»Sie sind reich, nicht wahr?«

Kathryns Belustigung war wie weggeblasen. »Bis gestern«, sagte sie, um dann hastig hinzuzufügen: »Ich habe immer noch Geld. Ich kann euch bezahlen.«

»Drek, Zoze hätte uns nicht hergeschickt, wenn Sie nicht zahlen könnten. Ich war nur neugierig. Ihre Kleidung, Ihr Haar. Sie sehen reich aus.« Sie ging zu einem Sessel und ließ sich hineinfallen, wobei sie die Beine über die Armlehnen baumeln ließ. Als sie die Augen schloß, sah sie so aus, als würde sie jeden Moment einschlafen. Dann reckte sie sich und fragte lässig: »Also, worum geht's in dem Run?«

»Sie ist nicht einfach nur mit mir zusammen. Ich arbeite auch an dem Run.«

»Ja. Das hat Zoze schon gesagt. Trotzdem, was ist Sache?«

»Ihr sollt jemand finden«, sagte Kathryn.

»Wen?«

»Dr. William Clarris.«

Liaison und Breena sahen einander an, ob die jeweils andere etwas über Clarris wußte. Beide zuckten die Achseln.

»Er gehört zu den Spitzenleuten auf dem Gebiet der Bioforschung. Bis vor kurzem arbeitete er für Cell Works. Er hat seinen Kontrakt einseitig aufgelöst und sich abgesetzt, um für eine andere Firma zu arbeiten.«

»Also sollen wir ihn finden und wieder zu Cell Works zurückbringen.«

»Nein«, sagte Peter. »Wir müssen ihn nur finden. Dann ist der Job erledigt.«

Breena hob eine Augenbraue. Liaison sagte: »Hört sich prima an. Welche Hinweise haben wir?«

Kathryn sagte: »Wir wissen, daß er für einen Konzern, der sich ziemlich im Hintergrund hält, Forschungen im Rahmen eines Projekts zur genetischen Manipulation durchführt ...«

»Na großartig«, sagte Breena.

Peter trat vor. »Bei dem Projekt geht es darum, Menschen mit metamenschlichen Genen davor zu bewahren, Metamenschen zu werden.«

»Du machst Witze«, sagte Breena in wütendem Tonfall.

»Nein.«

»Das ist unmöglich«, sagte Liaison. »Zu viele Gene. Niemand kann den Körper auf diese Weise manipulieren.«

»Man kann, wenn man über Nanotechnologie verfügt.«

»Die gibt's doch gar nicht«, sagte Liaison.

»Man arbeitet daran. Und ich glaube, bei diesem Projekt wird die Technologie benutzt. Ich habe den Namen eines Konzerns in Frankreich, der die Nanotech möglicherweise zur Verfügung stellt.«

»Ich glaube es nicht«, sagte Breena.

»Warum nicht? Theoretisch beschäftigt man sich schon seit Jahren damit ...«

»Nicht das mit dieser Nanotech. Diese Sache, die Magie aus den Menschen zu nehmen.«

Liaison schaute verlegen von einem zum anderen, als wolle sie eine Auseinandersetzung vermeiden. »Telekomanschluß?« fragte sie. Kathryn sah sich um, entdeckte einen Anschluß ohne Kom am Fenster und deutete darauf. Liaison ging durch das Zimmer und begann ihren Rucksack auszupacken.

»Es geht nicht darum, die Magie aus den Menschen zu nehmen ...«, sagte Peter.

»Klar geht es darum«, erwiderte Breena und stand auf. »Sie haben es in London versucht, in einem der Slums, und Babys produziert, die kaum atmen konnten.«

»Das war eine Farce«, mischte sich Kathryn ein. »Diese Leute hatten keine wie auch immer geartete Genehmigung für ihre Versuche.«

»Ist doch egal. Die Kinder sind jedenfalls gestorben. Oder von ihren Eltern getötet worden, als sie sahen, daß sie noch ›alptraumhaftere‹ Kinder gezeugt hatten, als die Metamenschen angeblich sind. Hör mal, Chummer, ich weiß nicht, was du für ein Interesse an dieser Geschichte hast. Du willst kein Troll sein, das ist wohl dein Fimmel. Aber Sie, Lady, pfuschen mit Ihrem ungeborenen Kind rum. Hat es keine Stimme bei der ganzen Geschichte?«

Kathryn fiel die Kinnlade herunter.

»Astralsicht, reiche Lady«, sagte Breena, indem sie auf ihre Augen deutete. »Ich habe euch beide vor einer Minute astral überprüft.« Peter versetzte sich im Geiste einen Tritt dafür, daß er nicht bemerkt hatte, was die Magierin tat, als sie die Augen im Sessel geschlossen hatte. »Ihre eigene Aura umschließt noch eine kleine. Und die kleine Aura weiß nicht, was Sie für Pläne mit ihr haben.«

»Er ist mein Kind.«

»Na prima. Wie Sie meinen. Liaison?«

»Warte mal!« sagte Kathryn und ging auf Breena zu. »Du kannst mich nicht einfach beschuldigen, etwas Falsches zu tun, und die Sache dann einfach so unter den Tisch fallen lassen!«

»Klar kann ich das.«

Peter sah zu Liaison, die den Blick mit einem Achselzucken erwiderte.

»Nein, das kannst du nicht. Du bist noch ein Kind. Du hast noch keine Entscheidungen treffen müssen... du kennst die Sorgen nicht, die man als Mutter hat...«

Der Arm des Mädchens zuckte gerade stark genug, um anzudeuten, daß sie nahe daran war, Kathryn zu schlagen.

»Lady, ich war auch schon schwanger. Mit vierzehn vergewaltigt. Ich trug den Fötus vier Monate in mir, bevor ich überhaupt wußte, daß er da war. Damals war ich so verhungert und verfroren und im Eimer, daß ich nicht wußte, daß die Symptome in mir ein Zeichen heranwachsenden Lebens und nicht des nahenden Todes waren. Als mir schließlich ein Licht aufging, mußte ich entscheiden, wie es weitergehen sollte. Ich meine, ich war damals noch ein Kind, das auf der Straße lebte. Da hatte ich noch keine Magie, die mir helfen konnte. Ich kannte nicht mal Liaison. Hatte nichts. Und ich sollte ein Baby auf die Welt bringen? Ich, die ich Sandwiches von Geschäftsleuten in der Elevated stehlen und schnell wie ein Hase rennen können mußte, um auch nur am Leben zu bleiben, sollte in diesem Bauch ein Baby mit mir rumschleppen? Ich konnte nicht mal mich selbst schützen, mit vierzehn. Wie sollte ich da noch ein Baby durchbringen? Und dann mußte dieses Kind von vierzehn die Entscheidung treffen, das Leben eines Babys zu beenden. Ich mußte mich in einem Keller von irgendeinem Kurpfuscher auskratzen lassen, weil ihr reichen Miststücke entschieden habt, daß die Unantastbarkeit des menschlichen Lebens dem Staat erlaubt, Abtreibungen unter Strafe zu stellen, aber ihr habt alle eure Kliniken in den Kons, die euch alles geben, was ihr wollt! Und Sie stellen sich hin und wollen mir sagen, daß ich nichts über harte Entscheidungen weiß? Das war ich, was da in dem Keller aus mir rausgeholt, getötet wurde. Nicht ein Stück von mir — ich selbst. Ich war nur vierzehn Jahre älter als der Fötus. Als ich in dem Keller lag und das Kind in mir getötet wurde, dachte ich, das tut mir die Welt an. Und ich tue das meinem Kind an.«

Schweigen senkte sich über das Zimmer. Kathryn war einen halben Kopf größer als Breena, aber sie stand im Schatten des Mädchens.

»Es tut mir leid«, sagte Kathryn so leise, daß Peter die Worte kaum verstehen konnte. Sie sah tief in Breenas Augen.

Breena fuhr herum. »Das sollte es nicht. Nicht ich

sollte Ihnen leid tun, sondern Ihr Kind.« Sie wandte sich an Liaison. »Bist du fertig?«

Bevor Liaison antworten konnte, mischte sich Kathryn wieder ein. »Und du hältst mir vor, daß ich das Beste für mein Kind will? Daß ich sichergehen will, daß es nicht wegen eines genetischen Unfalls benachteiligt ist?«

»Nein, ich werfe Ihnen nur vor, intolerant zu sein.«

»Das ist doch nicht meine Intoleranz«, sagte Kathryn hilflos. »Ich will nur nicht, daß es unter der Intoleranz der Welt zu leiden hat. Ich muß wissen, daß alles mit ihm in Ordnung ist.«

»Sie spielen das Spiel mit. Ist ganz dasselbe, absolut dasselbe.« Breena wandte sich wieder an Liaison, doch Kathryn ergriff ihren Arm. Das Mädchen wirbelte wieder herum und hielt Kathryn einen Finger vor die Nase. »Fassen Sie mich nicht an.«

Peter sah zu Liaison, um einzuschätzen, wie gefährlich die Situation geworden war. In ihren Augen lag keine Beunruhigung, nur Schmerz, daß Breena so litt.

»Na schön, versuchen wir's mal damit«, sagte Breena schroff. »Generationenlang, selbst heute noch, haben viele Männer die Frauen als eine Art Fehltritt der Natur angesehen. Männer betrachteten sich als Standard des ›normalen‹ Menschen. Frauen sind weniger als Männer und daher weniger als richtige Menschen. Sie sind Objekte, die man besitzen kann, Arbeiter, denen man weniger Geld zahlt. Und jetzt nehmen wir mal an, jemand, zweifellos ein Mann, würde zu Ihnen kommen und sagen, ›Wir können Sie hinbiegen. Wir können einen Mann aus Ihnen machen. Mit der Technologie, die wir heutzutage besitzen, brauchen wir die Frauen für die Fortpflanzung gar nicht mehr. Wir werden diese Krankheit Frau ausrotten. Endlich können wir eine vollkommene menschliche Rasse haben — eine Rasse von Männern.‹ Wie würden Sie reagieren?«

»Ich bin hier drüben soweit«, sagte Liaison schwach.

»Das ist doch nicht dasselbe.«

»Doch, das ist es. Weil man Ihnen sagen würde, daß die Ursache für all diese Probleme in der Verschiedenheit der Menschen liegt. Wenn die Männer sich nicht durch die Frauen bedroht fühlten« — an dieser Stelle warf Breena Peter einen verächtlichen Blick zu — »oder was weiß ich, würden diese Probleme nicht existieren. Wir machen alle gleich, keine Unterschiede, keine Probleme. Wenn Sie ablehnen, machen Sie alles nur noch schlimmer. Und was spielt es schon für eine Rolle? Mann, Frau, alles einerlei. Sie sind am Leben, oder nicht?«

»Aber wir reden von Metamenschen.«

»Frauen sind früher wegen ihrer Menstruation eingesperrt worden. Männer haben wegen der Menstruation abgesonderte Räume für sie geschaffen. Sie wurden ausgeschlossen. Sie waren monströs. Man betrachtete es als unnatürlich. Das ist der Schlüssel zu allem. Die Menstruation war etwas, das normale Menschen nicht hatten. Wobei normale Menschen natürlich Männer waren.«

»Das ist nicht wahr. Oder wenn doch, dann war das vor langer Zeit.«

»Aber das Grundmuster bleibt dasselbe. Natürlich wissen Sie nichts darüber. In diesen verdammten Schulen, in denen Sie waren, sind die Leute so eifrig darauf bedacht, Ihnen die Fakten — einen Fakt nach dem anderen — einzutrichtern, daß Sie überhaupt keine Möglichkeit haben, sie in irgendeinen Kontext zu stellen. Zu erkennen, wie die Grundmuster zusammenpassen. Keine Perspektive. Sie wissen soviel unnützes Zeug. Aber Sie wissen nicht, wie es funktioniert! Irgend jemand wird immer als unnatürlich definiert. Aber dadurch ist er es noch lange nicht.«

Wiederum senkte sich Stille über den Raum. Peter beschloß, die Aufmerksamkeit auf sich zu ziehen, bevor das Schweigen Wurzeln schlagen und sich zu einem neuen Angriff auf Kathryn auswachsen konnte. »Tja, also gut, Kathryn, ich schätze, Sie haben über einiges nachzudenken. Breena, du hast einige bemerkenswerte Dinge gesagt.« Ihre Augen verengten sich und funkelten ihn an. »Aber ich denke, wir sollten uns jetzt an die Arbeit machen.«

»Hört sich gut an«, sagte Liaison fröhlich. Peter wußte nicht genau, ob ihre gute Laune echt war oder nicht. Aber als sie ihr Deck nahm und es zum Tisch trug, richtete sich aller Aufmerksamkeit auf sie. Ein Kabel verband das Deck mit dem Telekomanschluß. Das Deck ähnelte seinem tragbaren Computer, doch es bestand nur aus der Tastatur — kein Bildschirm.

»Ist es nicht eine Schönheit?« sagte Liaison stolz. »Hab ich mir selbst zusammengebaut.« Sie setzte sich und drückte auf einen roten Knopf an der Seite des Decks. Der Knopf leuchtete auf. Dann nahm sie den Stecker des zweiten Kabels, das an dem Cyberdeck befestigt war, und stöpselte ihn in die Buchse in ihrer Schläfe.

»Wonach suche ich?«

»Nach einem Konzern in Frankreich. Geneering.«

»Kennst du seine LTG-Nummer?«

»Nein. Tut mir leid.«

»Schon in Ordnung. Ich finde sie. Und wonach suche ich in Geneerings Datenbänken?«

»Nach Informationen über Dr. William Clarris. Äh, nach allen Forschungsprojekten, die sie gemeinsam mit einem Chicagoer Konzern durchziehen. Genetische Manipulationen, die Nanotech beinhalten ... Es ist ziemlich vage, ich weiß.«

»Sahne«, sagte Liaison und zuckte die Achseln. »Ich werde mein Bestes tun. Könntest du den letzten Namen buchstabieren?« Peter tat es, und sie gab ihn mit der Tastatur ein. »Bis bald.« Sie blinzelte Breena zu, drückte noch ein paar Tasten, und dann wurde ihr Körper schlaff, als sei sie plötzlich eingeschlafen.

»Sonderbar«, sagte Kathryn.

»Ja«, sagte Breena. »Wenn ich die Augen schließe und mir den Astralraum ansehe, erkenne ich die wahre Natur lebendiger Wesen. Wenn sie sich in die Matrix einstöpselt, sieht sie falsche Bilder von Kommunikationslinien und dreidimensionale Abbildungen, die Daten darstellen.« Als Breena von der Matrix redete, änderte sich ihr Tonfall, und es war, als betrachte sie die Matrix als eine Art unnatürliches Gegenstück zum Astralraum. Peter erwog kurz, ihr Heuchelei vorzuwerfen, besann sich aber eines Besseren.

Peter hatte schon zuvor Decker bei der Arbeit gesehen und seine Dämlicher-Troll-Persona dazu benutzt, die Leute wegen Einzelheiten zu löchern. Liaison schien zwar blind und taub für ihre wirkliche Umgebung zu sein, aber er wußte, daß sie sich als in einer immensen, falschen, computergenerierten Umgebung namens Matrix befindlich wahrnahm. CPUs, Datenspeicher, Datenlinien, alle existierten als dreidimensionale Konstrukte, die sie berühren und betreten konnte.

Zuerst fädelte sie sich in das Chicagoer Regionale Telekommunikationsgitter ein und begab sich nach Europa. Und dann begann sie mit der Suche nach Geneerings Matrixadresse. Und ihre Reise dauerte nicht länger, als Peter brauchte, sie in Gedanken zu vollziehen. Wenn sie einmal in der Geneering-Datenbank war — falls sie reinkam, falls sie nicht von Intrusion Countermeasures aufgehalten wurde —, würde sie unzählige Dateien durchsuchen müssen, aber zumindest brauchte sie nicht alle zu lesen. Peter wußte, daß Liaison über Programme verfügte, welche die Daten für sie lesen, rasch durchsehen und nach kürzester Zeit Meldung an sie erstatten würden.

Eine halbe Stunde verging, und das Licht der Sonne wurde schwächer. Kathryn entfernte sich vom Tisch und setzte sich in einen Sessel auf der anderen Seite des Zimmers.

Peter stellte weiterhin Fallen für die Küchenschaben auf.

»Komisch«, sagte Breena, die ihm zusah. »Wir denken uns immer wieder neue Methoden aus, um sie umzubringen, und sie verändern sich immer wieder, um uns einen Schritt voraus zu bleiben. Soviel Magie, soviel Tech, aber Küchenschaben haben wir immer noch.«

Liaisons Hand erwachte plötzlich zum Leben, als sie energisch auf einen roten Knopf an ihrem Deck hieb. Ihre Augenlider flatterten, und sie riß sich den Stecker aus der Schläfe. »Los!« zischte sie. »Wir müssen sofort von hier verschwinden!«

22

Breena schoß durch das Zimmer und fing an, Liaisons Ausrüstung in den Rucksack zu packen.

»Was ist los?« fragten Kathryn und Peter unisono.

»Ich hab Geneering gefunden«, sagte Liaison in stakkatohaftem Tonfall, während sie Breena den Rucksack aus der Hand riß und ihr Deck darin verstaute. »Aber der Zugang war zu offensichtlich. Ich hab mich nach einer Hintertür umgesehen. Und auch eine gefunden. Und ein paar Schmökerprogramme laufen lassen.« Sie ging zum Fenster, schaute hinaus, schien aufzuatmen und ging zur Tür. »Dann fand ich eine Datei mit dem Namen des Docs drauf. Sehr kalt. Sah gut aus. Ich öffnete sie und fand noch eine große Datei über Nanotech-Prototypen, die für einen Bioforschungsjob in Chicago ausgeliehen worden waren. Bevor ich sie lesen konnte, tauchte ein Geneering-Decker auf. Er hielt mich auf, während das System einen White Wolf startete ...«

»White Wolf?« fragte Peter.

»Ein Aufspürprogramm. Sie sind uns auf den Fersen«, sagte Kathryn.

»Sie sind in Frankreich«, sagte Peter.

»Aber sie haben einen Deal mit einem Konzern in der Stadt«, erwiderte Kathryn.

Peter sah sich rasch noch einmal in dem Zimmer um. Soviel zu den Küchenschaben.

Dann hörten sie weit entfernt den unverkennbaren Lärm von Hubschrauberrotoren.

Er sprang zum Fenster und zog die Blende beiseite. »Ein Stallion fliegt direkt auf uns zu.«

»Metro-Cops?« fragte Liaison.

»Genau.«

»Okay. Das ist okay. Denen können wir aus dem Weg gehen.«

»Moment mal«, sagte er. Draußen sah er noch einen anderen Kopter von Süden kommen. »Crusader Security ist auch hierher unterwegs.«

»Die Metro-Cops werden ihnen den Job überlassen«, sagte Kathryn.

»Ja. Sie werden einen ziemlichen Wirbel veranstalten«, sagte Peter. »Wir verschwinden jetzt besser.«

Liaison zog eine Scorpion Maschinenpistole aus dem Rucksack.

Peter öffnete die Tür; alle rannten aus dem Apartment und auf eine Treppe an der Rückseite des Gebäudes zu.

»Wir müssen schnell aus dieser Gegend verschwinden. Ich will keine Wiederholung der letzten Crusader-Razzia in einem Siedlungsprojekt«, sagte Peter.

»Was ...?« machte Kathryn.

»Nicht jetzt.«

Sie öffneten die Tür zum Treppenhaus, und Liaison wandte sich nach unten. »Nein. Erst mal nach oben«, sagte Peter. Liaison sah Breena an, die nickte. Das Geräusch von einer Tür, die aufgebrochen wurde, hallte das kahle, zylinderförmige Treppenhaus herauf.

Liaison führte die Gruppe an, dann kamen Breena und Kathryn. Peter bildete den Schluß, um nach hinten abzusichern.

Plötzlich hörte er ein Kind sagen: »Hey, was macht ihr Pinks denn hier?« Er schaute nach oben und sah einen neun Jahre alten Troll von oben zu ihnen herunterstarren. Dann fiel sein Blick auf die Waffen; er schrie auf und verschwand von der Treppe.

Von unten hörte Peter mehrere Paar Stiefel die Treppe heraufpoltern.

»Drek«, seufzte er. Liaison lehnte sich gegen das Treppengeländer, ihre Scorpion zeigte nach unten. Kathryn blieb stehen, doch Breena sagte: »Weiter. Immer in Bewegung bleiben, bis du da oben bei der Tür bist. Wenn's schiefgeht, renn einfach.« Dann trat Breena einen Schritt zurück und wartete auf die Cops.

Peter spannte sich an, die Vorfreude auf den Kampf erwärmte ihn. Crusader war eine reinrassige Truppe. Und eines hatte Peter mit den Jahren gelernt: Er stand unheimlich darauf, reinrassige, bewaffnete Menschen fertigzumachen. Keine andere Gruppe hatte ihm soviel Leid zugefügt. Wenn er wieder einer von ihnen war, würde er sein liberales Herz öffnen und sich über die ungerechte Behandlung aller durch alle Gedanken machen. Aber jetzt ...

Liaison gab drei Schüsse ab, bevor der erste Cop die Biegung der Treppe hinter sich gelassen hatte. Die ersten beiden trafen seine schwarze Rüstung und richteten wenig Schaden an. Aber Liaison zielte bei jedem Schuß ein wenig höher. Die dritte Kugel fuhr dem Mann in den Hals und ließ ihn zurücktaumeln. Er griff nach der Wunde, und Blut sprudelte durch seine Finger.

Sein Kamerad hielt sich zurück und blieb außer Sicht.

»Westtreppe, dritter Stock«, brüllte der zweite Cop in sein Mikro. »Bewaffnet und gefährlich.«

Nervös beugte sich der Cop vor und gab einen Feuerstoß aus seiner HK227 ab.

Liaison sprang zurück. Die Kugeln rissen Betonsplitter aus der Wand.

»Los, weiter«, sagte Peter über das Geknatter der HK

hinweg. »Eine Treppe hoch, rüber zur anderen Seite des Hauses und dann abwärts.«

Die Frauen rannten die Stufen hinauf. Peter blieb, wo er war, um ihnen etwas Zeit zu verschaffen. Dann gab er zwei Schüsse ab, bevor er ihnen folgte.

Als er im vierten Stock ankam, waren die anderen drei bereits auf halbem Weg über den Flur.

Breena und Liaison waren gerade an den Aufzügen vorbei, als sich die Tür zum Treppenhaus neben den Fahrstühlen öffnete.

Ein Cop trat auf den Flur, und Kathryn blieb nur ein paar Schritte von dem Mann entfernt stehen. Er sah überrascht aus, dann hob er seine HK227.

Peter hatte keine Ahnung, ob der Cop schießen würde oder nicht, aber er rief: »Hey!« bevor es irgend jemand erfahren mußte. Der Cop zog den Abzug seiner HK schon durch, als er zu Peter herumwirbelte. Die Kugeln prallten von den Wänden ab und durchschlugen die dünnen Türen der umliegenden Apartments. Kathryn fiel zu Boden. Schreie hallten durch den Flur.

Peter sprang auf die andere Seite des Flurs, weg von den Kugeln, und warf sich der Länge nach hin. Aus den Augenwinkeln sah er einen blauen Lichtblitz, und er glaubte, der Cop habe einen Taser wie denjenigen gezogen, den die Cops vor Jahren gegen ihn benutzt hatten. Anstatt jedoch Schmerz zu empfinden, hörte er, wie klappernd ein Gewehr zu Boden fiel. Als er aufsah, hatte der Cop die Hände vor das Gesicht geschlagen, während sich sein Fleisch verflüssigte und seinen Hals herunterlief. Der Mann stand einen Augenblick reglos da, brach dann zusammen und rührte sich nicht mehr.

Am anderen Ende des Flurs stand Breena, an deren Händen immer noch bläuliche Energie knisterte. Kathryn starrte den toten Cop an und wandte sich dann schnell ab.

»Vorwärts, vorwärts!« zischte Peter und eilte zu Kathryn, um ihr aufzuhelfen. »Er hatte keine Gelegenheit, einen Funkspruch abzugeben. Vielleicht ist er der einzige hier oben.« Im Vorbeigehen hob Peter die HK227 auf.

Sie rannten über den Flur. Als sie die Tür zum Treppenhaus erreichten, hörten sie ein Stockwerk tiefer Schüsse aus automatischen Waffen.

»Worauf schießen die?« sagte Kathryn, nachdem sie sich davon überzeugt hatte, daß die Gruppe immer noch zusammen war.

»Sie durchsuchen die Apartments«, grollte Peter, die Treppe herunterstürmend. Liaison und Breena waren dicht hinter ihm. »Ihr drei lauft weiter!« rief er über die Schulter. »Ich halte sie auf und hole euch dann ein. LAUFT WEITER!«

Als ihn die Frauen überholten, hörte er Kathryn kurzatmig keuchen: »Ich verstehe das nicht.«

Als er den Treppenabsatz des dritten Stocks erreicht hatte, warf sich Peter gegen die Treppenhaustür und hinaus auf den Flur. Die Luft war von Rufen und Schreien erfüllt. Rechts und links von ihm brachen Cops die Apartmenttüren auf und gaben Feuerstöße aus ihren automatischen Waffen ab. Ein paar lachten.

»Hey!« rief Peter. Er wandte sich nach rechts und jagte eine Salve durch den Flur in einen Pulk von vier Cops. »Könnt ihr Perversos nicht mal auf die richtigen Leute schießen?«

Jeder der Cops fing sich eine Kugel ein und wurde zu Boden geworfen. Gewehrfeuer von links schlug in Peters Duster. Die Kugeln trafen ihn wie Schläge, sandten neue Schmerzwellen durch die Wunden, die er sich in den Shattergraves eingehandelt hatte, doch Duster und natürliche Panzerung ließen nicht zu, daß die Kugeln durch seine Haut drangen.

Er durfte nur nicht vergessen, Breena dazu zu bringen, ihn zu heilen.

Peter sprang zurück in die Sicherheit des Treppenhauses. Er ließ es so aussehen, als trete er einen hastigen Rückzug an, doch sobald er außer Sicht war, beugte er sich wieder zurück in den Flur und schoß auf die Cops, die Richtung Treppenhaus rannten. Er erwischte die beiden vorderen Cops voll in der Brust. Die Kugeln zerfetzten ihre Panzerung, und die Aufprallwucht schleuderte sie in die Cops hinter ihnen.

Ein Cop, der direkt hinter den führenden beiden gewesen war, fiel Peter ins Auge. Der Mann war ein reinrassiger Mensch, schien jedoch das Gesicht eines Schweins zu haben. Für den Bruchteil einer Sekunde kreuzten sich ihre Blicke, und alles, was Peter darin entdeckte, war nackter, tiefgreifender Haß.

Er ließ die leere Waffe fallen und sprang die Treppe herunter. Im Laufen zog er die Predator aus dem Schulterhalfter.

Als er den ersten Stock erreichte und gerade die letzte Treppe in Angriff nehmen wollte, hörte er die Treppenhaustür hinter sich. Er wollte sich umdrehen und einen Schuß abgeben, doch als er nach dem Geländer griff, um sich daran festzuhalten, begann sich die Welt um ihn plötzlich wild zu drehen. Das Treppenhaus war von düsteren Schatten erfüllt. Die Stufen unter seinen Füßen schienen sich in Gummi zu verwandeln; er stolperte hinunter und knallte gegen die Betonmauer. Aus dem Augenwinkel glaubte er eine Gestalt zu sehen, jetzt rot und warm, dann wieder nur ein Schatten. Sein Vater? Billy? Als er aufschaute, sah er einen Mann, an dessen gepanzerte Brust Fetische geheftet waren, durch die Treppenhaustür auf den Flur des ersten Stocks schlüpfen und dann die Tür hinter sich schließen.

Peter versuchte sich mit den Händen auf dem Boden abzustützen, doch seine Hände rutschten weg. Und rutschten wieder weg. Und wieder. Schließlich kam er auf die Beine. Er ging ein paar Schritte auf die Treppe zu und stürzte erneut. Die Wände neigten sich ihm entgegen. Er wollte vor Wut schreien, doch er fand seine Stimme nicht.

Ein Magier hatte ihm das angetan. Der Mann. Der

sich jetzt versteckte. Und den Spruch vollendete. Auf die Cops wartete, die hinter Peter her waren. Er sah auf den Treppenabsatz im Erdgeschoß herunter. Ein Ausgang-Zeichen hing über der Tür. Vielleicht konnte er die Treppe herunter und durch die Tür fallen.

Und dann was? Er würde Breena und wie-hießen-sie-noch-gleich nie finden, solange seine Hände in seine Brust zu schrumpfen schienen.

Er mußte den Magier ausschalten, oder er war so gut wie tot.

Peter wälzte sich wieder zur Treppe und kroch sehr, sehr vorsichtig die Stufen hinauf. Er hielt die Augen geschlossen, versuchte auf diese Weise zufällige Sinneswahrnehmungen auszuschalten. Von der Treppe über ihm kam das Gepolter von Stiefeln, Cops, die rasch näher kamen.

Er versuchte nicht in Panik zu geraten, aber die Welt stürzte in sich zusammen, und Peter glaubte, sich übergeben zu müssen. Er tastete mit der Hand nach dem Treppenabsatz über sich und zog sich hoch. Der Türgriff war direkt über ihm. Er brauchte ihn zur zu packen. Aber er schien so weit entfernt zu sein, als sei er auf winzige Größe zusammengeschrumpft. Er warf einen Blick zurück auf die Treppe und hatte das Gefühl, sich noch nie in seinem Leben so hoch über dem Erdboden befunden zu haben. Wenn er fiel, das wußte er, würde er nie wieder aufhören zu fallen. Er würde fallen und fallen und hinunterstarren und ewig den Aufprall auf sich zukommen sehen.

Schließlich stellte seine Hand den Kontakt zum Türgriff her, und er zog die Tür auf. Er fiel in den Flur und wandte sich nach rechts. Der Magier stand direkt neben ihm und sah voller Überraschung auf Peter herab. Von draußen hörte Peter das Gepolter der Cops.

»Ich ...«, sagte Peter. Aber mehr hatte er nicht zu sagen. Er streckte die Hand aus und versuchte den Magier zu packen, doch der trat einen Schritt zurück, und Peters Arm verschmolz mit dem Boden. Oder zumindest glaubte Peter, daß er das tat. Er wußte, es war eine Lüge. Er brauchte nur herauszufinden, wo die Einbildung endete und die Wirklichkeit begann. Oder spielte das überhaupt eine Rolle? Wenn er wirklich glaubte, daß seine Hand mit dem Boden verschmolz, welchen Unterschied machte es dann, wenn er sich einredete, daß alles nur eine Illusion war? Er fing an zu kichern. Vielleicht lag die Wahrheit irgendwo in der Mitte.

Die Tür hinter ihm öffnete sich. Er wälzte sich herum und schaute zu zwei Crusader-Cops auf, deren HKs auf ihn zeigten. Sie kamen ihm gigantisch und zugleich wie Kinder vor, wie kleine Jungen, die nach Sandkastenregeln spielten, aber mit echten Gewehren bewaffnet waren.

»Mach's gut, Troggy«, sagte einer von ihnen.

Dann öffnete sich eine andere Tür auf dem Flur, und Peter hörte das donnernde Brüllen einer Schrotflinte. Ein Hagel aus Schrotkugeln schleuderte die Cops gegen die Wand.

Peter fühlte sich plötzlich viel besser. Er sah nach rechts zum Magier, der gerade die Arme bewegte, um einen weiteren Spruch zu wirken, der wohl den Ork mit der Schrotflinte ausschalten sollte, der hinter Peter in seiner Apartmenttür stand. Peter riß die Predator herum. Wunderbarerweise hielt er sie immer noch in der Hand, und es gelang ihm, den Magier mit zwei Schüssen zu erledigen.

Die beiden Cops rappelten sich langsam wieder auf, ihre Körperpanzer hatten sie vor ernsthaftem Schaden bewahrt. Doch bevor sie einen Schuß abgeben konnten, beharkte sie der Ork mit einer weiteren Schrotladung, und Peter pumpte noch ein paar Kugeln aus der Predator in sie hinein. Sie schwankten einen Augenblick, dann brachen sie zusammen.

Peter erhob sich ein wenig benebelt und wandte sich an den Ork. »Danke.«

»Hau bloß schnell ab.« Der Ork lächelte, sah sich noch einmal im Flur um und verschwand wieder hinter seiner Apartmenttür.

Als Peter das Erdgeschoß erreichte, riß er die Tür auf und eilte hinaus in den Schnee. Im gleichen Augenblick hörte er einen Wagen mit quietschenden Reifen um die Ecke des Hauses jagen. Es war ein schwarz lackierter Lieferwagen, ein Ares Master, doch er wußte, daß das ein Crusader-Fahrzeug war. Peter hob seine Kanone und feuerte auf die Windschutzscheibe, aber die Kugeln prallten wirkungslos von ihr ab.

Der Lieferwagen kam schlitternd vor ihm zum stehen, und Peter hörte die hinteren Türen aufspringen. Als er sich verzweifelt nach einer Fluchtmöglichkeit umsah, mußte er entdecken, daß sich die Tür, durch die er gerade gekommen war, hinter ihm geschlossen hatte. Als er sich wieder umdrehte, um den Cops einen letzten Kampf zu liefern, schoß plötzlich ein Feuerball hinter einem nicht weit entfernt stehenden Müllcontainer hervor und direkt durch die offenen Türen in den Lieferwagen.

Breena war sehr gut.

Er warf sich in den Schnee und bedeckte sein Gesicht.

Im nächsten Moment gab es eine laute Explosion, und eine Hitzewelle wischte über ihn hinweg, gefolgt von lauten Schreien. Der Schnee um den Lieferwagen war geschmolzen. Zerfetzte Körper lagen in einem genau umrissenen Umkreis von der Explosionsstelle, und überall schmolzen sich Blutlachen durch den Schnee.

Als er sich schwankend erhob, sah Peter Liaison hinter dem Müllcontainer. Sie bedeutete ihm, nach rechts zu dem Haus in der Nordostecke der Siedlung zu laufen.

Auf ihr Zeichen rannte er los. Wenngleich er hörte, wie sich hinter ihm die Tür zum Haus öffnete, wußte er, daß er sich jetzt nicht umsehen durfte. Eine Deckung zu erreichen, war alles, was im Augenblick zählte. Aber es ging trotzdem gut. Liaison schoß auf die Crusader-Cops und trieb sie wieder in die Deckung des Hauses zurück.

Peter duckte sich hinter einen Müllcontainer, um einen raschen Blick zurück zu werfen. Ein paar Sekunden später bog er schwer atmend um die Ecke des Hauses. Das Gelände vor ihm war völlig leer, wahrscheinlich deshalb, weil spätestens nach der Explosion und dem Gewehrfeuer jedermann in Deckung gegangen war.

Breena, Liaison und Kathryn kamen um die andere Hausecke gerannt. Für Peter sah Breena so aus, als sei die Anstrengung fast zuviel für sie gewesen. Der Feuerball hatte ihr das Mark aus den Knochen gesogen. »Drek, das war knapp«, murmelte sie. »In dem Lieferwagen war ein Magier.«

»Wie geht's weiter?« fragte Peter.

»Wagen. Abhauen«, keuchte Liaison.

»Wo hast du geparkt?«

»Da drüben.« Sie deutete auf einen Wagen ein Stück weit die Straße herunter.

»Toll«, sagte er, und die vier rannten wieder los.

Einer der Cops entdeckte sie, gerade als sie den Wagen, einen grauen Ford Americar, erreichten. Er hob sein Gewehr und schoß. Kugeln spritzten durch den Schnee und jagten Peter entgegen, als dieser sich auf den Rücksitz warf und die Tür hinter sich zuzog. Der Wagen war auf Situationen wie diese vorbereitet, und die Kugeln prallten vom Wagenblech ab. Liaison warf den Motor an und schoß die Straße entlang.

»Wie geht's euch allen so?« fragte Peter.

Breena atmete schwer, sagte jedoch: »Gut.«

»Gut«, meinte auch Liaison.

Er spürte Kathryn ganz nah rechts neben sich. Die Hitze der Aktion und die Wärme ihres Körpers wirkten auf ihn wie ein Aphrodisiakum. Er betrachtete sie genauer. Ihre Augen waren wie Glas, die Atmung tief und gleichmäßig. »Alles in Ordnung?«

»Mmh-mmh«, machte sie.

»Sehr gut«, sagte Peter, indem er sich zu einer würdevolleren Stellung aufsetzte. »Dann können wir uns ja jetzt das Crusader-Hauptquartier vornehmen.«

»Was meinst du damit, das Crusader-Hauptquartier vornehmen«, wollte Breena plötzlich alarmiert wissen.

»Ich meine damit, der Hinweis, den wir brauchen, um Clarris zu finden, steckt in dem Gebäude.«

»Ja«, sagte Liaison. »Sie haben eine Aufzeichnung des Gesprächs, in dem sie aufgefordert wurden, die Cops loszuschicken. Und das gibt uns den Namen des Konzerns, seine Adresse — zumindest einen Telekomcode. Crusader legt alle Kontaktdaten auf Eis. Ich hab schon mal versucht reinzukommen.« Sie raste weiterhin mit einem wahnsinnigen Tempo durch die Straßen, aber das hielt sie nicht davon ab, Breena einen kurzen Blick zuzuwerfen. »Wenn wir die Information wollen, müssen wir von innen ran.«

»Zwei Faktoren arbeiten für uns«, sagte Peter. »Ein Großteil ihrer Leute sind nicht in der Basis und suchen nach uns ...«

»Das kannst du laut sagen!« warf Breena reizbar ein.

»Und zweitens rechnen sie bei Crusader nicht damit, daß wir in ihrem eigenen Hinterhof auftauchen.«

»Kommt mir ziemlich einleuchtend vor«, sagte Liaison. Breena warf ihr einen Blick zu, der besagte, daß sie noch ein Kind war und noch ein paar Jahre warten sollte, bevor sie eine Meinung äußerte.

»Der Laden ist eine Festung«, sagte Breena. »Die Wachen in den Türmen sind mit MAG-5 Maschinengewehren bewaffnet. Sie warten geradezu darauf, daß jemand das versucht, was du vorschlägst. Sie haben alle Vorkehrungen dagegen getroffen.«

Peter schlug mit der Faust gegen die Decke des Wagens.

»Hey, paß auf die Sachen auf!« rief Liaison.

»Hör mal, Breena, wir haben gar keine andere Wahl. Unser einziges Verbindungsglied war die Firma in

Frankreich, und Liaison ist gerade rausgeflogen. Das war's. Die einzige andere Spur befindet sich im Crusader-Hauptquartier. Es muß der Chicagoer Konzern gewesen sein, der sie alarmiert hat. Wenn ihr 'ne andere Idee habt, bitte, ich habe jedenfalls keine.«

Kathryn sah mit der Andeutung eines Lächelns zu Peter auf und nickte dann stolz.

Breena dachte einen Augenblick darüber nach. »Ja. Aber es hört sich ziemlich blödsinnig an.«

»Es ist blödsinnig, Breena«, sagte Liaison. »Das ist ja gerade das Lustige. Clever genug sein, um was echt Blödsinniges durchzuziehen.«

»Dann brauchen wir also einen Plan, stimmt's?« sagte Kathryn. Peter starrte sie an. Sie schien sich langsam mit der Situation zurechtzufinden.

»Ja«, sagte er.

Kathryn und Breena sahen ihn an. Liaison betrachtete ihn im Rückspiegel. »Tja, Professor, es ist deine Idee. Also denk dir auch einen Plan aus.«

Peter nickte und lächelte ihr zu. »Kein Problem, Chummer«, sagte er, und Breena lachte.

23

Als sie das untere Ende der Northside erreichten, hatten sich dunkle Wolken über Chicago zusammengeballt, und es hatte wieder zu schneien begonnen.

Liaison steuerte den gepanzerten Americar ein paar Blocks vom Crusader-Komplex entfernt in eine Seitengasse, dann gingen sie und Breena zum Kofferraum und öffneten ihn.

Peter wandte sich an Kathryn. »Werden Sie zurechtkommen?«

»Ich? Ich brauche doch nur Breena den Rücken freizuhalten. Und Sie, werden Sie zurechtkommen?«

»Ich weiß nicht.« Und er lachte, ein tiefes, freudiges

Lachen. Die Tatsache, daß er sich von der Itami-Gang gelöst hatte, machte ihn irgendwie schwindelig. Er hatte das Gefühl, das sein Leben endlich in den richtigen Bahnen verlief und einem Kulminationspunkt entgegenstrebte.

»Sie sind ein ziemlich merkwürdiger Mensch.«

Breena hieb mit der Faust gegen das Fenster, um sie auf sich aufmerksam zu machen. »Es ist soweit!« rief sie.

Peter öffnete die Tür und stand auf. Breena glitt an ihm vorbei auf einen Sitz im Wagen und schloß dann die Augen. »Willst du den Laden astral auskundschaften?« fragte Peter.

»Nee«, sagte sie mit geschlossenen Augen. »Ich weiß, daß sie dagegen geschützt sind, und wenn ich versuche, Nachforschungen anzustellen, riskiere ich damit nur, einen Alarm auszulösen. Ihr solltet aber an ihrer astralen Sicherheit vorbeikommen.« Sie atmete tief durch. »Die ganze Sache ist Wahnsinn und gefällt mir nicht, aber wenn wir sie überraschen wollen, könnten wir es damit schaffen. Sie könnten auch einen Elementar auf Posten haben. Aber in der Byrne-Siedlung haben wir zwei von ihren Magiern erledigt — die Chancen stehen ganz gut, daß einer der beiden, den Elemetar beschworen hat. Wenn ja, ist der Elementar jetzt verschwunden. Also, wenn ihr da reingeht, seid ihr völlig auf euch allein gestellt.«

Liaison rollte mit den Augen, um anzudeuten, daß sich Breena einfach zu viele Sorgen machte. Dann entspannte sich Breena, ihre Atmung verlangsamte sich, und sie hob die Hände. Winzige blaue Funken lösten sich von ihrer Haut, immer mehr, bis ihre Hände darunter nicht mehr zu sehen waren.

Liaison trat vor und zog an Peters Arm, um ihn darauf aufmerksam zu machen, daß er aus dem Weg gehen solle. Als er zur Seite trat, beugte sich Liaison in den Wagen. Breena öffnete die Augen und lächelte sie an.

»Bis dann«, sagte sie, und die beiden öffneten den Mund und küßten sich.

Sie dehnten den Kuß aus, während Breena Liaisons Wangen berührte und die blauen Funken von ihren Händen auf Liaison übergriffen. Alle Körperteile, mit denen die Funken in Berührung kamen, wurden unsichtbar. Breena schloß wieder die Augen. Nach kürzester Zeit küßte sie nur noch Luft.

Die blauen Funken strömten zu Liaisons Hüfte und die Beine entlang, bis sie vollkommen unsichtbar war.

Peter vermutete, daß sich Liaison von ihr gelöst haben mußte, als Breena den Mund schloß. Sie starrte mit einem zufriedenen und gleichzeitig entrückten Lächeln durch die Frontscheibe.

»Hier«, sagte Liaison, deren Stimme aus dem Nichts kam. Auf Breenas Schoß erschien eine Kanone. »Die ist für dich, Kathryn«, sagte sie. »Paß auf sie auf. Ach ja, siehst du den kleinen Kasten an ihrer Hüfte?«

Kathryn nickte.

»Das ist eure Verbindung mit mir. Drück auf den Knopf da — genau. Wenn ich das Signal gebe, ist es Zeit. Verstanden?«

»Ja.«

Die Stimme wandte sich an Peter. »Fertig?«

Peter sah ein Flackern an der Stelle, wo die Stimme herkam. »Ich kann dich sehen. Ich meine, ich habe dich gesehen, nur für einen kurzen Moment.«

»Es ist nur ein Illusionszauber. Du weißt, daß ich da bin, also ist die Illusion nicht so stark für dich. Bei jeder anderen Person wird sie hundertprozentig wirken. Oder sollte es zumindest.« Sie hielt inne, um dann hinzuzufügen: »Aber das werden wir erst erfahren, wenn wir dort sind. Fertig?«

»Klar.«

»Gib mir deine Kanone.«

Er zog die Predator aus dem Halfter und hielt ihr die Waffe hin. Peter spürte, wie Liaison sie ergriff, und ließ los. Im gleichen Augenblick wurde die Kanone unsichtbar.

»Was hast du bei dir?« fragte er.

»Ich hab mir eine Uzi aus dem Kofferraum genommen.«

»Du gibst dich nicht mit Kleinkram ab.«

»Nee. Zoze hat uns schwere Artillerie verpaßt. Fertig?«

Er schnallte das Halfter ab, behielt jedoch den gefütterten Duster an. »Wir können.«

Als sie die Gasse verließen, fragte Peter: »Muß sie dich küssen, um die Magie zu vollbringen?«

Liaison lachte. »Nein. Das gibt ihr bloß 'n Kick. Ich weiß nicht.« Nach einer Pause fragte sie: »Bist du sicher, daß sie dich nicht mit dem Kampf in der Siedlung in Verbindung bringen?«

»Absolut. Vertrau mir. Für diese Burschen sehen alle Trolle gleich aus.«

Peter schrie.
Er brüllte.
Er tanzte die Straße entlang.

Als er noch dreißig Meter vom Crusader-Hauptquartier entfernt war, lachte er und gröhlte: »Mann! Ich wünschte, mir würden so'n paar weichhäutige Tunten über'n Weg laufen, drei oder vier, damit's fair wird und sie mir 'n guten Kampf liefern! Ich kann diese Weichlinge einfach nich' mehr ertragen. Sind immer sofort Brei, wenn man ihnen eins verpaßt!«

Eine dicke Steinmauer mit Stacheldrahtbesatz umgab den Komplex. In der Mitte der Anlage stand ein geschniegeltes, steril aussehendes dreigeschossiges Gebäude. Es erinnerte ihn an Menschen, geschniegelte Menschen, Reinrassige, bei denen alles sauber und wesenlos und langweilig wie der Tod sein mußte. Er bemerkte mehrere enge Schießscharten in der Steinfassade des Dachs.

Er lachte wieder.

In einem Wachturm an einer Ecke der Anlage blitzte ein Scheinwerfer auf. Das Licht fand ihn sofort, hüllte ihn ein und schuf einen etwa drei Meter durchmessenden Lichtkreis.

Peter blieb stehen und starrte auf den Boden, als habe ihn das Licht verwirrt. Dann kniete er nieder und betastete vorsichtig den Boden wie ein betrunkener Wissenschaftler, der plötzlich von einer Blume fasziniert ist.

»Hey, Drekhead!« rief jemand vom Wachturm. »Verpiß dich!«

Peter sah auf, hielt nach Engeln Ausschau, die ihn umgaben. Er schwankte auf den Turm zu, von dem das Licht ausging. Der Scheinwerfer folgte ihm und ließ Peter innehalten, um erneut den hellen Kreis auf dem Boden zu begutachten. Er machte zwei Schritte vorwärts. Das Licht folgte ihm. Er ging drei Schritte nach rechts. Er war ein Kind, das gerade seinen Schatten entdeckt hatte.

»Sieht ganz so aus, als hättest du deinen Spaß«, sagte Liaison von außerhalb des Lichtkreises.

»GENAU!« gröhlte er. »Weil ich weiches, dämliches Fleisch hasse!«

Er tanzte über die Straße, wobei er das Licht in einem lustigen Ringelreihen mit sich zog und zwischendurch immer wieder stehen blieb, um es zu verwirren.

»VERZIEH DICH JETZT VON HIER!« donnerte die Stimme über einen Lautsprecher.

»Wer ist da?« rief Peter.

»VERSCHWINDE AUS DER GEGEND!«

»Bist du 'n Softie? Hast du dieses weiche Fleisch, das ich so gerne zermansche?«

Ein paar Wachen streckten die Köpfe über die Mauer.

»Kann ich ihn abservieren?« rief einer.

»NEIN!« kam die Lautsprecherstimme.

Eine andere Stimme rief: »Wir haben schon genug Ärger mit der Byrne. Laß ihn abschwirren.«

Peter zeigte auf einen der Männer auf der Mauer. »Bist du 'n Feigling? Bist du das? Bist du 'n Feigling? Kommt runter! Kommt runter und kämpft mit mir!«

Die Männer funkelten ihn an, rührten sich jedoch nicht.

»Verdammte Feiglinge. Haben Angst, es mit 'nem Troll aufzunehmen, wenn sie 'n nich' mit ihren schicken Kanonen erledigen können. Ihr Wichser! Ich nehm's mit vieren von euch auf. Genau. Vier Mann.«

Die Männer sahen einander an.

»Fünf!« brüllte Peter. »Ich zeig euch dämlichen Mülleimern, wer das Sagen haben sollte. Oder habt ihr zuviel damit zu tun, da drinnen an euch rumzuspielen?«

Die Köpfe verschwanden hinter der Mauer. Ein paar Sekunden lang war eine hitzige Diskussion zu hören, dann öffnete sich das Tor.

»Bis dann«, sagte Liaison.

In der Toröffnung tauchten acht Wachen auf. Drei von ihnen hatten Gewehre auf Peter gerichtet.

»Hey!« sagte Peter lachend und hob die Hände. Einer der Männer, offenbar der Anführer, grinste Peter an. Er hielt ihm einen Recorder vor die Nase. »Du willst kämpfen?«

»Genau.«

»Bist du sicher?«

»Sicher bin ich sicher, Drekschädel.«

»Und nur, weil's Spaß macht, stimmt's?«

»Stimmt. 'türlich würd's mir nichts ausmachen, aus euren weichen kleinen Pinkyschädeln weichen kleinen Pinkypudding zu machen. Aber das is' nur meine Meinung.«

Der Anführer schaltete den Recorder aus und gab ihn einem der drei Männer mit Gewehr. »Keine Waffen. Nur mit bloßen Händen.«

»Klar. Was ihr wollt.« Den Geistern sei Dank, dachte Peter.

Der Anführer nickte zweien der Männer ohne Ge-

wehr zu. Sie gingen zu Peter und filzten ihn. Sie machten ihre Sache gut. »Sauber«, sagte der eine schließlich.

»Also gut«, sagte der Anführer, indem er etwas aus der Tasche zog. »Fünf gegen einen. Stimmt's?«

»Stimmt.«

»Prima.«

Peter sah, wie sich jeder der Männer einen Schlagring überstreifte. »Hey, Moment mal ...«

»Hast du was gesagt, Chummer?«

»Ihr kriegt diese Dinger.«

»Und?«

»Ich krieg nichts.«

»Genau, aber dafür wirst du was anderes kriegen, und zwar 'ne ganze Menge davon. Du willst doch nicht, daß es zu einfach für dich wird, oder?«

»Was soll das heißen?« sagte Peter, um Zeit zu gewinnen. Er war fast sicher, wenn auch nicht hundertprozentig, daß er die Wachen trotzdem fertigmachen konnte. Aber vielleicht konnte er sie so lange hinhalten, bis Liaison mit den Daten zurück war, und die ganze Sache noch abblasen.

»Das soll heißen, daß du 'n großer starker Troll bist. Wir sind nur 'n paar kümmerliche ›Softies‹, stimmt's?«

»Stimmt. Aber ...«

Sie stürzten sich auf ihn.

Peter bewegte sich zwar schnell, aber seine Gegner waren ein gut eingespieltes Team und deckten die Flanken, so daß er nicht seitlich ausweichen konnte. Ein Schmerz schnitt durch seine Schulter, und in diesem Augenblick fiel ihm ein, daß Breena ihn noch nicht geheilt hatte. Eine plötzliche Woge der Angst durchströmte ihn.

Er wandte sich nach rechts und drängte in der Hoffnung vorwärts, den Mann umzureißen, der ihm entgegenstürmte.

Er und die Wache prallten aufeinander, aber Peter hatte einen erheblichen Gewichtsvorteil. Er warf sich dem Mann entgegen, der auf den schneebedeckten Asphalt stürzte.

Peter versuchte, nicht über den Mann zu stolpern, rutschte jedoch aus und trat der Wache in den Unterleib. Der Mann jaulte auf, und Peter verlor für einen Moment das Gleichgewicht.

Sofort war er von den anderen Männern umringt, die ihn mit den Fäusten bearbeiteten. Er versuchte den Schlägen auszuweichen, aber er hatte keinen Spielraum, und die Wachen landeten mehrere Treffer auf seinem Rückgrat. Ein stechender Schmerz jagte durch seinen Rücken, und für einen Moment konnte er nichts sehen.

Die Schlagringe bestanden nicht nur aus Metall. Sie teilten auch noch elektrische Schläge aus. Peter hatte so etwas noch nie gesehen. Seine Sicht klärte sich in dem Augenblick, als er auf den Boden knallte. Er brachte die Arme nach vorne, um den Sturz abzufangen, aber seine Hände glitten im Schnee unter ihm weg, und er landete mit dem Gesicht im Schnee. Er rollte sich rasch herum, aber die Wachen reagierten ebensoschnell und traktierten Gesicht und Bauch mit Tritten. Sie richteten keinen besonders großen Schaden an, doch Peter wußte, die Schläge würden ihren Tribut fordern. War dies wirklich der beste Plan?

Er holte aus und rammte die Fäuste gegen die Fußknöchel seiner Gegner. Sie stürzten mit lautem Grunzen auf die Straße. Während sie sich auf dem Boden wälzten, rappelte sich Peter auf. Als er den Kopf hob, stand er plötzlich der ersten Wache gegenüber, die er über den Haufen gerannt hatte. Der Mann kam gerade ebenfalls wieder auf die Beine.

Die Wache schlug wieder nach ihm, aber diesmal parierte Peter die Faust mit einer Hand und verpaßte dem Mann mit der anderen einen Kinnhaken. Die Wache stolperte mehrere Meter rückwärts und fiel dann auf den Rücken.

Peter wirbelte herum, um sich dem Rest der Wachen zu stellen. Er hatte Treffer einstecken müssen, aber jetzt war er in einer dem Anlaß entsprechenden Laune. Sogar seine Schmerzen waren vergangen, von einem Adrenalinstoß verdrängt worden.

Die Wachen kamen auf die Beine, blieben jedoch leicht schwankend stehen. Peter ballte die Hände zu Fäusten. Ein warmes Gefühl der Freude erfaßte ihn. Er wußte, er konnte es mit den Wichsern aufnehmen, welche die Byrne zusammengeschossen hatten, und sie gründlich aufmischen.

»Peter. Es gibt ein Problem«, sagte Liaison leise zu seiner Rechten.

»Kein Scheiß!« brüllte Peter. Er erschrak ein wenig, und die Wachen faßten das als ein Zeichen der Angst auf. Sie strafften sich ein wenig.

Peter grunzte. Er zog sich ein wenig nach rechts zurück, um Liaison außer Hörweite der Wachen zu halten. Er bewegte sich so langsam, daß sie ihm nicht folgten.

»Ich komm nicht ins Haus. Die Tür ist abgesperrt und mit einem Kombinationsschloß gesichert. Und in der Anlage rennen so viele Wachen rum, daß ich es nicht knacken kann. Sie würden zwar mich nicht sehen, aber die offenen Schaltkreise, wenn ich die Deckplatte abnehme.«

Peter grunzte wieder. »Wartet ab!« schrie er den Wachen zu. Dann fügte er leise hinzu: »Bis jemand reingeht.«

»Das habe ich. Praktisch alle beobachten den Kampf, obwohl ein paar immer noch mit einem Auge auf die Umgebung achten. Und im Haus sehen wahrscheinlich alle über Monitor zu.«

Peter warf einen Blick auf die Mauern der Anlage. Auf den Geschützplattformen standen Wachen und beobachteten die Vorgänge durch Stacheldraht.

»Und ich glaube nicht, daß wir so viel Zeit haben, bis es einem zu langweilig wird und er ins Haus geht.«

Der Lärm eines anfliegenden Hubschraubers erfüllte die Luft. Von Norden kam ein Stallion herein. Wahrscheinlich derjenige aus der Byrne, der jetzt nach der Suchaktion zurückkehrte.

»Also gut!« brüllte Peter. »Jetzt werd ich's euch Perversos mal zeigen, so wie mein Bruder es euch in der Byrne gezeigt hat.«

Die Wachen senkten die Fäuste.

»Was machst du denn?« flüsterte Liaison entsetzt.

»Was ist los?« wollte Peter von den Wachen wissen.

Der Anführer hob die Hand und zeigte auf Peter. »Dein Bruder war in der Byrne?«

»Da kannst du einen drauf lassen. Er hat 'n halbes Dutzend von euch Perversos erledigt!«

Die beiden Wachen am Tor hoben die Gewehre. Peter wappnete sich gegen den Aufprall der Kugel. Der Anführer rief: »Wartet! Du! Nimm die Hände hoch.«

»Was?« sagte Peter stupide.

»Nimm die Pfoten hoch, du Trog!«

Peter hob die Hände. »Kämpfen wir denn nicht mehr?«

»Nein. Wo ist dein Bruder jetzt?«

Peter lachte. »Das sag ich euch nicht. Er ist schließlich mein ...«

»Halt's Maul! Wo ist er?«

»Ihr habt doch gehört, ich sag's euch nicht. Kommt schon.« Peter nahm die Hände herunter und ballte sie zu Fäusten. »Laßt uns kämpfen.«

Die drei Wachen mit Gewehren schossen dicht vor Peters Füßen in den Boden.

»Hey!«

»Du sagst es mir.«

»BRINGT IHN REIN. WIR WERDEN IHN AUSQUETSCHEN.«

»Nimm die Hände wieder hoch und geh durch das Tor.«

Peter tat es.

24

Sie führten ihn vor ihren Gewehrläufen zur Tür des Gebäudes, wo der Anführer eine Zahlenkombination eintippte. Der Mann versperrte Peter die Sicht, aber er hoffte, Liaison bekam sie mit.

Die Tür öffnete sich, und Peter trat ein. Mit Glück würde Liaison mit der Gruppe hereinschlüpfen können.

Die Männer in dem Gebäude funkelten ihn kalt an.

Sie brachten ihn in ein kleines Zimmer mit ungestrichenen Wänden aus Schlackeblöcken. In der Mitte des Zimmers stand ein großer Stuhl, der mit dicken Gurten versehen war. Auf einem Tisch links davon standen mehrere Maschinen, die Peter nicht identifizieren konnte.

Zweifel, Bedenken und Befürchtungen, was die Weisheit seines Plans anbelangte, gingen Peter durch den Kopf.

»Setz dich.«

Mit gespielter Verwirrung fragte Peter: »Warum?«

»Mann! Du bist wirklich dämlich, was? Tu es, weil ich es sage!«

»Aber warum...?«

Einer der Männer rammte ihm den Gewehrkolben ins Kreuz. Peters Rücken fühlte sich mittlerweile ziemlich wund an. Er beschloß zu gehorchen und hoffte, auf dem Stuhl Zeit schinden zu können.

Kaum hatte er sich gesetzt, als sich mehrere Wachen daran machten, ihn an Hand- und Fußgelenken, Hüften und Hals mit den Gurten festzuschnallen. Peter dachte an das Krankenhaus, und für einen Moment sah er in den Wachen den Pfleger von damals.

Ein Gefühl der Hilflosigkeit breitete sich in ihm aus.

»Gib mir den Kasten«, sagte der Anführer.

Eine der Wachen nahm einen vergammelten Holzkasten vom Tisch. Auf dem Deckel befand sich eine Handkurbel, und von etwas, das wie ein Generator aussah, gingen zwei Kabel aus.

»Das Ding hier ist etwas altmodisch, aber wir haben festgestellt, daß es bei Trogs wie dir Wunder wirkt.« Eine Wache legte Peter direkt oberhalb des Gurtes eines der Kabel um den Hals, eine weitere wickelte das zweite Kabel um sein rechtes Handgelenk. Die nackten Kabel fühlten sich kalt und glatt auf seiner Haut an.

Peter wurde klar, daß sie ihn an einen primitiven Taser angeschlossen hatten.

Der Anführer hielt den Kasten in der rechten Hand, nahm den Griff der Kurbel in die linke und begann sie dann sehr langsam zu drehen. Peter sah, daß sich die Magneten im Generator ebenfalls sehr langsam bewegten, und plötzlich spürte er ein Kribbeln an Hals und Handgelenk. Seine Arm- und Halsmuskeln fühlten sich warm und kalt und prickelig an. Es war ein sanftes, aber auch bedrohliches Gefühl.

Er wollte nicht, daß sie die Folter fortsetzten.

»Willst du mir Fragen stellen?«

»Noch nicht. Erst will ich dir weh tun, wie dein Bruder meinen Männern weh getan hat.«

»Aber ich hab ihnen doch gar nichts getan.« Er spürte den flehentlichen Unterton in seiner Stimme und schämte sich deswegen.

»Und ich war nicht bei den Männern, denen was getan worden ist. Was soll's?«

Irgend etwas in den Worten des Mannes blieb in Peters Verstand haften, und einen Moment dachte er an Thomas. Doch bevor er den Gedanken weiter verfolgen konnte, drehte der Anführer sehr schnell an der Kurbel. Peters Rücken wölbte sich, als der Stromstoß durch sein Rückgrat jagte. Seine Finger spreizten sich und spannten sich so sehr, daß er glaubte, sie würden abbrechen. Der Gurt an seinem Hals schnitt tief ins Fleisch, und er erkannte, daß er sich selbst erdrosselte, aber er hatte keine Kontrolle über seine Muskeln.

Er konnte nur das Surren der verrosteten Handkurbel und das Keuchen seines erstickten Atems hören.

Der Anführer hörte auf.

»Ziemlich beeindruckend für so eine primitive Technik, was?«

Peter schnappte nach Luft, unfähig zu antworten. »Bitte ...«

Die Kurbel drehte sich wieder, und Peter spürte, wie sein Körper erneut gegen die Haltegurte kämpfte. Vor seinem inneren Auge sah er, wie sich seine Halsmuskeln spannten und unnatürlich hervortraten, bis sie schließlich reißen oder platzen würden.

Der Anführer ließ wieder nach. Peter sackte auf dem Stuhl in sich zusammen.

»Also, was haben wir gerade gelernt? Du sprichst nur, wenn du gefragt wirst. Verstanden?«

Peter wollte antworten, aber es war, als sei sein Gesicht zu weit entfernt, um die Lippen bewegen zu können.

»Noch eine Lektion ...«

Und wieder drehte sich die Kurbel. Diesmal begann sein Arm unkontrolliert zu zittern. Als das Kurbeln aufhörte, schienen es seine Muskeln nicht zur Kenntnis zu nehmen. Der Arm zitterte weiter und immer weiter.

»Wenn ich dich was frage, antwortest du. Verstanden?«

»J ... j ... ja«, stotterte Peter. Es bedurfte einer ungeheuren Anstrengung, das Wort auszusprechen. Er wußte nicht, wie er ihre Fragen überhaupt beantworten sollte, wenn sie so weitermachten. Ein Gedanke arbeitete sich aus den Tiefen seines Verstandes an die Oberfläche. Vielleicht sollte er sie gar nicht beantworten. Vielleicht konnten sie ihn noch viel mehr quälen, wenn er nicht antwortete.

»Also, wo ist dein Bruder?«

Er wußte, er durfte nicht einfach antworten, er mußte Zeit für Liaison schinden. Aber wenn er weiterlog ...?

Die Tür öffnete sich.

Den Geistern sei Dank, dachte er. Eine Gnadenfrist. Ein Moment der Ablenkung.

Mit großer Anstrengung wandte er dem Neuankömmling das Gesicht zu.

Schweinegesicht.

Die Miene des Mannes drückte Härte und Entschlossenheit und Müdigkeit aus. Er lächelte, als er die anderen Männer im Zimmer ansah. Eine aufrichtige Trauer breitete sich unter den Versammelten aus, eine stille Respektsbezeugung für ihre gefallenen Kameraden.

Peter dachte, daß er jetzt so gut wie tot war.

Er spürte einen Druck an seinem Stiefel.

Er sah nach unten. Der Gurt an seinem linken Knöchel glitt aus der Schnalle.

Liaison.

Er atmete schon ein wenig leichter.

»Ich hörte, ihr habt den Bruder des Trolls geschnappt?«

»Das stimmt«, sagte der Anführer.

Schweinegesicht trat vor.

Peter spürte, wie Liaison sich den Gurt am anderen Fußknöchel vornahm.

»Also gut, du ...«, begann Schweinegesicht, hielt aber augenblicklich inne.

Peter wandte sich von Schweinegesicht ab.

»Augenblick mal ...«

Schweinegesicht packte Peters Kopf mit beiden Händen und riß ihn zu sich herum. Die Bewegung kam abrupt, und er hatte das Gefühl, als habe der Mann seine Halsmuskeln zerrissen. Sein Hals zitterte unkontrolliert, und er glaubte, das Zittern würde nie mehr aufhören. Er wollte schreien, hatte jedoch keine Kontrolle über seine Zunge.

»Das ist der Trog.«

»Was?«

»Das ist derselbe Troll. Das ist ER! Derselbe Duster,

dieselbe Trog-Fresse. Dieselben dreckigen Beulen. Das ist nicht sein Bruder. Das ist der Bastard.«

In einer einzigen raschen Bewegung hatte Schweinegesicht die Pistole gezogen und den Lauf auf Peters Kopf gerichtet.

»Mach's gut, Trog.«

Plötzlich donnerte eine automatische Waffe los, und einen Moment später war Schweinegesichts Brust mit roten Flecken übersät.

»Du bist wieder im Geschäft, Prof«, schrie Liaison. Aus dem Nichts tauchte seine Predator auf und landete auf seinem Schoß. Er bemerkte, daß Liaison in den letzten Sekunden seine linke Hand befreit hatte.

Die Wachen, die durch den unsichtbaren Angreifer völlig überrascht worden waren, glotzten einen Augenblick dämlich in der Gegend herum, bevor sie ihre Waffen zogen. Keinem der Männer fiel die Predator in Peters Schoß auf.

Die Wachen feuerten in die Richtung, aus der die Schüsse gekommen waren, aber natürlich war Liaison mittlerweile längst auf die andere Seite des Zimmers gewechselt.

Peter schnappte sich die Kanone und schoß genau in dem Augenblick, als Liaison die Wachen mit einem Bleihagel eindeckte. Die Wachen erwiderten sofort das Feuer. Peter, der immer noch an Hals, Hüften und einem Arm angeschnallt war, hatte keine Möglichkeit auszuweichen. Drei Kugeln trafen ihn in die Brust und preßten ihm die Luft aus den Lungen. Einen Moment lang war er sich nur noch des Lärms der Schießerei bewußt.

Als er aufsah, lagen alle Wachen am Boden, die meisten tot, der Rest so gut wie.

»Komm schon«, sagte Liaison. Sie machte sich an den Gurten an Hals und Hüften zu schaffen, während Peter unbeholfen die Schnalle an seinem rechten Handgelenk löste. Mit leiser, ehrerbietiger und hoffnungsvoller

Stimme flüsterte Liaison immer wieder: »Breena, Breena, Breena.«

Eine Alarmsirene heulte los.

»Drek!« schrie sie.

»Alles in Ordnung«, sagte Peter, dem die drei Treffer in die Brust immer noch solche Atemnot verursachten, daß er absolut keine Ahnung hatte, was los war, geschweige denn, ob alles in Ordnung war oder nicht. »Meine Brust«, schnaufte er.

»Oh, das sieht schlimm aus«, sagte Liaison.

»Gut. Ich will versuchen, das im Hinterkopf zu behalten.«

»Fertig?«

»Nein. Aber laß uns trotzdem los.«

»Öffne die Tür für mich. Ich stürme den Flur.«

Peter öffnete die Tür, blieb aber dahinter. Er wartete einen Herzschlag, dann streckte er den Kopf heraus und gab ungezielte Schüsse auf Wachen ab, die aus dem vorderen Teil des Hauses angerannt kamen. Die Wachen richteten ihre Waffen auf ihn und stürmten dann über den Flur, als Peter sich wieder in das Zimmer zurückzog. Kaum hatten sie ihren Vormarsch begonnen, als Liaison das Feuer eröffnete und sie damit alle kalt erwischte. Sie mähte sie nieder und rief dabei die ganze Zeit: »Jetzt! Jetzt!«

Peter stürzte aus der Folterkammer und den Flur entlang. Er wußte genau, daß Liaison neben ihm rannte, weil sich alle paar Sekunden aus dem Nichts ein Kugelhagel materialisierte und Wachen an die Flurwände nagelte.

Sie erreichten die Vordertür. »Sie ist verschlossen«, sagte sie. An der Wand links von der Tür war ein Tastenfeld angebracht, das mit demjenigen draußen identisch war. »Drek!«

»Hast du die Kombination nicht gesehen, als wir reingekommen sind?«

»Was?«

»Hast du die Kombination nicht gesehen, als wir reingekommen sind? Die Kombination!«

»Ja. Und?«

»Probier sie aus.«

»Was?«

»Probier sie aus. Vielleicht ist es dieselbe.«

Er spürte, wie sie ihm die Uzi in die rechte Hand drückte. Die Hand war immer noch taub, aber wenigstens hatte er seine Muskeln wieder unter Kontrolle. Er drehte sich um und bestrich den Flur mit einer Salve, welche die verbliebenen Wachen in Türnischen festnagelte.

»Nichts«, sagte Liaison.

»Was?«

»Nichts, Prof. Was, zum Teufel, hätten auch zwei Schlösser mit derselben Kombi für 'n Sinn?«

»Schon gut.« Er ließ die Pistole fallen und riß die Abdeckplatte mit der linken Hand von der Wand. »Schließ es kurz. Wir brauchen uns keine Sorgen mehr um irgendwelche Alarmsirenen zu machen.«

Ein paar Wachen ergriffen die Gelegenheit, die Peters Feuerpause schuf. Kugeln flogen durch den Flur und schlugen in und um die Tür ein. Liaison stieß einen Schrei aus, und plötzlich war die Wand neben der Tür blutbespritzt.

»Drek!« brüllte Peter. »Alles in Ordnung?«

»Nicht mehr lange.«

Peter drehte den Wachen den Rücken zu und hob den Duster, um Liaison vor den Kugeln der Wachen zu schützen. Er streckte den Arm mit der Uzi nach hinten aus und beharkte den Flur.

Er fixierte das Schloß, in dem sich die Drähte bewegten, als seien sie lebendig. »Verdammt, tut das weh«, keuchte sie.

»Wir haben's fast geschafft. Fast geschafft.«

»Ach, stimmt ja.« Liaison schrie in das Funkgerät. »Kathryn! Jetzt, Kathryn! Haut rein!«

Die Wachen hatten sich jetzt in bessere Positionen gebracht und gaben einen Schuß nach dem anderen auf Peters Rücken ab. Er hatte das Gefühl, gefährlich nahe daran zu sein, das Bewußtsein zu verlieren.

Er sah wieder auf das Schloß. Liaison wurde gerade wieder sichtbar. Sie hielt zwei Drähte aneinander. Die Tür öffnete sich. »JAWOHL!«

Sie rannten durch die Tür auf das geschlossene Tor zu, während ihnen Kugeln vom Wachturm um die Ohren pfiffen und den Boden zu ihren Füßen aufrissen. Ein paar Kugeln trafen Liaison in den Oberschenkel, und sie stürzte zu Boden.

Peter blieb stehen und rannte zu ihr zurück. Sie hielt die Wunde umklammert und sagte: »Ach, Breena. Bitte, bitte, laß mich nicht sterben.« Er ließ die Uzi fallen, nahm sie in seine mächtigen Arme und lief weiter auf das Tor zu.

Beim Rennen überschlug er seine Chancen. Das Tor bestand aus solidem Metall und bewegte sich auf Rädern. Der Wagen würde es nicht durchbrechen können. Er mußte es allein überwinden.

Er beschleunigte, rannte so schnell er konnte auf das Tor zu. Er bemühte sich verzweifelt, die Schmerzen in seinem Körper zu ignorieren und nur daran zu denken, das Tor zu überwinden, in den Wagen zu kommen, loszufahren, Kathryn wiederzusehen ... An alles zu denken, nur nicht an die gegenwärtige Situation. Er hielt jetzt Liaisons schlaffen Körper nur noch mit dem linken Arm, der zwar heftig schmerzte, doch seine mächtigen Trollmuskeln trugen ihre schlanke Gestalt.

Er erreichte das Tor und sprang, so hoch er konnte. Während des Sprungs hörte er draußen vor der Mauer Reifen quietschen.

Seine Brust knallte gegen das Metall. Seine rechte Hand griff instinktiv nach dem Draht über seinem Kopf, und die Stacheln gruben sich tief in seine Handfläche. Er biß sich auf die Lippen, um der unerträglichen

Schmerzen Herr zu werden, und zog sich mit einem Arm auf das Tor. Er wußte nicht, ob er es schaffen würde.

»Was, zum Teufel, ist hier eigentlich los?« brabbelte Liaison vor sich hin.

Von der anderen Seite hörte er Kathryn rufen: »Ich weiß nicht wie«, und Breena schrie: »Tu's einfach!«

Von der Straßenseite der Mauer zerriß Maschinengewehrfeuer die Nacht. Ein Feuerball erhob sich von der Basis der Mauer und schoß durch die Nacht und direkt in den Wachturm. Der Suchscheinwerfer explodierte, und die Wachen wurden vom Turm auf den Boden tief unter ihnen geschleudert.

Peter zog sich ganz auf das Tor und riß den Drahtverhau weg. Er zog Liaison auf seinen Schoß. Der Americar stand jetzt genau unter ihm. Kathryn feuerte mit einer Uzi auf einen anderen Wachturm, während sich Breena gegen die Motorhaube lehnte.

Gerade, als er sich bereitmachte, auf den Boden zu springen, traf ihn eine massive Kugelsalve im Rücken und schleuderte ihn nach vorne. Im Fallen konnte Peter nur daran denken, Liaison zu schützen. Er hielt sie in den ausgestreckten Armen, weit weg von seinem Körper, um sie beim Aufprall nicht unter sich zu zerquetschen.

Der Bürgersteig kam früher, als er erwartet hatte. Zuerst glaubte er, sein Rückgrat sei gebrochen, doch dann wurde ihm klar, daß es nur immense Schmerzen waren. Mit einer letzten Willensanstrengung rappelte er sich vom Asphalt auf und kam auf die Beine.

»Was ist mit ihr?« wollte Breena wissen, als Peter Liaison in den Wagen schob.

»Nicht jetzt«, schrie er. »Laß uns abhauen!«

Kathryn spurtete zum Beifahrersitz. Peter schob Liaison noch weiter auf die Rückbank und stieg neben ihr ein.

Als er wieder nach draußen sah, stand Breena immer

noch reglos da, rote und orangefarbene Funken leuchteten an ihren Händen.

»Wenn du dich bei einem Spruch selbst in die Luft jagst, kommen wir nirgendwohin.«

»Wenn sie uns einholen können, ist es egal, wie schnell wir verschwinden.«

Sie öffnete die Augen und starrte in den Himmel. Peter folgte ihrem Blick und sah den Kopter hinter der Mauer aufsteigen. Breena hob die Hände und schleuderte einen Feuerball auf ihn. Der Ball zischte durch die Luft und krachte dann gegen die Kanzel der Maschine.

Eine fürchterliche Explosion erfaßte den Kopter. Die Druckwelle schleuderte die Wachen aus der Kanzel, ihre Uniformen standen in Flammen. Eine zweite Explosion erfaßte den Antrieb und schickte einen Regen von Metallsplittern in alle Richtungen.

Breena stieg in den Wagen und knallte die Tür zu. »Das war ein verdammt gutes Gefühl«, sagte sie zu niemand im besonderen, dann gab sie Gas.

Im Losfahren sah Peter, wie sich das Tor öffnete und ein Westwind, ein Saab Dynamit und ein Leyland-LandRover hinter ihnen herjagten.

»Wir haben Gesellschaft.«

»Leg Liaison auf den Boden und klapp die Rücksitzlehne um.«

Peter gehorchte, wenngleich er wegen seiner Größe Schwierigkeiten hatte, die nötigen Handgriffe auszuführen. Als die Lehne unten war, konnte er direkt in den Kofferraum blicken. Er sperrte Mund und Nase auf, als er das mobile Arsenal darin sah: Granaten, Werfer, leichte Maschinengewehre.

»Bei der Hälfte von dem Zeug weiß ich nicht, wie man es bedient«, rief er Breena zu.

Sie drückte das Gaspedal durch, um die Verfolger auf Distanz zu halten.

»Ich schätze, die Vindicator Minikanone dürfte dein

Kaliber sein, Cowboy. Und ihr kannst du 'ne Kiste mit Granaten rüberreichen.«

Peter fischte die Kiste heraus und gab sie an Kathryn weiter. »Was macht man mit 'ner Vindicator in einem Wagen?« sagte er. »Kann man das Ding überhaupt benutzen?«

»Zoze sagte, wir würden sie vielleicht brauchen, also hab ich sie mitgenommen.«

Kathryn nahm die Kiste sehr vorsichtig in Empfang. »Schön. Was mache ich jetzt?« fragte sie.

»Zuerst entspann dich mal. Vor dreißig Jahren hast du nicht mal gewußt, wie man 'n Kredstab benutzt, um sich 'n Geschäftsanzug zu kaufen. Du lernst durch Üben.«

»Ich bin erst achtundzwanzig«, murmelte sie.

Kugeln aus den Fahrzeugen hinter ihnen krachten gegen das Rückfenster. Einige prallten einfach ab. Andere explodierten.

»Ach, Drek!« rief Breena.

Peter zog die Vindicator zu sich heran. Der Munitionsgurt verschwand in einem vollen Karton im Kofferraum. Andere Kabel führten zu einem schweren Batteriepack mit einem roten Kippschalter darauf. Er drückte darauf. Die Metallmasse in seinen Armen begann zu summen und zu vibrieren, als sich die sechs schweren Läufe zu drehen anfingen. Das einförmige Summen wurde heller, während die Läufe immer schneller rotierten. Er hörte kaum, wie Breena Kathryn Anweisungen gab, als er versuchte, die Wagen hinter ihnen ins Visier zu nehmen. »Zieh einfach den Bolzen und schmeiß sie raus. Sie fliegen auf die Straße und explodieren. Wir müssen nicht im Ziel liegen, wir wollen ihnen nur einen tüchtigen Schreck einjagen. Aber warte noch. Ich muß ziemlich schnell fahren, damit das Timing klappt.«

Sie steuerte den Wagen auf die Auffahrt zur I-94. Sobald sie aus der Kurve heraus war, trat Breena das Gaspedal durch und beschleunigte auf 130, dann 140 und schließlich auf 150 Stundenkilometer. Die drei Crusader-Fahrzeuge folgten ihnen. Weitere Explosivgeschosse trafen die Heckscheibe und überzogen sie mit einem Netz aus Sprüngen.

»Jetzt paßt mal auf, ihr verdammten Wichser! JETZT!«

Peter bugsierte die Waffe aus dem linken Seitenfenster, hakte den Finger hinter den Abzug und schoß auf den Leyland-LandRover, der die kleine Kolonne hinter ihnen anführte. Die Minikanone brüllte auf und spuckte die Kugeln so schnell aus, wie sich die Läufe drehten. Peter verlor rasch die Kontrolle über die Waffe und ließ den Abzug los. Ein paar Kugeln trafen ihr Ziel, aber die meisten streuten irgendwohin, da die Waffe in seinem Griff zu stark bockte. Der Rover schlingerte ein wenig, blieb ihnen jedoch hart auf den Fersen.

Hinter ihrem Wagen zündeten plötzlich in regelmäßigen Abständen Explosionen. Als er sich zu Kathryn umdrehte, sah er sie mit der Geschwindigkeit eines Maispflückers, der scharf auf eine Zulage ist, Bolzen ziehen und Granaten aus dem Fenster werfen.

Er sah wieder nach hinten und eröffnete erneut das Feuer auf den LandRover. Diesmal lehnte er sich weiter aus dem Fenster und preßte den Kolben der Waffe gegen seine Schulter. Wieder röhrte die Minikanone auf, und wieder verlor er zu rasch die Kontrolle über sie. Diesmal mußten die paar Kugeln, die getroffen hatten, den Fahrern hinter ihnen etwas mehr Angst eingejagt haben. Der Westwind und der Dynamit manövrierten jetzt so, daß sie den LandRover als Schild benutzten.

Plötzlich explodierte eine von Kathryns Granaten unter dem Leyland-LandRover. Er schlingerte wild, zuerst nach rechts, dann nach links, bevor er herumgerissen wurde und sich mehrfach auf dem Highway überschlug.

Obwohl sich die Vibrationen der Minikanone durch seine Schulter zu bohren schienen, gelang es Peter, den

Kugelhagel auf den gepanzerten Kühlergrill des Dynamit zu richten. Er ließ das Feuer mehrfach hin und her wandern. Beim sechsten Schwenk gruben sich die Kugeln durch die Panzerung des Fahrzeugs und schlugen in den Motorblock. Der Wagen wurde abrupt abgebremst, in wenigen Augenblicken von 150 auf 0.

Der Westwind, der direkt hinter dem Dynamit fuhr, versuchte auszuweichen, knallte ihm jedoch mit voller Fahrt ins Heck. Der Aufprall beförderte beide Wagen von der Fahrbahn und in einen schmalen Abwassergraben am Rande des Highways.

»Ja!« schrie Peter. »JA! JA! JA!«

Kathryn lachte und brüllte, während ihr Kopf auf und nieder wippte.

Peter glitt wieder in den Wagen. Er drehte die auf dem Wagenboden liegende Liaison um und griff nach ihrem Handgelenk, um ihren Puls zu fühlen.

Sie hatte einen. Das war einstweilen gut genug.

Und dann verlor er das Bewußtsein.

25

Das erste, was Peter sah, als er auf dem Rücken liegend erwachte, war ein großes Gemälde von Leuten in einem Park. Es füllte die Wand vor ihm aus. Es war ein seltsames Gemälde, aber bevor er ergründen konnte, was es so seltsam machte, wurde er vom Anblick Breenas abgelenkt, die neben ihm auf dem Boden kniete. Ein hellgrünes Etwas funkelte auf ihrem gesamten Körper. Ihre Hände ruhten auf seinen Schultern. Sie schien in Trance zu sein.

Ihm fiel sofort auf, daß er sich viel besser fühlte als ...

Als wann ...?

Als er in dem Wagen gesessen hatte.

Ihm fiel alles wieder ein. Er drehte den Kopf und sah Kathryn auf einem Sofa schlafen. Sie hatte noch nie so sanft ausgesehen. Bis jetzt schien sie immer eine Art Kriegsmaske getragen zu haben, hübsch, doch abwehrend — sogar wenn sie Angst hatte. Jetzt ... Sie war nicht attraktiver — sie zeigte nur einen anderen Teil von sich.

Er sah sich in dem Zimmer um. Es kam ihm wie ein Wohnzimmer vor, aber er hielt es für möglich, daß es früher einmal ein Büro gewesen war. Überall hingen Bilder. Oberhalb der Fußleisten. Unterhalb der Decke. Ein paar an der Decke. Bilder mit farbigen Quadraten. Bilder von Minotauren in einem Cyberware-Motiv. Die Wandflächen neben den Bildern waren mit breiten Pinselstrichen in grellen Farben bemalt. Farben überall. Zweifellos Liaisons Handschrift. Die ungezügelte Farbpalette des Zimmers hatte eine auffällige Ähnlichkeit mit ihrer Art, sich zu kleiden.

Sein Blick wurde zunächst wieder von Breena, die immer noch still und friedlich neben ihm kniete, dann von dem Gemälde direkt vor ihm angezogen.

Er hatte es noch nie zuvor gesehen, aber es gefiel ihm. Und es gefiel ihm auch wieder nicht.

Was stellte es dar?

Ein altmodisch gekleidetes Pärchen, das offenbar gemeinsam spazierenging. Ein Mann saß im Gras und rauchte Pfeife. Ein Affe an einer Leine. Viele Menschen, die alle den Tag im Park genossen. Oder so taten. Ihre Körper waren zu steif.

Er bemerkte, daß das Gemälde nicht aus Pinselstrichen bestand, sondern etwas anderem. Punkten.

»Gefällt's dir?«

Liaison stand in der Tür. Sie trug ein übergroßes blaues Hemd, das ihr bis über die Knie reichte. Das Hemd war mit roten und grünen Farbflecken übersät.

»Wo sind wir?«

»Bei uns zu Hause. Bei Breena und mir. In der Noose.«

»Wie habt ihr mich hergeschafft?«

»Nun, ich war's jedenfalls nicht. Ich war weg. Aber offenbar warst du noch so weit bei Bewußtsein, daß sie dich die Treppe raufführen konnten.«

»Ich kann mich nicht erinnern.«

»Du warst halb tot.«

»Oh.« Er warf einen raschen Blick auf Breena. »Ist sie ...?«

»Ihr geht's prima. Sie wird noch ein paar Minuten weitermachen. Aber dann wird sie heute und wahrscheinlich auch morgen den ganzen Tag schlafen. Du warst echt fertig.«

»Hast du die Adresse bekommen?«

»Da kannst du Gift drauf nehmen.« Sie ging durch das Zimmer und kniete sich neben ihn. Er fand sie unheimlich süß. »Ein Laden namens ABTech auf der Westside. Wir sind die Listen durchgegangen, haben ihn aber nirgendwo gefunden. Ich war dann noch kurz in der Matrix. Nichts. Morgen nehm ich mir den Laden noch mal richtig vor.«

Sie lächelte ihn an. »Und? Was hältst du von unserer Bude?«

»Ist ziemlich bunt.«

»Findest du wirklich? Ich hatte eigentlich vor, noch etwas mehr Farbe reinzubringen.«

Er starrte sie an und kam zu dem Schluß, daß sie keine Witze machte.

»Gefällt dir das Bild?« sagte sie und deutete auf das Gemälde vor ihm an der Wand.

»Ja.«

»Es ist ein Original. Ich hab's vom Art Institute bekommen.«

»Du hast was?«

»Nun ja, eigentlich hab ich's nicht bekommen. Es stammt aus dem Art Institute. Ein Typ, den ich kenne, hat's von einem Freund, der es einem Buchhalter gestohlen hat, der es von seinem Partner gestohlen hat, der es sich im Institut unter den Nagel gerissen hat, als sie's nach dem Einsturz des IBM-Towers geschlossen haben. Es ist mein Lieblingsbild.«

Peter betrachtete es erneut. »Es hat etwas an sich ...«

»Die Punkte. Es sind die Punkte.« Sie stand auf und ging zu dem Bild. »Soorat, Georges Soorat, das ist der Bursche, der es gemalt hat, also der hat jedenfalls diese Technik erfunden, die Pointillismus genannt wird. Breena hat das für mich nachgeschlagen. Das Bild besteht nur aus Punkten. Keine Striche. Nichts ist abgeschlossen. Nur die Gesamtheit des Bildes. Er ist wie ein Science-Fiction-Maler. Oder zumindest kommt er mir so vor, weil er Bilder gemalt hat, die wie Computergrafiken sind, bevor es überhaupt Computer gab. Was absolut irre ist, wenn man mal drüber nachdenkt.«

Er warf ihr einen verständnislosen Blick zu.

»Du weißt schon. Pixel aus Licht, die sich zu einem ganzen Bild zusammenfügen. Weißt du, er hat nur die Grundfarben benutzt, Rot, Blau und Gelb. Da drüben siehst du Lila, aber das ist überhaupt kein Lila. Wenn man das Bild aus einigem Abstand betrachtet, vermischen sich die roten und blauen Punkte zu einer neuen Farbe. Echt clever. Das ist so wie bei den alten Fernsehgeräten. Und ich hab mal was gesehen, was Comic genannt wurde. Genau dasselbe. Punkte, die sich zu einem Ganzen verbinden.«

Je länger Peter das Bild betrachtete, desto steifer und lebloser kamen ihm die Leute vor. Aber er beschloß, das Liaison gegenüber nicht zu erwähnen.

»Wie heißt es?«

»Ein Sonntagnachmittag auf der großen Insel. Oder so ähnlich.* Jedenfalls kommt es auf die Bilder an. Zumindest für mich. Weißt du, er hat dieses Bild am Ende des Neunzehnten Jahrhunderts gemalt, als die Tech noch ganz am Anfang stand. Und er wollte Bilder ma-

---

* Anmerkung des Übersetzers: Das Bild heißt ›Ein Sonntagnachmittag auf der Insel Grande Jatte‹ und hängt im Art Institute in Chicago.

len, die sie, ja, vorwegnahmen. Wie Kanonen mit austauschbaren Teilen. Ein Gemälde, das nur aus Punkten in den Grundfarben besteht.« Sie strahlte das Bild an.

»Wie DNS.«

»Ja, wahrscheinlich.« Zuerst lag ein zweifelnder Unterton in ihrer Stimme, aber dann schien es sie zu packen. »Ja, genau. Wie DNS. Richtig. Wir bestehen aus diesen kleinen Punkten, den Chromosoten oder so, und wir sind auch eine Ganzheit.«

»Chromosomen.«

»Genau.«

Sie betrachtete ihn mit einem scheuen Lächeln. »Bist du wirklich ein Professor?«

»Nein.« Sie betrachteten wieder das Bild. »Liaison«, sagte er nach einer Weile, »was hältst du von dem Gemälde insgesamt?«

»Von dem Gemälde insgesamt?«

»Ja. Nicht davon, wie es gemacht wurde, oder von den kleinen Punkten. Sondern von der Frau da, die mit dem Regenschirm ... Was hältst du von ihr?«

»Ich hab noch nie ...«

»Ich meine ... was hältst du davon, wie sie als Person wirkt?«

»Ich weiß nicht. Ich hab sie mir immer als einen Haufen Punkte vorgestellt. Sie kommt mir nicht wie eine echte Person vor.«

Breena hob die Hände, und das Leuchten verging. Liaison ging zu ihr und drückte sie fest an sich.

»Wie fühlst du dich?« fragte sie.

»Sehr müde.«

»Ins Bett?« schlug Liaison mit einem schelmischen Lächeln vor.

»Schlafen«, antwortete Breena schlicht. »Hilf mir auf.«

Als sie schließlich stand, hatte Breena die Körperhaltung einer müden alten Frau. »Danke, daß du mich geheilt hast«, sagte Peter.

»Gehört alles zum Job.«

»Das ist wahr.« Gab sie sich jemals eine Blöße?

»Wir haben kein anderes Bett, also mußt du auf dem Fußboden schlafen«, sagte Liaison zu Peter. »In Ordnung?«

»Klar.«

»Da drüben sind ein paar Decken.«

»Prima.«

»Alles klar. Dann gute Nacht.«

»Gute Nacht, Liaison. Gute Nacht, Breena.«

»Gute Nacht.«

Die beiden Frauen verschwanden durch eine Tür, und dann ging das Licht im Zimmer aus. Peter griff in seine Tasche und fand die drei MEINEKUR-Chips. Er kroch über den Fußboden und legte sie hinter eine Topfpflanze, dann kroch er in die Mitte des Zimmers zurück.

Wenngleich er das Bild im Dunkeln nicht mehr sehen konnte, wanderte sein Blick wieder zu der Stelle, an der es hing. Zuerst stellte er sich vor, wie die kleinen Punkte von der Leinwand glitten und ihn im Schlaf erstickten, aber schließlich übermannte ihn die Erschöpfung und brachte ihm segensreiches Vergessen.

Kathryns Stimme weckte ihn, während immer noch Dunkelheit herrschte. »Hallo«, sagte sie, mehr eine Frage als ein Gruß. Er war zu benommen, um sofort zu antworten, und so wiederholte sie das Wort. Sie klang ängstlich.

»Kathryn?«

»Wer ist da?«

»Peter.«

»Ach, Peter« Sie wiederholte seinen Namen, diesmal mit einem deutlich hörbaren Unterton der Erleichterung. »Wo sind wir?«

»In Breenas und Liaisons Wohnung. In der Noose. In einem alten Bürogebäude, glaube ich.«

»Richtig. Stimmt ja. Jetzt fällt es mir wieder ein.« Sie

seufzte. »Ich bin das einfach nicht gewohnt. Dieses ständige Herumziehen.« Er hörte, wie sie sich auf dem Sofa bewegte. »Machen Sie das öfter? So leben, meine ich.«

Er dachte darüber nach. Tatsächlich war sein Leben jetzt hektischer als je zuvor. Er sagte es ihr. »Aber um die Wahrheit zu sagen«, fügte er hinzu, »ist mein Leben seit meiner Verwandlung in einen Troll, also seit meinem fünfzehnten Lebensjahr, eigentlich ständig ein ziemlicher Trubel gewesen.«

»Meines nicht. Ich bin nur einmal in meinem Leben umgezogen, als mein Großvater Cell Works von Amsterdam nach Chicago verlegt hat. Da war ich drei Jahre alt. Ich bin praktisch bei Cell Works aufgewachsen. Die ganze Firma war wie eine große Familie. Ich bin geschäftlich herumgereist, aber das war etwas ganz anderes. Alles war mit meiner Familie verbunden, mit Cell Works. Ich kannte meinen Platz im Konzern, meinen Platz in der Welt. Ganz anders als heute. Heute herrscht ein ganz neues System. Der ganze Plan sah vor, daß ich mein Leben bei Cell Works verbringe. Sicher. Gut. Ich meine, vor ein paar Stunden hätte ich sterben können. Ich hatte schreckliche Angst.«

»Ich auch.«

»Echt?«

Ihre Überraschung schmeichelte ihm auf eine offensichtlich männliche Weise. Er kroch zum Sofa und setzte sich daneben. Sie roch nach Rosen und anderen exotischen Düften. »Ja, nun, da waren all diese Leute, die auf mich geschossen haben. Die auf mich geschossen und mich getroffen haben. Ja. Ich hatte Angst. Aber auf eine andere Art. Sie haben so etwas wahrscheinlich noch nie zuvor erlebt...«

»Nein«, sagte sie und lachte.

»Ich bin gleich in meinem ersten Monat auf der Straße ziemlich zusammengeschlagen worden. Ich bin etwas mehr daran gewöhnt.«

»Sie haben auf der Straße gelebt?«
»Ja.«
»Ich würde sterben. Ich würde sterben.«
»Nein, das würden Sie nicht. Sie würden herausfinden, was Sie tun müßten, um zu überleben, und das würden Sie dann auch tun.«
»Nein, Peter. Nein. Sie und Breena und Liaison. Sie wissen, wie man überlebt. Ich? Ich bin in einem Konzern aufgewachsen. Das Schlüsselwort war Stabilität. Langfristige Profite, die sorgsam gegen kurzfristige Gewinnmöglichkeiten abgewogen wurden. Spontaneität war ganz in Ordnung, solange sie geplant war und unter Kontrolle blieb.« Sie lachte, und Peter fiel mit ein.
»Wie geht es jetzt weiter?«
»Liaison hat die Adresse einer Firma namens ABT. Sie wird sie morgen in der Matrix überprüfen. Ich werde sie mir dann wohl aus der Nähe ansehen. Breena wird wahrscheinlich schlafen, und Sie werden wohl ebenfalls hierbleiben. Sie sind schwanger, und daher sollten Sie es nicht zu einer Gewohnheit werden lassen, in Feuergefechte verwickelt zu werden.«
»Das ist wahr.« Sie schwiegen eine Weile. »Was war denn Ihre Lieblingsgeschichte?« fragte sie plötzlich.
»Wie bitte?«
»Der Zauberer von Oz? Die Odyssee? All diese Geschichten, die mir als Kind so gefallen haben, handelten von Menschen an seltsamen Orten, die Risiken auf sich nahmen. Jetzt erlebe ich dasselbe, und ich weiß nicht, wie diese Leute das ertragen haben.«
»Ich hatte eine Vorliebe für Alice im Wunderland.«
»Das habe ich nie gelesen.« Sie rutschte näher zu ihm. »Aber ich habe die Geschichte als SimSinn-Abenteuer erlebt.«
»Sie haben aus Alice im Wunderland ein SimSinn-Abenteuer gemacht?«
»Natürlich. Sie machen aus allem SimSinn-Abenteuer.«

»Ich hab SimSinn nie ausprobiert.«

»Tatsächlich nicht?«

»Ich ... ich war mein ganzes Leben damit beschäftigt, meinen Körper zurückzubekommen. Die Vorstellung, eine Erfahrung über die Aufzeichnungen des Nervensystems eines anderen nachzuerleben ... Kaum zu ertragen.«

»Nun, in diesem Alice-SimSinn gibt es jedenfalls diese tolle Szene, in der man in das Loch des Weißen Kaninchens fällt. Erschreckend. Man stürzt regelrecht auf den Boden zu. Und man sieht nur, daß der Boden immer näher kommt ... Und die Angst ... Wen sie auch dazu gebracht haben, den Fall nachzuerleben ... Sie hatte schreckliche Angst, und ich hatte schreckliche Angst.«

Irgend etwas an der Beschreibung kam Peter falsch vor, aber er konnte sich nicht mehr an den Originaltext erinnern, also wechselte er das Thema.

»Kathryn«, begann er zögernd, dann ließ ihn die Neugier weiterreden. »Wenn Cell Works Ihre Familie war ...« Er hielt wieder inne in der Hoffnung, sie würde den Konversationsfaden weiterspinnen. Was sie jedoch nicht tat. »Den Konzern zu verlassen, kommt mir irgendwie ...«

»Ich mußte das für mein Baby tun, Peter. Ich muß wissen, ob alles mit ihm in Ordnung ist. Cell Works wollte die Forschungen nicht mehr finanzieren. Ich mußte wissen, was los ist, und ich mußte es schnell wissen. Je älter mein Kind wird, desto mehr Zellen müssen verändert werden. Wenn jemand diese Arbeit ausführen würde, wollte ich auch darüber Bescheid wissen. Ihr Vater sollte mein Verbindungsglied zum Heilverfahren sein.«

»Aber all das für ein ungeborenes Kind ...«

»Es ist nicht nur ein ungeborenes Kind, Peter. Es ist der Sohn des Mannes, den ich heiraten wollte.«

»Ja. Ich hörte, daß er gestorben ist. Tut mir leid.«

»Ja«, lachte sie rauh. »Bei einem Autounfall. Bei einem dummen, dummen, dummen Autounfall. Wir können so viel, aber wir können nicht immer verhindern, daß Autos außer Kontrolle geraten. Wir können nicht ständig Menschen retten. Wir können nicht immer die Person retten, die wir am meisten lieben.« Er streckte seine unförmige Hand in der Dunkelheit aus, und berührte sie am Arm. Zuerst zuckte sie zurück, doch dann entspannte sie sich und ließ zu, daß seine Finger zu ihrer Schulter glitten.

Als sie weitersprach, war ihr Tonfall wieder beherrscht. »Wissen Sie, ich will, daß mein Sohn geboren wird, dieser Sohn, dieses Kind, dieser Teil von John. Ich will, daß er lebt, und ich will, daß er ein gutes Leben lebt. Ich muß wissen, ob alles mit ihm in Ordnung ist. Ich will ihn beschützen. Und ich weiß, Breena glaubt, daß mich das zu einem schrecklichen Menschen macht, aber ich ...« Sie seufzte. »Ich will ihn ganz einfach nicht verlieren. Ich brauche etwas, das geregelt ist.« Sie lachte leise. »Eigentlich will ich, daß alles geregelt ist. Aber jetzt weiß ich nicht mehr so recht. Ich habe alles aufgegeben, was ich hatte. Alles, was ich meinem Sohn zu bieten hatte, all das habe ich aufgegeben, um ihn in anderer Hinsicht zu schützen.«

»Sie werden es schaffen. Sie sind zäh.«

»Nein. Ich bin nur da zäh, wo ich die Regeln kenne. Zum Beispiel in der Konzernwelt.« Sie entzog sich ihm, und er glaubte, sie müsse das Gesicht in den Händen vergraben haben. »Was habe ich meinem Leben nur angetan? Und meinem Sohn?« schluchzte sie. Peter saß schweigend da. Nach einer Weile schniefte sie. Ihre Tränen waren fürs erste versiegt. »Tut mir leid«, sagte sie.

»Es gibt nichts, wofür Sie sich entschuldigen müßten. Aber ich glaube, wir könnten jetzt beide etwas Schlaf gebrauchen.«

Sie schniefte noch einmal. »Ja.«

»Geht es Ihnen wieder besser?«

»Ja.« Sie streckte sich auf dem Sofa aus. »Ja. Ich brauche nur etwas Schlaf.«

Er wartete einen Augenblick, und als er den Eindruck hatte, daß sie tatsächlich ruhiger wurde, sagte er: »Gute Nacht.«

»Gute Nacht, Peter. Sie wirken auf mich gar nicht wie ein Killer, wissen Sie.« Er blieb stumm, unsicher, was er darauf antworten sollte. »Ich meine, ich dachte, Sie wären ziemlich einseitig — schließlich haben Sie diese Kanone auf mich gerichtet —, aber in Ihnen steckt noch eine Menge mehr.«

»Das mit der Kanone tut mir leid.«

»Sie taten Ihren Job, richtig?«

Scham wallte in ihm auf. Er hatte sich so sehr an seinen Job gewöhnt; es kam ihm erst jetzt komisch vor, daß er einen fremden Menschen mit der Waffe bedroht hatte. »Ja. Zeit für einen neuen Job.«

»Gut.«

Er sah, wie sie sich auf dem Sofa umdrehte, kroch dann zu seinen Decken zurück und schloß die Augen.

Er träumte von Alice und ihrem Sturz, aber als er erwachte, konnte er sich nicht mehr an die Einzelheiten erinnern.

26

Am nächsten Morgen sprachen Peter und Kathryn sehr wenig miteinander, doch inzwischen hatte sich ein Band der Freundschaft gebildet. Liaison, die das Frühstück aus Sojaplätzchen und Ersatzschinken bereitete, summte Lieder vor sich hin, die Peter nicht unterbringen konnte. Schließlich kam er zu dem Schluß, daß sie die Melodien spontan erfand. Breena blieb still und zurückhaltend.

Das ABTech-Gebäude, das Peter auf der Westside der Stadt fand, ähnelte eher einem großen Kaufhaus als einem Forschungskomplex. Als in den ersten Stunden seiner morgendlichen Überwachung kein Mensch in das Gebäude ging oder es verließ, fragte sich Peter, ob ABTech Crusader eine falsche Buchungsadresse gegeben hatte.

Mittag war schon vorbei, als er schließlich jemanden sah: Eine Frau, die das Gebäude durch einen kleinen Eingang an der Südseite des Gebäudes verließ. Sie war ein Ork. Sie trug einen einstmals reizvollen Wintermantel, der mittlerweile unmodern war, und hatte damit offensichtlich einen Arme-Leute-Versuch unternommen, sich schick anzuziehen.

Da ihm den ganzen Tag über nichts weiter aufgefallen war, beschloß Peter, ihr zu folgen. Vielleicht führte sie ihn zu etwas Interessantem. Viel rechnete er sich jedoch nicht aus: Er nahm an, daß sie ein schlecht bezahlter Laufbursche war und jetzt etwas zu essen besorgen sollte.

Wie die meisten Orks war sie stämmig, der Hauptgrund dafür, daß Peter Orkfrauen in der Regel unattraktiv fand. Sie hatten weder die entzückende Größe und die Muskeln der Trollfrauen noch die zarte Zerbrechlichkeit reinrassiger Menschen. Für ihn waren Orkfrauen immer im Niemandsland zwischen den Extremen seiner Gelüste angesiedelt.

Diese spezielle Orkfrau hatte jedoch etwas Gewinnendes an sich. Wenngleich die meisten Reinrassigen auf den Gehwegen des pikfeinen Einkaufszentrums einen großen Bogen um sie machten, tat sie ihr Bestes, um sich mit einem Anflug von Stolz zu umgeben. Sie drückte den alten Mantel fest an sich und hielt das Kinn hoch.

Beim Anblick der Orkfrau zog eine Reinrassige ihre Tochter vom Bürgersteig. Dann blieb sie stehen und starrte ihr indigniert hinterher, als sei die Orkfrau einzig und allein aus dem Grund an ihr vorübergegangen, um ihrer Tochter einen Schreck einzujagen.

Das kleine Mädchen starrte der Orkfrau ebenfalls hinterher, doch eher mit einer gewissen Neugier. Die Frau zog das Kind an sich und tröstete es, obwohl es nicht das geringste Bedürfnis nach Trost an den Tag legte.

Die Orkfrau wandte sich nach Norden und steuerte die Bahnstation der Congress-Linie an.

»Soviel zur Theorie über das Essenholen«, dachte Peter. Er überquerte rasch die Straße, um sicherzugehen, daß er nicht den Zug verpaßte, den die Orkfrau nehmen würde. Auf der Treppe zum Bahnsteig fiel ihm auf, daß sie sich bei jedem Schritt mit festem Griff an das Geländer klammerte, als habe sie Schwierigkeiten beim Gehen. Dann sah er, daß ihr Schritt ein wenig schwankend war.

Als sie auf dem Bahnsteig standen und auf den Zug warteten, bemerkte Peter außerdem, daß der Bauch der Frau ziemlich rundlich war. Von weitem hatte der Wintermantel die Tatsache noch verschleiert, aber jetzt aus der Nähe war ihre Schwangerschaft nicht zu übersehen.

Als er wieder ihr Gesicht betrachtete, stellte er fest, daß sie ihn ebenfalls ansah. Er bedachte sie mit einem verlegenen Lächeln, das sie erwiderte. Dann schauten beide weg.

Das ergab einen Sinn, dachte er. Vielleicht arbeitete sie gar nicht für ABTech. Vielleicht war sie eine Freiwillige in irgendeinem ihrer Forschungsprogramme.

»Hör auf damit«, sagte er sich. »Du rätst nur herum. Hör auf zu raten.«

Der Zug lief ein. Peter stieg in den Wagen hinter dem, in welchen die Frau eingestiegen war. Dann arbeitete er sich nach vorn durch und beobachtete die Frau durch das Fenster in der Tür zwischen den Wagen. Obwohl ihr

Wagen ziemlich voll war, versuchten die reinrassigen Menschen, sich von der Orkfrau fernzuhalten.

Der Zug fuhr etwa zwanzig Minuten lang nach Osten. An der Haltestelle Logan Square stieg sie aus. Peter ließ ihr reichlich Vorsprung, um sie nicht mißtrauisch zu machen.

Sie verließen den Bahnhof. Sie wandte sich nach Norden und ging noch etwa weitere zehn Blocks. Unterwegs erinnerte sich Peter daran, daß in dieser Richtung ein Ork-Ghetto lag.

Es war in dem Augenblick offensichtlich, als er das Ghetto betrat. Auf der einen Straßenseite zollten ihm die Orks auf der Straße wenig Beachtung. Kaum hatte Peter die Straße überquert, als ihn jeder Ork in seiner Nähe mit den Augen nach Waffen abtastete. Er hatte noch nichts getan, also belästigten sie ihn nicht. Aber zwei Mütter schickten ihm ihre Kinder hinterher, wahrscheinlich, um sich zu überzeugen, daß er keinen Ärger verursachte.

Peter verhielt sich so, als ob er sie nicht bemerkte, und folgte weiterhin der Frau, bis sie ein heruntergekommenes Hochhaus erreichte. Die Orkfrau trat durch eine massive Doppeltür aus Glas, um dann einen Blick in ihren Briefkasten zu werfen. Nachdem sie ihre Post entnommen hatte, schloß sie die Innentür auf und verschwand in den Tiefen des Hauses.

Peter folgte ihr in das Gebäude. Er warf einen Blick auf die Briefkästen und sah, daß sie 4-G, Wilson, geöffnet hatte.

Er schaute sich um: Niemand zu sehen. Sogar seine Schatten waren verschwunden.

Er stellte sich vor die Tür zur Eingangshalle und zog einen dünnen Metallstreifen aus der Tasche, den er in den Spalt zwischen Schloß und Türrahmen steckte. Nachdem er ihn ein paar Augenblicke hin- und herbewegt hatte, klickte das Schloß, und Peter zog die Tür auf. Er wollte gerade eintreten, als er hörte, wie sich die gläserne Außentür hinter ihm öffnete. Er hatte sich in bezug auf die Kinder, die ihm gefolgt waren, getäuscht. Sie hatten nicht das Interesse verloren — sie hatten Hilfe geholt.

27

Fünf Mitglieder einer Ork-Straßengang standen ihm gegenüber. Sie musterten ihn mit ziemlich ernster Miene. Alle fünf trugen schwarze Lederjacken mit einer Vielzahl roter Abzeichen. Er schätzte ihr Durchschnittsalter auf ungefähr sechzehn.

»Was willst du hier, Chummer?« fragte ihn einer der Jugendlichen.

»Einen Freund besuchen.« Peter rang sich ein Lächeln ab.

»Ich glaub nich', daß du hier in der Gegend Freunde hast.«

»Mr. Donner.« Peter hatte den Namen auf einem Briefkasten gelesen. »Er hat mich gerade angerufen.«

Der Bursche warf einen Blick auf die Briefkastenreihe. »Jeder kann lesen, Chummer. Wie wär's, wenn du deinen Trollarsch wieder auf die Straße schiebst und dich in den U-Bahn-Tunnel verziehst, aus dem du gekrochen bist?«

»Tut mir leid. Ich hab hier was zu tun.«

Peter trat durch die Tür, doch bevor er sie hinter sich schließen konnte, waren die fünf Burschen an der Tür.

Sie packten den Metallrahmen und rissen an der Tür, während Peter sie hinter sich zuzuziehen versuchte. Als sich das Metall zu verbiegen begann und das Glas an den Rändern splitterte, ließ Peter los. Die fünf jugendlichen Orks stolperten nach hinten und fielen in der Vorhalle übereinander.

Peter rannte zur Treppe.

Und blieb dann stehen.

Er war nicht hergekommen, um sich von einer Orkbande durch das Gebäude jagen zu lassen. Er mußte herausfinden, warum diese Orkfrau bei ABTech' war, und durfte keine Schlägerei vor ihrer Wohnungstür austragen. Außerdem wurde er des Kämpfens langsam überdrüssig.

Er stellte sich den Jugendlichen, die auf ihn zugerannt kamen, um dann auf dem glatten Steinboden schlitternd abzubremsen. Unschlüssig, ob sie ihren Sieg genießen oder ihn mit den Fäusten bearbeiten sollten, schlugen sie den Mittelweg ein, indem sie ihn neugierig anstarrten.

Das Gesicht des Anführers war breit, und seinem Unterkiefer entsprangen zwei dicke Hauer. Seine Augen waren hellblau. Er atmete heftig und schien nicht die Absicht zu haben, auf den Adrenalinkick zu verzichten, nur weil Peter stehengeblieben war.

Peter hob die Hände in der allgemein bekannten Friedensgeste. »Hört mal. Ich hab hier zu tun. Ich muß mit jemandem reden.«

»Schwirr ab. Ich hab's dir gerade schon gesagt, und jetzt sag ich's dir noch mal. Verzieh dich von hier.«

»Ich will niemandem was tun«, begann Peter, doch dann knallte ihm der Ork die Faust in den Magen, und Peter krümmte sich unwillkürlich.

In seinem etwas benebelten Zustand hörte Peter das Aufschnappen von fünf Klappmessern.

Immer noch zusammengekrümmt, hob er den Kopf. »Hört zu. Ich hab 'ne harte Woche hinter mir...«

»Es kümmert mich 'n Drek, was du hinter dir hast, Trog. Wir haben dich höflich gebeten abzuhauen, jetzt helfen wir dir auf die Sprünge.«

»... und ich hab nicht mehr so viel Geduld wie vor fünf Tagen. Paßt auf. Ich geh da rauf, ob euch das gefällt oder nicht...«

Der Ork trat ihm ins Gesicht. Peter fiel hintenüber auf die zweite Treppenstufe. Die anderen Orks lachten nicht. Sie hielten sich einfach nur bereit, ihrem Freund zu helfen.

Peter hätte den beiden Schlägen eigentlich ausweichen können müssen, doch dieses halbe Kind hatte ihn zweimal getroffen. Er wußte, daß sein Stolz mehr darunter gelitten hatte als sein Körper.

»Ich bin ein Shadowrunner und werde euch Kinder zu Orkfutter verarbeiten, wenn ihr euch nicht verzieht.«

Das rief eine Reaktion bei ihnen hervor. Die Punks wichen ein wenig zurück, ihr Anführer nicht so weit wie die anderen. »Spar dir die Sprüche, Chummer. Nur noch 'n Grund mehr, dafür zu sorgen, daß du hier verschwindest.«

Peter sprang auf. Die Punks sprangen zurück.

»Bist du zu dämlich, um's zu kapieren, Chummer? Ich benutze 'ne HK, um jeden umzupusten, der mir in die Quere kommt. Das hier ist mein verdammter Job!« Er trat in der Hoffnung vor, sie so weit einschüchtern zu können, daß sie die Halle freiwillig räumten. Die fünf Orks wichen Schritt für Schritt vor ihm zurück. »Sperren zu durchbrechen, gehört zu meinem ganz normalen Handwerk. Und jetzt haut ab, oder ich leg euch flach.«

»Cool bleiben«, sagte der Anführer und brachte damit die anderen vier Orks zur Räson. Sie blieben stehen, und der Anführer wandte sich an Peter. »Dann denk mal über folgendes nach, du grüner Fleischberg. Du bist in meinem Revier. Und bedrohst wahrscheinlich meine Leute. Du bist einfach an einem Ort aufgekreuzt, an dem du nichts zu suchen hast. Niemand hat dich gebeten zu kommen. Ich hab dich aufgefordert zu verschwinden, und dir fällt nichts Besseres ein, als mich zu bedrohen? Bist du zu dämlich, um's zu kapieren? Du hast uns in dem Moment bedroht, in dem du deine Trogfresse hier gezeigt hast. Is' mir egal, ob du mich einmachst, weil ich gar keine andere Wahl hab.«

Diesmal war Peter vorbereitet. Er sah die Nackenmuskeln des jungen Orks unmerklich zucken. Als der

Bursche mit dem Messer zustach, schlug Peter leicht auf dessen Handgelenk und pflanzte ihm dann die Faust auf die Brust.

Der Ork wurde gegen ein anderes Gangmitglied geschleudert, und die beiden gingen zu Boden. Die verbliebenen drei Orks bildeten einen weiten Halbkreis um Peter und schienen darauf zu warten, daß ein anderer den ersten Zug machte.

Dann wirbelte Peter herum, schlug zu und trat aus. Er setzte ein Gangmitglied nach dem anderen außer Gefecht, wobei er so sanft mit ihnen umging, wie er konnte, aber er war ein Troll, und sie waren Orks. Die Schläge, die er ihnen verpaßte, hätten bei jedem Reinrassigen Knochenbrüche zur Folge gehabt.

Als die drei Orks am Boden lagen, waren der Anführer und der Bursche, den dieser mitgerissen hatte, wieder auf den Beinen. Der Anführer stürzte auf Peter los in der Absicht, ihn über den Haufen zu rennen. Peter packte den Burschen an den Armen, als sie gegen die Wand knallten. Er pflanzte dem Ork zweimal die Faust in den Magen und ließ ihn dann los. Der Bursche fiel zu Boden und schnappte nach Luft. Obwohl sein Kamerad vor Furcht beinahe geflohen wäre, brachte er doch den Mut auf, mit seinem Messer nach Peter zu stechen.

Peter packte den Arm des Punks und schleuderte ihn zu Boden. Dann ging er durch die ganze Gruppe hindurch und verpaßte jedem noch einen abschließenden Tritt in den Unterleib.

Während sie mit Stöhnen beschäftigt waren, beruhigte sich Peter langsam. Die Erkenntnis, daß er frohlockend eine Horde Jugendlicher aufgemischt hatte, die nichts anderes tat, als eine Frau zu beschützen, welche ganz zweifellos nicht mit ihm würde reden wollen, ernüchterte ihn ungemein.

»Ich bin ein Idiot«, sagte er laut.

Einer der Orks stöhnte wieder, aber keiner erhob sich. Peter nahm auf der Treppe zum vierten Stock drei

Stufen auf einmal, um die Sache so schnell wie möglich hinter sich zu bringen.

Er klopfte an die Tür von Apartment 4-G.

»Augenblick«, rief eine Frauenstimme. Dann hörte er ein Schloß schnappen, und die Tür öffnete sich. Die Orkfrau musterte ihn einen Augenblick, dann weiteten sich ihre Augen, als sie ihn als den Troll vom Bahnsteig wiedererkannte. Sie schüttelte den Kopf, als wolle sie die ganze Situation abschütteln, und versuchte die Tür zu schließen.

Peter drückte mit der Hand gegen die Tür und stieß sie auf. »Mrs. Wilson. Mrs. Wilson. Bitte. Ich muß einen Augenblick mit ihnen reden.«

Sie fing an zu schreien.

Peter drückte einmal kurz gegen die Tür und riß sie damit aus den Angeln. Die Frau wollte vor ihm davonlaufen, aber Peter griff mit seinen langen Armen nach ihr und legte ihr eine Hand über den Mund.

Er sah sich in dem Zimmer um. Durch das unechte dunkle Holz der Tische und Stühle verliefen Risse und Sprünge, aber man hatte sich bemüht, so etwas wie einen zusammenhängenden Stil zu bewahren. Die Tapete war braun und weiß. Die Sonnenblenden waren heruntergezogen. Die ganze Wohnung wirkte melancholisch und düster.

Zwei kleine Kinder kamen aus der Küche in das Zimmer — zwei Mädchen. Eines hielt eine Puppe in der Hand, die einem rosigen reinrassigen Menschenbaby nachempfunden war. Es hatte rosafarbene Schleifen in seinem borstigen, strohigen Haar. Einen Augenblick lang starrten sie ihre Mutter und den Troll, der sie festhielt, verständnislos an, dann erschien Angst in ihren Augen. Das Mädchen mit der Puppe, die jüngere der beiden, fing an zu weinen.

»Shhh«, sagte Peter. Er war jetzt aufgeregt und der Panik nah. Er hatte das Gefühl, daß die Situation außer Kontrolle geriet, und ihm dämmerte, daß er so etwas noch nie zuvor getan hatte. Gerade hatte er eine Horde Teenager zusammengeschlagen, und jetzt war er dabei, eine Mutter zu mißhandeln.

Er ließ die Frau los. Sie rannte zu ihren Kindern und drückte sie an sich. Die drei Orks starrten Peter in der Gewißheit an, daß er sie alle umbringen wollte.

»Bitte«, sagte die Mutter, »bitte, lassen Sie sie doch gehen ... Sie sind noch so jung.«

»Ich werde keinem etwas tun ...«

Die jüngere Tochter weinte jetzt lauter.

»Ich muß Ihnen nur ein paar Fragen stellen ...«

Die Mutter begegnete Peters Blick. Sie war jetzt neugierig geworden und ignorierte die Kinder für den Augenblick. Mit tonloser Stimme fragte sie: »Worüber?«

»ABTech Enterprises ...«

»Raus!« kreischte sie. »Raus. Raus! Raus!«

»Ich will doch nur ...«

»Bitte, bitte, gehen Sie. Ich kann nicht darüber reden.« Sie war den Tränen nah.

Peter ging einen Schritt näher. Die Frau schob ihre Töchter hinter sich. »Sie können es mir ruhig sagen ... Ich werde es nicht weitererzählen.«

»Wenn Sie auch nur eine Spur von Anstand in sich haben, dann gehen Sie jetzt«, sagte die Frau. Dann keuchte sie und sah über Peters Schulter zur Tür.

Peter wirbelte in der Erwartung herum, die Orkgang hinter sich zu sehen. Statt dessen stand ein einzelner Ork mittleren Alters in der Tür. Die Blicke des Orks flogen zwischen der aus den Angeln gerissenen Tür und dem Troll hin und her. Dann nahm sein Gesicht einen wütenden Ausdruck an. »Was ist hier los?«

»Dieser Mann ...«, begann seine Frau.

»Ich muß mit Ihrer Frau über eine Sache reden ...«

»Den Teufel mußt du ...«

»Mark«, sagte die Frau flehentlich.

Der Mann stakste in das Zimmer. Peter bemerkte augenblicklich, daß der Ork stark war — als Kind wahrscheinlich Straßenkämpfer, heute vielleicht Dockarbeiter. Er machte einen betrunkenen Eindruck.

»Den Teufel mußt du«, wiederholte der Mann abwesend. »Was, zum Teufel, machst du hier?«

»Ich muß Ihrer Frau ein paar Fragen stellen.«

»Er will das von ABTech wissen.«

Die Augen des Mannes verengten sich plötzlich. Seine Hände ballten sich zu Fäusten. Als er wieder sprach, tat er dies leise, aber die Drohung in seiner Stimme war trotzdem nicht zu überhören. »Mach, daß du hier rauskommst, und zwar sofort.«

»Ich kann erst gehen, wenn ich ...«

»Mach, daß du rauskommst. SOFORT!«

»Was macht Ihre Frau bei ABTech?«

Peter hatte die Frage kaum herausgebracht, als er mindestens ein halbes Dutzend Orks im Flur vor der offenen Wohnungstür auftauchen sah. Zwei von ihnen gehörten zu den Jugendlichen aus der Lobby. Andere waren Nachbarn, die der Krach auf den Flur getrieben hatte. Letztere trugen ausnahmslos Bade- oder Hausmäntel.

Falsch, falsch, falsch, dachte Peter.

Doch anstatt die Orks zu Hilfe zu rufen, schrie Wilson die Versammlung der Gaffer an und forderte sie auf zu verschwinden. Zuerst waren die Orks überrascht. Doch als seine Ausfälle unvermindert anhielten, gaben sie auf und gingen.

Nun richtig in Rage, richtete der Mann seine Aufmerksamkeit wieder auf Peter. Er stampfte auf ihn zu, und die Worte kamen zischend aus seinem Mund, als wolle er nicht, daß die Nachbarn noch mehr erfuhren, als sie ohnehin schon wußten. »Ich weiß nicht, wer du bist und was du hier willst. Aber mach jetzt auf jeden Fall, daß du hier rauskommst. Und ich will kein einziges Wort mehr über diesen Laden hören.«

Er trat zur Seite, um Peter durchzulassen.

»Ich gehe erst, wenn ich ...«

Der Ork pflanzte Peter die Faust unter das Kinn, und ein stechender Schmerz fuhr ihm durch Kopf und Nakken. Peter stolperte rückwärts und fiel über einen Tisch. Er ist stark, dachte er. Er ist fähig.

Der Ork bestätigte die Straßenkämpfertheorie, als er ohne Zögern nachsetzte und Peter einen Tritt ins Gesicht verpaßte, bevor dieser die Chance hatte aufzugeben. Der Schuh knallte gegen seine rechte Wange und hinterließ ein brennendes Gefühl.

»Drek«, sagte Peter laut, während er den Arm wie eine Sichel nach Wilsons Beinen schwang und ihn ins Stolpern brachte.

Der Ork stürzte mit dumpfem Knall zu Boden. Peter rappelte sich auf und warf sich auf den Ork, so daß seine Körpermasse auf der Brust des Orks landete. Wilson keuchte laut auf und stieß Peter dann ein Knie in den Unterleib. Wieder und wieder durchzuckte Peter heftiger Schmerz, als sich der Ork unter ihm mit aller Kraft zu befreien versuchte. Dann knallte ihm Peter die rechte Faust an den Kopf.

»Hört auf«, schrie die Frau. »Bitte, hört doch auf, beide.« Peter hatte die anderen im Zimmer vergessen. Jetzt, wo das Bitten der Frau den Kampf unterbrach, hörte er auch die Mädchen, die mittlerweile beide weinten.

Für einen kurzen Augenblick abgelenkt, gab sich Peter eine Blöße, was dem Ork die Chance gab, Peter einen Schlag in die Nieren zu verpassen. Peter nahm im Geiste eine Korrektur vor: Der Bursche war echt stark. Ohne nachzudenken, wälzte sich Peter von dem Ork herunter und hielt sich die verletzte Seite. Der Ork rappelte sich auf, aber auch er hatte die Hand auf eine Stelle über dem Auge gepreßt. Peters letzter Hieb hatte eine blutende Wunde hinterlassen.

Der Ork ließ sich mit der Absicht auf Peter fallen, dessen Gesicht und Hals unter seinen Knien einzuklemmen. Peter wälzte sich zur Seite, holte aus und ließ den

rechten Arm nach hinten sausen. Der Schlag traf den Ork wieder ins Gesicht, und er fiel zu Boden.

Die Frau eilte zu ihrem Mann und stellte sich zwischen Peter und den Ork. Sie hielt Peter abwehrend die Hände entgegen. »Bitte. Was wollen Sie wissen?«

»NEIN!« schrie der Ork, sprang auf, an seiner Frau vorbei, und warf sich auf Peter. Die beiden Männer flogen auf ein Sofa und darüber hinweg, wälzten sich dann auf dem Fußboden.

Peter, der jetzt alles daran setzte, nicht noch einmal die Kontrolle zu verlieren, stieß das Gesicht des Orks auf den Boden, um dann seinen rechten Arm zu packen und auf den Rücken zu drehen. Der Ork schrie schmerzgepeinigt auf.

»Nein, nein!« rief die Frau. »Aufhören, bitte!«

»Halt die Klappe«, grollte ihr Mann mit erstickter Stimme. Mittlerweile hatten die Mädchen aufgehört zu weinen, waren zu Peter gerannt und schlugen ihm mit ihren kleinen Fäusten auf den Rücken. Peter ignorierte sie.

Peter riß den Arm des Orks noch ein Stück weiter nach oben und sagte: »Reden Sie, oder ich breche ihm den Arm.«

»Ja«, sagte sie mit einem hilflosen Winken ihrer Hand.

»Nein. Tu's nicht«, beharrte ihr Mann.

»Was machen Sie bei ABTech?«

»Ich ... ich bin Versuchsperson in einem Experiment.«

»Sie werden dafür bezahlt?«

»Hör auf!« Der Ork war jetzt vollkommen verzweifelt. Er wehrte sich heftig, und brachte seinen Arm dadurch in eine noch schlechtere Position.

»Ja«, sagte sie zögernd, als bliebe etwas ungesagt.

»Woran arbeiten sie bei ABTech?«

»Ich weiß nicht.«

»Nun, was machen sie mit Ihnen?«

»Ich weiß nicht.«

»Sie wissen es nicht?« wiederholte Peter eindeutig überrascht. »Sie wissen nicht, was sie mit Ihnen machen?«

»Mit mir machen sie ja gar nichts. Mit dem Kind.«

Peter verstand nicht. »Wie bitte?«

»Wir brauchten das Geld ...«

»Laurie!«

»Wir brauchten das Geld ...«, wiederholte sie, als erkläre das alles. »Die Kinder brauchten was zu essen. Wir konnten Suzie und Anne nicht mehr ernähren ...«

»Ich verstehe ...«

»Das Kind!« schrie ihn die Frau plötzlich an. »Ich habe ihnen mein Baby verkauft!« Sie legte die Hände auf ihren runden Bauch.

»Sie experimentieren mit ihrem ungeborenen Kind?« fragte er. Die Vorstellung setzte ihm derart zu, daß seine Hände schlaff herabfielen und Wilson freikam. Der Ork krabbelte unter Peter hervor, erhob sich sofort auf die Knie und begann auf Peters Schultern einzudreschen. Aber den Ork hatte jetzt jeglicher Kampfgeist verlassen, und seine Schläge erzielten keine Wirkung. Peter begegnete seinem Blick. Dem Ork liefen Tränen über das Gesicht.

Er hörte auf, Peter zu schlagen. Die beiden starrten einander weiter an.

»Es tut mir leid ...«

»Gehen Sie«, sagte der Mann nur. »Bitte, gehen Sie.«

»Ja.«

Peter stand auf. Er wandte sich an die Frau. »Ich ...«, begann er, aber was konnte er ihr sagen?

»Was?« fragte die Frau mit tonloser Stimme und in der Gewißheit, daß die Affäre jetzt bereinigt war.

»Ihr Kind? Was wird mit ihm geschehen ...?«

»Es wird abgetrieben. Manche werden ausgetragen. Andere abgetrieben. Meines wird abgetrieben. Aber sie gehören alle ABTech. Ein Mädchen, eine Reinrassige,

Julie irgendwas, hat versucht, sich nach Seattle abzusetzen. Sie sagten, sie hätten sie erwischt.«

»Andere?«

»Andere! Sie glauben doch wohl nicht, daß ich die einzige bin, Mr. Schicki-Micki, oder?«

»Nein ... Ich ...«

»Gehen Sie. Sie haben, was Sie wollten. Unsere Schande ist jetzt Ihre. Jetzt gehen Sie.«

»Ja.«

Peter ging mit steifen Bewegungen zur Tür. Die Verkrampfung rührte nur zum Teil von den Kämpfen des Tages: Sein Verstand konnte einfach nicht verarbeiten, was er soeben erfahren hatte. An der Tür drehte er sich noch einmal um.

Die Familie hockte eng zusammen auf dem Boden. Das ältere Mädchen strich seinem Vater immer wieder über den Nacken. »Ist ja gut, Papa. Ist ja gut. Uns ist nichts passiert, Papa.«

Er fand einen Hintereingang und ging rasch durch eine Seitengasse und auf die Straße. Ein letzter Blick zurück auf das Haus zeigte ihm, daß sich eine Orkmenge vor dem Vordereingang versammelt hatte.

Dann erregte etwas am äußersten Rand seines Gesichtsfeldes seine Aufmerksamkeit. Fast Eddy lehnte an einem Laternenpfahl und zuckte sichtlich, während er sich bemühte, lässig auszusehen. Er beobachtete die Menge und das Gebäude und wartete offenbar darauf, daß Peter auftauchte.

Dann sah Eddy, daß Peter ihn anstarrte. Fast Eddys Gesicht zuckte wie verrückt; er drehte sich um und rannte die Straße entlang.

28

Ohne auch nur einen Gedanken an die Menge vor dem Haus zu verschwenden, rannte Peter hinter Eddy her. Er rannte auf der Straße, damit ihm die Orks auf dem Bürgersteig nicht in die Quere kamen, doch ein paar standen ihm im Weg. Er stieß sie so sanft zur Seite, wie er konnte.

»Paß doch auf!« schrie einer, doch niemand folgte ihm.

Eddy war ihm jetzt einen ganzen Block voraus. Er rannte wie ein Epileptiker nach einem Adrenalinstoß: Seine Arme wirbelten, und er stolperte zweimal, als er sich nach Peter umsah. Doch irgendwie lief er mit einem erstaunlichen Tempo, besessen von irgendeinem unidentifizierbaren Geschwindigkeitsdämon.

Peter wußte, daß er Eddy einholen und herausfinden mußte, wieviel er wußte. War Eddy ihm zu ABTech gefolgt? Kannte er die Adresse von Liaisons und Breenas Wohnung?

Eddy bog in eine Seitenstraße ein, dann in eine andere. Peter hätte ihn zweimal fast verloren, aber nur fast. Zu oft wurde Eddy von seinem Körper im Stich gelassen und hopste immer wieder sekundenlang auf der Stelle. Als Peter seinen alten Freund schließlich einholte, bog dieser gerade wieder um eine Ecke. Niemand war in der Nähe.

Peter warf sich nicht auf Eddy, wie es ursprünglich seine Absicht gewesen war, sondern packte ihn am Kragen und schleppte ihn in eine Seitengasse. Er lud ihn hinter einem Müllcontainer ab, dann kniete er sich neben ihn und legte ihm die rechte Hand um den Hals.

»Hallo, Kumpel.«

»Hi, Prof. Wie geht's wie geht's wie geht's?«

»Oh. Einfach toll. Ein Haufen Leute will mich umlegen.«

»Und diese Schnalle, die du aufgerissen hast ...?«

Peter verstärkte den Druck auf Eddys Hals. »Eddy, ich habe dich früher so reden lassen, weil ich keine Ahnung hatte, von wem du redest. Ich glaube, du hattest auch keine Ahnung. Du hast nur über ›Frauen‹ geredet, über deine Vorstellung von Frauen, die überhaupt nichts mit wirklichen Personen zu tun hat. Jetzt redest du über eine wirkliche Person. Halt dich zurück.«

»Hab schon begriffen, Prof.« Er lächelte sein gewinnendes Lächeln, das jetzt müde und falsch wirkte.

Peter lockerte seinen Griff, ließ die Finger jedoch in Eddys Nacken.

»Du hast nach mir gesucht?«

»Ja. Hör mal, Peter, es tut mir echt leid. Echt leid. Echt leid. Ich hab da 'ne echte Dummheit gemacht. Ich hätte dir das nicht antun dürfen. Antun dürfen.«

Peter war augenblicklich mißtrauisch. »Warum der plötzliche Gesinnungswandel?«

»Was? Glaubst du nicht, ich könnte, na ja, könnte, na ja, irgendwas Falsches tun und mich dann deswegen schlecht fühlen?«

»Nein.«

»Du hast recht. Also gut, also gut. Da ist noch was was was anderes. Ich bin draußen, Peter. Sie haben mich fallenlassen. Ich bin tot. Ich bin genauso tot wie du. Ich will mich wieder mit dir zusammentun, du weißt schon weißt schon, wie in alten Zeiten. Du weißt schon ...«

»Nein.«

»Bitte, Peter.« Eddy sah weg, aber Peter konnte Tränen in seinen Augen glänzen sehen. »Ich bin echt ich bin echt im Eimer. Meine Hand, Peter ...« Er hob die Hand, die Peter gebrochen hatte. Sie war mit einem blutdurchtränkten Lappen umwickelt. »Sie wollten nichts für die Magie springen lassen. Springen lassen. Ich bin echt angeschmiert.«

Peter seufzte. »Eddy, ich traue dir nicht.«

»Du traust mir nicht? Du bist doch derjenige, der aus heiterem Himmel beschlossen hat, die ... pardon ... sie nicht zu geeken, und du kannst mir nicht trauen? Du hast doch damit angefangen. Angefangen. Hab ich dich nicht dich nicht in die Gang gebracht? Hab ich dir nicht geholfen, das Zeug zu besorgen, das du haben wolltest?«

Peter wußte, daß Eddy ihn wieder manipulierte, mußte jedoch anerkennen, daß sein Argument etwas für sich hatte.

»Ja. Das hast du.«

»Ja. Das hab ich.«

»Dräng mich nicht.«

»Schon gut.«

»Was willst du, Eddy?«

»Daß es wieder so ist wie früher. Wie wir's früher gemacht haben. Wir brauchen die Gang nicht. Wir können kleine Dinger drehen. Das reicht für uns. Für dich und mich. Genug Geld verdienen, um meine Hand richten zu lassen. Was sagst du?«

»Nein, Eddy. Ich will das nicht mehr.«

»Warum nicht? Wegen ihr?«

»Zum Teil wegen ihr. Zum Teil, weil ... ich weiß nicht. Ich will da raus.«

Eddy stieß ein kurzes humorloses Lachen aus. »Du willst ehrlich werden?«

»Ich könnte es!«

»Klar! Hey, Augenblick mal! Sie hat hat hat dein Zeug gelesen. Dein Trollzeug. Wirst du wieder ein Mensch?«

Peter kannte die Antwort darauf nicht. »Ja. Vielleicht. Es könnte klappen.«

»Du hast echt Glück. Ich würde auch gerne wieder ganz gesund sein. Weißt du, du bist 'n Troll und alles, aber du hast ... Es klappt. Es klappt. Und ich? Was ist mit mir? Ich bin fertig. Ich kann nichts mehr machen. Ich würde alles tun, um wieder richtig gesund zu werden.« Peter sah seinen Freund traurig an. Nervenschäden zu beheben, war genauso schwer wie eine genetische Manipulation. Immer noch Zukunftsmusik. Immer noch im Experimentierstadium.

»Also gut. Ich sorge dafür, daß deine Hand in Ordnung kommt. Und das war's.«

Sie standen auf und gingen die Gasse entlang. »Hast du den Burschen eigentlich gefunden, nach dem du gesucht hast?«

»Das geht dich nichts an, Eddy.«

»Ja. Klar.«

»Wer, zum Teufel, ist das?« fragte Breena, als Peter mit Eddy zurückkehrte.

»Ein Chummer. Er steckt in Schwierigkeiten.«

Kathryn erhob sich von einem Tisch, wo sie Peters Dateien auf einem von Liaisons tragbaren Computern las. »Das ist doch der Mann, der Sie verraten hat.«

»Hi«, sagte Eddy geistlos.

»Ich versteh das nicht«, sagte Breena beharrlich. »Wer ist dieser Kerl? Warum ist er hier?«

»Er braucht Hilfe. Ich bin ihm was schuldig.«

»Ich nicht. Du! Verschwinde!«

»Hör mal, er hat sich die Hand gebrochen. Bitte. Ich zahle. Bring sie wieder in Ordnung.«

Sie öffnete den Mund, um etwas zu sagen, und schloß ihn dann wieder, während sie Peter scheinbar eine Ewigkeit anstarrte. Dann hatte sie ihre Entscheidung getroffen. »Na schön.«

Stunden später, als Eddy auf dem Sofa im Wohnzimmer schlief, hielten die vier in der Küche bei Suppe und Brot Kriegsrat.

»Ich hab einiges in der Matrix ausgegraben«, sagte Liaison. »ABTech Enterprises ist unter einem Datenmeer begraben. Keiner scheint die Geschichte der Firma zu kennen, und keiner weiß, was sie eigentlich tut. Die Übersicht, die ich euch jetzt gebe, habe ich mir stückchenweise von hier und da zusammengeklaubt. Die Gesellschaft befindet sich in Privatbesitz und ist eine Tochter von Biogene Technologies, einer Biotechfirma in Seattle. Vor ein paar Jahren hatte Biogene ein paar Probleme mit Aztechnology ...«

»Aztechnology!« riefen Peter und Kathryn wie aus einem Munde.

»Bleibt ruhig«, fuhr Liaison fort. »Seit damals haben sich die Dinge einigermaßen abgekühlt. Ich glaube nicht, daß Aztechnology überhaupt was mit der Chicagoer Niederlassung zu tun hat. Aber damals war es schlimm genug, weil Biogene ziemlich schwach war. Der Laden wurde prompt von einem Konzern namens Yamatetsu geschluckt. Offensichtlich gefiel ihnen, was sie da gekauft hatten, aber der Laden war wegen dieser Aztechnology-Geschichte ziemlich heiß und schwer zu handhaben. Yamatetsu schmolz Biogene elektronisch ein und sorgte für eine ausführliche Darstellung in den Medien. Ich glaube, sie haben damals beschlossen, einen Teil von Biogenes Anlagen und Forschungsprojekten in die UCAS auszulagern, so daß Aztechnology außen vor bleiben würde. Sie nannten die neue Firma ABTech Enterprises.«

»Das würde einen Sinn ergeben«, sagte Kathryn. Dann hielt sie sich verblüfft die Hand vor den Mund. Als sie die Hand wieder wegnahm, sagte sie: »Natürlich. Es ergibt einen Sinn. Vor zwei Jahren ist jemand bei Aztechnology in Seattle eingebrochen, um etwas ziemlich Heißes zu stehlen. Etwas sehr Heißes. Keiner wußte, wer es war und was gestohlen wurde, aber jetzt ... Natürlich war es Biogene Technologies, und wahrscheinlich waren sie hinter irgendwelchen Forschungsergebnissen über DNS-Rekombination her.«

»Sie müssen ihre eigene Arbeit mit den Daten von Aztechnology verglichen und dann hier in Chicago in den letzten zwei Jahren weitergearbeitet haben«, warf Peter ein.

»Vielleicht sind sie mittlerweile soweit«, sagte Kathryn.

»Wenn nicht, sind sie nah dran«, sagte Peter und erzählte ihnen dann, was er im Ork-Ghetto erfahren hatte.

Als er geendet hatte, schwiegen die anderen mehrere Minuten lang. Kathryn stand auf und ging zum Waschbecken, wo sie mit dem Rücken zu den anderen eine Weile verharrte.

»Das ist doch alles Drek«, sagte Breena. »Ich kann nicht glauben, daß sie versuchen, die Magie auszuschalten.«

»Nun, das muß nicht der Weg sein, auf dem sie es versuchen«, sagte Peter schwach. »Meiner Theorie nach ...«

Breenas dunkle Augen funkelten, als sie sich vorbeugte. »Weißt du, mir wird erst jetzt richtig klar, wie egoistisch du bist. Du willst kein Troll mehr sein? Prima. Aber hast du auch nur die geringste Ahnung, wie viele Leute du mit dir runterziehst?« Sie imitierte ihn. »Meine Theorie reißt die Magie nicht aus einer Person heraus ...«

»Das tut sie auch nicht. Sie ... Sie blockt die Magie lediglich ab. Die Gene, die metamenschliche Charakteristika produzieren, werden einfach abgeschaltet. Das ist kein Rekombinationsprozeß. Das wäre zu — unergiebig. Alle Versuche, die Metagene zu spalten oder zu binden, haben sich als unfruchtbar erwiesen. Die Ergebnisse sind zu unberechenbar.«

»Und wie sieht dein Trick aus, Süßer?« fragte Breena kalt.

»Eigentlich ist er genial«, sagte Kathryn, die sich plötzlich umdrehte. Ihre Augen waren kalt und hart. Distanziert. »Er will nicht die Gene selbst ändern. Er will verhindern, daß die Umwelt, das neue Element der Magie in der Umwelt, die metamenschlichen Gene aktiviert.«

»Er will die DNA vor der magischen Umwelt abschirmen?«

»Genau«, sagte Kathryn. »Er will dem Rekombinationsprozeß ausweichen. Es ist so, wie wenn man jemanden nicht an die Sonne läßt. Wenn man nicht der Sonne ausgesetzt ist, kann die Haut nicht braun werden.«

»Stimmt.«

»Gene haben bereits molekulare ›Controller‹ für verschiedene mögliche Reaktionen der DNS auf die Umwelt. Peter ... der Professor will diese Controller wieder in einen Zustand zurückversetzen, als sei keine Magie in der Umwelt.«

»Sahne«, sagte Liaison, mehr von den Details begeistert als von den Implikationen.

»Und alle sind käseweiß«, sagte Breena.

»Wie bitte?« fragte Kathryn.

»Wenn sich keiner der Sonne aussetzt, sind alle käseweiß«, erklärte Peter. »Stimmt's?«

Breena nickte. »Also könntest du mir meine Fähigkeit nehmen, Magie zu wirken.«

»Ich weiß nicht, ob es so klappt, wie ich es mir vorstelle. Und ich glaube nicht, daß ich es tun könnte, ohne daß du es wolltest.«

»Drek!«

»Jetzt hör mir mal gut zu!« Einer seiner massigen Finger zeigte auf Breena. »Ich habe mich verändert. Ich weiß, wie das ist. Ich hab nicht etwa was geschenkt bekommen. Ich war ein Teil der Gesellschaft. Ich hatte einen Platz. Ich wußte, wo ich stand, wohin ich gehörte. Du kannst mir nicht mein Verlangen mißgönnen, das wieder zurückzubekommen! Ich bin nicht mehr, was ich mal war.« Er legte besondere Betonung in seine letzten Worte. »Du kannst mir dieses Verlangen nicht absprechen.«

»Nein«, sagte sie sanft. »Du bist ein Troll. Das weißt du, Professor. Keiner könnte all das ausgetüftelt haben, was du dir ausgetüftelt hast, und die Wahrheit nicht sehen. Du bist ein Troll. Die Magie ist wieder da, und du bist ein Wesen der Phantasie ...«

»Versuch nicht, es wie ein Wunder klingen zu lassen!«

»Aber das ist es! Die Welt wird aus ihrer Selbstgefälligkeit gerissen. Langsam, aber es geschieht. Alle Regeln werden über den Haufen geschmissen. Was uns die Möglichkeit gibt, neue Regeln zu erstellen, und diese neuen Regeln sind vielleicht besser.«

»Und in der Zwischenzeit bin ich ...« Er hörte, wie das Selbstmitleid nur so aus ihm heraussprudeln wollte, und haßte sich dafür. »Was soll's. Dir mag es wie ein Wunder vorkommen. Aber für mich ist es bereits Alltag. Das Wunder bin nur ich, eingesperrt im falschen Körper.«

»Für einen Troll kannst du aber unheimlich gut reden«, sagte Liaison, die tatsächlich beeindruckt wirkte.

»Danke«, sagte Peter trocken.

»Wie sieht der nächste Schritt aus?« Breena wechselte abrupt das Thema.

Peter sah sich im Zimmer um. »Wir müssen bei AB-Tech reinkommen und sehen, was sie haben. Sehen, ob sie mir helfen können. Sehen, ob sie Kathryn helfen können. Sehen, ob Dr. Clarris da ist.«

»Selbst wenn sie Kathryn helfen können, werden sie sie nicht reinlassen.«

»Das ist dann der nächste Schritt. Wenn sie es können, schleusen wir sie rein. Wir verkleiden sie oder so was. Irgendwie. Wir werden es schaffen.«

»Nicht, ohne vorher reinzugehen und den Laden auszubaldowern.«

»Das würde helfen. Aber wir müssen es nicht so machen.«

»Wie meinst du das?«

»Wir wissen, daß sie Frauen ins Labor nehmen und an ihnen arbeiten. Liaison, könntest du ihre Aufzeichnungen ändern und es so einrichten, daß Kathryn bereits auf ihrer Liste steht? Sie könnte ganz einfach dort auftauchen, sich der Behandlung unterziehen und wieder rausgehen.«

»Das ist gut«, sagte Breena gehörig beeindruckt. »Das ist so lächerlich unerwartet. Du scheinst deinen Platz gefunden zu haben.«

»Tja«, sagte Liaison, »ich will mein Licht nicht unter den Scheffel stellen, aber Operationen, die nur von der Matrix aus durchgezogen werden, machen mich nervös. Es ist immer besser, jemanden an Ort und Stelle zu haben. Und ich meine immer noch, wir sollten den Laden zuerst auskundschaften. Auf die Art können wir keine Überraschungen erleben.« Sie legte ihre Hand auf Kathryns. »Dich da ganz alleine ohne vorherige Recherchen reinzuschicken. Mir gefällt das nicht.«

»Astrale Erkundung ist nicht drin. Bei dem Drek, der in dem Laden abläuft, wird jede Magie in der näheren Umgebung von ABTech völlig verdreht. Kein Magier, der noch ganz richtig im Kopf ist, würde da auflaufen. Das ätherische Medium muß durch die Experimente, die sie da durchführen, schrecklich verzerrt sein. Auf astralem Weg dort reinzugehen wäre dasselbe, als würde man um einen Alptraum bitten.«

Peter realisierte, daß er Kathryns Blick gemieden hatte, seit es zwischen ihm und Breena zu Spannungen gekommen war. Er warf einen raschen Blick auf sie und sah, daß sie in Gedanken versunken war. Es sah aus, als hätte sie sich schon vor einiger Zeit aus dem Gespräch ausgeklinkt. Was dachte sie gerade? »Ich sollte zunächst reingehen. Und alles auskundschaften«, sagte er.

»Hört sich gut an. Du kennst dich mit dem Kram besser aus als wir alle zusammen. Du kannst dich unter die Leute mischen und rausfinden, was Sache ist.«

»Augenblick mal. Ich dachte, ich würde unsichtbar sein oder so was. Wie du es auch bei Liaison gemacht hast.«

»Bist du immer noch scharf auf den Kuß?« lachte Liaison.

Breena ignorierte sie. »Das wäre den Aufwand nicht wert. Wir verpassen dir das passende Outfit und schikken dich rein, damit du mit den Leuten reden kannst. Leez, kannst du noch mal zu Geneering und diesmal nur die Personalakten durchsehen?«

»Klar, kein Problem.«

»Sprichst du Französisch?«

»Nein«, sagte Peter verwirrt.

»Also gut. Leez? Fotos, ID-Codes und so weiter. Besorg mir jemanden von da drüben, der aus Nordamerika stammt.«

»Alles klar.«

»Breena, ich will ja nicht mäkeln, aber ich bin ein Troll. Ich weiß, daß die Industrie keine Trolle im wissenschaftlichen Bereich beschäftigt. Ich habe mich umgehört. Es ist völlig unmöglich, daß ich für einen Angehörigen von ABTech durchgehe.«

»O doch, das wirst du. Du übersiehst die Tatsache, daß es Magie gibt, Professor. Sie ist in mir, sie ist in dir. Und mit ihr können wir mit deinem Aussehen Wunder vollbringen.«

»Wir werden noch mehr Muskeln brauchen«, sagte Liaison.

»Ich will es nicht tun«, sagte Kathryn.

»Was?« Diesmal sprachen Breena und Peter wie aus einem Munde.

»Es ist vorbei. Ich will da nicht rein. Ich will nicht ...« Sie sah krank aus, stolperte aus der Küche und auf den Flur. Peter stand auf und folgte ihr, hielt aber abrupt inne, als sie durch eine Tür mit der Aufschrift Damen ging. Einen Augenblick später hörte er, wie sie sich übergab. Liaison war ebenfalls auf den Flur gekommen. Sie stand in der Nähe der Küchentür, ihre Miene drückte Besorgnis aus. Peter wartete noch einen Augenblick, dann stieß er die Tür zum Waschraum auf.

Es war ein typischer Bürogebäude-Waschraum mit mehreren Waschbecken und Toilettenkabinen und entsprach demjenigen am anderen Ende des Apartments, den er benutzt hatte, aber dieser hatte rosafarbene Kacheln. Er sah Kathryn auf dem Boden in der ersten Kabine knien. Er griff sich einen Stapel Papierhandtücher, der oben auf dem Vorratsbehälter an der Wand neben dem Waschbecken lag, und ging zu ihr. Sie atmete schwer und hatte die Hände gegen das rosafarbene Metall der Toilettenschüssel gepreßt. Er bückte sich und zeigte ihr den Stapel Handtücher. Im ersten Augenblick schrak sie zusammen, doch dann nahm sie die Handtücher und säuberte sich das Gesicht.

Sie versuchte aufzustehen. Peter nahm vorsichtig ihren Arm und half ihr auf.

»Vielen Dank«, sagte sie, den Blick abgewandt.

»Alles in Ordnung?«

»Ich bin nur... Manchmal fühle ich mich einfach nicht wohl.«

»Sie sind schwanger.«

»Das ist wahr.« Sie lachte rauh und fügte hinzu: »Aber manchmal sorge ich auch selbst dafür, daß ich mich nicht besonders wohl fühle.« Peter hatte ein unbehagliches Gefühl, als sei er in ein privates Gespräch geplatzt, das sie oft mit sich selbst führte. Er trat einen Schritt zurück, um den Waschraum zu verlassen.

»Was glauben Sie, warum diese Frauen das tun?« fragte sie.

»Die Föten verkaufen?«

»Ja.«

»Ich... ich würde sagen, sie glauben, daß sie keine andere Wahl haben.«

Kathryn nickte. »Ich hatte die Wahl. Und ich wollte mein Baby trotzdem verkaufen. Breena hat recht.«

Peter war verwirrt. »Nein. Sie...«

»Doch. Ich habe nachgegeben.« Sie ballte die Hände zu Fäusten und knallte sie gegen die Wand der Toilettenkabine. Sie hatte die Zähne zusammengebissen, und ihre Augen glänzten feucht. »Ich kann ...«, sagte sie und schnappte nach Luft. »Ich kann mir selbst nicht glauben. Es ist, als hätte ich ... meinen Sohn benutzt ...«

Peter wußte nicht, was sie meinte. Sie sah seine Verwirrung und lächelte ein boshaftes Lächeln, das Leid in sich trug und enthüllte. Sie hob ihre Arme. Er mußte sofort an die Holos in ihrem Haus denken. »Als ich noch ein Mädchen war, habe ich immer gefastet. Anorexie. Nervöse Anorexie für die Fachleute.« Peter versuchte die Erinnerung an die Holos nicht nach außen dringen zu lassen. »Ich war ein Kontrollfreak mit der Vitalität eines Teenagers. Schon mal davon gehört?«

»Appetitlosigkeit«, sagte Peter schlicht.

»Ja«, sagte sie rauh, »und doch so viel, so viel mehr. Das Problem auf das Essen zu beschränken, heißt, nur die Oberfläche anzukratzen. Das ist nur das Symptom. Die Krankheit ... Die Krankheit heißt Kontrolle. Das eine im Leben zu meistern, über das man die Kontrolle hat: Den eigenen Körper. Damals war einfach so vieles in meinem Leben falsch ... Meine Mutter ...« Sie brach ab und wechselte das Thema. »Die Leute glauben, es geht dabei um Gewicht, um Schönheit. Sogar ich habe das geglaubt. Aber das stimmt nicht.«

Sie fing an, auf dem gekachelten Boden auf und ab zu gehen. »Es geht darum zu sagen: ›Ich will die Kontrolle darüber, was ich esse, wie ich aussehe, wie ich mich verhalte. Die Welt dreht sich um mich, jeglicher Kontrolle meinerseits entzogen, aber mir bleibt immer noch das. Ich bin Herr über meine körperliche Gestalt.‹« Sie blieb stehen, stützte die Hände auf ein Waschbecken und betrachtete ihr Gesicht im Spiegel. Ihre Stimme war jetzt ein unirdisches Krächzen. »Man kann an Kontrolle sterben. Man kann seinen Körper so gut beherrschen, daß man einfach stirbt. Perfekte Kontrolle. Nichts mehr da, was schiefgehen könnte.«

Sie hob beide Hände und schlug sich damit ins Gesicht. Peter machte zwei rasche Schritte auf sie zu, doch Kathryn streckte abwehrend die Hände aus und brachte ihn damit zum Stehen. Auf den Wangen, wo sie sich geschlagen hatte, war ihre Haut gerötet.

»Wissen Sie, was ich tun will?« Sie wartete nicht auf eine Antwort. »Ich will das Baby abtreiben. Ich will es los sein.« Ihr Kinn fing an zu zittern. »Ich will auch John vergessen. Ich will einfach alles vergessen.« Sie trat einen Schritt zurück und lehnte sich gegen die Wand. »Ich meine, sehen Sie mich doch an. Bin ich eine Mutter?«

Sie sah schrecklich aus. Peter wollte nicht antworten.

»Sie brauchen mir nicht zu antworten. Weil es ganz egal ist, was Sie sagen.« Sie rieb sich mit den Handrücken über die Augen, um sie zu trocknen. »Weil ich meinen Sohn nicht abtreiben werde. Das wäre zu einfach. Das wäre die Lösung eines Feiglings. Meine Lösung. Meine augenblickliche Lösung. Das wäre so wie Gewicht verlieren, um das Gefühl zu haben, als hätte man alles unter Kontrolle. Ich bin nicht vierzehn. Ich bin nicht Breena, lebe nicht ohne Geld auf der Straße. Ich will dieses Baby. Ich will Johns Sohn. Bei John habe ich mich gehenlassen, und ich will dieses Fehlen von Kontrolle bei unserem Sohn bewahren.« Sie legte sich die Hände auf den Bauch. »Ich wollte das Beste für ihn. Das Beste ist nicht Perfektion. Das Beste ist er selbst.« Sie schloß die Augen und atmete tief durch. »Peter?«

»Kathryn?«

Die Augen immer noch geschlossen, sagte sie: »Wie lange dauert es, bis man sich wohl fühlt? Ich habe mich nie wohl gefühlt. Die meisten Leute wissen es nicht, aber ich fühle mich nicht wohl.«

»Ich weiß nicht. Ich fühle mich selber nicht besonders. Ich bin ein Troll.«

Sie öffnete die Augen und lächelte ihn an. »Das stimmt. Das sind Sie. Aber geben Sie sich noch nicht auf.« Sie schloß wieder die Augen. »Dauert es ein Leben lang? Oder fühlen wir uns einfach niemals wohl? Wursteln sich ein paar von uns einfach so durch?«

»Ich glaube, manche wursteln sich durch. Aber Sie kommen mir nicht wie jemand vor, der sich so durchwurstelt.«

»Kontrolle, Peter. Kontrolle. Das funktioniert in beide Richtungen.« Sie rieb sich die Stirn. »Kontrolle. Meine Güte! Wie komme ich bloß wieder zu meinem Konzern zurück? Nun, da ich meine Suche aufgegeben habe, kommt mir die Vorstellung von einem netten Arbeitsplatz und einem netten Zuhause verdammt erstrebenswert vor.«

Die Tür zum Waschraum flog auf. Breena stürmte herein, ihr Gesicht war eine Maske angespannter Verärgerung. »Prof? Dein Freund? Dein Chummer? Dein Kumpel? Er ist abgehauen.«

29

Breena sagte leise: »Ach, ich wußte es...«, als sie Peter durch den Flur zum Vordereingang führte. Dann rief sie über die Schulter: »Leez, bleib bei Kathryn.«

In den verlassenen Gängen brannte kein Licht. Peter tastete sich mit einer Hand an der Wand des Flurs entlang. Er ging langsam, weil überall alte Aktenschränke und gesplitterte Computermonitore auf dem Boden lagen, und alle waren kalt und hatten dieselbe Temperatur.

»Warte«, sagte Breena. Sie zog einen Ring aus der Tasche, der Licht abstrahlte, und steckte ihn sich an den Finger.

Er hörte schnelle Schritte aus dem Treppenhaus nach oben hallen. »Komm.«

Sie rannten zur Treppe. Als sie im Treppenhaus standen, sah Peter in den Mittelschacht. Eddys zitternde warmrote Hand glitt unter ihnen über das Geländer.

»Eddy, komm zurück. Was machst du denn?«

Eddy antwortete nicht, sondern rannte weiter.

Peter sprang die Stufen herunter, Breena dicht hinter sich. Als ihm einfiel, daß er seine Kanone nicht bei sich hatte, war er froh. An dieser Stelle würde er sich sonst verpflichtet gefühlt haben, Eddy abzuknallen, eine Tat, die er aus tiefstem Herzen verabscheut hätte.

Als Peter das Erdgeschoß erreichte, sah er Eddy durch die Lobby zum Vordereingang rennen.

»Eddy! Bleib stehen, oder ich schieße!« rief er.

Immer noch weiterrennend, rief Eddy zurück: »Nein, Peter, tu's nicht. Du verstehst nicht.«

Breena holte Peter ein, ihr Atem kam stoßweise und laut. »Wo ist deine Kanone?«

»Ich hab sie nicht bei mir.«

Sie stolperte und kam aus dem Tritt. »Verdammter Hurensohn.«

Peter rannte weiter.

Eddy hatte soeben die Außentüren des Gebäudes erreicht. Hinter Peter nahm ein rotes Glühen Gestalt an. Als er sich umsah, wurde er fast von der Hitze des Feuerballs geblendet, der in Breenas Händen Gestalt annahm. Einen Moment lang dachte er daran, sich dem Feuerball in den Weg zu werfen, um Eddy zu retten. Aber dann machte er sich klar, daß man Eddy einfach nicht trauen konnte.

Er warf sich zu Boden.

Die Schatten in der Lobby flogen die Wände entlang, als der Feuerball auf die Tür zuschoß. Eddy schien die Gefahr zu spüren und sah sich um. Seine Lippen formten ein verzerrtes, entsetztes O. Er hechtete durch die Tür nach draußen auf den Bürgersteig, gerade als der Feuerball gegen den Metallrahmen der Türen schlug und explodierte. Er zerplatzte in kleine Feuerzungen, die in alle Richtungen flogen.

Peter hörte Eddy aufschreien. Er rappelte sich hoch, sah seinen Freund auf dem Boden liegen und sich verzweifelt im Schnee wälzen, da seine Hose und die Rückseite seiner Jacke in Flammen standen.

Peter jagte durch die Lobby. Eddys Schreie wurden immer lauter; jetzt krallte er wie wahnsinnig die Hände in sein Haar und sein Gesicht und versuchte die Flammen auszuschlagen.

Plötzlich sah Peter aus der Dunkelheit der Straße rote Körper auf Eddy zueilen. Zuerst dachte er, es wären Ghule oder Leichenfledderer, aber dann sah er, daß es nur mit dunklen Mänteln bekleidete Gangmitglieder waren. Ein Mann sah Peter, und ihre Blicke trafen sich. Der Gangster lächelte, nur ein wenig, und zog eine Uzi III unter seiner Jacke hervor.

Peter bremste, rutschte noch ein oder zwei Meter über den glatten Marmorfußboden und rannte dann in die Lobby zurück. Kugeln schlugen in die Wand hinter ihm. Er erhaschte noch einen flüchtigen Blick auf den anderen Gangster, der seinen Mantel ausgezogen hatte und damit versuchte, die Flammen an Eddy zu ersticken.

Er sah, daß Breena mit entschlossenem und wutverzerrtem Gesicht auf ihn zurannte. Er sprang ihr entgegen und klemmte sie in seiner rechten Armbeuge ein, als sie zu Boden stürzten. Um sie herum schlugen Kugeln in den Boden. Peter wand sich und wälzte sich herum, um seinen Körper zwischen den Gangster und Breena zu bringen. Zwei Kugeln trafen ihn in der Schulter und sandten eine Woge dumpfen Schmerzes durch seinen Körper. Breenas Ring lag auf dem Boden und tauchte sie in helles Licht. Peter streckte die Hand aus und nahm den Ring an sich. Augenblicklich war die Lobby wieder in Dunkelheit gehüllt.

Draußen hörte er jemanden etwas auf Japanisch rufen und verstand die Worte ›jetzt‹, ›Befehle‹ und ›später‹. Als er sich zur Tür umdrehte, sah er, daß der Gangster verschwunden war.

»Nimm deinen verdammten Arm da weg«, sagte Breena mit einer Kälte, die Peter Angst machte. Er rappelte sich auf und rannte zur Tür. Den Ring ließ er bei ihr. Draußen schoben die beiden Gangster Eddy in einen schnittigen schwarzen Westwind.

»Hurensohn...«

Peter duckte sich und schlich sich auf den Wagen zu, indem er die ausgebrannten Wracks anderer Wagen als Deckung benutzte. Er hatte den Westwind fast erreicht, als dieser sich in Bewegung setzte. Peter rannte los, erreichte den Wagen und sprang auf das Dach. Er hörte gedämpfte Überraschungsschreie aus dem Wagen, als dieser infolge des Aufpralls seines Körpers hin und her schaukelte.

Peter holte aus und rammte seine Faust durch die Windschutzscheibe. Als der Westwind ins Schlingern geriet, hielt er sich an der Dachkante fest.

Eddy schrie: »Peter, Peter, nicht... tu's nicht. Alles klar! Alles klar!«

Dann schlugen vier Kugeln durch die rechte Dachhälfte des Westwinds. Peter wälzte sich sofort über die Kugellöcher und sah mit nervöser Anspannung, wie vier weitere Kugeln das Dach an der Stelle durchschlugen, wo er eben noch gelegen hatte.

Als Peter sich umsah, stellte er fest, daß sie sich der Michigan Avenue-Brücke über den Chicago River näherten.

Peter wälzte sich wieder auf die linke Seite und hämmerte die Faust durch das Fenster der Fahrertür. Der Westwind geriet wieder ins Schlingern und schrammte am Schutzgeländer der Brücke entlang.

Peter streckte die Hand durch die zerschmetterte Scheibe und versuchte, Kopf, Hals oder Schulter des Fahrers zu fassen zu kriegen. Plötzlich spürte er, wie sich seine Fingernägel in das Gesicht des Mannes gruben. Der Fahrer schrie auf, und der Wagen beschleunigte. Er brach auf die linke Fahrbahnhälfte aus und prallte mit hoher Geschwindigkeit gegen das Schutzgeländer der Brücke.

Peter wurde vom Dach des Wagens und in die Luft über dem Fluß geschleudert. Der Wagen stürzte über das Geländer und folgte ihm.

Er kannte nichts, mit dem er die Empfindung hätte vergleichen können. Er fühlte sich gewichtslos, da sich nichts gegen seinen Körper preßte, doch gleichzeitig wurde er von dem kalten, mit Eisschollen bedeckten Fluß unter sich angezogen. Er war Alice, die in den Bau des Kaninchens stürzte. Jetzt fiel es ihm wieder ein. Alice war langsam gefallen, sie hatte sich Zeit gelassen. Sie hatte sich unterwegs Dinge angesehen. Sie hatte sich nicht auf den sicheren Tod konzentriert, der sie unten erwartete. Das bloße Fallen hatte ihr gereicht. Das Ende war unvermeidlich. Sie war deswegen nicht in Panik geraten.

Ein komischer Gedanke in diesem Augenblick.

Dann fiel er in das eisige Wasser, und die Geräusche der Welt waren plötzlich nur noch ein dumpfes Dröhnen. Das Wasser rauschte an ihm vorbei, als Peter tiefer und tiefer sank. Nach wenigen Sekunden konnte er nichts mehr sehen.

Panik erfaßte ihn. Wo war oben? Er drehte sich, und erst jetzt wurde ihm bewußt, daß er den Atem nicht angehalten hatte, als er ins Wasser gefallen war.

Er entspannte die Muskeln seines Körpers und ließ sich vom Gewicht seiner Haut, seiner Kleidung, seiner Schuhe nach unten ziehen. Er entdeckte, daß die Richtung, die er für oben gehalten hatte, in Wirklichkeit zu irgendeiner Seite führte. Er drehte sich, so daß seine Füße nach unten zeigten.

Dann begann er nach oben zu schwimmen, wobei er seinen Kopf als Wegweiser benutzte.

Seine Lungen brannten. Er wollte nur noch einatmen. Unter größten Schwierigkeiten zwang er sich dazu, den Mund geschlossen zu halten.

Nur noch ein kleines Stück, sagte er sich. Nur noch ein kleines Stück. Aber er hatte keine Ahnung, wie weit es noch bis zur Oberfläche war. Er hatte keine Ahnung, wie tief er gesunken war. Er konnte über sich kein Licht sehen.

Seine Arme schmerzten. Nur noch ein kleines Stück. Wie klein?

Nicht aufgeben.

Er konnte es nicht mehr ertragen, nicht zu atmen. Er wollte nur noch in tiefen Zügen Luft in sich hineinpumpen, atmen und nie mehr aufhören zu atmen.

Er flehte sich selbst an, nicht zu versuchen einzuatmen — jetzt noch nicht. Nur noch ein kleines Stück. Mehr wollte er nicht. Nur noch ein kleines Stück nach oben, dann konnte er endlich wieder atmen.

Bevor er wußte, daß er es geschafft hatte, durchbrachen seine Hände die Wasseroberfläche. Sein Kopf folgte, und er sog einen tiefen Atemzug nach dem anderen in sich hinein. Dicke Eisschollen trieben um ihm herum im Wasser und stießen gegen ihn, aber das war ihm egal.

»Peter!« schrie Eddy.

Kugeln schlugen um ihn herum ins Wasser. Er atmete tief ein und tauchte wieder unter Wasser, um einer weiteren Kugelsalve zu entgehen, die durch das Wasser pflügte. Er drehte sich um und schwamm in die Richtung, aus der sie gekommen war.

Peter war vielleicht zehn Meter weit gekommen, als seine Hand gegen einen Körper stieß.

Er tauchte auf und sah sich einem der Gangster gegenüber. Die Zähne des Mannes klapperten, als er seine Kanone auf Peter zu richten versuchte, aber der verpaßte ihm einen Kinnhaken. Der Gangster glitt von der Eisscholle, an die er sich geklammert hatte, ins Wasser und ging augenblicklich unter.

Die Kanone fiel auf die Eisscholle. Peter griff nach ihr.

»Peter«, hörte er Eddy keuchen. Als Peter sich nach Eddy umsah, entdeckte er ihn schließlich: Er trieb nur noch mit dem Gesicht über Wasser in den eisigen Fluten. Wenn er ausatmete, blies er kleine Wasserfontänen.

Peter schwamm zu Eddy. Das Gesicht seines Freundes war schrecklich verbrannt, gutes Fleisch, das zerfetzt und versengt war. Seine Augen waren glasig. Er rief weiterhin nach Peter, als seien sie beide immer noch weit voneinander entfernt.

Peter zog Eddy mit dem linken Arm durch den Fluß und hielt die Kanone in der rechten für den Fall, daß noch jemand in der Nähe war, der ihnen Schwierigkeiten machen wollte.

Am Südufer des Flusses angelangt, schob er Eddy auf die zementierte Uferböschung und zog sich dann selbst aus dem Wasser.

»Eddy? Eddy?«

Eddy begann heftig zu zittern, dann öffneten sich seine Augen. Sie bildeten einen starken Kontrast zu seiner schwarz verkohlten Gesichtshaut. Peter konnte dünne Silberdrähte erkennen, die der Welt jetzt enthüllt wurden.

»Komm«, sagte Peter. Er steckte sich die Kanone in den Hosenbund und bückte sich, um Eddy aufzuheben. »Wir müssen zu Breena.«

»Nein.«

»Shhh.«

»Nein, Peter. Peter. Peter. Ich bin total total im Eimer. Eimer. Ich will nicht mehr leben.«

»Still.« Peter hob Eddy vorsichtig hoch und trug ihn zur Treppe.

»Nein. Nein. Ich bin fertig. Ich bin müde. Aber ich hab's wieder hingebogen. Ich hab ihnen erzählt, du hättest die Schnalle gegeekt.« Er lachte und hustete Wasser aus. »Tut mir leid.«

»Shhh.«

»Du hast sie geeekt geeekt. Ich hab ihnen nichts von deinen Freunden erzählt. Ich hab nur gesagt, ich wüßte wüßte wüßte, wo der Weißkittel ist. Sie sie sagten, wenn ich ihn gefunden hätte, würden sie mich in Ordnung bringen lassen.«

»In Ordnung?«

»Es gibt jetzt eine Operation. Sie können meine Nerven Nerven Nerven richten. Ich kann wieder in Ordnung kommen.«

»Eddy. Sie ... Nein. Das ist noch nicht möglich. Wir wissen noch nicht mal über die Hälfte des Gehirns Bescheid. Sie haben dich angelogen.«

Eddy wandte sich von Peter ab.

»Mach dir deswegen keine Sorgen. Breena wird dich gesund machen. Du wirst wieder so gut wie ...«

Eddys Stimme brach, als er Peter ins Wort fiel. »Nein. Nein. Ich wünschte, ich wäre wie du. Du.«

»Was redest du da? Ich bin ein Troll.«

»Aber du weißt Sachen. Du bewegst was. Ich bin nur verbraucht verbraucht.«

»Ich beweg überhaupt nichts.«

»Doch. Doch, das tust du. Du hast gesagt, du willst herausfinden, wie du wieder ein Mensch werden kannst. Werden kannst. Und das hast du geschafft. Das hat die Schnalle gesagt, ich hab gehört, wie sie's gesagt hat. Du hast es geschafft, Peter. All diese Sachen, die mir mir mir passiert sind. Passiert sind. Ich wußte nicht, warum. Du weißt es. Du hast dir alles zusammengereimt.«

»Nein. Nein, hab ich nicht«, flüsterte Peter.

»Peter, ich kann das Leben einfach nicht mehr ertragen. Bitte, bitte, töte mich.«

Peter starrte Eddy verblüfft an. »Nein!«

»Aber ich hab dich angeschmiert. Zweimal. Ich kann mir selbst nicht trauen. Ich würde alles alles tun, um das Gefühl zu haben, alles zu kontrollieren. Ich kann es nicht mehr ertragen ertragen. Ich will sterben.«

»Ich will aber nicht, daß du stirbst.«

»Ich muß dir was sagen.«

»Na gut.«

»Aber zuerst mußt du mir sagen ... Ärgerst du dich dich dich darüber, daß du bei der Gang warst? Ich meine, ich weiß, daß du jetzt anständig werden willst. Wäre es dir lieber, wenn es nie passiert wäre?«

Peter dachte an die Orkfamilie. »Es hat mich durch's Leben gebracht. Es hat mich dorthin gebracht, wo ich jetzt stehe, und jetzt kann ich etwas anderes tun.«

»Also?«

»Also bereue ich es nicht.«

Eddy bewegte den Arm und legte ihn Peter auf die Brust. Mit einer gewaltigen Anstrengung drehte er sich um, so daß er Peter direkt ansah. »Gut. Gut. Peter, erinnerst du dich noch an die Cops am See? Ganz am Anfang, kurz nachdem wir uns zum erstenmal begegnet waren?« Peter nickte. »Ich hab das arrangiert.«

Peter blieb stehen.

»Ich hab das arrangiert. Ich wollte mit dir zusammenarbeiten. Du hattest das gewisse Etwas. Ich konnte es sehen. Aber ich wußte auch, ohne Hilfe würdest du vor die Hunde gehen. Ich wollte dir helfen. Und und und du hast deine Forschung betrieben, stimmt's? Das war doch gut, stimmt's?«

Peter stellte fest, daß sein Verstand leer war, frei von allen Vorstellungen und jeglichem Verständnis. »Ich weiß nicht, was ich sagen soll, Eddy.«

»Sag, daß du dich daß du dich daß du dich an mich erinnerst, wie ich dir geholfen hab, und nicht, wie ich dich verraten verraten verraten hab.«

Und bevor Peter reagieren konnte, glitt Eddys Hand zu der Kanone in Peters Hosenbund, packte sie und hielt sie sich unter das Kinn.

»Nein!« schrie Peter.

Eddy drückte ab.

30

Kathryn sprang von ihrem Platz auf dem Sofa auf, als Peter durch die Apartmenttür trat. Zuerst betrachtete sie ihn von oben bis unten, dann sah sie ihm ins Gesicht. »Was ist passiert?« Ihre Anteilnahme weckte in ihm das Bedürfnis zu weinen.

Er hatte Angst, darüber zu reden. »Äh, wo sind Breena und Liaison?«

»Packen. Sie sagen, wir müßten so schnell wie möglich von hier verschwinden.«

»Nein. Das brauchen wir nicht.« Ein Frösteln überfiel ihn, als er reglos im Eingang stand. Er begann zu zittern.

»Sie müssen aus diesen Klamotten raus.«

Während sie in den Waschraum ging, um ein paar Handtücher zu holen, kam Breena mit einem abgenutzten Vinylrucksack in das Zimmer. »Kennst du die Nummer?« fragte sie, und deutete auf die Telekomanzeige.

»Ihr braucht nicht zu gehen.«

»KENNST DU DIE NUMMER?«

Er ging zum Telekom. Auf der Anzeige stand eine Nummer und die Zeit, zu der der Anruf erfolgt war. Peter erkannte die Nummer von The Crew. Der Anruf war vor etwa dreißig Minuten getätigt worden.

»Ja.«

»Wessen Nummer ist es?«

»Die von meinem ehemaligen Boß. In der Itami-Gang.«

»Er weiß, wo wir sind«, sagte Breena tonlos.

»Nein. Das hat Eddy ihm nicht gesagt.«

»Woher willst du das wissen?«

»Ich habe mit ihm geredet.«

»Ach so, und dann hast du die kleine Ratte wieder laufenlassen?«

»Er hat sich das Leben genommen.« Peter bemerkte,

daß Kathryn mit einem Stapel Handtücher in der Tür stand. Er beruhigte sich und fuhr fort: »Er ist tot. Die Gangster sind tot. Er hat ihnen nur gesagt, wo Clarris ist. Und daß Kathryn tot ist. Über euch hat er gar nichts erzählt. Er wollte sich nur wieder bei ihnen lieb Kind machen, also hat er ihnen die Informationen gegeben, von denen er geglaubt hat, daß sie mir nicht schaden können.«

»Tut mir leid«, sagte Kathryn. Er sah sie nicht an.

Breena zeigte sich nicht davon beeindruckt. »Und du hast ihm geglaubt?«

Er baute sich vor ihr auf. »Ja. Ich habe ihm geglaubt. Und wenn du jetzt abhauen willst, prima. Aber das ist unnötig. Er hat nichts über diese Wohnung erzählt, da bin ich ganz sicher.«

Liaison war hereingekommen und stand neben Kathryn.

»Was ist los?«

»Der Freund vom Prof hat der Itami-Gang erzählt, wo Clarris ist.« Sie wandte sich an Peter. »Ich nehme an, das bedeutet, sie wollen ihn ebenfalls. Und sie werden ihn sich holen.«

»Hört mal«, sagte Liaison, indem sie ins Zimmer trat und sich dann an alle wandte. »Ich weiß, daß ich bei diesem menschlichen Interaktionskram manchmal 'n bißchen langsam bin, aber könntet ihr Leute mir mal 'n Augenblick zuhören?«

Peter konnte nicht anders, er mußte einfach lachen. »Was ist?«

»Kathryn«, sagte sie irgendwie aufgebracht, »du hast doch gerade gesagt, du brauchtest diesen Weißkittel nicht mehr zu finden, weil du die Operation nicht mehr wolltest. Stimmt das immer noch?«

Kathryn nickte.

»Und, Professor, mir ist nie so ganz klar geworden, was du dir von der Sache versprochen hast, aber brauchst du ihn?«

Peter dachte an die MEINEKUR-Chips hinter der Topfpflanze. »Ich würde ganz gern mit ihm sprechen, ja.«

Breena warf die Arme in die Luft. »Ganz gern ...!«

Liaison hob die Hände und brachte ihre Lebensgefährtin damit zum Verstummen. »Wie wichtig ist dir das?«

Peter dachte an Eddy, den er tot in den Armen gehalten hatte und der jetzt im Chicago River trieb. Und an Thomas, tot in den Shattergraves. Landsgate ein Ghul. Jenkins. Jenkins. Jenkins. So viele Leute waren schon gestorben. Das Bedürfnis, seine Arbeit seinem Vater zu zeigen, verblaßte gegen die verlorenen Leben. Und doch, so viele Jahre der Arbeit ... Sogar sein Vater war davon besessen und bereit, seinen Kontrakt mit Cell Works zu brechen, damit er weiter nach einer Möglichkeit suchen konnte, Menschen davor zu bewahren, als Metamenschen auf die Welt zu kommen. Mußte Peter mit diesem Mann sprechen?

Sein Blick fiel auf Kathryns Gesicht. So schön, so stark. Durcheinander, aber trotzdem wunderbar. »Nein.« Er überraschte sich selbst. Es war nicht nur, weil er in Kathryn einen Freund gefunden hatte, oder wegen des Kummers für jene, die gestorben waren, es war alles zusammen. Die Gesamtsumme seines bisherigen Lebens. Im Rückblick kam es ihm mehr als gut genug vor, um für sich zu stehen. »Nein«, sagte er noch einmal und lachte. Er spürte, wie ihm Tränen in die Augen traten und unterdrückte sie. »Nein, ich muß nicht mit ihm sprechen.« Eine Heiterkeit erfüllte seine Brust. Er sah Kathryn an. Ihr Lächeln schwoll an, voller Stolz und Freude.

»Was spielt es dann für eine Rolle, was die Itami-Gang vorhat? Wir sind fertig. Es ist alles vorbei.«

Peter spürte, wie sich langsam eine Art von Erleichterung in ihm ausbreitete. Konnte es vorbei sein? War er endlich frei, um durchs Leben gehen zu können, ohne die Vergangenheit auf den Schultern mit sich herumschleppen zu müssen?

»Nein«, sagte Kathryn. »Nicht ganz. Da ist noch eine Sache. Ich brauche ihn nicht für die Operation. Das steht jetzt fest. Aber ich will meine alte Stellung bei Cell Works wieder zurückhaben. Itami will Dr. Clarris, so daß Garner ihn als Trophäe zurückbringen kann. Ich will ihn aus demselben Grund.«

»Oh«, sagte Liaison, auf deren Miene sich für einen Augenblick Enttäuschung spiegelte. Dann lächelte sie verstehend. »So ka. Dann laßt es uns tun.«

»Augenblick mal, Kathryn. Es gibt da noch ein paar Probleme«, sagte Peter. »Erstens, Garner hat ein paar Fakten über Sie ausgegraben und Itami ebenfalls. Es reicht nicht, wenn Sie sich Clarris schnappen. Die Gang wird alles an den Aufsichtsrat weitergeben. Und der wird sie fertigmachen.«

»Dann brauche ich etwas, das sie davon abhält, das zu tun.«

Peter strich sich über das Kinn. »Tja, das wird nicht leicht. Moment mal! Der Grund, warum man Sie in der Hand hat, ist der, daß sie Aufzeichnungen haben, die beweisen, daß Sie Clarris bei der Flucht geholfen und dann Ihre eigenen Shadowrunner angeheuert haben, um ihn zu finden.«

»Ja.«

»Aber Garner ist ihr Dreh- und Angelpunkt bei Cell Works. Wenn wir was gegen ihn in der Hand hätten — insbesondere seine Verbindung zur Gang beweisen könnten —, wäre er für sie wertlos. Wir können sie damit erpressen. Sie vergessen, was sie wissen, wir vergessen, was wir wissen. Ich bin sicher, Liaison könnte uns bei so einem Unternehmen helfen.« Liaison errötete.

»Vielleicht«, sagte Breena, die auf und ab zu gehen begann und sich offensichtlich langsam in die Problematik vertiefte. »Aber wenn Kath dem Doc wirklich bei der Flucht geholfen hat — ich nehme an, der Doc weiß das?«

»Ja. Wir haben in allen Einzelheiten darüber geredet.«

»Wenn er wieder bei Cell Works ist, wird er auspacken und damit deinen Abgang besiegeln, ob du ihn erwischt oder Itami.«

»Es sei denn«, warf Peter ein, »er hätte Grund zu lügen.«

Kathryn nickte zögernd. »Ja.«

»Welcher Grund sollte das sein?« fragte Breena.

Plötzlich sehr aufgeregt, hob Peter die Hand und gestikulierte in Kathryns Richtung. »Er war wahrscheinlich ebenso überrascht wie Sie, daß er nicht bei Fuchi gelandet ist, richtig?«

»Ja.«

»Und alles war geplant. Er sollte mit Ihnen in Kontakt bleiben.« Kathryn nickte. »Dazu hat er bei ABTech wahrscheinlich keine Möglichkeit gehabt, aber wenn Sie mit ihm Kontakt aufnähmen, würde er Sie anhören.«

»Ja. Ich glaube schon.«

Peter klatschte rhythmisch in die Hände. »Also gut. Ich glaube, ich habe einen Plan.«

»Wirst du wieder den Betrunkenen markieren?« fragte Liaison mit einem Lächeln. Offensichtlich hatte ihr die Komödie bei Crusader gefallen.

»Nein. Einen sehr nüchternen Wissenschaftler. Ganz so, wie Breena es gerade vorgeschlagen hat.« Er ging zu Kathryn und nahm ihr die Handtücher ab. »Liaison, du arbeitest heute abend mit Kathryn zusammen. Ihr folgt jedem elektronischen Datenfetzen, den Garner irgendwo gespeichert hat. In seinem Büro, an seinem Heimcomputer, überall, wo ihr reinkommt. Und du mußt noch die Personalinformation besorgen, die Breena für ihren Zauber braucht. Und Breena, kannst du bei ABT einen astralen Check vornehmen?« Sie warf ihm einen vielsagenden Blick zu. »Wenn du glaubst, daß es nötig ist.«

»Das würde nichts bringen. Wenn sie an den Föten leidender Frauen herummachen, ist das Hintergrundrauschen so stark, daß ich sowieso nichts sehen kann, dessen bin ich mir ziemlich sicher. Aber das mit dem Zauber geht klar«, sagte Breena. »Was ist mit dir?«

»Mit mir?«, sagte Peter, während er zum Waschraum ging, um sich abzutrocknen. »Ich werde ein spezielles Präsent für Dr. Clarris vorbereiten.«

Bewaffnet mit den Cell-Works-Paßwörtern und Daten über Garner, die Kathryn ihr gegeben hatte, stöpselte sich Liaison in die Matrix ein. Die beiden kicherten wie Schulmädchen, als sie seine Aufzeichnungen über private und illegale Abmachungen durchforsteten. Dann wechselte Liaison nach Frankreich, um Daten über einen hochgewachsenen Wissenschaftler von Geneering auszugraben.

Breena rief Zoze an, um ein Transportmittel und ein paar geschickte Shadowrunner anzufordern. Danach legte sie sich schlafen. Sie wollte gut ausgeruht sein, wenn es an der Zeit war, den Zauber zu wirken.

Peter borgte sich Breenas tragbaren Computer, legte einen MEINEKUR-Chip ein und verbrachte die Nacht mit Tippen. Die Arbeit erfüllte ihn mit einem Gefühl der Heiterkeit; ab und zu lachte er lauter als Kathryn und Liaison.

Er spürte eine Hand auf seinem Gesicht, und für einen Augenblick dachte er, es sei sein Vater.

Als er aufsah, lächelte ihn Kathryn an.

»Morgen«, sagte sie.

»Morgen«, sagte er.

»Sie müssen das nicht tun, das wissen Sie.«

»Genau. Das ist ja das Wunderbare daran.«

Sie lachte.

Mit einem Gefühl der Steifheit rappelte er sich vom Fußboden auf. »Was habt ihr zwei erreicht?«

»Eine ganze Menge. Ich kann jetzt verstehen, warum sich Itami Garner ausgesucht hat. Er ist ehrgeizig genug, um alles zu tun, dabei stellt er sich jedoch so ungeschickt an, daß er leicht zu kontrollieren ist.«

»Und der Brief?«

»Wir haben ihn gerade abgeschickt.«

Breena saß hinter ihm auf dem Fußboden und schüttete etwas Pulver aus einem Lederbeutel in eine Silberschale. »Als ich aufgewacht bin, habe ich einen astralen Check bei ABT unternommen. Alles ist genauso, wie ich's mir gedacht hab. Der Laden ist ein Gruselkabinett. Ich hab mich zurückgezogen, ohne wirklich reinzugehen. Wenn sie Magier haben, müssen das ziemlich finstere Typen sein.«

Liaison saß mit verschränkten Beinen auf dem Sofa. »Ich war vor einer Minute in der Matrix. Noch kein Anzeichen, daß bei ABTech irgendwas Ungewöhnliches läuft.« Sie hielt ihm ein kleines Sprechgerät hin. »Hier. Damit kannst du mich kontakten, wenn du mich da drinnen brauchst.«

»Mußt du die Illusion aufgeben, wenn der Run schiefgeht? Ich habe von der astralen Verbindung zwischen Anwender und Zauber gehört ...«

»Zuerst werde ich sie auf jeden Fall aufrechterhalten«, sagte Breena. »Und an diesem Ort — gibt es keine Möglichkeit für sie, die Verbindung zu verfolgen. Es ist, als wolle man auf den Grund des Michigansees sehen. Solange du schnell genug draußen bist, wenn's 'ne Schießerei gibt, ist alles in Ordnung. Gut, Binky, bist du bereit, wieder reinrassig zu werden?«

Peter sah kurz zu Kathryn und stellte fest, daß sie ihn betrachtete. Er war nicht sicher, glaubte jedoch Enttäuschung in ihren Augen zu erkennen, als wolle sie ihn in keiner anderen Gestalt als seiner gegenwärtigen sehen. »Ja, ich bin bereit. Laß uns anfangen.«

Breena nahm einen Farbausdruck mit dem Bild des Mannes und betrachtete es. Thomas Waxman. Sie tauchte die Finger in die Silberschale und bestrich das Bild mit dem Pulver. Dann hob sie die Finger über das Bild, das sie waagerecht hielt, damit das Pulver darauf blieb, und sprach ein paar Worte, jedoch so leise, daß Peter sie nicht verstehen konnte.

Um ihre Finger bildete sich Elektrizität. Das Pulver sprang vom Bild zu ihren Fingern, dann zwischen dem Papier und Breenas Hand hin und her.

Das Licht blendete Peter. Er dachte an den Sturz von der Brücke und an den Fall durchs Leben. Er sah die Magie vor sich in einem anderen Licht als zuvor. Zuvor war sie ein Werkzeug gewesen, ein absonderliches Werkzeug, aber trotzdem nicht mehr als ein Werkzeug.

Jetzt wurde ihm klar, daß er in Wirklichkeit überhaupt keine Ahnung hatte, was die Magie zu bieten hatte. Wie vermischte sie sich wirklich mit der Art und Weise des Körperbaus? Sich von der Magie der Welt abzuschneiden, war eine Möglichkeit, aber eine, die zu einfach war.

Während er beobachtete, wie das Licht um Breenas Hand heller wurde, dachte er an die Zellen in ihren Fingern, die DNS innerhalb dieser Zellen, die magischen Gene innerhalb der DNS. Gene, welche sie die Kräfte der Welt auf eine Weise anzapfen ließen, die für lange Zeit in Vergessenheit geraten war, wenn die Magie tatsächlich zuvor existiert hatte. Durch die Magie war sie direkt mit der Welt verbunden. Magie war kein Werkzeug. Sie war die Sache, die sie selbst mit der Luft und durch die Luft mit dem Pulver verband. Und mit allem anderen.

Die Unterschiede zwischen Gegenständen, Menschen wurden verwischt. Und dann wurden diese Unterschiede neu aufgebaut. Nicht durch Macht, sondern durch die individuellen Muster, die aus identischen Schablonen gezogen wurden.

Das Pulver sammelte sich im Licht und umgab ihre Hand. Sie wandte sich an Peter und sagte: »Bück dich.«

Er tat es, und sie berührte ihn sanft mit den Fingerspitzen im Gesicht.

Die Empfindung verblüffte ihn.

Er schloß die Augen, denn er dachte, er würde zu lachen oder zu weinen anfangen. Er tat weder das eine noch das andere, da er befürchtete, er könne die Magie dadurch ruinieren.

In seinem benebelten Zustand konnte Peter nur denken, »Natürlich!« als sei ihm ein Geheimnis offenbart worden, deren exakte Natur in einem Hinterstübchen seines Verstandes blieb, gerade außerhalb seiner Reichweite und des vollkommenen Begreifens.

Er spürte, wie Breena ihre Hand zurückzog, aber die Empfindung blieb. Das seltsame Gefühl griff auf Hals und Brust und schließlich auf seine Beine über.

Und dann schrie Breena auf.

Peter öffnete die Augen und sah sie zusammengekrümmt auf dem Boden hocken. Liaison eilte zu ihr und nahm sie in die Arme. »Schon gut, schon gut«, flüsterte sie und küßte Breena auf die Stirn.

»Was ist? Was ist mit ihr?« fragte Peter.

»Manchmal gibt es eine Art Rückkoppelung«, sagte Liaison. »Zauber funktionieren manchmal nicht richtig.«

Er drehte sich um und schaute in den Spiegel, der an der Wand hing. Er sah immer noch sich selbst, aber darüber flackerte geisterhaft das Bild einer anderen Person. Der zweite Mann war über zwei Meter groß und hatte schütteres sandfarbenes Haar. Er trug einen erstklassigen Anzug.

Der Mann sah gut aus. Aber Peter hielt ihn nicht für sich. Der Troll im Spiegel — das war er.

»Es flackert. Hat es nicht geklappt?«

»Ich sehe es auch«, sagte Kathryn.

»Das ist derselbe Effekt wie bei der Unsichtbarkeit«, sagte Liaison ruhig, die immer noch Breena in den Armen hielt. »Ihr kennt die Wahrheit, also durchschaut ihr die Illusion. Der Professor hat sich nicht wirklich verändert, nur die Art und Weise, wie wir ihn sehen. Aber bei Leuten, die keinen Grund zum Mißtrauen haben, müßte es eigentlich prima klappen. Sogar Kameras werden getäuscht. Der Zauber hat Breena nur 'ne Menge abverlangt.«

»Ist alles mit ihr in Ordnung?«

»Ich denke schon. Das ist immer schwer zu sagen. Aber du gehst jetzt besser. Sie wird sich weiterhin auf den Zauber konzentrieren müssen, damit er hält. Das wird sie ziemlich erschöpfen ...«

»Vielleicht sollten wir alles abblasen ... Warten bis ...«, sagte Peter.

»Nein«, sagte Liaison. »Das ist eines der Risiken. Breena hat mir alles darüber erzählt. Es kommt schon mal vor. Man kann sich der Magie nicht so weit nähern, ohne daß sich die Dinge deiner Kontrolle entziehen. Entweder man akzeptiert den Mangel an Kontrolle oder man zieht sich aus dem Geschäft zurück.

Geh! Geh jetzt.«

31

Peter ging rasch die Michigan Avenue entlang. Da ihm sein Trollkörper fehlte, um potentielle Straßenräuber abzuschrecken, hielt er den Kopf hoch und versuchte Selbstvertrauen auszustrahlen. Wenn er zuversichtlich aussah, würde die Welt glauben, daß er Grund dazu hatte. Vielleicht war es tatsächlich so, denn niemand belästigte ihn. Doch Peter fand die ganze Erfahrung ziemlich seltsam. So lange hatte er jetzt seinen metamenschlichen Körper als Zeichen der Wut und der Kraft vor sich hergetragen. Jetzt fühlte er sich entblößt, nackt und schwach, nicht weil er sich selber so sah, sondern aufgrund dessen, wie er glaubte, daß ihn die Welt sah.

Auf der Brücke über den Chicago River zog er die drei

Chips aus der Tasche. Einer war mit ›MEINEKUR‹ beschriftet, der zweite mit ›PCLARRIS‹ und der dritte mit ›CW‹. Er nahm MEINEKUR und zerquetschte ihn zwischen Daumen und Zeigefinger, dann warf er die Bruchstücke über das Brückengeländer in den Fluß. PCLARRIS steckte er in seine rechte Brusttasche, CW in die linke. Sein Vater würde einen dieser beiden Chips erhalten.

Die Gegend direkt hinter der Brücke war ziemlich heruntergekommen, aber Leute mit SINs arbeiteten darin. Überall trafen Sekretärinnen und Pinkel in Bussen ein, die sie von ihren Wohnungen weiter im Norden genommen hatten.

Frauen warfen ihm Blicke zu. Männer taxierten ihn.

Es war schon so lange her, daß er mit etwas anderem als Mißtrauen oder Angst betrachtet worden war, daß er nicht wußte, wie er reagieren sollte. Er sah ängstlich weg. Würde er sich verraten und für alle offensichtlich machen, daß er kein richtiger Mensch war? Würden sie seine Angst erkennen, seine gesellschaftliche Unbeholfenheit? In der Ignoranz der Leute hatte Sicherheit gelegen. Zuvor hatte er es sich leisten können, auf jeden wütend zu sein, weil ihn niemand beachtete oder zumindest alle so taten, als ob. Und dann als Mitglied der Itami-Gang war Peter in der Lage gewesen, seiner Frustration in Form der ultimativen Wut Luft zu machen. Er hatte sich dem Todesspiel angeschlossen und auf Befehl getötet. Er hatte jeden in ein Opfer verwandelt, ganz so, wie es die Welt mit ihm gemacht hatte.

Jetzt gehörte er wieder zur Welt der Reinrassigen. Eine attraktive Frau fiel ihm ins Auge, die ihn im Vorübergehen mit einem Lächeln bedachte.

War es wirklich so einfach?

Voraus sah er einen vergammelten Bulldog Step-Van, braun mit Kratzern im Lack, die silbrig glänzten. Er ging weiter, bis er den Van erreicht hatte, und klopfte an die Seitentür. »Hallo?« rief eine amüsierte Stimme.

»Zoze schickt mich«, sagte Peter.

Die Tür glitt auf, und Peter sah in den Lauf einer Schrotflinte. »Hoi, Chummer«, sagte ein Bottichjob, dessen rechter Arm aus Metall war. »Bist du allein?«

Peter bewahrte seine ausdruckslose Miene. »Ja.«

Der Bottichjob nahm die Schrotflinte herunter und lächelte. »Komm rein.« Peter kletterte in den Van, und der Bulldog senkte sich nach rechts. Der Junge sah ihn neugierig an, lächelte jedoch nur.

Im hinteren Teil des Vans saß eine Frau mit Riggerbuchsen in der Schläfe. »Morgen«, sagte sie gleichgültig, während sie sich nach vorn begab. Als sich die Riggerin auf den Fahrersitz fallen ließ und sich einstöpselte, nahm Peter überrascht zur Kenntnis, daß die Kontrollen trotz des heruntergekommenen Fahrzeugäußeren ziemlich ausgefallen waren. Die Riggerin lehnte sich zurück und legte die Hände aufs Lenkrad, obwohl sie weder das Lenkrad noch das Gaspedal benutzen würde, um den Van zu fahren. Ihre Gedanken würden die ganze Arbeit tun. Der Motor sprang an, und der Bulldog fuhr in Richtung Westside los.

»Hier ist unsere Nummer«, sagte der Bottichjob, indem er auf ein in die Wand eingebautes Funkgerät deutete. Peter stellte sein Armbandtelekom so ein, daß er die Nummer mit einem einzigen Tastendruck anwählen konnte. »Wir werden Decknamen brauchen. Du kannst dir welche aussuchen.« Der Bursche strahlte einen jugendlichen Enthusiasmus aus, der Peter gefiel.

Peter sagte: »Du bist Anderson. Ich bin Entchen. Alles klar?«

Der Junge lachte. »Entchen? Okay.«

Der Van parkte ein paar Blocks vom ABTech-Gebäude entfernt, und Peter ging das letzte Stück zu Fuß, bis er schließlich vor einer nichtssagenden Stahltür stand und anklopfte. Nichts geschah, also versuchte er es noch mal, diesmal etwas fester.

Ein paar Sekunden später hörte er Metall auf Metall kratzen, und dann öffnete sich die Tür. Ein Mann in einem schmierigen grauen Overall stand vor ihm. Er sah aus, als arbeite er in einer Autowerkstatt und nicht bei einer Biotech-Firma.

»Ja?« sagte der Mann verärgert, aber ohne echtes Interesse für Peter aufzubringen.

»Ich bin Thomas Waxman. Ich bin wegen der Besichtigung der ABTech-Anlage hier.«

»Ach, klar«, sagte der Mann strahlend. »Kommen Sie rein.« Er hielt die Tür auf, so daß Peter eintreten konnte. Im nächsten Moment hieb jemand Peter mit einem dicken Metallstück in die Kniekehlen, so daß er zu Boden stürzte. Ich bin erst seit einer Stunde reinrassig, und schon lasse ich jegliche Vorsicht außer acht, dachte Peter.

»Drek, der Bursche hat vielleicht harte Knochen«, sagte eine Stimme hinter ihm.

Peter wälzte sich mit einer Grimasse herum, die mehr Schmerz zum Ausdruck brachte, als er tatsächlich empfand. Der Affe im verschmierten Overall und zwei Wachen mit Predators umringten ihn. Eine der Wachen hielt einen Schlagstock in der Hand.

»Würde es Ihnen was ausmachen, mir zu sagen, was das zu bedeuten hat?«

»HALT'S MAUL!« sagte der Schmieraffe. Er bückte sich und durchstöberte Peters Taschen, wobei er auf seine gefälschten Ausweispapiere stieß, die Liaison für ihn angefertigt hatte.

»Ich habe einen Termin. Meine Leute ...«

»Ich sagte, halt's Maul.«

Der Schmieraffe betrachtete das Bild auf seiner ID-Karte, dann Peter, dann wieder das Bild und schließlich wieder Peter. Furcht kroch ihm über das Rückgrat. Hatte der Wachmann etwas bemerkt? Vielleicht war es aus irgendwelchen Gründen unmöglich, daß sich Waxman in Chicago aufhielt. Was, wenn der Wachmann das wußte.

Würde die Illusion zu flackern anfangen, wenn das Wissen des Wachmanns mit der Magie rang?

»Hmmm«, war alles, was der Schmieraffe sagte. »Überprüfen.« Er gab die Papiere an den Wachmann mit dem Schlagstock weiter.

Peter wußte, daß die gefälschten Papiere keiner Hochsicherheitsprüfung standhalten würden. Der Plan sah vor, daß ein in der Mailbox hinterlegter Brief Peters Identität stützen würde, so daß es bei einer oberflächlichen Prüfung der Papiere blieb.

»Was, zum Teufel, ist hier eigentlich los?« schrie Peter. Der Schmieraffe drehte sich zu ihm um, seine Miene war eine Fratze der Gewalttätigkeit. Der Wachmann mit den Papieren blieb ebenfalls stehen. »Kommen Sie mir nicht mit dieser Macho-Scheiße. Wenn ich Geneering melde, wie man hier mit Firmenangestellten umspringt, werden wir das ganze Projekt meiner Ansicht nach in einem etwas trüberen Licht sehen. Drek, das ist ganz genau der Grund, warum ich dieses Land verlassen habe!«

Innerlich lächelte er. Das machte sogar Spaß.

Die Gesichtszüge des Schmieraffen entspannten sich ein wenig, und er sah Peter neugierig an. »Geneering«, sagte Peter. »Wir leihen Ihnen die Nanotech. Wir haben Ihnen einen Brief geschickt. Ich bin angemeldet.«

Ohne den Blick von Peter zu lassen, sagte der Schmieraffe zu dem Wachmann mit den Papieren: »Bring das Zeug zu Doc Tumbolt. Frag ihn, ob er die Aussage dieses Burschen bestätigen kann.«

Der Wachmann ging. Peter machte Anstalten, sich zu erheben. »Kann ich jetzt aufstehen?«

»Nein.«

Tumbolt war außer Atem, als er eintraf. »Dr. Waxman!« rief er. »Ihr Geister!« Er streckte die Hand aus und half Peter auf. »Verzeihen Sie bitte ... Ich weiß nicht, was ich ...« Er händigte Peter den Stapel Ausweispapiere aus, und Peter steckte sie ein. »Wir hatten ja keine Ahnung ... Das heißt, niemand hat den Brief zur Kenntnis genommen. Wir müssen ihn übersehen haben ... Wir hätten Vorbereitungen getroffen, um Sie in Empfang zu nehmen ...«

»Was wir natürlich aus Sicherheitsgründen abgelehnt hätten«, sagte Peter.

»Da wir gerade von Sicherheit reden, wie haben Sie uns hier überhaupt gefunden, Doc?«

Tumbolt hob einen Finger, um den Schmieraffen zu schelten, doch Peter zuckte die Achseln, um zu demonstrieren, daß er nicht eingeschnappt war.

»Schließlich haben wir große Anstrengungen unternommen, um sicherzustellen, daß Sie nicht erfuhren, wohin die Nanotech geliefert wurde.«

»Und Sie sind nicht auf den Gedanken gekommen, daß wir der Frachtroute folgen würden, um sicherzustellen, daß wir genau wußten, wo die Prototypen die ganze Zeit waren?« Er wandte sich an Tumbolt. »Ich will ganz direkt vorgehen, da Ihre Wachmänner, diese Taktik zu bevorzugen scheinen. Wir waren ganz zufrieden damit, wie die Dinge liefen, bis jemand Anfang der Woche in unsere Dateien eingebrochen ist.« Er wandte sich wieder an die Wachmänner. »Wir wissen jetzt, daß das nicht Ihre Schuld war. Und tatsächlich besteht der Hauptzweck meiner Reise hierher darin, das Management unserer Firma etwas zu beruhigen. Man will einfach wissen, daß alles seinen Gang geht.«

»Wir schicken Ihnen jede Woche einen Bericht ...«, begann Tumbolt.

»Ja, sicher. Aber wir kamen zu dem Schluß, daß es an der Zeit für eine Inspektion vor Ort war. Ich weiß nicht mehr, wer es war, aber jemand von ABTech hat zurückgeschrieben und gesagt, das ginge in Ordnung. Ich kann meine Leute kontaktieren und sie bitten, den Brief rüberzufaxen.«

»Nicht jetzt. Sie müssen erschöpft sein. Möchten Sie

sich eine Weile ausruhen? Ich kann ein Zimmer für sie freimachen.«

»Nein. Ich würde lieber sofort mit der Besichtigung beginnen.«

»Selbstverständlich.«

Tumbolt schoß noch einen finsteren Blick auf den Schmieraffen ab und führte Peter dann durch eine schmutzige Tür, die in einen sterilen weißen Korridor führte. Die Wachmänner schwiegen, als Peter und Tumbolt gingen, und Peter wußte, daß der Schmieraffe AB-Techs herausgegangene Post der letzten Tage überprüfen würde, lange bevor Peter dazu kommen würde, ein Gespräch mit Europa vorzutäuschen.

Tumbolt führte Peter zu einem Fahrstuhl, der sie tief nach unten brachte. Als sie die Kabine verließen, fiel sein Blick durch eine große Glasscheibe in einen ausgedehnten Raum, der mit Operationstischen gefüllt war, die alle von einer Plastikblase umgeben waren.

»Wo sind die Patienten?«

»Wir fahren die Operationsanlagen sehr oft herunter. Es ist alles in Ordnung.«

»Doktor Tumbolt, uns ist zu Ohren gekommen, daß Sie kürzlich Dr. Clarris für Ihr Projekt gewinnen konnten ...«

Tumbolt hob überrascht und ehrfürchtig eine Augenbraue. »Sie scheinen da drüben über sehr gute Informationsquellen zu verfügen.«

Peter nickte. »Ich wollte vor den anderen Männern oben nicht darüber sprechen, aber der wirkliche Grund für meine Anwesenheit ist der, Clarris' Theorien im Zusammenhang mit unseren Forschungsaktivitäten auf dem Nanotech-Sektor zu diskutieren.« Er flüsterte fast, als zöge er Tumbolt ins Vertrauen und teile ihm ein sorgfältig gehütetes Geheimnis mit. »Ich bin sicher, Sie verstehen.«

Tumbolt lächelte geehrt. »Natürlich. Hier entlang.«

Sie wanderten durch einen langen Korridor. Ein großer Mensch mit roten Cyberaugen und einem Zielvorrichtungskabel, das von seiner rechten Schläfe zur Kanone in seinem Halfter führte, beäugte Peter im Vorbeigehen. Die Musterung fiel sehr eindringlich aus.

Als sie den Mann passiert hatten, bemerkte Peter: »Straffe Sicherheitsmaßnahmen.«

»Nicht auf unserem Mist gewachsen. Unsere Muttergesellschaft in Seattle hat uns die Sicherheitsleute geschickt, nachdem Ihre Gesellschaft überfallen wurde und es dem Sicherheitsunternehmen, das wir unter Vertrag haben, nicht gelang, die Eindringlinge festzunehmen.«

»Hmmm.«

Tumbolt stieß die Tür zu einem Konferenzraum auf. »Ist Clarris hier?«

Über Tumbolts Schulter sah Peter zwei Frauen und einen Mann seltsame Symbole an eine Tafel schreiben. Sie trugen ähnlichen Schmuck wie Breena.

Magier. Peter hielt den Atem an. Wenn sie ihn astral überprüften, würden sie die Illusion durchschauen.

Die drei drehten sich kurz um, schüttelten einträchtig den Kopf und machten sich wieder an die Arbeit. Tumbolt schloß die Tür.

»Das ist der verzwickteste Teil der Operation«, sagte er, während er Peter einen anderen Gang entlangführte. »Ich bin zu alt, um ihn zu begreifen. Ich will ihn auch gar nicht begreifen.«

»Ich verstehe.«

»Oh, ich meine damit nicht, daß ich ihn ignoriere«, sagte Tumbolt rasch. »Ich meine, ich weiß, woran sie arbeiten. Der ganze Vorgang macht sich die Magie zunutze. Die Nanotech geht gegen die metamenschlichen Gen-Repressoren vor. Aber der einzige Weg, die Nanotech dazu zu bringen, die richtigen Gene zu identifizieren, ist ein magischer. Man könnte es eine magische Einfärbung nennen. Sie müssen ein kleines Zauberschloß — einen kleinen Silberstern — für den Fötus zusammenbasteln. Schrecklich teuer. Sie überlegen immer noch, wie sie die Material- und Laborkosten senken können. Und zwischen den Kosten für die Nanotech einerseits und der Magie andererseits ist es ein wirtschaftlicher Alptraum. Ein Heilverfahren für die Reichen.« Er lachte. »Und genau das ist es im Augenblick. Aber eines Tages ... eines Tages werden wir die Kosten weit genug senken können.«

Tumbolt schob die Türen zur Cafeteria auf. »Sehen Sie! Da ist er«, sagte er fröhlich. Peters Rücken versteifte sich. Sein Vater saß allein an einem Tisch.

Peter und Tumbolt gingen durch die Cafeteria, und als sie sich näherten, bemerkte Peter, daß sein Vater sehr, sehr alt aussah. Er hielt eine Plastikgabel in einer knochigen Hand und aß seinen Salat in einem mechanischen Kaurhythmus. Und doch, erkannte Peter, die Augen hatten sich nicht verändert. Sie starrten immer noch vage in die Welt und sogen jedes Detail auf. Peter erinnerte sich, wie er vor vierzehn Jahren aufgewacht war und sein Vater auf ihn herabgesehen hatte. Immer hatte er auf ihn herabgesehen. Selbst jetzt konnte Peter nicht genau erkennen, wohin sein Vater schaute. Er schien Peter anzusehen, aber sein Blick hätte auch auf jemanden rechts von Peter oder weit hinter ihm gerichtet sein können. Als sei Peters Vater nicht gewillt, sich festzulegen. Oder der Welt mitzuteilen, was er sah. Ein Geheimnis. Ein Schutz vor dem Bösen Blick.

»Dr. Clarris«, sagte Tumbolt, »ich möchte Ihnen Thomas Waxman vorstellen. Dr. Waxman, William Clarris.«

Peters Vater sah von seinem Teller auf und grinste. Das Lächeln ließ Peter innerlich frösteln, denn es hatte nicht die geringste Ähnlichkeit mit einer natürlichen Regung. Es war einstudiert. »Ist mir ein Vergnügen«, sagte sein Vater.

»Ganz meinerseits«, erwiderte Peter. Er war zwischen zwei Vorgehensweisen hin- und hergerissen: Erstens, bei seinem Plan zu bleiben; zweitens, seinem Vater seine wahre Identität ins Gesicht zu schreien. Er verlor sich einen Augenblick in den Augen seines Vaters — es war so lange her, seit er ihn zum letztenmal gesehen hatte. Sein halbes Leben. Der PCLARRIS-Chip in seiner Brusttasche schien plötzlich auf seiner Haut zu brennen. »Ich hab's geschafft, Dad«, dachte er. »Ich habe das Unmögliche vollbracht.«

Peter erwachte aus seinen Grübeleien. »Dr. Tumbolt«, sagte er, »wenn Sie uns entschuldigen würden. Bitte.« Sein Vater starrte weiterhin mit scheinbar desinteressierter Gelassenheit in die Welt. Tumbolt wirkte gekränkt. »Bitte. Eine ziemlich delikate Angelegenheit.« Tumbolt zog einen Schmollmund und watschelte dann ohne ein weiteres Wort zum Tresen der Cafeteria.

Ein einziger Blick auf die Stühle am Tisch seines Vaters zeigte ihm, daß keiner sein Gewicht tragen würde. »Könnten wir irgendwoanders hingehen, wo wir uns ungestört unterhalten können?«

Ohne die leiseste Änderung seines Gesichtsausdrucks sagte seine Vater: »Worum geht es?« Er schien weder erfreut noch verärgert.

»Bitte. Es ist sehr wichtig. Ich habe eine Nachricht von ... Kathryn.«

William Clarris blinzelte zweimal, als habe ihm Peter ein Kompliment über seine Schuhe gemacht, und legte dann sorgfältig die Gabel auf den Teller. »In Ordnung. Mein Zimmer wird genügen.«

Sie verließen die Cafeteria und nahmen einen Seitengang, der zu einem Flur mit Türen auf beiden Seiten führte. Peter bemerkte, daß auf jeder Tür ein Name stand. Als sie die Tür mit der Aufschrift ›Clarris‹ erreichten, holte sein Vater eine Codekarte aus der Tasche und öffnete sie. »Bitte«, sagte er, indem er Peter einzutreten bedeutete. Dann folgte ihm sein Vater in das Zimmer und schloß die Tür hinter ihnen.

32

Ein Bett, ein Schreibtisch, ein Computersystem, ein Chipständer. Nichts an den Wänden, keine Verbindung zur Vergangenheit. Oder auch zur Gegenwart. Wie der Vater, so der Sohn. Peter wollte sagen: »Dad, wir müssen damit aufhören«, aber statt dessen sagte er: »Dr. Clarris. Ich komme im Auftrag von Miss Amij. Sie hat mich beauftragt, Ihnen eine Nachricht zu überbringen.«

»Ja«, sagte sein Vater schlicht. »Ich dachte ... Ich habe mich schon gefragt, ob sie mich je finden würde. Der Plan ... hat nicht funktioniert«, und wieder lächelte er dieses freudlose Lächeln.

»Nun, ich habe Sie gefunden. Und sie will, daß Sie jetzt mit mir kommen.«

Die Augen seines Vaters verengten sich, nur ein wenig. »Wie bitte?«

»Ihr Leben ist hier in Gefahr. Wir haben Grund zu der Annahme, daß eine andere Partei unterwegs ist, um Sie zu holen.«

Ein unmerkliches Anzeichen von Wut flammte in den Augen seines Vaters auf. »Weiß denn jeder, wo ich bin?«

Peter verspürte plötzlich so etwas wie Angst, fürchtete sich vor seines Vaters Zorn, wenngleich sein Vater nicht wußte, wer er war. »Es sind Komplikationen eingetreten. Aber die schlichte Wahrheit ist, daß sehr viele Leute hinter Ihnen her sind.«

»Die Söldner aus Seattle. Sie sind wegen Ihnen hier ...«, sagte sein Vater.

»Und wegen der anderen Partei. Und wegen Ihnen. Und jetzt, wenn es Ihnen nichts ausmacht ...«

»Nein. Nein, ich komme nicht mit.« Peter bemerkte, daß die Hand seines Vaters zitterte. Er ging zum Schreibtisch und setzte sich auf seinen Stuhl.

»Da ... Dr. Clarris. Ich glaube nicht ...« Peter war im Moment um Worte verlegen. »Es sind professionelle

Killer unterwegs, um Sie zu extrahieren«, sagte er. »Wenn Sie nicht mit mir kommen, kann ich nicht ...«

»Sie haben Magier und Leibwächter hier — ich weiß nicht, ob Sie die gesehen haben, aber sie machen einen ziemlich professionellen Eindruck. Ich bleibe.«

»Sie sind ein Angestellter von Miss Amij.«

»Ihr Konzern weigert sich, weiterhin die Forschungen zu unterstützen, an denen ich interessiert bin. Ich bleibe hier.«

Peter erstarrte, aber nur einen halben Herzschlag lang. »Kommen Sie gut voran?«

»Wie bitte?«

»Mit Ihrer Forschung. Kommen Sie gut voran?«

Peters Vater blinzelte ihn an. Er wurde jetzt sehr zurückhaltend. »Es reicht. Es ist ein Anfang.«

»Beeindruckende Anlage.«

»Ja.«

»Mir ist zu Ohren gekommen, daß Ihnen Testpersonen zur Verfügung stehen.«

Sein Vater starrte ihn einen Augenblick an, scheinbar immer noch völlig gleichgültig. »Ja. Wir haben Testpersonen.«

»Was für ein Glück, daß sich Freiwillige gemeldet haben.«

»Was ...? Worauf wollen Sie hinaus?«

Peter war klar, daß er gefährlich nah dran war, den ganzen Run zu verpfuschen. Und doch, er wollte wissen, mit wem er es zu tun hatte. Diese Frauen ... Er griff in seine Jacke und holte den Chip heraus, der mit ›CW‹ bezeichnet war.

»Was ist das?« fragte sein Vater.

»Ein Köder für den Fall, daß Sie nicht mitkommen wollen. Ich zeige Ihnen den Chip in einer Minute. Diese metamenschliche Forschung ist sehr wichtig für Sie.«

»Ja.«

»Ja?«

»Ja. Sie ist sehr wichtig. Ich habe meine Gründe.«

»Gründe?«

»Ja, Gründe!« Sein Vater war jetzt ziemlich ärgerlich.

»Sie hatten einen Sohn, nicht?«

Sein Vater starrte ihn an. »Ja. Ich hatte einen Sohn. Wenn Sie das wissen, warum spielen wir dann dieses Spiel?«

»Was ist mit ihm passiert?«

»Was geht Sie das ...«

»Was ist mit ihm passiert? Nachdem er ein Troll geworden war, was ist mit ihm passiert?«

Sein Vater sah zu Boden. »Ich weiß nicht ... Er ist gestorben ... Ich weiß nicht.«

»Warum dann die Arbeit? Warum arbeiten Sie weiter an einem Verfahren zur Neutralisierung der metamenschlichen Gene?«

Sein Vater sah auf, seine Augen waren eiskalt, doch in ihnen spiegelte sich nackte Wut. »Niemand sollte durchmachen müssen, was mir widerfahren ist. Was ihm widerfahren ist.«

»Und was war das?«

»Was glauben Sie eigentlich, wer Sie sind?«

»Ein Mann, der Ihnen ein Angebot von Miss Amij überbringt, daß Sie Ihr Projekt bei Cell Works weiterführen können.« Er nahm den Chip zwischen Daumen und Zeigefinger und hielt ihn hoch. »Dieses gestohlene Forschungsdokument wird Sie auf eine neue Fährte setzen.«

»Ich bin bereits auf einer Fährte.«

»Aber wie kommen Sie voran? Wollen Sie nicht zumindest sehen, was Ihnen dieser Chip zu bieten hat?«

Sein Vater beugte sich vor, nur ein wenig, eine Katze, die auf den richtigen Augenblick wartete, eine Maus anzuspringen. »Vielleicht.«

»Aber bevor ich Ihnen den Chip gebe, müssen Sie mir eine Frage beantworten. Warum? Warum die Metamenschen loswerden?«

»Ich will sie gar nicht ›loswerden‹ — ich will den Leuten die Möglichkeit geben, selbst zu entscheiden, was sie sein wollen. Damit sie eine gewisse Kontrolle über ihr Schicksal haben.«

»So daß Peter die Kontrolle über sein Schicksal gehabt hätte.«

»Ja.« Das Wort kam wie ein Schritt auf einem knarrenden Fußboden heraus.

»Und wenn er kein Troll geworden wäre, wenn die Verwandlung hätte verhindert oder rückgängig gemacht werden können, wie hätte sein Schicksal dann ausgesehen?«

»Eine akademische Karriere. Angewandte Wissenschaften. Was er gewollt hätte. Er hätte etwas tun können.«

»Und als Troll konnte er das nicht.«

»Selbstverständlich nicht.«

»Woher wollen Sie das wissen?«

»Wie bitte?«

»Woher wollen Sie das wissen? Woher wollen Sie wissen, was er gekonnt hätte und was nicht?«

»Er war ein Troll.«

»Also wollen Sie die Metamenschen zwar nicht ›loswerden‹, aber alle wären besser daran, wenn es sie nicht geben würde.«

Sein Vater überlegte kurz. »Vermutlich, ja.«

Falsche Antwort, dachte Peter. »Hier.« Er legte den Chip auf den Tisch. Es war eine Kopie von MEINEKUR, aber eine, in die er in der vergangenen Nacht ein paar wohlüberlegte Fehler eingebaut hatte. Brilliante Fehler. Insgesamt vier und alle sehr subtil, so subtil, daß sie jeden vom richtigen Weg abbringen und zu Jahren vergeudeter Arbeit führen mußten. Sein Vater nahm den Chip und legte ihn in den Computer ein. Peter drehte sich um und drückte mit dem Zeigefinger gegen den Chip in seiner rechten Brusttasche, den PCLARRIS-Chip, der letzten verbliebenen Kopie seiner Arbeit. Er verstärkte den Druck und spürte, wie der Chip zerbrach. Der Druck schien sich in seine Brust fortzupflanzen und sein Herz zu erfassen. Dann war es vorbei. Er drehte sich wieder zu seinem Vater um und sagte: »Sehen Sie ihn sich an. Sie können das alles benutzen, wenn Sie zu Cell Works zurückkehren.«

Peter lehnte sich gegen die Wand und stand geduldig da, während sein Vater das Dokument durchsah. Unwillkürlich verglich er die Art und Weise, wie sein Vater den Text las, mit Kathryns Art. Kathryn lebte, wenn sie las, sie kniete sich engagiert in den Text hinein. Sein Vater schien aller Energie beraubt, alles Leben schien sich auf seine Augen zu konzentrieren, die das Licht des Schirms einsogen und nichts zurückgaben.

Zwei Stunden später las William Clarris immer noch, als plötzlich eine Explosion die Wände erschütterte.

»Sie sind da«, sagte Peter.

Sein Vater wirbelte herum, völlig verwirrt. »Was?«

»Die andere Partei, die Sie haben will ... eine Gangsterbande, sie sind hier. Jetzt. Kommen Sie mit?«

Sein Vater sah hungrig auf den Schirm. »Das ist gut«, sagte er. »Sehr gut. Ein völlig neuer Ansatz.«

»Sind Sie interessiert?«

Sein Vater nickte. »Ja. Ja, ich komme mit Ihnen.« Er schaltete den Computer aus und nahm den Chip.

Peter wurde von einem Gefühl der Trauer und gleichzeitig von einem der Fröhlichkeit durchströmt. Fröhlichkeit, weil sein Plan funktionierte, was bedeutete, daß Kathryn Cell Works vielleicht zurückbekam. Trauer, weil er seinen Vater verloren hatte. Alles, was blieb, war ein Mann, ein schrecklicher hassenswerter Mann, von dem Peter wußte, daß er es sich nicht leisten konnte, irgendeine Beziehung zu ihm zu haben. Er würde ohne einen Traum über seinen Vater durchs Leben fallen. War das in Ordnung? Ja. Vielleicht.

Sie eilten auf den Korridor und wandten sich nach links, wieder zurück in Richtung Cafeteria. Lautsprecher plärrten eine tonlose Botschaft: »Achtung. Achtung. Die Anlage wurde infiltriert. Melden Sie sich augenblicklich bei Ihrer vorgesehenen Sicherheitsstation.« Peter streckte den Arm aus und griff nach dem Laborkittel seines Vaters, den er festhielt. Sie erreichten ein Treppenhaus, und Peter öffnete die Tür. Von oben waren Schüsse zu hören.

»Planänderung«, sagte Peter abwesend. Er war der Ansicht, es müsse einen Hintereingang für die Küche geben, eine Art Lieferanteneingang für Nahrungsmittel und Versorgungsgüter. Er rannte zur Cafeteria, wobei er seinen Vater halb trug. Er bahnte sich einen Weg durch die Menge, die ebenfalls versuchte, sich in Sicherheit zu bringen. Als sie in die Cafeteria stürmten, waren Peter und sein Vater den anderen ein ganzes Stück voraus. Sie gingen rasch durch die leere Kantine zur Küche und hatten die Tischreihen zur Hälfte hinter sich gelassen, als hinter ihnen die Tür aufgestoßen wurde.

Durch die Türen der Cafeteria stürmten der Straßensamurai, den Peter zuvor schon gesehen hatte, und eine Frau in einem scharlachroten Anzug. An die Aufschläge des Jacketts waren Zauberfetische geheftet. Die Magierin sah Peter an, und ihre Augen wurden glasig. »Leg ihn um!« sagte sie, als ihre Augen wieder klar wurden.

»Runter!« schrie der Samurai Peters Vater zu, als er die AK-97 auf Peter anlegte.

Peter stieß seinen Vater nach rechts und hechtete hinter einige Eßtische links von ihm. Während er über den glatten Boden rutschte, schlugen drei Kugeln neben ihm in den Boden.

Er zog seine Predator aus dem Halfter und stieß einen Tisch um, den er als behelfsmäßige Deckung benutzen konnte. Als er den Kopf hob, um einen Schuß auf den Samurai abzugeben, sah Peter, daß sich der muskulöse Krieger auf ihn zuarbeitete. Wo war die Magierin? Er sah nach rechts und entdeckte eine Wand aus grauem Schleim, die sich über den Boden in seine Richtung wälzte. Einen Augenblick lang erstarrte er. So etwas hatte er noch nie zuvor gesehen.

Er versuchte zur Seite zu springen, als das Zeug näher kam, aber in seiner Verwirrung geriet er in Panik, stolperte und stürzte zu Boden. Der Großteil des Schleims wälzte sich rechts an ihm vorbei, doch ein paar Tropfen trafen Peters Beine und fraßen sich in seine Haut. Peter wand sich auf dem Boden und biß sich vor Schmerzen auf die Lippen, als das Material seiner Hosen und Schuhe mit seiner Haut verschmolz. Ätzende Dämpfe bildeten sich um ihn, als die Säure Boden, Wände und die Plastikstühle und Tische überspülte.

Schwer atmend rappelte sich Peter auf und rannte zu seinem Vater, wenngleich in seinen Beinen ein kaum zu ertragender stechender Schmerz tobte. Sie konnten es immer noch bis nach draußen schaffen, aber es würde ziemlich hart werden. Vorwärts humpelnd, schoß er wild um sich, um den Samurai und die Magierin zu zwingen, in Deckung zu bleiben. »Kommen Sie«, sagte Peter, indem er den Arm um die Hüften seines Vaters legte und in Richtung Küche rannte. Das wie in Stein gemeißelte Gesicht seines Vaters verlor seine Ausdruckslosigkeit und verriet äußerstes Entsetzen. Ihre Lage war tatsächlich so schlimm.

Peter sah sich rasch um. Die Magierin kniete erschöpft von dem Zauber auf dem Boden und hielt sich den Kopf. Er hoffte, daß sie lange genug kampfunfähig bleiben würde.

Sie rannten immer noch auf die Küche zu und bogen gerade um eine Ecke, als sie mit einem massigen Körper zusammenstießen. Es war der Samurai, und alle drei gingen zu Boden. Bevor Peter sich orientieren konnte, rammte ihm der Samurai die Faust gegen sein säurezerfressenes Schienbein. Die Schmerzen waren so stark, daß Peter fast das Bewußtsein verlor.

Der Samurai verharrte einen winzigen Augenblick, um Peter durchdringend zu mustern und sich ein Bild über die Situation zu machen, dann verzog sich sein Mund zu einem dünnen Lächeln, und diesmal trieb er Peter die offene Handfläche ins Gesicht. Peters Kopf knallte auf den gekachelten Boden. In seinem Rückgrat breitete sich ein dumpfer Schmerz aus und nistete sich in seinem Schädel ein. Aus dem Augenwinkel sah er das leuchtende Weiß des Laborkittels seines Vaters, als der alte Mann wegzukriechen versuchte.

Der Samurai schlug Peter noch einmal ins Gesicht. Peter erkannte, daß er rasch die Fähigkeit verlor, die Schläge noch zu spüren. Der Samurai holte zu einem weiteren Schlag aus. Er lächelte wieder, und aus seinen Fingerknöcheln schossen plötzlich drei lange Klingen, die seine Hand in eine lebendige Waffe verwandelten. Der Samurai stieß mit der Hand nach Peter, und die Klingen kamen rasend schnell näher. Peter, der sich alle Mühe gab, bei Bewußtsein zu bleiben, brachte einen Arm nach oben und schlug die Hand beiseite. Dann überkam ihn plötzlich ein sonderbares Gefühl, als würde sich etwas von ihm lösen. Die Augen des Samurai weiteten sich. Plötzlich lag ein Troll unter ihm. Breena mußte den Zauber aufgehoben haben.

Peter lächelte, als teilten sie einen Augenblick gegenseitiger Bewunderung, dann packte er den Samurai und zog ihn zu sich heran. Peter riß den Mund auf und biß in die Schulter des Samurai. Seine mächtigen Zähne gruben sich tief in das Fleisch des anderen Mannes, und warmes Blut strömte in Peters Mund.

Der Samurai schrie laut auf, direkt in Peters Ohr. Peter biß noch fester zu.

Er ließ los, und der Samurai fiel zurück, während er seine Schulter umklammerte.

Peter hob die Predator auf und schleifte seinen Vater in die Küche. William Clarris starrte seinen Sohn voller Entsetzen an. Peter konnte sich vorstellen, wie er aussah: Das schreckliche Trollgesicht, Lippen und Zähne blutverschmiert. Der Schock, den er seinem Vater versetzt hatte, weckte in ihm das Verlangen, laut aufzulachen.

Der Lärm der Schießerei wurde immer lauter. Ihm war klar, daß die Itami-Gang bis an die Zähne bewaffnet war, aber sie hatten wohl nicht damit gerechnet, daß die Anlage von Shadowrunnern aus Seattle bewacht wurde. Er mußte lediglich rauskommen, solange sich beide Seiten noch gegenseitig das Leben schwer machten.

Der Samurai sprang Peter von hinten an, und beide krachten in ein Gestell mit Töpfen und Pfannen. Das metallene Kochgeschirr schepperte zu Boden und verursachte ein schreckliches Klingeln in Peters Kopf. Sein Körper war in schlechterer Verfassung, als er gedacht hatte.

Der Samurai hatte mit der linken Hand ein Fleischbeil aufgehoben. Er bewegte die Arme in einer Geste irgendeiner Kampftechnik, das Beil in der einen, die Cyberklingen an der anderen Hand. Peter hob den Arm, um ihn zu erschießen, und bemerkte erst jetzt, daß er seine Kanone wieder verloren hatte.

Er rappelte sich auf, dachte verzweifelt, daß er einen Plan brauchte, etwas, das ihn die nächsten fünf Minuten überleben ließ. Eine Woge der Hitze stieg ihm von einer mit Fett gefüllten Pfanne entgegen. Er wandte sich ab ...

Und drehte sich dann wieder um und ergriff die Pfanne. Der Samurai griff ihn an wie ein wütender Stier.

Der Griff der Pfanne war kochendheiß und verbrannte ihn, aber Peter konzentrierte sich ganz auf die Bewegung. Er schwang die Pfanne und überschüttete die Bißwunde in der Schulter des Samurais mit dem heißen Fett.

Der Samurai schrie auf und fiel auf die Knie.

Sein Vater lag wie betäubt auf dem Boden. Als Peter zu ihm ging, hob er die Arme und versuchte ihn abzuwehren. Peter streckte den Arm aus, hob seinen Vater hoch und klemmte ihn sich unter den Arm. Das Gewicht war eine ziemliche Belastung, aber er hatte jetzt keine Zeit für Diskussionen.

Er konnte seine Kanone inmitten des Küchengeschirrs nicht entdecken und beschloß, ohne sie weiterzumachen. Er sah eine Tür, die aus der Küche führte, rannte zu ihr und öffnete sie. In diesem Augenblick schlug ein Feuerball neben ihm in die Wand. Die Magierin war wieder im Geschäft. Er drehte sich nicht zu ihr um, sondern hastete die Treppenstufen hinter der Tür hinauf.

Er bewegte sich so schnell, wie es ihm seine schmerzenden Beine und das Gewicht seines Vaters gestatteten. Ihm Augenblick wollte er nur Abstand gewinnen. Abstand von der Magierin. Abstand von den Itami-Leuten, den Söldnern. Er wollte nur raus.

Er rannte zwei Treppen nach oben, öffnete dann eine Tür zu einem Korridor und betrat ihn.

Für den Moment war alles ruhig.

Dann bogen drei Gangster vor ihm um die Ecke des Korridors, sahen ihn und hoben ihre Waffen, um auf ihn zu schießen. Peter wandte sich in die andere Richtung und rannte den Korridor entlang, wobei er seinen Vater vor sich hielt. Kugeln trafen ihn im Rücken, und ein Gefühl der Taubheit breitete sich in seinem Körper aus. Er bog um eine Ecke und fiel gegen die Wand.

»Komm schon«, sagte er zu seinem Vater, als er einen Lastenaufzug am Ende des Korridors erspähte. »Nur noch ein kleines Stück.«

»Das ist doch Wahnsinn«, sagte sein Vater.

»Sicher«, antwortete Peter.

Er hörte die Gangster hinter sich über den Korridor laufen. Er stand auf und schleifte seinen Vater mit sich. Am Aufzug angelangt, hieb er auf den Rufknopf, aber jetzt bogen die Gangster um die Ecke. »Gib uns den Weißkittel!« schrie einer von ihnen.

Die Aufzugtür öffnete sich. Peter ließ sich in die Kabine fallen und zog seinen Vater über den Boden mit hinein. Kugeln schlugen hinter ihm in die Fahrstuhlwand, dann herrschte Schweigen, gefolgt von dem Geräusch trampelnder Füße. Peter streckte den Arm aus und drückte den E-Knopf. Bitte, dachte er, bitte, bitte, bitte, geh zu.

Die Tür schloß sich. Er hörte noch, wie von draußen gegen die Tür gehämmert wurde, dann setzte sich der Aufzug in Bewegung. Einen Augenblick später öffnete sich die Tür. Sie befanden sich in einem Ladebereich in einer Seitengasse.

Peter drückte auf eine Taste seines Sprechgeräts.

»Hier spricht Anderson.«

»Anderson«, japste Peter, »hier spricht Entchen. Fertig?«

»Alles klar.«

Peter eilte durch die Gasse in Richtung Straße, seinen Vater immer noch halb tragend, halb hinter sich herschleifend. Als Peter den Bürgersteig betrat, eröffneten die Gangster das Feuer aus mehreren auf der anderen Straßenseite geparkten Wagen. Die Kugeln pfiffen ihm um den Kopf. Peter versuchte die schmale Gestalt seines Vaters so gut es ging mit seinem eigenen mächtigen Körper abzuschirmen.

Dann verwandelte sich plötzlich einer der Wagen in einen Feuerball. Metallfetzen trafen ihre Verfolger, die mit erheblichen Schnittwunden zu Boden gingen.

Ein Stück weiter die Straße rauf quietschten Reifen. Der Bulldog raste auf das Gebäude zu. Die Riggerin saß auf dem Fahrersitz, während sich der Bottichjob mit einem Granatwerfer aus dem Fenster der Beifahrertür gelehnt hatte. Er schoß eine weitere Granate ab, die einen zweiten Wagen in ein brennendes Wrack verwandelte. Der Bulldog hielt mit quietschenden Reifen, und die Seitentür glitt auf.

Peter hielt sich am Türgriff fest und schob seinen Vater in den Van. Er wollte ihm gerade folgen, als er hörte, wie sich hinter ihm die Stahltüren des Gebäudes öffneten. Er drehte sich um und sah Schmieraffe mit einem Valiant MG in der Tür stehen, das auf ein Dreibein montiert war, und das Feuer eröffnen. Die Kugeln trafen ihn in der rechten Seite und schleuderten ihn herum und halb in den Bulldog.

Schmieraffe schoß weiter und jagte Peter eine Kugelsalve in die Brust. Peter konnte seine Gliedmaßen nicht mehr spüren und wußte, daß er es nie schaffen würde, in den Van zu klettern. Das brauchte er auch nicht. Ein starkes Paar Hände packte ihn und zog ihn hinein.

Peter blieb liegen. Die Tür des Vans schloß sich, und er spürte, wie der Wagen mit hoher Beschleunigung davonraste.

Ein paar Minuten verstrichen, und dann spürte Peter, wie sich jemand, der Bottichjob, über ihn beugte.

»O Drek«, sagte er nach einer oberflächlichen Untersuchung.

»Clarris?« keuchte Peter. »Ist Clarris hier?«

»Der Sack im Laborkittel? Ja, der ist hier.«

»Bring ihn zu Amij.«

»Werden wir, Chummer, aber als ich die Burschen von der Gang eintreffen sah, hab ich echt nicht mehr gedacht, daß du's schaffen würdest. Jetzt bringen wir dich wieder zu Breena, und die wird dich ...«

Den Rest hörte Peter nicht mehr. Seine Augen hatten sich geschlossen, und er verlor den Kontakt mit der Umwelt. Das war jetzt auch nicht mehr schlimm, soviel wußte er. Sein Körper fühlte sich warm und stark an, ein Teil von ihm. Er sehnte sich nicht mehr nach irgendeiner Zukunft. Was er im Augenblick hatte, war genug.

EPILOG

BEING

be-ing, s. 1. Sein, im Gegensatz zum Nichtsein. 2. Bewußte Existenz, Leben, Dasein ›der Sinn unseres Daseins‹. 3. Sterbliche Existenz, Lebensspanne. 4. (Jmds.) Wesen oder Natur ›von solchem Wesen, um Liebe zu erwecken‹. 5. Etwas, das existiert, Ding. 6. Ein lebendes Wesen. 7. Menschliches Wesen, Person.

33

Peter sah wieder wie ein Troll aus.
Und er war froh wie nur irgendwer, daß er wieder so aussah. Tot oder lebendig, dies war die Gestalt, die er wollte. Schmerz, Freude, all das gehörte ihm. Die grenzenlose Einsamkeit, die er sein ganzes Leben empfunden hatte, die beständige Suche nach jemandem oder etwas, um die Leere in ihm zu füllen, all das stürzte wieder auf ihn ein, und plötzlich spürte er, wie seine Wünsche und Sehnsüchte von seinem eigenen Fleisch, seinem Trollfleisch, eingeschränkt wurden. »Viel leichter zu handhaben«, dachte er. Was hatte Thomas in den Shattergraves eigentlich noch zu ihm gesagt? Er hatte eine Frage gestellt. Irgend etwas darüber, ob Peter eine Verbindung zwischen seinen eigenen Bemühungen, wieder ein Mensch zu werden, und dem Verhalten, das Frauen ihm gegenüber an den Tag legten, herstellen konnte.

Ja, jetzt konnte er es. Manche Männer halten sich für Männer, andere nicht.

Der Kopter schwebte im Tiefflug über der Elevated. Die Gebäude aus Glas und Silber waren wunderbar, kein Zweifel, und er fragte sich, wie Kathryn je geglaubt haben konnte, noch nicht in Oz zu wohnen.

Er betrachtete sie. Sie saß neben dem Piloten, ihr grünes Kostüm war gereinigt und gebügelt. Er konnte erkennen, wie sie sich wieder die Konzernmaske aufsetzte. Sie bemerkte, daß er sie beobachtete, lächelte, und dann war die Maske an Ort und Stelle.

Sein Vater saß hinter ihm, gleichgültig gegenüber der Architektur draußen wie dem Troll drinnen. Peter hatte darauf bestanden, daß sie seine Identität vor seinem Vater geheimhielten. Er wollte seinem Vater keine Gelegenheit mehr geben, ein Urteil über ihn zu fällen. Feige,

vielleicht, aber warum mehr leiden, als er ohnehin schon gelitten hatte?

Peter hatte ein Gespräch zwischen William Clarris und Kathryn mitbekommen und wußte, daß seinem Vater nur daran gelegen war, wieder ins Labor zu kommen und hinter sterilen weißen Wände eingesperrt zu werden. Er würde sagen, was sie wollte, wenn er seine Arbeit fortsetzen konnte. Peters Vater würde gerade genug Geld haben, um den Rest seines Lebens mit Peters falschen Daten zu verbringen.

Der Kopter verlor an Höhe, und der Pilot landete ihn sauber. Vor dem Landepolster sah Peter mehrere Sicherheitsagenten und ein paar Pinkel von Cell Works sowie Billy stehen, der von zweien seiner Schläger flankiert wurde. Er hatte gewußt, daß Billy bei diesem Treffen mit dabei sein würde, aber ihn zu sehen, raubte ihm dennoch den Atem. Peter war nervös, sogar noch nervöser als in dem Augenblick, kurz bevor er seinen Vater wiedergesehen hatte. Die Koptertüren öffneten sich; Kathryn, Peter und sein Vater stiegen aus. Peter duckte sich ganz tief und entfernte sich methodisch von den schwirrenden Rotorblättern. Er bezog ein wenig hinter Kathryn Stellung, als sei er ihr Leibwächter.

Ein weißhaariger Mann, einer der Pinkel von Cell Works, trat vor. »Miss Amij, freut mich, Sie wiederzusehen.« Sie schüttelten sich die Hände. »Wir waren ziemlich besorgt.«

»Dazu hatten Sie auch allen Grund«, sagte sie, und der Pinkel lachte höflich. Kathryn sah kurz zu Peter und rollte ein wenig mit den Augen. »Aber es tut gut, Sie wiederzusehen, Mr. Serveno. Wie geht es dem Husten Ihrer Tochter?«

»Schon viel besser. Danke der Nachfrage, Miss Amij.«

Ihr Blick fiel auf Billy. Peter trat vor und stellte sich zwischen die beiden. Die Feindseligkeiten waren beendet, und alle konnten hören, daß sie sich in normalem

Konversationston unterhielten. Ein kalter Wind fegte über das Dach. »Hallo Billy«, sagte Peter.

Billy sah Peter nicht an. »Professor.« Peter beschloß, direkt zum Geschäft zu kommen. »Billy Shaw, Miss Amij. Miss Amij, Billy Shaw.«

»Ich habe eine Menge über Sie gehört«, sagte Kathryn.

»Ja, ja. Wie lautet Ihr Vorschlag?«

»Unser Vorschlag ist noch derselbe wie der, den wir Ihnen gestern geschickt haben, Sir. Sie behalten Ihre Aktien. Ich behalte Cell Works und führe die Gesellschaft, wie es meine Aufgabe ist. Ich erwirtschafte Profit, Sie verdienen mehr Geld. Sie lassen P... den Professor in Ruhe.« Billy trat von einem Fuß auf den anderen, während er nach Alternativen suchte. »Sie haben das Angebot gelesen, das wir Ihnen geschickt haben. Das ist unser Vorschlag.« Ihr Tonfall ließ keinen Zweifel daran, daß sie sich nicht auf Diskussionen einlassen würde.

»Und Garner?«

»Gehört Ihnen. Wir haben sein beglaubigtes Geständnis auf Band. Wenn wir es veröffentlichen, wird der Konzerngerichtshof eine komplette Anhörung genehmigen und alles untersuchen lassen, was Sie jemals gekauft, berührt oder auch nur angesehen haben. Sie haben um große Einsätze gespielt, ohne an die richtigen Leute Prozente abzuführen.«

Billy drehte sich langsam zu Peter um und lächelte dann. »Sie gefällt mir. Du wirst noch viel Freude an ihr haben.« Er wandte sich wieder an Kathryn und streckte die Hand aus. »Deal.«

Kathryn nahm sie. »Deal.«

Billy wandte sich wieder an Peter. »Ich weiß nicht, ob du das Richtige getan hast, aber du hast es durchgezogen. Und dafür bewundere ich dich.«

»Danke, Billy.« Peter spürte, wie sich seine Kehle verengte. »Wir sehen uns.«

Billy formte eine Kanone mit den Fingern und zeigte

damit auf Peter. »Besser nicht.« Dann lachte er und sagte. »Paß auf dich auf.« Gemeinsam mit seinen Männern und einigen der Cell-Works-Sicherheitsbeamten ging er zu einem der beiden Aufzüge. Peter sehnte sich danach, noch ein paar Minuten mit Billy zu verbringen, aber die Türen des Aufzugs öffneten sich, er stieg ein, und dann war er verschwunden.

Kathryn wandte sich an Serveno. »Lassen Sie Dr. Clarris bitte nach unten bringen. Er ist im Besitz eines wertvollen Dokuments, mit dessen Analyse er sofort beginnen möchte.« Peter sah zu Boden. Er konnte sich nichts Schrecklicheres vorstellen, als seinen Vater am Ende seines Lebens noch auf eine Jagd nach Hirngespinsten zu schicken. Aber das war die einzige Möglichkeit, ihn daran zu hindern, seine Forschungen zu beenden. Abgesehen davon, ihn zu töten, natürlich, was Peter selbstverständlich nicht tun konnte.

Serveno, Peters Vater und die verbliebenen Wachmänner bestiegen den zweiten Fahrstuhl und verließen ebenfalls das Dach.

Peter warf einen Blick auf den Elf, der gleichgültig im Pilotensitz des Kopters saß und sich über Kopfhörer Musik anhörte. Dann sah er wieder zu Kathryn, die zu ihm kam. »Tja«, sagte Peter.

»Tja.«

»Sie sind gut darin. Im Handeln und Feilschen, meine ich. Der Boß zu sein. Wie Sie nach der Tochter von dem Burschen gefragt haben. Das war gut.«

Sie schürzte die Lippen ein wenig, mädchenhaft, amüsiert und verärgert, daß er ihre Tricks beim Namen nennen konnte. »Das war es. Ich bin wirklich gut darin.«

»Aber Sie haben auch im Kampf eine gute Figur abgegeben. Wollen Sie mit mir kommen und Shadowrunner werden?«

»Nein.« Sie lächelte. »Nein. Ich bin hier. Und genau das will ich. Eine nette stabile Ordnung.« Sie sah kurz weg. »Was ist mit Ihnen? Was werden Sie jetzt tun? Wollen Sie einen Job?«

Peter holte tief Luft. Er war nicht sicher, ob sie es ernst meinte. »Ist das ein ernstgemeintes Angebot?«

»Sie leisten gute Arbeit. Sie sind ein guter Mensch. Ja, das Angebot ist ernstgemeint. Mein Stab wäre vielleicht etwas verwirrt, aber sie würden sich daran gewöhnen. Ich bin der Boß. Ich kann dafür sorgen, daß sie sich an Dinge gewöhnen.«

Er lächelte geschmeichelt. Warm. »Ich werde Ihr Angebot in Erwägung ziehen. Aber ich habe auch daran gedacht, zur Byrne-Siedlung zu gehen und irgendeine Art von Lernprogramm einzurichten. Vielleicht ... Ich weiß nicht. Versuchen, die Gegend etwas aufzumöbeln.«

»Sie werden trotzdem einen Job brauchen. Sie können das enorme Gehalt, das ich Ihnen zahlen werde, ausgeben, wofür Sie wollen. Eine Menge Chips kaufen. Farbe. Was auch immer.«

»Hartnäckig, was? Ich denke darüber nach. Wirklich.«

»Na schön.«

Sie standen einen Augenblick schweigend da und genossen den Anblick des anderen.

»Äh«, machte Peter, dessen Stimme plötzlich kieksig klang. Er hielt inne und sah zu, wie eine Schneewehe aufgewirbelt wurde und über das Dach des Hauses nach unten stürzte. »Dürfte ich Sie irgendwann mal zum Abendessen ausführen?«

Kathryn lächelte schüchtern und krümmte dann den Finger. Unsicher beugte er sich vor, und sie gab ihm ein Küßchen auf die Wange. Sehr glücklich richtete er sich wieder auf. »Ja. Ja, das dürfen Sie.«

»Und Sie meinen das mit dem Job wirklich ernst?«

»Wiederum ja.«

»Also gut. Ich muß jetzt los. Sobald ich eine neue Wohnung gefunden habe, rufe ich Sie an.«

»Ja, das werden Sie«, lachte sie.

Er drehte sich um, ging über das Dach zum Landepolster und kletterte in den Kopter. Kathryn betrachtete ihn durch die Scheibe. Sie winkte, und Peter winkte zurück.

Der Elf drehte sich um und sagte: »Wohin, Chummer?«

Peter dachte darüber nach und realisierte, daß er keine Ahnung hatte, wohin er sich als nächstes wenden sollte. »Könnten wir einfach nur 'ne Weile so rumfliegen?«

»Kein Problem.«

Der Elf legte einen Schalter um, und die Rotorblätter drehten sich schneller. Kathryn wartete noch auf dem Dach, als der Kopter abhob. Sie winkten sich noch einmal zu, dann betrat sie das Gebäude.

Peter machte es sich in dem Sitz so gemütlich wie möglich. Er sah auf die schneebedeckten Gebäude der Stadt herab. Sie schienen sich zu heben und zu senken wie die Wellen eines sturmgepeitschten, aber für einen Moment erstarrten Meeres. So viel zu sehen, dachte Peter. So viel, in das man hineinfallen kann.

»Ich sag dir was«, rief Peter dem Elf zu. »Ich mache ein kleines Nickerchen. Haben wir genug Sprit für eine Stunde?« Der Elf prüfte eine Anzeige und nickte. »Also gut. Weck mich in einer Stunde, dann kann ich dir ein Ziel nennen.«

»So ka.«

Peter schloß die Augen, das stetige Brummen der Rotoren beruhigte ihn. Er würde schlafen, und wenn er aufwachte, würde er einen Plan haben. Oder spontan einen entwickeln. Doch was zählte, war die Tatsache, daß er immer noch ein Troll sein würde, wenn er das nächstemal die Augen öffnete. Den Geistern sei Dank.

Glossar

Arcologie — Abkürzung für ›Architectural Ecology‹. In Seattle ist sie der Turm des Renraku-Konzerns, ein Bauwerk von gigantischen Ausmaßen. Mit ihren Privatwohnungen, Geschäften, Büros, Parks, Promenaden und einem eigenen Vergnügungsviertel gleicht sie im Prinzip einer selbständigen, kompletten Stadt.

Aztechnology-Pyramide — Niederlassung des multinationalen Konzerns Aztechnology, die den Pyramiden der Azteken des alten Mexikos nachempfunden ist. Obwohl sie sich in ihren Ausmaßen nicht mit der Renraku-Arcologie messen kann, bietet die Pyramide mit ihrer grellen Neonbeleuchtung einen atemberaubenden Anblick.

BTL-Chips — Abkürzung für ›Better Than Life‹ — besser als die Wirklichkeit. Spezielle Form der SimSinn-Chips, die dem User (Benutzer) einen extrem hohen Grad an Erlebnisdichte und Realität direkt ins Gehirn vermitteln. BTL-Chips sind hochgradig suchterzeugend und haben chemische Drogen weitgehend verdrängt.

Chiphead, Chippie, Chipper — Umgangssprachliche Bezeichnung für einen BTL-Chip-Süchtigen.

chippen — umgangssprachlich für: einen (BTL-)Chip reinschieben, auf BTL-Trip sein usw.

Chummer — Umgangssprachlich für Kumpel, Partner, Alter usw.

Cyberdeck — Tragbares Computerterminal, das wenig größer ist als eine Tastatur, aber in Rechengeschwindigkeit, Datenverarbeitung jeder Ansammlung von Großrechnern des 20. Jahrhunderts überlegen ist. Ein Cyberdeck hat darüber hinaus ein SimSinn-Interface, das dem User das Erlebnis der Matrix in voller sinnlicher Pracht ermöglicht. Das derzeitige Spitzenmodell, das *Fairlight Excalibur*, kostet 990000 Nuyen, während das Billigmodell *Radio Shack PCD-100* schon für 6200 Nuyen zu haben ist. Die Leistungsunterschiede entsprechen durchaus dem Preisunterschied.

Cyberware — Im Jahr 2050 kann man einen Menschen im Prinzip komplett neu bauen, und da die cybernetischen Ersatzteile die ›Leistung‹ eines Menschen zum Teil beträchtlich erhöhen, machen sehr viele Menschen, insbesondere die Straßensamurai, Gebrauch davon. Andererseits hat die Cyberware ihren Preis, und das nicht nur in Nuyen: Der künstliche Bio-Ersatz zehrt an der Essenz des Menschlichen. Zuviel Cyberware kann zu Verzweiflung, Melancholie, Depression und Tod führen.

Grundsätzlich gibt es zwei verschiedene Arten von Cyberware, die **Headware** und die **Bodyware.**

Beispiele für Headware sind **Chipbuchsen,** die eine unerläßliche Voraussetzung für die Nutzung von **Talentsofts** (und auch BTL-Chips) sind. **Talentsofts** sind Chips, die dem User die Nutzung der auf den Chips enthaltenen Programme ermöglicht, als wären die Fähigkeiten seine eigenen. Ein Beispiel für ein gebräuchliches Talentsoft ist ein Sprachchip, der dem User die Fähigkeit verleiht, eine Fremdsprache so zu benutzen, als sei sie seine Muttersprache.

Eine **Datenbuchse** ist eine universellere Form der Chipbuchse und ermöglicht nicht nur Input, sondern auch Output. Ohne implantierte Datenbuchse ist der Zugang zur Matrix unmöglich.

Zur gebräuchlichsten Headware zählen die **Cyberaugen.** Die äußere Erscheinung der Implantate kann so ausgelegt werden, daß sie rein optisch nicht von biologischen Augen zu unterscheiden sind. Möglich sind aber auch absonderliche Effekte durch Gold- oder Neon-Iris. Cyberaugen können mit allen möglichen Extras wie Kamera, Lichtverstärker und Infrarotsicht ausgestattet werden.

Bodyware ist der Sammelbegriff für alle körperlichen Verbesserungen. Ein Beispiel für Bodyware ist die **Dermalpanzerung,** Panzerplatten aus Hartplastik und Metallfasern, die chemisch mit der Haut verbunden werden. Die **Smartgunverbindung** ist eine Feedback-Schaltschleife, die nötig ist, um vollen Nutzen aus einer Smartgun zu ziehen. Die zur Zielerfassung gehörenden Informationen werden auf die Netzhaut des Trägers oder in ein Cyberauge eingeblendet. Im Blickfeldzentrum erscheint ein blitzendes Fadenkreuz, das stabil wird, sobald das System die Hand des Trägers so ausgerichtet hat, daß die Waffe auf diesen Punkt zielt. Ein typisches System dieser Art verwendet ein subdermales **Induktionspolster** in der Handfläche des Trägers, um die Verbindung mit der Smartgun herzustellen.

Jeder Straßensamurai, der etwas auf sich hält, ist mit **Nagelmessern** und/oder **Spornen** ausgerüstet, Klingen, die im Hand- oder Fingerknochen verankert werden und in der Regel einziehbar sind.

Die sogenannten Reflexbooster sind Nervenverstärker und Adrenalin-Stimulatoren, die die Reaktion ihres Trägers beträchtlich beschleunigen.

decken — Das Eindringen in die Matrix vermittels eines Cyberdecks.

Decker — Im Grunde jeder User eines Cyberdecks.

DocWagon — Das DocWagon-Unternehmen ist eine private Lebensrettungsgesellschaft, eine Art Kombination von Krankenversicherung und ärztlichem Notfalldienst, die nach Anruf in kürzester Zeit ein Rettungsteam am Tat- oder Unfallort hat und den Anrufer behandelt. Will man die Dienste des Unternehmens in Anspruch nehmen, benötigt man eine Mitgliedskarte, die es in drei Ausführungen gibt: Normal, Gold und Platin. Je besser die Karte, desto umfangreicher die Leistungen (von ärztlicher Notversorgung bis zu vollständigem Organersatz). Das Doc-Wagon-Unternehmen hat sich den Slogan eines im 20. Jahrhundert relativ bekannten Kreditkartenunternehmens zu eigen gemacht, an dem, wie jeder Shadowrunner weiß, tatsächlich etwas dran ist: Never leave home without it.

Drek, Drekhead — Gebräuchlicher Fluch; abfällige Bezeichnung, jemand der nur Dreck im Kopf hat.

ECM — Abkürzung für ›Electronic Countermeasures‹; elektronische Abwehrsysteme in Flugzeugen, Panzern usw.

einstöpseln — Bezeichnet ähnlich wie **einklinken** den Vorgang, wenn über Datenbuchse ein Interface hergestellt wird, eine direkte Verbindung zwischen menschlichem Gehirn und elektronischem System. Das Einstöpseln ist die notwendige Voraussetzung für das Decken.

Exec — Hochrangiger Konzernmanager mit weitreichenden Kompetenzen.

Fee — Abwertende, beleidigende Bezeichnung für einen Elf. (Die Beleidigung besteht darin, daß amer. mit ›Fee‹ auch Homosexuelle, insbesondere Transvestiten bezeichnet werden).

geeken — Umgangssprachlich für ›töten‹, ›umbringen‹.

Goblinisierung — Gebräuchlicher Ausdruck für die sogenannte Ungeklärte Genetische Expression (UGE). UGE ist eine Bezeichnung für das zu Beginn des 21. Jahrhunderts erstmals aufgetretene Phänomen der Verwandlung ›normaler‹ Menschen in **Metamenschen.**

Hauer — Abwertende Bezeichnung für Trolle und Orks, die auf ihre vergrößerten Eckzähne anspielt.

ICE — Abkürzung für ›Intrusion Countermeasure Equipment‹, im Deckerslang auch Ice (Eis) genannt. Grundsätzlich sind ICE Schutzmaßnahmen gegen unbefugtes Decken. Man unterscheidet drei Klassen von Eis: **Weißes Eis** leistet lediglich passiven Widerstand mit dem Ziel, einem Decker das Eindringen so schwer wie möglich zu machen. **Graues Eis** greift Eindringlinge aktiv an oder spürt ihren Eintrittspunkt in die Matrix auf. **Schwarzes Eis** (auch Killer-Eis genannt) versucht, den eingedrungenen Decker zu töten, indem es ihm das Gehirn ausbrennt.

Jackhead — Umgangssprachliche Bezeichnung für alle Personen mit Buchsenimplantaten. Darunter fallen zum Beispiel Decker und Rigger.

Knoten — Konstruktionselemente der Matrix, die aus Milliarden von Knoten besteht, die untereinander durch Datenleitungen verbunden sind. Sämtliche Vorgänge in der Matrix finden in den Knoten statt. Knoten sind zum Beispiel: I/O-Ports, Datenspeicher, Subprozessoren und **Sklavenknoten,** die irgendeinen physikalischen Vorgang oder ein entsprechendes Gerät kontrollieren.

Lone Star Security Services — Die Polizeieinheit Seattles. Im Jahre 2050 sind sämtliche Datenleistungsunternehmen, auch die sogenannten ›öffentlichen‹ privatisiert. Die Stadt schließt Verträge mit unabhängigen Gesellschaften, die dann die wesentlichen öffentlichen Aufgaben wahrnehmen. Renraku Computer Systems ist zum Beispiel für die öffentliche Datenbank zuständig.

Matrix — Die Matrix — auch Gitter genannt — ist ein Netz aus Computersystemen, die durch das globale Telekommunikationsnetz miteinander verbunden sind. Sobald ein Computer mit irgendeinem Teil des Gitters verbunden ist, kann man von jedem anderen Teil des Gitters aus dorthin gelangen.

In der Welt des Jahres 2050 ist der direkte physische Zugang zur Matrix möglich, und zwar vermittels eines ›Matrix-Metaphorischen Cybernetischen Interface‹, kurz Cyberdeck genannt. Die sogenannte **Matrix-Metaphorik** ist das optische Erscheinungsbild der

Matrix wie sie sich dem Betrachter (User) von innen darbietet. Diese Matrix-Metaphorik ist erstaunlicherweise für alle Matrixbesucher gleich, ein Phänomen, das mit dem Begriff **Konsensuelle Halluzination** bezeichnet wird.

Die Matrix ist, kurz gesagt, eine informations-elektronische Analogwelt.

Messerklaue — Umgangssprachliche Bezeichnung für einen Straßensamurai.

Metamenschen — Sammelbezeichnung für alle ›Opfer‹ der UGE. Die Gruppe der Metamenschen zerfällt in vier Untergruppen:

a) **Elfen:** Bei einer Durchschnittsgröße von 190 cm und einem durchschnittlichen Gewicht von 68 kg wirken Elfen extrem schlank. Die Hautfarbe ist blaßrosa bis weiß oder ebenholzfarben. Die Augen sind mandelförmig, und die Ohren enden in einer deutlichen Spitze. Elfen sind Nachtwesen, die nicht nur im Dunkeln wesentlich besser sehen können als normale Menschen. Ihre Lebenserwartung ist unbekannt.

b) **Orks:** Orks sind im Mittel 190 cm groß, 73 kg schwer und äußerst robust gebaut. Die Hautfarbe variiert zwischen rosa und schwarz. Die Körperbehaarung ist in der Regel stark entwickelt. Die Ohren weisen deutliche Spitzen auf, die unteren Eckzähne sind stark vergrößert. Das Sehvermögen der Orks ist auch bei schwachem Licht sehr gut. Die durchschnittliche Lebenserwartung liegt zwischen 35 und 40 Jahren.

c) **Trolle:** Typische Trolle sind 280 cm groß und wiegen 120 kg. Die Hautfarbe variiert zwischen rötlichweiß und mahagonibraun. Die Arme sind proportional länger als beim normalen Menschen. Trolle haben einen massigen Körperbau und zeigen gelegentlich eine dermale Knochenbildung, die sich in Stacheln und rauher Oberflächenbeschaffenheit äußert. Die Ohren weisen deutliche Spitzen auf. Der schräg gebaute Schädel hat 34 Zähne mit vergrößerten unteren

Eckzähnen. Trollaugen sind für den Infrarotbereich empfindlich und können daher nachts unbeschränkt aktiv sein. Ihre durchschnittliche Lebenserwartung beträgt etwa 50 Jahre.

d) **Zwerge:** Der durchschnittliche Zwerg ist 120 cm groß und wiegt 72 kg. Seine Hautfarbe ist normalerweise rötlich weiß oder hellbraun, seltener dunkelbraun. Zwerge haben unproportional kurze Beine. Der Rumpf ist gedrungen und breitschultrig. Die Behaarung ist ausgeprägt, bei männlichen Zwergen ist auch die Gesichtsbehaarung üppig. Die Augen sind für infrarotes Licht empfindlich. Zwerge zeigen eine erhöhte Resistenz gegenüber Krankheitserregern. Ihre Lebensspanne ist nicht bekannt, aber Vorhersagen belaufen sich auf über 100 Jahre.

Darüber hinaus sind auch Verwandlungen von Menschen oder Metamenschen in Paraspezies wie **Sasquatchs** bekannt.

Metroplex — Ein Großstadtkomplex.

Mr. Johnson — Die übliche Bezeichnung für einen beliebigen anonymen Auftraggeber oder Konzernagenten.

Norm — Umgangssprachliche, insbesondere bei Metamenschen gebräuchliche Bezeichnung für ›normale‹ Menschen.

Nuyen — Weltstandardwährung (New Yen, Neue Yen).

Paraspezies — Paraspezies sind ›erwachte‹ Wesen mit angeborenen magischen Fähigkeiten, und es gibt eine Vielzahl verschiedener Varianten, darunter auch folgende:

a) **Barghest:** Die hundeähnliche Kreatur hat eine Schulterhöhe von knapp einem Meter bei einem Gewicht von etwa 80 kg. Ihr Heulen ruft beim Menschen und vielen anderen Tieren eine Angstreaktion hervor, die das Opfer lähmt.

b) **Sasquatch:** Der Sasquatch erreicht eine Größe von knapp drei Metern und wiegt etwa 110 kg. Er geht aufrecht und kann praktisch alle Laute imitieren. Man vermutet, daß Sasquatche aktive Magier sind. Der Sasquatch wurde 2041 trotz des Fehlens einer materiellen Kultur und der Unfähigkeit der Wissenschaftler, seine Sprache zu entschlüsseln, von den Vereinten Nationen als intelligentes Lebewesen anerkannt.

c) **Schreckhahn:** Er ist eine vogelähnliche Kreatur von vorwiegend gelber Farbe. Kopf und Rumpf des Schreckhahns messen zusammen 2 Meter. Der Schwanz ist 120 cm lang. Der Kopf hat einen hellroten Kamm und einen scharfen Schnabel. Der ausgewachsene Schreckhahn verfügt über die Fähigkeit, Opfer mit einer Schwanzberührung zu lähmen.

d) **Dracoformen:** Im wesentlichen wird zwischen drei Spezies unterschieden, die alle magisch aktiv sind: Gefiederte Schlange, Östlicher Drache und Westlicher Drache. Zusätzlich gibt es noch die Großen Drachen, die einfach extrem große Vertreter ihres Typs (oft bis zu 50% größer) sind.

Die Gefiederten Schlangen sind von Kopf bis Schwanz in der Regel 20 m lang, haben eine Flügelspannweite von 15 m und wiegen etwa 6 Tonnen. Das Gebiß weist 60 Zähne auf.

Kopf und Rumpf des Östlichen Drachen messen 15 m, wozu weitere 15 m Schwanz kommen. Die Schulterhöhe beträgt 2 m, das Gewicht 7,5 Tonnen. Der Östliche Drache hat keine Flügel. Sein Gebiß weist 40 Zähne auf.

Kopf und Rumpf des Westlichen Drachen sind 20 m lang, wozu 17 m Schwanz kommen. Die Schulterhöhe beträgt 3 m, die Flügelspannweite 30 m und das Gewicht etwa 20 Tonnen. Sein Gebiß weist 40 Zähne auf.

Zu den bekannten Großen Drachen zählt auch der Westliche Drache *Lofwyr*, der mit Gold aus seinem Hort einen maßgeblichen Anteil an Saeder-Krupp Heavy Industries erwarb. Das war aber nur der Auftakt einer ganzen Reihe von Anteilskäufen, so daß seine diversen Aktienpakete inzwischen eine beträchtliche Wirtschaftsmacht verkörpern. Der volle Umfang seines Finanzimperiums ist jedoch unbekannt!

Persona-Icon — Das Persona-Icon ist die Matrix-Metaphorik für das Persona-Programm, ohne das der Zugang zur Matrix nicht möglich ist.

Pinkel — Umgangssprachliche Bezeichnung für einen Normalbürger.

Rigger — Person, die Riggerkontrollen bedienen kann. Riggerkontrollen ermöglichen ein Interface von Mensch und Maschine, wobei es sich bei den Maschinen um Fahr- oder Flugzeuge handelt. Der Rigger steuert das Gefährt nicht mehr manuell, sondern gedanklich durch eine direkte Verbindung seines Gehirns mit dem Bordcomputer.

Sararimann — Japanische Verballhornung des englischen ›Salaryman‹ (Lohnsklave). Ein Konzernangestellter.

SimSinn — Abkürzung für **Sim**ulierte **Sinn**esempfindungen, d.h. über Chipbuchsen direkt ins Gehirn gespielte Sendungen. Elektronische Halluzinogene. Eine Sonderform des SimSinns sind die BTL-Chips.

SIN — Abkürzung für **S**ystem**i**dentifikations**n**ummer, die jedem Angehörigen der Gesellschaft zugewiesen wird.

So ka — Japanisch für: Ich verstehe, aha, interessant, alles klar.

Soykaf — Kaffeesurrogat aus Sojabohnen.

STOL — Senkrecht startendes und landendes Flugzeug.

Straßensamurai — So bezeichnen sich die Muskelhelden der Straßen selbst gerne.

Trid(eo) — Dreidimensionaler Video-Nachfolger.

Trog, Troggy — Beleidigende Bezeichnung für einen Ork oder Troll.

Verchippt, verdrahtet — Mit Cyberware ausgestattet, durch Cyberware verstärkt, hochgerüstet.
UCAS — Abkürzung für ›United Canadian & American States‹; die Reste der ehemaligen USA und Kanada.
Wetwork — Mord auf Bestellung.
Yakuza — Japanische Mafia.

Shadowrun

Eine Auswahl:

Nyx Smith
Jäger und Gejagte
Band 19
06/5384

Nigel Findley
Haus der Sonne
Band 20
06/5411

Caroline Spector
Die endlosen Welten
Band 21
06/5482

Robert N. Charrette
Gerade noch ein Patt
Band 22
06/5483

Carl Sargent
Schwarze Madonna
Band 23
06/5539

Mel Odom
Auf Beutezug
Band 24
06/5659

06/5483

Heyne-Taschenbücher

Lois McMaster Bujold

Romane aus dem preisgekrönten Barrayer-Zyklus der amerikanischen Autorin

Grenzen der Unendlichkeit
Band 6
06/5452

Waffenbrüder
Band 7
06/5538

06/5452

06/5538

Heyne-Taschenbücher

Wild Cards

»Die wohl originellste und provozierendste Shared World-Serie.«
Peter S. Beagle in OMNI

Gemischt und ausgegeben von George R. Martin

Vier Asse
1. Roman
06/5601

Asse und Joker
2. Roman
06/5602

Asse hoch!
3. Roman
06/5603

Schlechte Karten
4. Roman
06/5604

Wilde Joker
5. Roman
06/5605

06/5604

Heyne-Taschenbücher

Das Comeback einer Legende

George Lucas ultimatives Weltraumabenteuer geht weiter!

01/9373

Kevin J. Anderson
Flucht ins Ungewisse
*1. Roman der Trilogie
»Die Akademie der Jedi Ritter«*
01/9373

Der Geist des Dunklen Lords
*2. Roman der Trilogie
»Die Akademie der Jedi Ritter«*
01/9375

Die Meister der Macht
*3. Roman der Trilogie
»Die Akademie der Jedi Ritter«*
01/9376

Roger MacBride Allen
Der Hinterhalt
1. Roman der Corellia-Trilogie
01/10201

Angriff auf Selonia
2. Roman der Corellia-Trilogie
01/10202

Vonda McIntyre
Der Kristallstern
01/9970

Kathy Tyers
Der Pakt von Bakura
01/9372

Dave Wolverton
Entführung nach Dathomir
01/9374

Oliver Denker
STAR WARS – Die Filme
32/244

Heyne-Taschenbücher